ЧИТАЙТЕ ВСЕ РОМАНЫ АЛЕКСАНДРЫ МАРИНИНОЙ:

Адрес официального сайта Александры Марининой в Интернете
http://www.marinina.ru

АЛЕКСАНДРА МАРИНИНА

СМЕРТЬ РАДИ СМЕРТИ

МОСКВА
2020

УДК 821.161.1-312.4
ББК 84(2Рос=Рус)6-44
   М26

Маринина, Александра.

М26   Смерть ради смерти / Александра Маринина. — Москва : Эксмо, 2020. — 352 с. — (А. Маринина. Меньше, чем спеццена).

ISBN 978-5-699-80703-1

То, с чем на этот раз столкнулась Анастасия Каменская, больше похоже на выдумку фантаста — в одном из районов Москвы резко возрос уровень преступности. Невероятно, но прибор, разработанный в одном из здешних научных институтов, стимулирует агрессию. И, похоже, кто-то хочет с его помощью манипулировать людьми. Он упорно идет к цели, с изощренной выдумкой уничтожая тех, кто стоит на его пути. Но все же он не демон зла, а всего лишь человек, которому свойственно ошибаться. Чтобы заставить этого человека совершить ошибку, Анастасии придется пройти по узкому мостику между жизнью и смертью...

УДК 821.161.1-312.4
ББК 84(2Рос=Рус)6-44

ISBN 978-5-699-80703-1   ООО «Издательство «Эксмо», 2020

Глава 1

1

Ольга Красникова в сердцах швырнула на рычаг телефонную трубку.

— Опять? — хмуро спросил муж.

Ольга молча кивнула. Вот уже две недели какой-то человек одолевал их телефонными звонками, угрожая рассказать их сыну Диме о том, что они его когда-то усыновили, если Красниковы не заплатят ему десять тысяч долларов.

— Хватит, Оля, надо поговорить с Димой. Нельзя скрывать это до бесконечности.

— Да ты что? — всплеснула руками Ольга. — Как же мы ему расскажем? Нет, ни за что!

— Как ты не понимаешь, — разозлился Павел Красников, — мы не должны позволять себя шантажировать. Мы же повесим себе ярмо на шею на долгие годы. Где мы возьмем такие деньги? А если он и дальше будет требовать? Из дома начнут исчезать вещи, мы станем экономить на еде и на всем необходимом. И как мы это объясним сыну? Все равно придется рассказывать правду.

Ольга тяжело опустилась на стул и заплакала.

— Но... я не знаю как... Такой возраст... Ты же видишь, как ему сейчас трудно, у него ломается характер. Эта история с джинсами... Как он отнесется, если мы ему расскажем? Паша, я боюсь. Может, не надо рассказывать?

— Надо, — жестко ответил Павел. — И я сделаю это немедленно.

Он решительно вышел из кухни, оставив плачущую жену в одиночестве.

Пятнадцатилетний Дима сидел в своей комнате за уроками. Высокий, нескладный, он со своей длинной, по-детски тонкой шеей и ботинками сорок четвертого размера был похож на страусенка. Всегда был тихим домашним мальчиком, и вот, пожалуйста, эта дурацкая и совершенно непонятная история с джинсами, которые он пытался украсть в магазине. Попался он сразу же, его схватили за руку продавщицы, тут же вызвали милицию, составили протокол, а паренька отправили в камеру. Ольга с Павлом подхватились, заняли денег, заключили соглашение с адвокатом, который взялся быстренько вытащить мальчика если уж не из уголовного дела, то хотя бы из камеры. Родители долго ломали голову над тем, что же вдруг случилось с их домашним, тихим и послушным сыном. Сам Димка ничего членораздельного объяснить не мог. Было это четыре месяца назад, и с тех пор Дима Красников стал еще тише, еще послушнее, даже учиться стал вроде получше. Похоже, он и сам не понимал, что на него тогда нашло...

Павел решительно вошел в комнату сына и уселся на диван.

— У меня к тебе серьезный разговор, Дмитрий.

Мальчик оторвался от тетрадки и с опаской поглядел на отца.

— Ты, наверное, не знаешь, но у нас с мамой неприятности, — начал Красников.

— Это... из-за тех джинсов? — робко предположил Дима.

— Нет, сынок. Нам вот уже две недели звонит какой-то человек и вымогает деньги. Большие деньги, десять тысяч долларов.

— За что?! — ахнул Димка. — Вы что, преступники?

— Как тебе не стыдно, Дмитрий, — строго произнес Павел. — Ты и в мыслях не должен такого допускать. Дело в другом. Ты помнишь, что у твоего дедушки Михаила, маминого отца, был брат Борис Федорович? Он был намного старше твоего дедушки и умер, когда ты еще не родился?

— Да, вы мне рассказывали. Я и фотографии видел в альбоме.

— А ты знаешь, что у дяди Бориса, вернее, у дедушки Бориса была дочка, Вера?

— Да, мама говорила, что она тоже умерла давно.

— Так вот, она умерла, когда рожала сына. Его назвали Димой.

— Как меня? — удивился мальчик.

— Не КАК тебя. Просто — ТЕБЯ.

Дима нахмурился и сосредоточенно уставился в лежащий перед ним учебник физики.

— Я не понял, — наконец выдавил он, не поднимая глаз на отца.

— Твоя мама умерла, сынок, — мягко сказал Павел. — И мы тебя усыновили. Пришло время рассказать тебе об этом.

Дима снова умолк надолго, переваривая услышанное и стараясь не глядеть на Павла. Молчание становилось тягостным, но Красников-старший не мог придумать, как его прервать, чтобы не причинить ребенку еще большую боль.

— А мой отец? — подал голос Дима. — Он кто?

— Ну какое это имеет значение, сынок, — ласково сказал Павел. — Твоя мама не была замужем, и твой отец, вполне возможно, даже не знает о твоем существовании. Твои родители — мы, Красниковы. Ты был у нас на руках с момента рождения, ты носишь нашу фамилию, мы вместе прожили пятнадцать с лишним лет, это ведь немало, согласись. И ты уже достаточно взрослый, чтобы можно было говорить с тобой открыто, не обманывая.

— Значит, я вам совсем неродной? — упрямо спросил Димка.

— Глупости, — отрезал Павел. — Во-первых, Вера была двоюродной сестрой мамы, так что кровное родство у нас есть. А во-вторых, что такое «родной — не родной»? Родной — это человек, которого ты любишь, близкий тебе, дорогой человек. А в том, что для нас с мамой ты близкий, любимый и дорогой, нет никаких сомнений. Так что ты в полном смысле слова наш родной сын. И не смей никогда думать по-другому.

— Хорошо, папа, — почти шепотом ответил мальчик.

Павел поднялся. Он был человеком добрым, но несколько суховатым, и сейчас растерялся, потому что не знал, что нужно делать дальше.

— Тебе, наверное, нужно побыть одному, подумать над тем, что я сказал, — неуверенно произнес он. — А я пойду к маме, она очень переживает.

Ольга стояла на кухне с опухшими от слез глазами и нервно перетирала полотенцем только что вымытую посуду.

— Ну что? — кинулась она к мужу. — Сказал?

— Сказал.

— И как он?

— Трудно сказать. Думает.

— Но он не плачет? — встревоженно спросила она.

— Кажется, нет.

— Ой, господи, — простонала Ольга, — за что нам такое испытание! Чем мы провинились? Только бы он сейчас не замкнулся, не отошел от нас, не считал нас виноватыми.

— Ну что ты такое говоришь, — возмутился Павел. — Почему он должен считать нас виноватыми? В чем?

— Да разве я знаю? — горестно махнула она рукой. — Разве можно понять, что у них в голове делается?

Она принялась накрывать стол к ужину, достала из холодильника сковороду с жареным мясом, нарезала хлеб. Через некоторое время робко сказала:

— Надо звать Димку ужинать. А я боюсь.

— Чего ты боишься?

— Не знаю. Страшно. Боюсь с ним встречаться. Может, ты позовешь?

Павел пожал плечами и громко крикнул:

— Сынок! Мой руки и иди ужинать!

Голос его сорвался и прозвучал как-то хрипло и фальшиво. Он и сам не ожидал, что тоже волнуется, и смущенно улыбнулся жене.

Послышались торопливые шаги, Димка шмыгнул в ванную, откуда донесся шум льющейся воды.

— Не нервничай, — тихонько шепнул Павел жене. — Все будет хорошо, я уверен. Мы с тобой все сделали правильно. Если бы мы сейчас промолчали, дальше было бы только хуже, поверь мне.

Когда мальчик появился перед родителями, то по его дрожащим губам было видно, что он нервничает не меньше их. Он молча сел за стол и начал есть. Ольге и Павлу кусок в горло не лез. Наконец Ольга не выдержала:

— Сынок, ты очень расстроен?

Димка оторвался от тарелки и осторожно взглянул на мать.

— Я не знаю. Наверное, нет. В кино показывали, что дети начинают биться в истерике, когда им такое говорят, ну и вообще... Я, наверное, тоже должен плакать, да?

— Что ты, сынок, плакать не нужно. Ничего же не изменилось, правда? Ты все равно наш сын, а мы — твои родители. А в кино показывают всякие глупости специально, чтобы нагнать напряжение.

Павел довольно улыбнулся. Он так и знал, что все обойдется, он не ошибся в своем Димке. И в своей Олечке он тоже не ошибся.

— Теперь пусть нам звонит кто угодно, — бодро сказал он, — нам теперь никто не страшен, верно?

Но радость его оказалась преждевременной, потому что когда через два дня вымогатель позвонил снова, то просто-напросто не поверил тому, что услышал от Ольги.

— Нашли дурака, — нагло рассмеялся он в трубку. — Так я вам и поверил. Пусть ваш сын сам подойдет к телефону и скажет, что он все знает, тогда поверю.

— Но его нет дома, — растерялась Ольга, которая совсем не была готова к такому обороту. К тому же Димки действительно дома не было.

— Конечно, как же иначе, — фыркнул шантажист. — Вот что, мамочка. Готовьте-ка деньги, время уговоров кончилось, послезавтра позвоню в это же время. Чтобы все было тип-топ. Ясненько?

Павел, молча наблюдавший, как жена ведет переговоры с вымогателем, вдруг взорвался:

— Все! Хватит! Наглецов надо учить. Я немедленно иду в милицию и пишу на него заявление. Мало он нам крови попортил!

— Да что ты, Пашенька, — попыталась урезонить его жена, — пусть себе звонит, мы же его не боимся. Позвонит еще какое-то время и перестанет.

— Перестанет? А если он вздумает осуществить свою угрозу? Он же не верит, что мы все рассказали Диме, и может попытаться поймать его где-нибудь на улице, чтобы открыть ему глаза на историю рождения. А ты уверена, что Димка спокойно это воспримет? Не кинется бить ему морду? Или не испугается до нервного шока? Я не хочу, чтобы этот ублюдок встретил моего сына в каком-нибудь тихом уголке.

Он выскочил в прихожую и начал быстро одеваться. Ольга рванулась было за ним, но внезапно поняла, что муж прав. Безусловно прав.

2

В кабинет начальника следственной части городской прокуратуры Константин Михайлович Ольшанский входил без трепета. Во-первых, он давно и хорошо знал своего начальника, а во-вторых, точно так же хорошо знал, что его собственная резкость, порой граничащая с откровенным хамством, служит ему надежной защитой. Ольшанского в прокуратуре не любили и связываться с ним боялись, хотя и отдавали должное его профессионализму и безупречной юридической грамотности.

Константин Михайлович был от природы щедро наделен мужской красотой, но ухитрялся при этом выглядеть недотепой-замухрышкой, в вечно мятом костюме, плохо вычищенных ботинках, очках в старомодной, давно поломанной и наспех склеенной оправе. Самое удивительное, что Нина, жена Ольшанского, тщательно следила за его одеждой и обувью и отправляла мужа по утрам на работу в более чем приличном виде, но уже на полпути к прокуратуре все ее старания шли прахом. Природу этого загадочного явления не понимала ни она, ни сам Константин Михайлович, ни его близкие друзья, а две его дочки, начитавшись научной фантастики, дружно утверждали, что у папы «особенное биополе».

Вот и сейчас он стоял в кабинете начальника следственной части с понурым и несчастным видом, но вид этот мог обмануть кого угодно, только не тех, кто хоть раз имел дело со старшим следователем Ольшанским.

— Костя, мне нужно, чтобы ты из этого дела сделал конфетку.

С этими словами начальник протянул Ольшанскому тоненькую папочку с вложенными внутрь несколькими листками.

— Что это? — спросил Ольшанский, беря в руки совсем еще невесомое уголовное дело.

— Это дело о телефонном хулиганстве и вымогательстве. Некий гражданин вымогает деньги у супругов Красниковых под угрозой разглашения тайны усыновления.

— Не понял.

Константин Михайлович аккуратно положил папочку на стол, словно она могла взорваться.

— Телефонное хулиганство — не наша специальность, этим должна заниматься милиция. Чего ты от меня-то хочешь?

— Я хочу, чтобы ты расследовал дело о разглашении тайны усыновления.

Ольшанский открыл папку и быстро, по диагонали просмотрел имеющиеся там документы.

— Но здесь нет заявления потерпевших о разглашении тайны. Здесь только жалоба на телефонное хулиганство.

— Вот ты и возбуди дело о разглашении тайны, — сказал начальник. — Ты следователь, тебе и карты в руки.

Ольшанский недоверчиво глянул на него.

— Ты можешь мне объяснить, зачем? Что ты затеял? Как вообще это «телефонное» дело к тебе попало?

— Да не затеял я ничего, Костя. Что ты, ей-богу, во всем подвох видишь. Прокурор города проводил выборочную проверку санкций, даваемых окружными прокурорами, и наткнулся на бумагу из окружного УВД с просьбой разрешить прослушивать переговоры, ведущиеся с телефона, установленного в квартире граждан Красниковых, в связи с заявлением последних о том, что им систематически звонит неустановленное лицо и вымогает деньги под угрозой разглашения тайны усыновления. И ставит прокурор перед работниками милиции вполне законный вопрос: а откуда сей резвый шантажист узнал тщательно скрываемую тайну? Не иначе, кто-то ему сказал, тем самым тайну разгласив. А это — статья сто двадцать четвертая «прим» нашего горячо любимого и пока еще никем не отмененного Уголовного кодекса. Вот и весь сказ.

— Неубедительно, — покачал головой следователь. — К тебе-то как дело попало? Что, эти Красниковы — знакомые нашего прокурора? Почему он не отдал дело в окружную прокуратуру?

— Почему, почему, — проворчал начальник следчасти. — Потому что. Он хочет получить образцово-показательное дело, вроде учебного пособия для молодых следователей, чтобы с него можно было брать пример. Разве еще пять лет назад кто-нибудь мог предположить, что нам придется оформлять дела об оскорблении и клевете? Да они встречались-то раз в сто лет и шли через суд как дела частного обвинения. А теперь сейфы ломятся от дел о защите чести и достоинства. Они, конечно, не уголовные, а гражданские, но надзирать-то прокуратуре все равно приходится. А разглашение тайны усыновления — уже наш хлеб, и не сегодня-завтра эти дела могут посыпаться, как крупа из рваного пакета.

— Откуда такой прогноз?

— От аналитиков наших, откуда же еще.

— А ты им веришь, что ли? — презрительно хмыкнул Константин Михайлович.

— Ну... Не всегда, но в данном случае верю. За деньги можно купить любую информацию, и чем больше денег на руках у людей, тем чаще они используются именно для этого. Это во-первых. А во-вторых, разглашение тайны может использоваться как хороший повод содрать с ответчика денежки за моральный ущерб. И мы должны встретить эти иски во всеоружии, чтобы никто, никакие адвокаты и судьи не смогли нас упрекнуть в том, что мы не умеем собирать доказательства и правильно их оформлять. Бывший КГБ здорово умел такие дела «шить», когда занимался проблемами разглашения государственной тайны, а у нас навыка нет. Я хочу, чтобы ты продумал всю систему доказывания по таким делам, определил источники доказательств, оформил образцовые протоколы и постановления. Для этого я и отдаю тебе дело Красниковых. Ты из всех наших следователей самый грамотный, только ты и сможешь сделать все как следует. Я тебе доверяю, Костя, доверяю твоему профессионализму и мастерству. Я знаю, что ты меня не подведешь и эти материалы не стыдно будет показать прокурору.

— Польщен доверием, — ехидно ухмыльнулся Ольшанский, отвешивая шутовской поклон. — Значит, как образцовые дела лепить, так Костя. А как материальную помощь дать, так вам, Константин Михайлович, отказано. Здорово у тебя выходит, ничего не скажешь.

Начальник досадливо поморщился.

— Ладно тебе, теперь до старости будешь мне эту материальную помощь поминать. Ты же знаешь, у наших финансистов в тот момент денег не было. Тебе же объясняли.

— Ну да, а тебе на премию в размере трех окладов деньги у них нашлись. Слушай, не морочь ты мне голову. Дело возьму, поручение твое выполню, а льстить мне и в друзья набиваться не надо. Вполне достаточно того, что ты мой начальник.

— Ох и характер у тебя, Константин, — вздохнул начальник следственной части.

— Какой есть, другого на склад не завезли, берите что дают, а то и эти кончатся, — резко отпарировал Ольшанский, покидая кабинет руководства с зажатым под мышкой тоненьким досье.

3

Леонид Лыков, двадцати восьми лет от роду, наполовину плешивый, а на оставшуюся половину весьма и весьма кудрявый, с аккуратненьким «пивным» брюшком и быстрыми блестящими глазками, вертелся на стуле перед Ольшанским, как уж на сковородке. Несколько часов назад он был задержан, когда в очередной раз пытался по телефону убедить Ольгу Красникову подарить ему десять тысяч долларов в обмен на сохранение в тайне сведений, уже потерявших свою ценность. И теперь Константин Михайлович клещами вытаскивал из него ответ на вопрос, а от кого же сам Лыков получил такие сведения.

— Мне эти сведения дал Галактионов Александр Владимирович, — потупив глаза, сообщил Лыков.

— Зачем? С какой целью он вам их сообщил? Вы

должны были поделиться с ним деньгами, которые намеревались получить от Красниковых?

— Не, — возмущенно протянул Лыков, — Галактионов не по этой части. У меня долги были, вот он и посоветовал, как можно денег раздобыть. Бескорыстно, между прочим.

— А он сам откуда узнал об усыновлении?

— А я знаю? — ответил Лыков вопросом на вопрос, выразительно пожимая плечами.

— Вы не спрашивали его об этом?

— Не-а. Какая мне разница? Я первый раз позвонил и по реакции понял, что он не обманул.

— И вы даже не предполагаете, откуда у него могли появиться эти сведения? Припомните, Лыков, может быть, из его слов можно было понять, что это его знакомые или родственники? Ну, подумайте как следует.

— Да чего думать-то! Точно вам говорю, не знаю. Я к нему подъехал, мол, нельзя ли занять у него под проценты денег месяца на три, а он и говорит, что у него не благотворительный фонд, а если мне деньги нужны, то вот по такому-то телефончику можно попробовать, там родители и усыновленный мальчик. Имена сказал, адрес, телефон. Вот и все.

— Ладно, — вздохнул Ольшанский, — давайте все данные на этого Галактионова, буду проверять ваши байки. Адрес, телефон, место работы.

— Так у вас же есть! — неподдельно удивился Лыков.

— Что у меня есть? — нахмурился Ольшанский.

Лыков замолк, озадаченно глядя на следователя. Он даже ерзать на стуле перестал.

— Д... Данные... — запинаясь, произнес он.

— Какие данные?

— На Г... Г... Галактионова. Он же умер. В смысле, его убили.

— Что?!

Ольшанский сорвал очки и впился взглядом в несчастного Лыкова. У Константина Михайловича была сильная близорукость, и толстые линзы очков делали его глаза для стороннего наблюдателя маленькими и невыразительными. На самом же деле глаза у него были красивые, большие и темные, и когда следователь бывал чем-то недоволен, яростно сверкали и буквально пригвождали его собеседников к месту. Если, конечно, сам Константин Михайлович не забывал в этот момент снять очки.

— Повторите, пожалуйста, я что-то вас плохо понял, — произнес он с ледяным спокойствием. — И постарайтесь не заикаться.

— Александр Владимирович Галактионов убит примерно три недели назад. Меня ведь уже допрашивали. Вы разве не знаете?

— Откуда мне знать? — раздраженно ответил следователь. — Не я же вас допрашивал. Отправляйтесь в камеру и еще раз подумайте над тем, что конкретно вам сказал Галактионов, давая наводку на Красниковых.

Он нажал кнопку и вызвал конвой. После этого долго сидел, потирая пальцами переносицу, потом собрал со стола бумаги и покинул гостеприимное здание следственного изолятора.

На следующее утро перед ним лежала справка-меморандум об уголовном деле, возбужденном по факту обнаружения трупа гражданина Галактионова А. В. Галактионов был найден на квартире у своей любовницы через четыре дня после того, как его жена заявила о его исчезновении. К моменту обнаружения Галактионов был мертв по меньшей мере неделю. Его любовница Шитова Надежда Андреевна все это время находилась в больнице в связи с операцией по поводу трубной беременности. Причина смерти — отравление цианидом.

Александр Галактионов был личностью крайне неудобной для расследования убийства, поскольку круг его знакомых был столь широк, а деятельность столь разнообразна, что, например, молодому, только начинающему профессиональную деятельность оперативнику до самой пенсии хватило бы работы по выдвижению и проверке версий. Во-первых, Галактионов работал начальником кредитного отдела в коммерческом банке, на который периодически «наезжали» разного рода группировки. Во-вторых, он был большим любителем женщин и вел себя недостаточно аккуратно, вследствие чего то и дело нарывался то на их мужей и любовников, то на собственную супругу. В-третьих и, пожалуй, в-главных, он был заядлым картежником. Так что в версиях недостатка не было, чего нельзя было сказать о людях, которые могли бы их проверять.

Ольшанский бегло просмотрел список допрошенных друзей, родственников и знакомых Галактионова и действительно обнаружил среди них фамилию и имя Леонида Лыкова. Шустрый вымогатель не солгал. Константин Михайлович понял, что попал в ситуацию совершенно идиотскую: если Лыков уже давно знал о смерти Галактионова, то мог, ничтоже сумняшеся, назвать его в качестве источника информации о Красниковых, справедливо полагая, что проверить правдивость его слов невозможно. Если же он не соврал и сведения о Диме Красникове он получил действительно от Галактионова, то придется заново допрашивать весь огромный круг знакомых покойного, чтобы попытаться нащупать ниточку, ведущую к первоисточнику. Но прежде чем прыгать в этот омут, стоит еще раз поговорить с потерпевшими Красниковыми. Ведь никто лучше их самих не знает, кто мог быть обладателем информации об усыновлении.

4

Он поежился под обжигающе ледяными струями воды и с удовольствием ощутил прилив бодрости, до красноты растирая кожу жесткой мочалкой. Вытерся махровым полотенцем и принялся за бритье, чувствуя, как тело после холодного душа начинает приятно гореть. Завтракать он уселся в прекрасном настроении и с аппетитом съел яичницу, две сосиски, гренки с сыром и кофе.

— Ты не опоздаешь? — спросила жена, бросая взгляд на часы и вдевая в уши серебряные сережки. — Уже десять минут девятого.

— Я сегодня поработаю дома, хочу закончить наконец статью.

— Счастливый, — с завистью вздохнула жена. — Вот если бы я могла работать дома! И почему это мужикам удается так устраиваться. Ладно, я побежала. Если надумаешь сделать перерыв, забери вещи из химчистки, квитанции лежат на холодильнике.

— Заберу, заберу, — добродушно откликнулся он. — Выйду днем с Алмазом, заодно и заберу.

После ухода жены он еще немного посидел на кухне, потом прошел в комнату, достал из портфеля бумаги и разложил их на столе. Статья была почти готова, оставалось только вписать черным фломастером формулы и добавить два-три абзаца с основными выводами. Через полтора часа работа была закончена. Он перепечатал на машинке последнюю страницу с вновь написанными фразами, сложил все страницы по порядку и скрепил цветной пластмассовой скрепочкой. Потом долго смотрел на первый лист с напечатанным заглавными буквами названием статьи, под которым стояли фамилии четырех соавторов. Усмехнулся, снова взял фломастер и начертил вокруг одной из них аккуратную черную рамочку. Он остался доволен своей работой.

5

Подходя к зданию Главного управления внутренних дел Москвы на Петровке, Анастасия Каменская с тоской подумала, что простуды, пожалуй, не избежать. Первая лужа, в которую она ухитрилась вляпаться по щиколотку, попалась ей прямо возле дома, второй раз она зачерпнула воды в сапоги, когда подходила к метро. Сапоги были совсем новые, но все равно протекали. Наверное, фирмам-изготовителям и в голову не приходит, что в зимних кожаных сапогах люди будут ходить по колено в воде и грязи. Определенно, обувная технология не поспевала за глобальным потеплением.

Всю дорогу в метро Настя чувствовала противное хлюпанье внутри сапог, но на улице, решив, что хуже все равно не будет, поскольку ноги и так мокрые, перестала смотреть на тротуар и полностью погрузилась в свои мысли. Кончилась такая беспечность тем, что за несколько минут, которые ей понадобились, чтобы дойти от метро «Чеховская» до здания на Петровке, она влезла в лужи по меньшей мере раза четыре. Теперь ногам было не только сыро, но и холодно.

Войдя в кабинет, она стянула с ног сапоги и озадаченно посмотрела на ступни. Колготки были мокрыми насквозь, и с них медленно стекали, грустно капая на пол, капельки воды. Она заперла дверь изнутри, сняла джинсы, за ними — колготки и стала мучительно соображать, что делать.

В дверь кто-то дернулся, потом постучал.

— Аська, открой, я видел, как ты пришла. Ну открой, поговорить надо.

Голос принадлежал Юре Короткову, Настиному приятелю и коллеге, который сделал ее своей наперсницей и постоянно делился любовными переживаниями, недостатка в которых у него не наблюдалось.

— Не могу, — ответила она через дверь. — Я переодеваюсь.

— Да ладно тебе, открывай, я смотреть не буду, — настаивал Коротков.

— Перебьешься, — спокойно сказала Настя, доставая из шкафа форменную юбку, рубашку и китель с майорскими погонами. Плохо, что туфли придется надевать на босу ногу, но выхода нет, она никак не могла приучить себя носить в сумке запасные колготки.

— Ну, Ася, — ныл под дверью Коротков, исступленно дергая ручку. — Я лопну, если не поделюсь с тобой.

— Да подожди же минутку, — рассердилась она. — Ночь терпел, так еще чуть-чуть потерпишь.

— Не ночь, — продолжал препираться Юра, — я только что узнал и сразу к тебе помчался. Это по Галактионову. Ну, откроешь?

Дверь немедленно распахнулась. Когда дело касалось работы, Анастасия Каменская забывала о приличиях, и сейчас она предстала перед Коротковым в форменной серой юбке, легкомысленной белой футболке, с босыми ногами и голубой рубашкой в руках.

— Заходи быстрее, — шепнула она, снова запирая дверь. — Выкладывай, что там стряслось.

— Колобку только что звонил Костя Ольшанский по поводу Галактионова. Я у него в кабинете был, своими ушами слышал.

— Ольшанский? — удивилась она. — А он тут при чем? Дело Галактионова у Игоря Лепешкина. Или они что-то переиграли?

— В том-то и дело. Насколько я понял из реплик Колобка, у Кости совершенно по другому делу образовался выход на Галактионова. Через полчаса оперативка, Колобок опять нас поднимет по этому убийству отчитываться, а у тебя полный ноль, ты сама вчера говорила. Звони быстрее Косте, может, за полчаса успеешь что-нибудь сообразить.

— Юрка, ты настоящий друг. Только боюсь, Костя меня адресует далеко-далеко. Ты же знаешь его хамский язык. Застегни мне галстук, пожалуйста.

— Слушай, я только сейчас заметил: а чего это ты форму нацепила?

— Сапоги промочила насквозь, и джинсы мокрые чуть не по колено. Пусть хоть немножко подсохнут, — объяснила она, втискивая ноги в узкие неудобные туфли.

— У тебя с Костей плохие отношения? — поинтересовался Коротков, открывая форточку и закуривая. — С чего это ты боишься ему звонить?

— Отношения нормальные, просто хамов не люблю.

— Очень ты трепетная, подруга, при нашей-то работе надо быть попроще.

— Он мне Ларцева простить не может. Да я и сама себе простить не могу.

— Не дури, Аська, ничьей вины тут нет. И Костя прекрасно это понимает. Не накручивай себя. Давай звони, может, общими усилиями успеем соорудить что-нибудь для Колобка.

Но их надежды почти не оправдались. Ольшанский был высокомерно-корректен, злобных выпадов не допускал, но на том, что удалось от него узнать, выстроить более или менее приличный отчет для начальника они не смогли.

Полковник Виктор Алексеевич Гордеев был наделен подчиненными прозвищем Колобок из самых лучших чувств. Над ним уже лет тридцать никто не смел подшучивать, и прозвище, которое приклеилось к нему еще с юных лет и кочевало из поколения в поколение, передаваясь от уходящих на пенсию молодым новичкам, к нынешнему времени обрело смысл почти угрожающий: не смотрите, что я кругленький и лысый, я на самом деле — свинцовый шар.

Оперативку он начал, как всегда, спокойно и приветливо. Но все его сотрудники знали, что, даже если кому-нибудь из них грозит крупный разнос, Колобок никогда этого не покажет заранее. Он любил своих ребят и относился к ним уважительно, считая, что лишняя, особенно преждевременная, нервотрепка раскрытию тяжких преступлений против личности отнюдь не способствует.

— Что-то я давно не слышал, как движутся дела по Битцевскому парку, — начал он. — Слушаю, Лесников.

Игорь Лесников, самый красивый сыщик на Петровке и в то же время один из самых строгих, серьезных и обязательных сотрудников, начал обстоятельно докладывать о том, какая работа проделана для раскрытия серии изнасилований, совершенных в течение месяца в Битцевском парке. Дело расследовалось уже четвертый месяц, первоначальная горячка поутихла, а в таких случаях Колобок призывал подчиненных к ответу примерно раз в неделю. Настя внимательно слушала Игоря, стараясь не сбиваться на мысли об убийстве Галактионова, потому что в работу по Битцевским изнасилованиям она сама внесла немалую лепту, долго и кропотливо составляя схему, которая позволила вывести некоторые закономерности в совершении преступлений. Исходя из этих закономерностей они с Игорем нарисовали примерный портрет преступника, его психологическую, поведенческую характеристику и теперь терпеливо, день за днем, отрабатывали всех возможных подозреваемых. Точнее, отрабатывал сам Игорь, каждый вечер принося Насте результаты своих трудов, а уж она занималась анализом полученной информации.

— Медленно, медленно работаете, — недовольно сказал Гордеев. — Но в целом направление кажется мне перспективным. Так, убийство Галактионова. Кто доложит? Каменская?

— Разрешите, Виктор Алексеевич, я доложу, — вызвался Коротков. — У нас возникли новые обстоятельства. Круг знакомых Галактионова чрезвычайно широк, вы об этом знаете. За три недели опрошено более семидесяти человек, которые могли дать какую-либо информацию о самом Галактионове и о возможных причинах его убийства. Еще три дня назад нам представлялось...

— Кому это — нам? — ехидно перебил его Колобок. — Мне? Анастасии? Николаю Второму?

Юра перевел дыхание и, сделав небольшую паузу, продолжил:

— В первую очередь, так думал следователь Лепешкин, и я был с ним полностью согласен. Поэтому я убедил в этом Каменскую.

— А у нее своей головы нет на плечах? Ладно, продолжай.

— Нам представлялось, что круг лиц, обладающих информацией о Галактионове, нами выявлен полностью. Полученная от этих людей информация постоянно дублируется, повторяется в показаниях, называются одни и те же факты, фамилии, имена, адреса. Все версии, выдвинутые на основании собранных сведений, проверяются, выдвигаются новые версии. Однако вчера была получена новая информация, на основании которой мы можем считать, что круг знакомых Галактионова охвачен не полностью и что у него была некая сфера деятельности, о которой никому из опрошенных ничего не известно. Как могло получиться, что мы не узнали об этом раньше? У меня нет готового ответа, Виктор Алексеевич. У меня есть только предположения, которые я пока не хотел бы высказывать, чтобы никого зря не обижать.

Гордеев поднял глаза от листка бумаги, на котором что-то задумчиво чертил, слушая оперативников, и вопросительно посмотрел на Настю. «Ты в курсе? О чем это он говорит?» — спрашивал его взгляд. Настя едва заметно кивнула, мол, все правильно, если нужны подробности — я потом все объясню.

— Обижать не надо, это ты правильно решил, — покивал круглой лысой головой Виктор Алексеевич. — Но и голову мне морочить не стоит. Как ты предполагаешь действовать дальше? Как собираешься выявлять эту таинственную сферу деятельности Галактионова?

— В первую очередь я собираюсь тщательно проанализировать все имеющиеся показания, чтобы попробовать выявить дефекты допросов.

— Иначе говоря, ты собираешься посмотреть, нельзя ли вытрясти что-нибудь из тех, кто уже попал в поле вашего зрения. Ты хочешь попытаться понять, есть ли среди этих людей такие, которые явно о чем-то умалчивают. Я правильно перевел твою речь на человеческий язык?

— Правильно, товарищ полковник. У нас нет возможности расширять круг проверяемых до бесконечности в поисках людей, которые с первого же вопроса выложат нам все, что мы хотим узнать. Я считаю, нужно идти по пути интенсификации, постараться наилучшим образом использовать уже имеющихся свидетелей.

— Так.

Колобок обвел присутствующих тяжелым немигающим взглядом.

— Наш уважаемый коллега Коротков решил устроить нам здесь небольшой ликбез, дабы за словесным туманом скрыть собственные неудачи. Это печально. Еще более печально, что за столько лет работы в отделе он так и не усвоил, что признаваться в неудачах — не стыдно. Точно так же, как не стыдно должно быть признаваться в ошибках. Это, может быть, неприятно, но ни в коем случае не стыдно. Более того, своевременное признание ошибки или неудачи оставляет возможность исправить положение, а чем дальше — тем шанс на исправление положения меньше. Я повторял вам это миллион раз. Повторял?

Он снова обвел глазами всех находящихся в комнате.

— Продолжим работу, — неожиданно мирно сказал Колобок. — Все, кто работает по Галактионову, останутся после совещания.

Настя облегченно вздохнула. Ей было ужасно жаль Юрку Короткова, добровольно подставившего себя под удар, но они все рассчитали верно. Колобок должен был им наподдать, это было во всех отношениях справедливо, хотя, конечно, откуда им было знать, что Лепешкина нельзя оставлять наедине с женщинами-свидетельницами. И нельзя потом принимать за чистую монету то, что написано в протоколах допросов таких свидетельниц. Настя уже к концу первой недели совместной работы почувствовала, что с Игорем Лепешкиным что-то не так, но смолчала, полагая, что у человека, почти двадцать лет проработавшего на следствии, должно хватить профессионализма на то, чтобы не смешивать субъективные оценки и переживания с фактами и доказательствами по уголовным делам. Да и сам Колобок Гордеев страшно не любил, когда его сыщики начинали жаловаться на следователей. «Не можете найти со следователем общего языка — грош вам цена как оперативникам», — не уставал повторять он. Кроме Насти и Короткова убийством Галактионова занимался еще Миша Доценко, и они втроем опросили столько людей, сколько сумели, разрываясь между этим преступлением и добрым десятком других. С остальными беседовал Лепешкин. Вот и добеседовался... Одним словом, струсили они, не настояли на своем сразу же, за что и получили от Колобка Гордеева по полной программе. Но главное — они сумели за полчаса соорудить сценарий, результатом постановки которого на оперативном совещании явилось внезапное озарение их начальника. Не случайно же он ругался, ругался, мораль читал и вдруг ни с того ни с сего перешел к следующему вопросу, словно разговора о Короткове и его неудачах не было вовсе. И не случайно велел остаться после совещания Насте, Короткову и Доценко. Это означало, что он тоже вспомнил про Лепешкина и понял, что вины его ребят здесь нет. Они следователей не выбирают. А его вина, вина начальника, есть. Он должен был вовремя вспомнить, что такое есть Игорь Евгеньевич Лепешкин, и дать своим подчиненным жесткие инструкции, а не ждать, пока они набьют синяки и шишки, набираясь собственного печального опыта.

Когда закрылась дверь за последним из покидающих кабинет Гордеева оперативников, он резко поднял голову и уставился на Короткова:

— Что за детский сад вы мне тут разводите? Почему сразу не пришли и не сказали, что Лепешкин вам всю обедню портит?

— Виктор Алексеевич, вы не поощряете, когда мы ходим к вам жаловаться. Сколько раз вы устраивали нам выволочки за то, что мы жаловались вам на следователей? Вы же сами без конца повторяли, что следователь — фигура номер один, и наше дело — выполнять его поручения, а в свободное от основной работы время заниматься самодеятельностью, — сказала Настя, пересаживаясь в свое любимое кресло в углу кабинета.

— Мало ли чего я говорил, — пробурчал Колобок. — Может, я шутил. В общем так, ребятки. Я перед вами виноват, Лепешкина просмотрел. Я его знаю давно, он в городской прокуратуре всего два месяца работает, а до этого много лет сидел в районе и в округе. Вам, слава богу, сталкиваться с ним раньше не приходилось, он специализировался на хозяйственных делах. Когда мне сказали, что убийство Галактионова ведет следователь Лепешкин, я должен был сразу вас предупредить, чтобы женщин-свидетельниц вы предварительно опрашивали сами, иначе толку не будет. Я этого не сделал, в чем и признаю свою вину. С этим все. Теперь о другом. Мне звонил сегодня Константин Михайлович Ольшанский с несколько странной просьбой. Ему нужны сведения по делу Галактионова. Господин Лепешкин их, естественно, не дает. Ну, тут он в своем праве, тайна следствия — дело святое. В принципе Костя мог бы получить эти сведения сам, но у него это займет раз в сто больше времени, чем у вас троих плюс Лепешкин. Объясняю суть: Ольшанский ведет дело о разглашении тайны усыновления. Некий Лыков вымогал деньги у приемных родителей под угрозой разглашения вышеозначенной тайны. Будучи благополучно пойманным, Лыков заявил, что узнал эти сведения от недавно убиенного Галактионова. Вопрос: а откуда сам Галактионов мог это узнать? Спросить мы у него уже ничего не можем, к сожалению. Поэтому Косте остается только одно: прошерстить весь круг знакомых покойного, чтобы попытаться найти ниточку, которая приведет его к человеку с излишне длинным языком. Если Костя сейчас кинется заново терзать родственников, друзей и знакомых Галактионова, причем с какими-то странными и совершенно другими вопросами, то потратит массу сил и времени, а в результате только людей озлобит. Ему бы получить перечень свидетелей и краткие характеристики показаний, да Лепешкин ему дело не дает. Просьба ясна?

— Так Лепешкин и нам дело не дает, — подал голос Коротков. — Мы Ольшанскому можем дать только то, что сами сделали, а уж чего там Лепешкин надопрашивал — мы и знать не знаем. Так только, в общих словах, исходя из того, что он соизволит нам сквозь зубы процедить.

— Ребятки, Косте надо помочь.

— Конечно, Виктор Алексеевич, о чем речь, Ольшанский — нормальный мужик, с ним хорошо работать. Поможем. А почему бы ему не забрать дело Галактионова себе?

— С какой это стати, скажи, пожалуйста? Кто он такой, чтобы забирать дела по собственному усмотрению? Чтобы это сделать, нужно по меньшей мере доказать, что убийство и разглашение тайны усыновления можно объединять в одно уголовное дело. У тебя есть основания так думать? Правильно, нет. И у меня нет. И у него нет. Во-вторых, нужно еще доказать, что дела надо объединять именно у Ольшанского, а не у Лепешкина. По общему-то правилу дело о менее тяжком преступлении присоединяется к делу о более тяжком, а никак не наоборот. Усыновление можно отобрать у Кости и отдать этому дегенеративному Лепешкину. А наоборот — маловероятно.

Выйдя от начальника, Настя направилась к своему кабинету, когда ее догнал высокий черноглазый Миша Доценко, самый молодой сыщик в отделе по борьбе с тяжкими насильственными преступлениями.

— Анастасия Павловна, можно к вам на минутку?

— Заходите, Мишенька.

Она приветливо улыбнулась, открывая перед Мишей дверь. Он ей нравился своим упорством, неугасимым стремлением научиться тому, чего он еще не умеет, открытостью и какой-то почти детской наивностью и чистотой. Сам он перед Каменской трепетал, называл ее по имени-отчеству, чем вот уже три года ввергал ее в смущение и краску, но переходить на «ты» и на обращение по имени отказывался категорически.

— Выпьете со мной кофе? — спросила она, доставая большую керамическую кружку и кипятильник. Без кофе она не могла прожить и двух часов, и если ей не удавалось вовремя влить в себя чашку горячего крепкого напитка, она начинала слабеть, внимание рассеивалось, а глаза закрывались.

— С удовольствием, если можно, — застенчиво ответил Миша. — Анастасия Павловна, объясните мне, пожалуйста, про Лепешкина, я не все понял из того, что говорил Виктор Алексеевич.

У Миши Доценко было еще одно отличительное качество: он был единственным сотрудником отдела Гордеева, который никогда не называл своего начальника Колобком не то что за глаза, а даже и в мыслях.

— Видите ли, Мишенька, я сама узнала об этом только сегодня утром. Оказывается, от Игоря Евгеньевича в свое время ушла жена, бросила его ради красивого богатого любовника. Подозреваю, там было еще кое-что, но вам, как человеку молодому, эти гадости знать не обязательно. Игорь Евгеньевич очень переживал, причем настолько, видимо, сильно, что у него сформировался свой взгляд на адюльтер. Мужчина, как холостой, так и женатый, может делать все, что считает нужным, но изменяющая мужу женщина достойна всяческого порицания. Он ненавидит только свою жену, но никак не ее нового мужа. Понятно?

— Пока понятно, — кивнул Миша, не сводя с Насти внимательных черных глаз. — У вас вода кипит.

— Спасибо.

Она повернулась к тумбочке, на которой стояла кружка с кипятильником, вытащила вилку из розетки.

— Вам крепкий?

— Средний.

— Сахар?

— Два кусочка, если можно, пожалуйста.

— Можно, пожалуйста. — Настя бросила в его чашку два куска сахару. — От вашей вежливости, Мишенька, можно сойти с ума. Вы не устаете от нее? Впрочем, извините, это с моей стороны уже грубо. Вернемся к Лепешкину. Если Игорю Евгеньевичу приходится беседовать с женщиной, имеющей любовника, то беседу можно считать загубленной с самого начала. Он проявляет крайнюю резкость, нетерпимость, невежливость вплоть до грубости, постоянно давая ей понять, что она нарушает нормы морали и ей вообще не место среди людей. Понятно, что практически любая женщина в такой обстановке замкнется и слова лишнего не скажет, лишь бы быстрее ноги унести от этого малоприятного человека. А поскольку Галактионов в любовных связях и разовых похождениях себя не ограничивал, то совершенно очевидно, что его подруги составляют значительную часть всех источников информации. И вот сегодня утром оказалось, что полноту информации, полученной из этих источников, нужно ставить под сомнение. Костя-то Ольшанский хорошо знает, что такое Лепешкин, вот он меня и просветил.

— Вы мне не расскажете?

— О чем? — удивилась Настя.

— О том, что сказал Ольшанский. Я только в кабинете у Виктора Алексеевича в первый раз об этом услышал.

— Ох, Мишенька, простите меня, ради бога! — спохватилась Настя. Она и в самом деле до начала оперативки не успела поговорить с Мишей, а теперь получалось, что она отстранила младшего товарища от дела, ничего ему не объясняя. — Понимаете, свалить вину на покойника — дело некрасивое, но, к сожалению, весьма распространенное. Ольшанский подозревает, что шантажист Лыков может говорить неправду и сведения об усыновлении он получил вовсе не от Галактионова. Проверить это очень трудно, но Ольшанский вцепился в это дело как собака в кость и хочет, чтобы мы по возможности ему помогли. Мы имеем с одной стороны мужа и жену Красниковых, а с другой — Галактионова, якобы обладавшего информацией об их семейной тайне. И мы должны попробовать провести линию между ними. При этом мы договорились, что Константин Михайлович будет двигаться нам навстречу со стороны Красниковых и их окружения, а мы, в свою очередь, еще раз проанализируем круг знакомых Галактионова, на этот раз с точки зрения контактов с теми, кто соприкасался с Красниковыми. Идея понятна?

— Вот теперь понятно, — облегченно улыбнулся Доценко.

— Ну, раз понятно, тогда начнем. Несите мне все, что у вас есть по Галактионову, я пока начну приводить это в систему, а вы, Мишенька, отправляйтесь к свидетельницам, которых допрашивал Лепешкин. Придумайте какую-нибудь убедительную сказочку, заморочьте им голову, но постарайтесь их разговорить. Ни один из тех, с кем мы беседовали, не сказал ни слова, из которого можно было бы догадаться, откуда у Галактионова сведения об усыновлении. Никто не упоминал ни о связях в органах загса, ни о роддомах, ни о Саратове, где родился и был усыновлен мальчик. Ну не во сне же ему это приснилось, правда? Должен быть кто-то, кто сказал ему об этом. Вот этого «кого-то» мы с вами и должны вычислить.

Получив от Михаила все блокноты с записями по делу Галактионова, Анастасия Каменская заперлась в кабинете, сварила себе еще кофе, убрала со стола все лишнее и с головой погрузилась в изучение списка людей, с которыми так или иначе был связан Александр Владимирович Галактионов.

Инна Литвинова, невысокая, широкоплечая, крепко сбитая, легко поднималась по лестнице, неся в одной руке объемистый портфель, в другой — тяжелую сумку с продуктами. Открыв дверь своей квартиры и войдя в прихожую, она сразу поняла, что Юля дома.

— Котенок! — радостно позвала она. — Я пришла!

Ей никто не ответил. Инна быстро сбросила грязные сапоги и, даже не сняв короткую шубку, стремительно ворвалась в спальню. Юля лежала в постели с книжкой, ее длинные светло-рыжие волосы казались золотыми на фоне голубой наволочки, а выражение смазливого личика было недовольным и скучным.

— Котенок, ты чего не откликаешься? Ты плохо себя чувствуешь? — заботливо спросила Инна.

— Нормально, — вяло протянула Юля.

— Сейчас я приготовлю ужин. Хочешь салат с крабами? Я купила...

— Да ну, — все так же вяло протянула девушка. — Я хочу шампиньонов, я тебе еще вчера говорила. Курицу хочу с шампиньонами. И креветок в кляре.

— Я все купила, котеночек, не злись, я сейчас все сделаю, — засуетилась Инна.

— Да? — Юля заметно оживилась. Просто удивительно, откуда в этой юной девушке была такая непреодолимая страсть к изысканной кухне. Она ела немного, была очень стройной и изящной, но претензии по части кухни у нее были поистине княжеские, и она знала, что Инна в своей слепой любви к ней готова на все, лишь бы доставить ей удовольствие.

Ужин Инна принесла ей в постель. Сидя рядом на краешке кровати, она с умилением наблюдала, как

Юля с аппетитом ест крупные креветки в кляре, обмакивая их в специальный соус.

— Вкусно? — с надеждой спросила Инна.

— Нормально, — безразличным тоном ответила девушка. — Ты мне обещала, что мы поедем на Средиземное море, где в ресторанах подают устрицы, креветки и омаров. Когда мы поедем?

— Скоро, котеночек. Скоро у нас будет много денег, очень много. Я, может быть, не смогу с тобой поехать, но ты ведь и одна съездишь, правда?

Инне очень хотелось услышать в ответ сожаления по поводу невозможности поехать на Средиземное море вместе. Но она, как, впрочем, и ожидала, услышала совсем другое.

— Ладно, я и одна не пропаду. Так даже лучше. Так когда я поеду?

— Я не могу сказать точно. Я думаю, что получу деньги в течение двух, самое большее — трех месяцев. Сейчас январь, значит, наверное, в мае ты уже сможешь ехать.

— Договорились, — повеселела Юля, — в мае я еду в Италию, на море, есть устрицы.

Инна тщательно перемыла на кухне всю посуду, протерла мокрой тряпкой пол. Ей приходилось тщательно следить за чистотой в квартире, потому что Юля обожала ходить босиком и по целым дням не снимала белых, нежно-голубых или розовато-сиреневых пеньюаров, и не дай бог на кухонном столе останется непросохший след от чашки с кофе или от розетки с вареньем.

Закончив уборку, она отправилась в ванную. Сняв юбку и темную строгую блузку, она осталась в одном белье и по привычке окинула себя взглядом в зеркале. Прямые плечи, мощный торс, полное отсутствие талии и узкие сильные бедра. Лицо некрасивое, грубоватое. Коротко остриженные волосы с ранней сединой. Да, Инна Литвинова, до красавицы тебе далеко, но это не так уж и важно. Мужик и не должен быть красивым, вполне достаточно, если он чуть-чуть лучше обезьяны.

Стоя под душем, она с нежностью подумала о Юле, о ее золотых волосах и молочно-белом теле на голубых простынях, и почувствовала, как внизу живота возникла приятная ноющая тяжесть. Юлечка... Юленька... Котеночек...

Глава 2

1

Дима Красников родился в 1979 году в Саратове. Его мать, Вера Борисовна Боброва, так и не вышла замуж, но, защитив диссертацию и построив себе кооперативную квартиру, в сорок три года решила, что нужно рожать. Родители ее были уже старенькими, и перспектива остаться совсем одной на этом свете Веру Борисовну ужасала.

Она поехала в южный санаторий «за беременностью», но в первый раз ей не повезло. На следующий год она повторила попытку, но снова неудачно. Ей хотелось родить ребенка от здорового непьющего мужчины, а такой нашелся лишь под самый конец ее пребывания в санатории, и хотя и удалось затащить его в постель, но забеременеть Вера снова не успела. Третья поездка оказалась успешной, правда, врач предупредил, что первые роды в сорок пять лет — дело весьма опасное. Отец Веры к этому времени умер, оставалась мать, которой было уже за семьдесят и которая здоровьем похвастаться не могла. Перспектива полного одиночества была такой близкой, что Вера рискнула пренебречь советом врача, хотя тот очень и очень советовал ей подумать, показывал результаты анализов, кардиограмму и говорил о высокой вероятности неблагоприятного исхода.

Прогноз врача оправдался. Двоюродная сестра

Веры Борисовны Оля Боброва, коренная москвичка, работавшая в то время в Курске учителем русского языка и литературы по распределению после окончания педагогического института, примчалась в Саратов, едва узнав о смерти сестры.

— Тетя Люба, давайте я заберу мальчика, — предложила она своей тетке. — Вы с ним не справитесь, а отдавать в детский дом при живых родственниках — кощунство.

Мать Веры Борисовны вынуждена была согласиться с тем, что ее племянница права. Ольга назвала мальчика Дмитрием, оформление документов прошло легко и быстро отчасти потому, что у покойной сестры и у самой Ольги фамилии были одинаковыми: обе они носили фамилии своих отцов — родных братьев. Поэтому в доброй половине учреждений тот факт, что Ольга Боброва оформляет какие-то документы на Дмитрия Боброва, ни малейших вопросов не вызвал.

К моменту, когда произошли эти печальные события, срок работы по распределению подходил к концу, через два с половиной месяца Ольга собиралась возвращаться в Москву, к родителям, а примерно через месяц должна была состояться ее свадьба с Павлом Красниковым, учителем истории, преподававшим в той же школе, что и она.

— Ты можешь оставить ребенка в Курске на некоторое время? — спросил Павел, когда взбудораженная Ольга позвонила ему в Саратов и объявила о предпринятом ею шаге.

— Зачем? — насторожилась она.

— Мы поженимся здесь, в Саратове, потом вместе поедем в Курск и оформим перемену фамилии мальчику. После этого ты пишешь родителям в Москву покаянное письмо, что, мол, родила за месяц до свадьбы, стеснялась им говорить, что ждешь ребенка. Ждите, мол, дорогие мои, меня вскорости с мужем и младенцем на постоянное жительство в город-герой, столицу нашей Родины.

— И что нам это дает? — не поняла Оля. — Зачем такие сложности?

— Я не сторонник ненужной огласки, — объяснил ей жених. — Чем меньше людей знают об усыновлении, тем дальше спокойнее жить. Если ты привезешь сейчас ребенка в Саратов, то все поймут, в чем дело, потому что беременной тебя никто здесь не видел. Таким образом, отсюда ты уедешь просто замужней дамой, а в Москву приедешь счастливой молодой матерью. Все, кто знает об усыновлении, останутся только в Курске. Поняла?

— Ты хочешь, чтобы я и от своих родителей это скрыла? Но это не получится, есть же тетя Люба, она им расскажет. Они ведь знают, что Верочка умерла в родах.

— А ты поговори со своей тетей Любой. Я очень тебе советую, Олюшка, попытайся ее убедить. Ты у меня умница, ты сумеешь найти нужные слова. Все, что я хочу сделать, пойдет только на благо мальчику. Чем меньше людей знает, тем лучше, поверь мне, милая, — ласково уговаривал ее Павел. — Попробуй договориться со своей теткой. Не получится — так не получится, но попробовать надо. Мы ведь не знаем, кто отец мальчика, откуда твоя сестра привезла свою беременность. А вдруг она поддерживала с ним отношения вплоть до самых родов? А вдруг он знает, что у него должен родиться ребенок? Ты можешь гарантировать, что он в один прекрасный момент не ворвется в нашу жизнь с какими-нибудь гадостями?

Оля была вынуждена согласиться с тем, что Павел прав. Она сделала все в точности так, как он предлагал, и через три месяца молодая семья с грудным Димочкой переступила порог московской квартиры Бобровых. Тетя Люба вняла Ольгиным уговорам и объяснениям и поклялась ничего не говорить брату своего покойного мужа и его жене. А через полгода она умерла.

Таким образом, в Москве обладателями тайны усыновления были только супруги Красниковы. Те же люди в Курске, которые знали о смерти Веры Борисовны Бобровой, не знали, какую фамилию стал всего через три месяца носить маленький Димочка, а те, кто знал, что Дима Бобров превратился в Диму Красникова, понятия не имели о том, что его настоящая мать умерла.

Обдумывая эту информацию, Константин Михайлович Ольшанский чувствовал себя неуютно. Конечно, проследить путь Димы Красникова от момента рождения до сегодняшнего дня можно, но для этого надо быть работником правоохранительных органов и иметь доступ к любым архивным документам, задавать вопросы множеству людей, которых еще предварительно надо найти, потому что за минувшие пятнадцать лет почти никто из тех, кто работал в 1979 году, не остался на прежнем месте. Кто на пенсии, кто умер, кто уехал в другой город... И потом, нужно же еще найти самих Красниковых. Что толку от того, что какой-то болтун из Курска сегодня скажет: «А в 1979 году я оформлял перемену фамилии мальчику Боброву, который стал Красниковым. И я точно знаю, что хоть у него и записана мать Ольга Боброва, но она ему не родная». Красникова в тот момент была прописана в Саратове, из Саратова убыла в Москву, и спустя пятнадцать лет живет вовсе не в той квартире, куда приехала с грудным Димой, и работает совсем не в той школе, где начала работать после возвращения. Найти Красниковых, безусловно, можно, но опять-таки, это под силу только работнику милиции или прокуратуры. Обычный гражданин сделать этого не сможет.

«Что же из всего этого следует?» — задавал себе вопрос Константин Михайлович, сидя за столом в своем служебном кабинете над раскрытой папкой с материалами по Красниковым и Леониду Лыкову. Вариантов только два: либо Красниковы все-таки кому-то проболтались, либо в деле фигурирует работник милиции или прокуратуры, который раскопал историю Бобровых и зачем-то поделился ею. Вот только с кем? С Лыковым? Значит, Лыков врет и покрывает его, спихивая вину на Галактионова. Или он поделился с Галактионовым? Тогда получается, что Лыков не врет, а среди связей Галактионова есть такой нечистоплотный представитель правоохранительной системы, но почему-то его не назвал и не упомянул ни один из почти восьми десятков свидетелей. Выходит, если у Галактионова и была такая связь, то он ее охранял бережно и тщательно, никого в свой секрет не посвящая. Интересно, почему? И откуда у него эта связь?

А если Лыков все-таки врет, то стало быть, такая связь есть у него. Но Леонид Лыков работает в автосервисе, и проверять его контакты — дело тухлое, для этого надо освобождать от работы половину сыщиков с Петровки и половину следователей из городской прокуратуры. Но проверять, конечно, надо, никуда не денешься.

Что же касается Курска, то Ольга Красникова не вспомнила ни одной фамилии тех людей, которые были посвящены пятнадцать лет назад в суть событий. Поэтому искать их и проверять «на болтливость» придется через милицию. Добросовестно заполняя многочисленные бланки разнообразных запросов, Константин Михайлович Ольшанский в глубине души был уверен, что делает это напрасно. Но от него требовали образцовое дело, а в образцовом деле о разглашении тайны усыновления обязательно должны быть сведения обо всех, к этой тайне причастных. И запросы тоже должны быть образцовыми.

2

Он резко распахнул дверь и вошел в одно из помещений лаборатории. Сидящий за компьютером мужчина повернулся к нему и приветливо кивнул.

— Добрый день.

— День добрый, — бодро откликнулся он. — Как дела? Когда представляешь диссертацию в Совет?

— На ближайший Совет я не успеваю, а следующий первого марта, хочу на него успеть.

— А почему на ближайший не успеваешь?

— Да с перепечаткой застрял. Машинистка приболела, но обещает за десять дней напечатать весь текст вместе с авторефератом. Если не подведет, то десять дней, плюс день вычитать опечатки и проверить формулы, плюс еще день, чтобы все поправить, и сдавать ученому секретарю нужно как минимум за неделю до Совета. Итого — двадцать дней. А ближайший Совет — через две недели.

— Но к следующему точно успеваешь? Ты не забыл, что в плане работы Института твоя защита предусмотрена во втором квартале? Чтобы защититься до конца июня, ты должен обязательно успеть пройти Совет первого марта. Пока будут тиражировать автореферат, месяц пройдет. Пока его разошлют да пока отзывы придут... Какая у тебя будет ведущая организация?

— Новосибирский Институт.

— Ого! Тебе надо брать командировку в Новосибирск и везти туда диссертацию самому, иначе ты отзыв прождешь до второго пришествия. Туда почта будет идти месяц, а то и больше, если вообще не потеряется, и обратно столько же. Давай созванивайся с Новосибирском, заявляй командировку в план на второй квартал, и прямо в начале апреля дуй за отзывом.

— Спасибо, — от души поблагодарил его собеседник. — Хорошо бы, все прошло без срывов.

— А каких это срывов ты боишься, интересно знать? — недобро улыбнулся он.

— Ну, мало ли. Машинистка руку сломает. Ученый секретарь попадет в больницу с инсультом. Разобьется самолет, на котором я полечу в Новосибирск. Вот так планируешь, планируешь и не знаешь, где споткнешься, где судьба тебе веревочку поперек дороги натянула.

— Что за пессимизм! — укоризненно воскликнул он. — Бомба дважды в одно место не падает, ты же знаешь. А в записке ничего не было, я проверял. Так что успокойся и не нервничай.

Он быстрым шагом вышел из лаборатории и мысленно похвалил себя за то, что выработал правило, согласно которому старался не общаться с коллегами в своем кабинете, а предпочитал навещать их на рабочих местах. Он хотел оставить за собой свободу маневра и возможность прервать разговор в любой момент и выйти из помещения. Беседуя с сослуживцами в своем кабинете, он эту свободу терял. Не выгонять же людей. И рот им не заткнешь, когда они начинают ныть и жаловаться или — еще хуже — сплетничать. Он этого терпеть не мог. Впрочем, если быть объективным, то следует признать, что он вообще терпеть не мог людей. Люди его раздражали. Они казались ему недалекими, мелкими, сварливыми, мерзкими в своей слабости и жадности, смешными до отвращения в своих глупых переживаниях. Если бы его спросили, чего он хочет больше всего на свете, он бы ответил, что хочет жить в полном одиночестве, никого не видеть и ни с кем не общаться. И был бы при этом совершенно искренним.

3

Из задумчивости Настю Каменскую вывел настойчивый телефонный звонок.

— Аська, ты не забыла, что я тебе обещал сегодня торжественный ужин?

Это звонил Алексей Чистяков, Настин друг с незапамятных времен, а на протяжении последних четырнадцати лет — ее любовник и потенциальный жених, выходить замуж за которого она отказывалась все эти годы с непонятным, но завидным упорством. Периодически, примерно раз в год, он на всякий случай спрашивал, не передумала ли она, хотя прекрасно знал, что услышит в ответ одно и то же:

— Нет, Лешик, я не передумала, зачем нам жениться? Разве нам и так плохо? Мы же проводим вместе столько времени, сколько хотим. Если мы поженимся, ничего не изменится, ты будешь заниматься своей работой в Жуковском, я — своей, а сливаться в экстазе мы все равно будем только по воскресеньям.

Алексей не находил эти доводы убедительными, но и настаивать не хотел. Он просто решил взять свою подругу измором и с тех пор, как приобрел автомобиль, стал приезжать к ней не только на выходные, но и посреди недели, оставаясь у нее по нескольку дней подряд. Насте это не мешало, потому что приходила она поздно, а готовил Лешка ух как здорово!

Услышав в трубке его голос, она слегка напрягла память и припомнила, что он, действительно что-то говорил вчера про торжественный ужин, но, убей бог, она не могла взять в толк, по какому поводу.

— Я все купил, сейчас подъеду к тебе за ключом, — сказал он весело. — Чтобы к твоему приходу все было готово.

Оставшуюся часть дня Настя перебирала многочисленные листки и блокноты на своем столе, отбирая то, что возьмет с собой домой на воскресенье. Утром ей позвонил Ольшанский и попросил проанализировать информацию о жизни и характере Галактионова, чтобы понять, мог ли он в принципе совершить такой некрасивый поступок, как отдать тайну усыновления практически первому встречному — знакомому мастеру из автосервиса, вместо того чтобы либо одолжить ему денег, либо отказать. У следователя все еще сильны были подозрения, что Лыков врет и тайну раскрыл ему вовсе не покойный Галактионов. Весь последний год она боялась встречаться с Ольшанским и разговаривать с ним. Год назад у них произошла настоящая трагедия. Ее коллега Владимир Ларцев, оставшийся вдовцом и имеющий на руках одиннадцатилетнюю дочку, поддался на шантаж и угрозы причинить девочке неприятности и стал оказывать услуги некоей криминальной структуре. Работая с Ларцевым по одному убийству, Настя заподозрила неладное и сказала об этом Ольшанскому, который был с Ларцевым дружен. Узнал об этом и полковник Гордеев. Им всем было жалко своего товарища, все они хотели смягчить ситуацию, помочь ему, не обидеть, а главное — не навредить ребенку, которого к моменту кульминации преступники просто похитили, поставив перед беднягой Ларцевым дилемму: или он заставляет строптивую Каменскую делать то, что нужно, или прощается с дочерью навсегда. Каким образом можно заставить Настю делать то, что нужно, они не объяснили, выдав ему карт-бланш на любые действия вплоть до ее убийства. И даже в этой ситуации все продолжали жалеть Ларцева и сочувствовать ему. А кончилось все тем, что он получил тяжелое ранение в голову, еле-еле выжил, был комиссован из органов милиции по инвалидности и теперь сидел дома, иногда подрабатывая на жизнь частной юридической практикой, но в основном лежа на диване и корчась от невыносимых головных болей и сводящих всю правую половину тела судорог. Насте почему-то казалось, что Ольшанский во всем винит ее. Ей и самой иногда казалось, что трагедию можно было бы предотвратить, если бы она плюнула на то убийство и не стала соваться туда, куда не нужно. Ну, было бы одним нераскрытым убийством больше. Зато Володька был бы здоров.

Иногда ей казалось, что и сам Ольшанский избегает встречаться с ней. Ведь он-то первым заметил, что с его другом что-то происходит, потому что Настя подключилась к тому делу намного позже. Значит, и на нем есть часть вины. А может, прав Юрка Коротков, не надо себя грызть, тут вообще ничьей вины нет?

Как бы там ни было, Настя никоим образом не хотела обострять отношения со следователем Ольшанским. Нужно как можно меньше с ним общаться и как можно лучше выполнять все его поручения. Тем более, кто знает, может быть, история с усыновлением прольет хоть какой-нибудь свет на убийство Галактионова.

Она запихнула в большую спортивную сумку многочисленные папки и блокноты и позвонила Леше, что выезжает.

Выйдя из автобуса неподалеку от своего дома, она с удивлением увидела на остановке Чистякова.

— Что ты здесь делаешь? — спросила она, с облегчением передавая ему тяжеленную сумку. После неудачного падения у нее от поднятия тяжестей начала невыносимо болеть спина. Впрочем, болела она почти постоянно, но боль была хоть и раздражающей, но терпимой, а вот после упражнений с сумками Настя ложилась на пол и тихо умирала, не имея возможности ни сесть, ни встать, ни перевернуться на живот без посторонней помощи.

— Тебя встречаю. Мне нужно обсудить с тобой один вопрос.

— Что, так срочно? А десять минут подождать нельзя было, пока я домой приду?

— Нельзя.

Леша крепко взял ее под руку и не торопясь повел домой, аккуратно обходя глубокие грязные лужи и скользкие колдобины.

— Я получил гонорар, очень большой гонорар, за учебник, который перевели в Штатах.

— Поздравляю, — равнодушно откликнулась Настя. Мысли ее были заняты Галактионовым, и она не совсем понимала, почему радостная весть о большом гонораре не могла подождать до ужина.

— Я хочу отправить тебя отдохнуть. Ты очень плохо выглядишь, ты устала, Асенька, тебе нужно лечиться, но лечиться ты не хочешь, поэтому я хочу, чтобы ты поехала куда-нибудь в хорошее место, где есть море, солнце, чистый воздух, вкусная и натуральная еда, а не та гадость, которую мы вынуждены есть в Москве, и не тот загазованный отравленный воздух, которым мы здесь дышим.

— Как это — отправить? — встрепенулась Настя. — А ты? Я что, одна поеду?

— Ну, если ты захочешь, я с удовольствием поеду

вместе с тобой. Я просто не рисковал предлагать. Раз ты за меня замуж выходить не хочешь, так, может, ты и отдыхать со мной не желаешь, — отшутился он. — Так как тебе мое предложение?

— Интересное, — сдержанно ответила Настя. — Но лучше бы ты купил себе новую машину. У меня сердце разрывается смотреть, как ты впихиваешь свой двухметровый организм в крошечный «москвич».

— Значит, мое предложение тебя не заинтересовало, — констатировал Леша. Настя автоматически отметила, что голос у него почему-то не огорченный, но, увлеченная мыслями о Галактионове, не придала этому значения. А зря.

— Есть другой вариант, — спокойно продолжил он. — Ты не едешь отдыхать, но на эти деньги мы покупаем тебе компьютер. Хороший мощный компьютер с большой периферией и пакетом программ. Принтеры, сканеры — словом, все, что нужно тебе для работы.

Настя споткнулась и остановилась. У нее от радости даже дыхание перехватило.

— Лешик, миленький, ты правда можешь купить мне компьютер? Леш, хочешь, я за тебя замуж выйду? Ты лучше всех на свете!

— Прекрати, — он шутливо нахмурился. — Помнится, не далее как два месяца назад ты обещала выйти за меня замуж, если я сделаю тебе небольшое одолжение. Было?

— Было, — покаянно призналась Настя.

— Значит, ты не хочешь ехать ни на Гавайи, ни на Канары, если вместо этого получишь компьютер. Я правильно тебя понял?

— Ага! — восторженно выдохнула она, нажимая кнопку вызова лифта.

— Это твое последнее слово?

— Последнее, — твердо сказала она.

— И ты не передумаешь?

— Да ты что! — возмутилась она. — Ты же меня

знаешь. Мне и в самом деле работа важнее и интереснее, чем отдых.

— Ладно, — голос его вдруг стал каким-то усталым и безразличным. — Как бы у меня жаркое не перестояло. Будет жалко. Столько хороших продуктов туда вгрохал.

Он открыл дверь квартиры и пропустил Настю вперед. Та сразу плюхнулась на стоящий в прихожей стул, попыталась нагнуться, чтобы снять сапоги, и со стоном вцепилась руками в поясницу.

— Вот черт, снова прихватило. Ведь знала же, что сумка тяжелая, но надеялась, что обойдется.

— Давай помогу.

Леша склонился над ней и осторожно стащил с отекающих к вечеру ног сапоги.

— Сама встанешь или помочь?

— Попробую сама.

Настя собралась с силами и осторожно встала, упираясь руками в собственные колени. Ей удалось подняться со стула, а спустя еще некоторое время она сумела даже разогнуться.

— Вроде ничего, к утру должно пройти. Лешик, ты мне на ночь укольчик сделаешь?

— Конечно. Пойдем ужинать, а то я, пока готовил, нанюхался, насмотрелся на еду, весь слюной изошел.

— Сейчас, свитер только сниму.

Она открыла дверь в комнату, зажгла свет и замерла.

— Что это? — спросила она внезапно севшим голосом.

— Это то, что ты хотела. Ты же сама сказала, что не передумаешь, — откликнулся из кухни Чистяков, гремя посудой.

Несколько секунд царила тишина, прерываемая только кухонными звуками. Потом Настя возникла на пороге кухни. Держась одной рукой за поясницу, а другой — за край стола, она осторожно уместила себя на стул и уставилась на Лешу.

44

— Ты чего? — спросил он, нарезая хлеб. — Недовольна? Что-то не так?

— Леш, а как ты догадался, что я хочу такой компьютер больше всего на свете, больше даже, чем на Гавайи?

— Ну, Асенька, — рассмеялся он. — Ты вспомни, сколько лет я тебя знаю, сколько лет мы вместе. Мне было бы стыдно, если бы я не угадал.

Она снова умолкла. Леша закончил накрывать на стол, окинул взглядом мэтра общий вид сервировки и наконец сел.

— Что тебе налить? Вина? Или хочешь, я открою шампанское? У нас с Нового года еще осталось.

— Шампанское, — ответила она решительно, чем немало удивила своего друга, прекрасно знающего, что шампанское она не любит и пьет только в случаях крайней необходимости, когда отказываться неприлично.

— Лешик, — тихо сказала она, беря в руки бокал с золотистым напитком. — Ты правда лучше всех на свете. Сделай мне предложение, пожалуйста.

— Чего? — вытаращился Чистяков, от изумления непроизвольно дернув рукой и задевая локтем пустой бокал для вина. — Ах ты, жалость какая, бокал разбил.

— Черт с ним, не обращай внимания, — все так же тихо продолжила Настя. — Если ты знаешь меня настолько хорошо, что можешь с закрытыми глазами определить, как бы я распорядилась тремя тысячами долларов, то мне надо быть круглой идиоткой, чтобы отказываться выйти за тебя замуж. Лешик, я все поняла. Никто никогда не будет знать меня так хорошо, как ты. И никто никогда не будет принимать меня такой, какая я есть. Если ты сейчас сделаешь мне предложение, я его приму.

— А если завтра? — улыбнулся Леша. — Боишься, что к завтрашнему дню можешь передумать? Мне не нужны скоропалительные решения, о которых ты завтра первая же и пожалеешь. И вообще, я покупал тебе компьютер вовсе не для этого.

— Я боюсь, что завтра ТЫ можешь передумать, — очень серьезно сказала она. — Моя задача на сегодняшний день — связать тебя словом, чтобы завтра ты никуда не делся.

— Ты что, правда решила захотеть за меня замуж? Слушай, давай уже выпьем, шампанское выдыхается.

— Нет, — упрямо возразила Настя, — сделай мне предложение, тогда выпьем.

— Сумасшедшая! Тебе очень хочется, чтобы я опять попросил, а ты опять мне отказала?

— Я не откажу, Лешенька, честное слово. Давай поженимся, а? — как-то жалобно вдруг сказала она. — Я только сейчас поняла, какая была дура, что не хотела за тебя замуж.

— Ладно, твоя взяла, — засмеялся он, но глаза его оставались серьезными.

4

В воскресенье с самого утра Настя принялась за работу. Она пожалела, что почти все принесенные с работы материалы были рукописными и выполнены карандашом, поэтому нельзя было использовать новенький компьютер. Разложив на полу блокноты и отдельные листы, она легла на живот и начала систематизировать собранную информацию, переползая от одной кучки бумаг к другой и перекладывая листы с места на место.

Из рассказа жены Галактионова:

...Они поженились совсем молодыми, еще будучи студентами филологического факультета Московского университета. Среди свадебных подарков был невероятно дорогой фотоаппарат, привезенный из-за границы. В те годы, а было это в начале семидесятых, такие фотоаппараты можно было только привезти или, если очень повезет, купить в комиссионке. В магазинах они не продавались. В большой красивой коробке находились две коробочки поменьше с совершенно одинаковыми наклейками. В одной из них находилась камера, а в другой — запасной объектив, светофильтры и еще какие-то детальки.

— Поехали, — возбужденно сказал Саша Галактионов своей новоиспеченной жене.

— Куда? — удивилась та.

— Поехали, поехали, сейчас цирк будет.

Они приехали к большому комиссионному магазину. Оставив жену на улице, Саша зашел внутрь и через некоторое время вернулся, показывая ей пачку денег.

— Ты что, продал фотоаппарат? — ахнула та. — Как ты мог! Это же подарок на свадьбу!

— Я что, псих? — ухмыльнулся Саша. — Вот твой аппарат, не плачь. Он мне был нужен только для показа. А во второй коробочке я толкнул старый дверной замок.

— Но зачем, Саша? У нас же есть деньги.

— Да ну, ерунда, — отмахнулся он. — Ты сама подумай, две совершенно одинаковые коробочки с совершенно одинаковыми наклейками. Ну грех же не воспользоваться! Себя уважать перестанешь....

...Один из экзаменов в зимнюю сессию ей пришлось сдавать преподавателю, который терпеть не мог драгоценностей на студентках. Любое кольцо, кроме обручального, на руке у экзаменуемой гарантировало «неуд». Придя в университет и сдавая в гардероб роскошную дорогую дубленку, она сняла кольца — одно с бриллиантом, другое — с бриллиантом и изумрудом, хотела было положить их в сумочку, но внезапно увидела прямо рядом с собой того самого экзаменатора. Испугавшись, что он может увидеть, как она снимает драгоценности и прячет их в сумку, она сунула их в карман дубленки.

Заходя в аудиторию сдавать экзамен, она взяла с собой ручку, листок бумаги и зачетку, а сумку оставила мужу, который пришел вместе с ней, чтобы подбодрить ее и поддержать в случае провала. Сам он учился в другой группе и экзамен по этой дисциплине сдал еще два дня назад.

Она получила «четверку» и выскочила из аудитории счастливая и радостная. Муж подхватил ее на руки и закружил по коридору.

— Поехали, отметим!

Они бегом спустились в гардероб, но она не смогла найти в сумочке свой номерок.

— Не нервничай, давай отойдем в сторонку, ты все вытряхнешь и поищешь. Куда он мог деться, сама подумай, — успокаивал ее супруг.

Но тщательное перетряхивание содержимого сумочки ни к чему не привело. Номерок как растворился. Наверное, перед экзаменом, нервничая и дрожа от страха перед строгим преподавателем, она или вообще забыла взять номерок, или сунула его мимо сумки.

— Ничего не могу сделать! — твердо заявила сварливая гардеробщица. — Раз номерка нет, как я буду твою дубленку искать? Правило такое: жди до вечера. Как все разойдутся, польта свои поразберут, так одна твоя шубейка и останется. Тогда заявление напишешь и в присутствии завхоза свою вещь получишь.

— Ну надо же, обида какая! — она чуть не плакала. — Ждать до вечера! Сейчас только час дня, мы бы с тобой сейчас поехали куда-нибудь в кафе, отметили бы...

— Не расстраивайся, — утешил ее Саша. — Я сейчас возьму такси, смотаюсь домой, возьму другую дубленку, поедем с тобой куда-нибудь отпразднуем, а вечером вернемся.

Тогда все проблемы решались просто. Они были молоды, жили у ее родителей, людей по тем временам более чем обеспеченных. Саша через полчаса вернулся с длинной шоколадно-коричневой дубленкой, посадил жену в то же самое такси, в котором ездил домой, и они поехали в «Адриатику» пить «Шампань-Коблер» и «Северное сияние». Только вот вечером, когда они вернулись в университет, ее дубленки в гардеробе не оказалось.

— Раз нету, значит, кто-то получил ее по твоему номерку, — пожала плечами гардеробщица.

К тому времени она уже совершенно точно вспомнила, что положила номерок в сумку, потому что одновременно с этим, пристраивая номерок в маленький внутренний кармашек и застегивая его на «молнию», поймала на себе пристальный взгляд преподавателя-экзаменатора и подумала: «Хороша бы я была, если бы сейчас под его взглядом пристраивала свои бриллианты. Правильно, что я их в дубленке оставила». А сумку она нигде не оставляла. Только в руках у Саши, пока сдавала экзамен. Но он клялся, что не выпускал ее из рук...

Вопрос: Вам не приходило в голову, что дубленку вместе с кольцами украл именно ваш муж?

Ответ: Господи, да, конечно, приходило. Я была абсолютно в этом уверена.

Вопрос: Вы не пытались поговорить с ним об этом?

Ответ: Ни в коем случае. Он бы просто меня избил.

Вопрос: Даже так? А зачем же вы продолжали с ним жить?

Ответ: Во-первых, я уже была беременна, а для начала 70-х годов это было существенным фактором. Во-вторых, мои родители были против этого брака, но я настаивала и устраивала истерики, мол, я уже взрослая и сама могу разбираться в людях, а Саша такой умный и замечательный. Я ведь была совсем девчонка, и признаваться в ошибке мне самолюбие не позволяло. А потом как-то притерпелась. Сын родился, потом дочь, а потом Александр вообще перестал меня трогать. Мы с ним даже не ссорились.

Вопрос: Почему?

Ответ: Потому что почти не общались...

Из показаний сотрудницы кредитного отдела банка, где работал Галактионов:

— Александр Владимирович был таким отзывчивым, вы не представляете! Знаете, есть такой специальный фонд для оказания помощи тяжелобольным детям. У них в Москве есть консультационный центр, там врачи смотрят ребенка и делают заключение о тяжести заболевания, потом с этим заключением можно обращаться в фонд, и они уже сами отбирают, кого взять на лечение. Александр Владимирович как представитель нашего банка оказывал посреднические услуги, помогал нашим сотрудникам, которые хотели обратиться в фонд. У нас ведь несколько десятков филиалов по всей России, представляете, сколько у нас сотрудников? А Александр Владимирович прекрасно знал иностранные языки, поэтому всегда сам ездил с сотрудниками и их детьми и на консультации, и в представительства, и в посольство, помогал с переводом. Там нужно было знать английский и немецкий. С личным временем не считался, на своей машине возил, если надо. Золотой был человек!..

Из показаний Надежды Шитовой, любовницы Галактионова:

— На него невозможно было сердиться, даже когда он вел себя совершенно непозволительно. У него было море обаяния, веселый нрав, он много смеялся, шутил. Чувство юмора у него было хорошее, язык острый. Но мне иногда неприятно было то, как он шутил. Иногда это были очень злые шутки.

...Однажды он назначил одному человеку встречу на квартире у Шитовой. Человек этот должен был ему вернуть долг. Должник пришел вовремя, принес толстую пачку долларов, Александр усадил его пить кофе, развлекал светским разговором.

В это время в дверь позвонили, пришел сосед, принес какую-то большую толстую книгу.

— Александр Владимирович, вот, я достал для вас, вы просили.

— Спасибо, — обрадовался Галактионов. — Смотри, Надюша, какой справочник: технические характеристики и методы определения поддельных банкнот.

Ну-ка, что там внутри? Ох ты, надо же, смотри, и картинки есть, и все объяснения. А это что? Так, это какая-то хитрая таблица. Почитаем, как ею пользоваться. Так, смотрим на номер... в первой колонке... Ни хрена не понятно. Ну-ка, Витек, давай пачку, которую ты принес, сейчас на ней потренируемся. Так... номер... колонка... так... если совпало, то ищите букву во второй колонке... так...

Он старательно вчитывался в комментарии и объяснения к непонятной таблице, сверяя номера на банкноте, принесенной должником, с номерами в таблице фальшивых долларов.

— Если все шесть показателей совпали, то перед вами фальшивая купюра. Мать честная, Витек! Купюра-то фальшивая!

— Не может быть, Александр Владимирович, — заволновался должник. — Как же так?

— Ну не знаю, — возмущенно пожал плечами Галактионов. — Сам смотри, здесь все черным по белому написано. Садись и проверяй каждую купюру, мне эта головная боль ни к чему.

Побледневший Витек принялся изучать таблицу и сравнивать с ней принесенные купюры. Результат превзошел самые пессимистичные ожидания. Настоящими оказались только банкноты по одному и пять долларов, а тридцать стодолларовых купюр, согласно таблице, были фальшивыми.

— Где ты их брал? — зло спросил Галактионов.

— Купил, на улице... — пробормотал раздавленный Витек.

— Почему не в банке? Сто раз тебе говорил, предупреждал, что нарвешься.

— В банке курс был хуже, — оправдывался должник.

— Хорошо, что я додумался проверить, а то взял бы сейчас этот хомут себе на шею, не знал бы потом, что с ним делать. Отправляйся и принеси мне настоящие купюры. Так и быть, ввиду экстремальных обстоятельств продлеваю тебе долг еще на два дня.

Эта история могла бы характеризовать Александра Галактионова как человека осторожного, предусмотрительного и в общем-то не злого, готового пойти навстречу и учесть сложившиеся обстоятельства. Могла бы, если бы не одно «но». Большой белый справочник «Технические характеристики и методы определения поддельных банкнот» до этого случая целую неделю лежал дома у Шитовой, и Александр Владимирович внимательнейшим образом его прочитал. А за два дня до возвращения долга книга вдруг куда-то пропала. Надежда Андреевна думала, что Галактионов забрал ее с собой, ведь это был его справочник...

«Любопытная личность этот Галактионов», — думала Настя, лежа на полу и перебирая записи. Отъявленный мерзавец, который может совершить кражу у собственной жены и после этого утешать ее со всей искренностью, на какую способен. А если бы она попыталась уличить его, он так же самозабвенно бил бы ее. Причем он своих наклонностей вовсе не стесняется, по крайней мере, считает в порядке вещей взять с собой жену, когда едет продавать старый замок в коробке из-под дорогого импортного фотоаппарата. Ему в руки попадает справочник по фальшивым банкнотам, и он моментально придумывает аферу, которую проворачивает не с кем-то посторонним, а с собственным приятелем, находит подпольного фальшивомонетчика и заказывает ему поддельные купюры, чтобы потом быстренько их подменить и заставить доверчивого должника платить долг дважды. Азартный, считающий себя любимцем фортуны, веселый, остроумный, удачливый. Двадцать лет активной практики совершения мелких и крупных подлостей — и ни разу не попался. В милиции на него нет ни одного документа, его даже работники ГАИ не штрафовали. То ли он ездил аккуратно, то ли улыбался обаятельно, особенно если улыбка обнажала зажатую в зубах купюру.

Если верить свидетелям, то в последнее время удача вроде бы отвернулась от Александра Владимировича. Примерно за четыре месяца до смерти у него сорвалась довольно крупная сделка. Это была первая серьезная неудача за много лет, и Александр воспринял ситуацию философски: мол, не может же всегда везти, фортуне и отдохнуть надо. Но когда буквально на той же неделе его постигла вторая неудача, он заволновался. Неужели Санька Вист выдохся? Никогда еще не было, чтобы он проигрывал в преферанс такие огромные суммы. Он и вообще-то почти никогда не проигрывал, умудряясь обходить партнеров даже при самом неблагоприятном раскладе. Но для этого надо иметь способность к длительной, многочасовой концентрации внимания, чем всегда славился Вист. Обычно его партнеры утомлялись раньше, начинали допускать ошибки, забывали снесенные карты, Вист же был неутомим и на шестом часу игры так же легко запоминал ходы и считал карты, как и в самом ее начале. Так неужто первый его крупный проигрыш знаменовал собой начало старения, утраты внимания и памяти? Ему ведь всего сорок три, самый расцвет. Он должен доказать, что удача по-прежнему его любит, что все случившееся — не более чем мелкая неприятность, на которую не стоит даже внимание обращать.

Он яростно хватался за любые сделки, которые более объективный судья назвал бы скорее аферами, и чаще, чем обычно, садился за зеленое сукно. Сначала все шло хорошо, и он немного приободрился, потом снова посыпались неудачи. Галактионов несколько поутих: судя по отдельным его репликам, которые вспомнили свидетели, он решил собраться с мыслями и проанализировать причины свалившихся на него неудач. При этом все как один утверждали, что он не был в депрессии, не выглядел подавленным, а скорее заинтересованным, как ученый-энтомолог, столкнувшийся на Северном полюсе с тропической бабочкой.

Галактионов был по-прежнему остроумен и обаятелен, несмываемая печать неудачника на него не легла.

Больше никаких срывов не было вплоть до его смерти. Правда, говорят, что за несколько дней до гибели он резко воспрял духом и однажды сказал в присутствии жены:

— Ничего, даже когда Фортуна спит, мастерство бодрствует, его-то не пропьешь. А уж когда она проснется, то ли еще будет!

Видимо, он снова попробовал свои силы, и, как оказалось, удачно. Но непонятно вот что: обо всех его малосимпатичных делах и аферах обязательно кто-нибудь да знал — или жена, или любовница, или коллеги по работе. Другое дело, что они не понимали, насколько мерзко и противозаконно то, что он делает. Сам же Галактионов своей деятельности ни капли не стеснялся и никогда не скрывал, что грех не воспользоваться чужой глупостью или доверчивостью, и если он этого не будет делать, то перестанет сам себя уважать. Однако об этой последней удаче, если она вообще была, а не является плодом воспаленного воображения Анастасии Каменской, почему-то никто ничего не знает.

Интересно, почему? Что в ней такого особенного?

5

Он с неприязнью посмотрел на собеседника. Да, люди его раздражали, но такая формулировка была слишком общей. Раздражали его люди славянского типа. Все же остальные, например, азиаты, негры, кавказцы, заставляли его содрогаться от отвращения. Он не мог слышать неправильную речь, его коробило даже от намека на акцент. Он не мог спокойно смотреть на неславянские лица. Бог мой, как он их всех ненавидел!

— Сколько испытаний вам надо провести? — спросил собеседник.

— Не больше трех, — ответил он, стараясь не выдать голосом, что внутри у него все кипит. — После каждого испытания — примерно две недели доводки, потом новое испытание, и так далее. Итого приблизительно шесть-семь недель. Многое зависит от подопытного материала, иногда не удается сразу набрать нужное количество.

— Может быть, мы могли бы помочь? — спросил кавказец.

— Не нужно, — сухо отрезал он. — Прибор — это наша забота, а ваша забота — деньги. Готовьте оговоренную сумму, через полтора месяца прибор будет готов.

— В какой банк мы должны перевести деньги?

— Я предпочел бы наличными.

— Но это намного сложнее, — возразил кавказец. — Везти такую сумму через зону военных действий... Риск большой.

— Меня это не интересует, — холодно оборвал он. — Вы получаете прибор, а я — всю сумму наличными. Вы поняли меня? Всю. Сумму. Наличными, — раздельно повторил он.

— Но почему? — не унимался кавказец. — Вам же потом трудно будет вывозить ее за рубеж. А так она будет лежать в швейцарском банке, вас дожидаться. Поди плохо?

— Это не ваше дело, — зло ответил он. — Я не собираюсь за рубеж, и мне не нужен ваш сраный швейцарский банк. Мне нужны наличные здесь. Иначе вы не получаете прибор.

— Что ж, сейчас вы диктуете свои условия, — вздохнул кавказец. — Российские войска еще долго будут находиться на нашей территории. Первый раунд мы проиграли, но второй хотим выиграть. И ради этого пойдем на все. Нам очень нужен ваш прибор, поэтому вы, конечно, получите свои деньги наличными.

— Ну вот и славно, — миролюбиво улыбнулся он, с трудом сдерживая желание вцепиться собеседнику в глотку и задушить.

Миша Доценко сидел в кабинете Ольшанского и уже который час подряд работал с супругами Красниковыми, пытаясь помочь им вспомнить, не говорили ли они кому-нибудь о том, что сын Дима им не родной. Сам Константин Михайлович, уступив Михаилу свой стол, сидел в уголке и с интересом наблюдал, как мастерски молодой оперативник делал свое дело. Миша специально углубленно занимался проблемами памяти и мнемотехники и умел делать то, что в криминалистике называется «возбуждением ассоциативных связей». Иными словами, если человеку есть что вспомнить и нечего скрывать, то под чутким руководством старшего лейтенанта Доценко он обязательно вспомнит.

Ольга и Павел Красниковы в один голос твердили, что никогда... и ни за что... и никому... и так далее. Внезапно Миша изменил тактику.

— Почему вы все время меня обманываете? — спросил он с невинным видом.

— Мы?! — с возмущением воскликнули супруги. — Да что вы такое говорите! В чем мы вас обманываем?

— Ну, если не обманываете, то, значит, неточно формулируете свои мысли. Вот вы, Ольга Михайловна, ответьте мне еще раз на вопрос: с кем в течение последних пяти лет вы обсуждали тайну усыновления?

— Ни с кем, — устало повторила женщина. — Я вам десять раз уже повторила, ни с кем.

— Ну как же так? А Лыков? Шантажист, звонивший вам по телефону. С ним вы говорили об усыновлении?

— Да... Конечно... — растерялась Красникова. — Но я думала, вы имели в виду...

— Я понял, что вы хотите сказать, — мягко остановил ее Доценко, не дав договорить. — Но я хочу, чтобы и вы поняли, что я имел в виду, когда говорил, что вы неточно формулируете свои мысли. Теперь вы, Павел Викторович. Такой же вопрос вам.

— Я ни с кем не обсуждал проблемы усыновления, — торжествующе заявил он, слегка уязвленный тем, что этот симпатичный мальчишка с черными глазами и в наглаженном костюме оказался прав. — Даже с Лыковым. С ним по телефону всегда разговаривала Ольга.

— Чудесно, — широко улыбнулся Миша. — А разве с Ольгой Михайловной, с вашей женой, вы ни разу не говорили об усыновлении?

— Но при чем здесь это? — возмутился Павел. — Не хотите ли вы сказать, что я... что мы сами...

От волнения и гнева он стал запинаться и никак не мог подобрать нужные слова.

— Ни в коем случае, Павел Викторович. Я только хочу вам показать, что, отвечая на вопросы, вы заранее загоняете свои воспоминания в определенные рамки. Я спрашиваю: «С кем?», а вы в своем воображении рисуете образ злодея в лохмотьях или шпиона в темных очках и, не найдя такового, смело отвечаете мне: «Ни с кем». А это неправильно. В худшем случае, вы должны будете мне ответить: «Ни с кем, кроме...», а в лучшем — просто перечислить мне этих «кроме». Понятно? Давайте забудем все, что было раньше, и начнем сначала. И не надо пытаться оценивать каждого человека, о котором вы вспоминаете, прежде чем ответить. Позвольте это сделать мне самому. Итак, Ольга Михайловна...

Через несколько минут она неуверенно сказала:

— Может быть, врач. Знаете, врач-окулист. У Димы сильная близорукость, и когда я привела его к окулисту, она спросила, нет ли близорукости у меня. Я поняла, что должна ответить не про себя, а про Верочку, у той было прекрасное зрение, и я смело сказала, что близорукости у меня нет. Тогда она спросила про отца. А про него-то я совсем ничего не знаю. Видно, врач заметила, что я смутилась, отправила Диму в коридор и прямо спросила у меня: «У мальчика отец не родной?» Пришлось признаться, я не взяла на себя смелость рисковать здоровьем ребенка. Скрою, скажу, что отец родной и никакой близорукости у него нет, или, наоборот, есть, а у парня какую-нибудь болезнь заподозрят несуществующую, а ту, которая есть, проглядят.

— Очень хорошо, — обрадовался Миша. — Вот видите, что получается, когда не сковываешь себя предварительно поставленными рамками. Когда это случилось?

— Года три назад. Да, правильно, Димочке было двенадцать лет.

Миша записал номер поликлиники и фамилию врача.

— Давайте еще подумаем, — попросил он. — Еще небольшое усилие, и на сегодня закончим.

Но в этот день они так больше ничего и не вспомнили. Когда за Красниковыми закрылась дверь, Ольшанский приветливо улыбнулся Мише.

— Ну и молодец же ты, старлей, я прямо любовался, глядя, как ты работаешь. Тебе бы не опером, а следователем быть. Может, сменишь квалификацию, а? Погоди минут десять, я сейчас вынесу постановление о выемке медицинской карты и поедем в поликлинику, поговорим с этим окулистом.

Через час они входили в просторный вестибюль детской поликлиники. За мучительные усилия в первой половине дня они были вознаграждены тем, что нужная им врач Перцова оказалась на работе.

— Да, Дима Красников стоял у меня на учете, — подтвердила она, достав пачку карточек из картотечного ящика. — Я подозревала, что его близорукость может быть следствием предрасположенности к диабету. Видите, у меня стоит «диабет» и знак вопроса.

— А почему знак вопроса? Разве не удалось выяснить это до конца? — поинтересовался Ольшанский.

— Видите ли, диабет очень часто передается по наследству. Я спросила у матери, но она диабет по своей линии отрицает, — ответила Перцова, глядя в карточку. — А вопрос с отцом остался открытым, у меня написано: об отце сведениями не располагает.

Миша в это время пролистывал амбулаторную карту Димы Красникова. Анамнез почему-то не собирал никто из врачей, кроме окулиста, и в карте было записано в точности то же самое, что говорила им Перцова, глядя в контрольную карточку: по линии матери такие-то и такие-то заболевания, сведениями об отце не располагаем.

Выйдя из поликлиники, Ольшанский устало пошевелил плечами, не доведя движение до конца и так и не расправив их. Он ужасно сутулился при ходьбе.

— Не попали, — констатировал он. — Лыков совершенно определенно знал, что у мальчика приемными являются оба родителя. А Перцова этого не знает. Она считает, что у Димы мать все-таки родная. Но ты нос не вешай, старлей. Ты этим Красниковым мозги сегодня на правильную волну настроил, глядишь, они чего и вспомнят. А насчет моего предложения подумай. Из тебя отличный следователь выйдет, ты с людьми умеешь разговаривать, не то что я. Раньше мне Володька Ларцев сильно помогал в этом, я самые трудные допросы на него спихивал, вот мастер был — экстра-класс. И ты таким станешь, попомни мое слово. Мне бы в помощь тебя да Настасью, я бы весь преступный мир на уши поставил, — вдруг расхохотался он. — Слушай, а чего это она меня избегает? Не любит, что ли? Все по телефону да по телефону, не приедет никогда сама.

— Что вы, Константин Михайлович, Анастасия Павловна вас очень уважает и ценит чрезвычайно высоко, — осторожно выбирая выражения, произнес Доценко, внутренне сжавшись. Он прекрасно знал, что Каменская его терпеть не может, а после истории с Ларцевым еще и побаивается.

Ольшанский остановился на перекрестке, ожидая зеленый сигнал светофора. Миша стоял сзади, у следователя за спиной, и не видел выражения его лица. Внезапно Константин Михайлович обернулся и взялся рукой за отворот модной Мишиной куртки.

— Слушай, старлей, у меня с Каменской все счеты позади. Она умная девка, голова у нее работает как часы, а характер — не хуже моего. Если она считает, что в истории с Ларцевым есть моя вина, — пусть считает, я спорить не стану. Вина действительно есть. Но обсуждать эту историю я не намерен ни с ней, ни с кем бы то ни было другим. А вот для дела будет лучше, если мы с ней будем дружить. Пусть перестанет меня сторониться, передай ей, ладно?

— Я передам, Константин Михайлович, — уже спокойно ответил Доценко. — Я думаю, она будет рада это услышать. Она действительно побаивается с вами общаться, вы бываете иногда излишне резки.

— Ох ты, батюшки! — рассмеялся Ольшанский. — Какие нежности! А ты, старлей, молодец, аккуратно выражения выбираешь. Она, небось, говорила, что я хам первостатейный. Ну, говорила?

— Нет, — мягко улыбнулся Миша, — я никогда не позволяю другим перевирать показания и сам этого не делаю. Она сказала именно то, что я вам передал: вы иногда бываете излишне резки.

— Тебя с толку не собьешь, старлей, — удовлетворенно произнес Ольшанский, — ты с виду конфетный, а на зубах железный. Думай, думай над моим предложением, не забывай то, что я тебе сказал. И вот что еще. Завтра 19 января, Крещенье, моя жена блины будет печь. Придешь? Девчонок моих посмотришь, они у меня уже большие, но забавные до ужаса.

— Это неожиданно, — снова улыбнулся Миша, — но приятно. Я сделаю все возможное, чтобы отменить то, что уже запланировал на завтра.

— Вот это высший пилотаж, — очень серьезно сказал Константин Михайлович. — Тебе, старлей, цены нет. Тебя в Дипломатической академии, случаем, не обучали?

— С чего вы решили?

— Ну ты меня совсем-то за придурка не считай, — почти обиделся следователь. — Хочешь, я переведу то, что ты мне сейчас сказал? Твою мать, старый козел, ты что же, думаешь, у меня на завтрашний день других дел нет, кроме как блины с тобой кушать? Да у меня, молодого и резвого, все вечера на месяц вперед распланированы, и завтра я тебе скажу с сожалением в голосе, что, несмотря на все мои старания, часть нужных и важных дел, назначенных на вечернее время, мне отменить не удалось, если ты своими куриными мозгами допереть не можешь, что я к тебе на блины не пойду, даже если буду со скуки и безделья подыхать, потому что блины твои и девчонки твои, недомерки, мне, молодому и резвому, не интересны. Ну как, дословно перевел или с литературными вольностями?

— У вас получился перевод с английского на китайский, — засмеялся Миша, внутренне опять сжавшись. Да, следователь Ольшанский язык в узде не держит, не задумываясь ставит людей в сложное и неприятное положение. Немудрено, что Анастасия Павловна его не любит и общаться с ним не хочет.

— Почему именно с английского и именно на китайский?

— А потому, что при переводе с английского на китайский происходит приращение объема текста примерно в восемь раз. Английский язык очень емкий, а китайский — сложный, витиеватый, с множеством дополнительных определений. Я вам сказал ровно шестнадцать слов, а в вашем переводе сколько?

— Ладно, выкрутился, — махнул рукой Ольшанский. — Голыми руками тебя не возьмешь. Тебе в какую сторону?

— Я на работу вернусь, так что мне на Серпуховскую линию надо.

— Тогда поехали вместе по Кольцевой, я на «Павелецкой» выйду, а ты на «Серпуховской» пересадку сделаешь.

Они вместе двинулись к зданию метро. Уже давно стемнело, с неба сыпались крупные хлопья мокрого снега. Миша Доценко шел с непокрытой головой, и белые хлопья облепили седой шапкой его тщательно подстриженные и уложенные черные волосы. Ольшанский шел ссутулившись, засунув руки глубоко в карманы пальто и натянув на голову капюшон. Всю оставшуюся дорогу они устало молчали.

2

На следующее утро телефонный звонок раздался, едва Константин Михайлович успел переступить порог своего кабинета.

— Я вспомнила, — взбудораженно сообщила Ольга Красникова. — Я разговаривала об этом со следователем.

— С каким еще следователем? — недовольно переспросил Ольшанский.

— Его фамилия Бакланов, Олег Николаевич Бакланов. Он вел дело о краже джинсов.

Ольга в двух словах описала Ольшанскому непонятную историю с джинсами.

— Следователь меня тогда спросил, не может ли быть у мальчика психического расстройства и как с этим обстояло дело у его родственников до третьего колена. Я ему все честно рассказала. Но, Константин Михайлович, это же следователь, не мог же он...

— Не мог, не мог, — успокоил женщину Ольшанский. — И чем дело кончилось?

Вопрос он задал для проформы, думая уже о другом, ему совершенно не интересно было, чем закончилось дело о краже каких-то дурацких джинсов. Но ответ заставил его снова включиться в разговор с Красниковой.

— Я не знаю, но надеюсь, что все благополучно.

— Я что-то не понял, — сказал Ольшанский. — Как это вы не знаете и что значит «вы надеетесь».

— Ну, когда мы Димочку забрали домой, я спросила у следователя, можно ли надеяться, что его отдадут на поруки или еще как-нибудь... Я не знаю, как можно сделать, только чтобы не в колонию. Он велел принести ходатайство, справки с места жительства, из психоневрологического и венерологического диспансера. Я в течение двух недель все бумаги собрала и передала через адвоката.

— А почему через адвоката? — поинтересовался Ольшанский.

— Он так настаивал.

— Кто — он?

— Бакланов. Сказал, что его трудно застать на месте, а с адвокатом он периодически встречается в суде, так что лучше передать через адвоката.

— И дальше что было?

— Так ничего. Тишина. Наверное, все закончилось.

— Когда это было, напомните мне еще разок, — попросил Константин Михайлович.

— 12 сентября.

— А справки когда принесли?

— 28 сентября. Я точно помню, потому что выбирала день, когда у меня в расписании «окно».

— То есть вы хотите сказать, что 12 января исполнилось 4 месяца, как ваш сын совершил кражу, — уточнил он на всякий случай. Уж больно невероятным выглядело то, что рассказывала Красникова.

— Совершенно верно, — подтвердила она.

— И следователь больше ни разу вас не вызывал, ни повесткой, ни по телефону?

— Нет, ни разу.

— А что адвокат говорит?

— Сначала он говорил, что все будет стоить очень дорого, но зато он гарантирует, что Диму не отправят в колонию. А потом я очень долго не могла его застать, он то болел, то уезжал в отпуск, потом мне сказали, что он по этому номеру больше не живет. А потом я и звонить перестала, решила, что все кончилось хорошо и дело даже до суда решили не доводить.

— Знаете что, Ольга Михайловна, мой вам совет, сходите-ка вы к прокурору и спросите, что происходит с вашим делом. Бакланова застать на месте, может, и трудно, а прокурор округа всегда в кабинете. Вы человек не очень, видимо, сведущий, а вам кто-то просто морочит голову. Не может все кончиться так, чтобы вы об этом не знали. Вас должны пригласить и ознакомить с решением, а вы должны расписаться, что вы его прочитали и все поняли. И что ваш Бакланов делает с преступлением, которое не надо раскрывать, мне сказать трудно. Я даже предположить не могу. Но очень хотел бы это знать. Впрочем, погодите, — спохватился Ольшанский. В нем только что говорил юрист и работник прокуратуры. А сейчас в нем проснулся следователь, ведущий дело о разглашении тайны усыновления, и не далее как вчера он думал о том, что докопаться до этой тайны проще всего было бы работнику милиции. Если с делом Димы Красникова происходит что-то непонятное, а в деле есть сведения об усыновлении, то ни в коем случае нельзя посылать Ольгу к прокурору, чтобы не будоражить общественность и не насторожить раньше времени этого Бакланова.

— Не надо никуда ходить, — сказал Ольшанский. — Я сам сейчас пойду к прокурору округа и все выясню. Позвоните мне вечером.

Визит к прокурору округа, на территории которого четыре месяц назад Дима Красников пытался совершить кражу джинсов из магазина, закончился совершенно неожиданно. Настолько неожиданно, что когда Ольшанский сообщил об этом по телефону Мише Доценко, тот пулей примчался к Насте.

— Анастасия Павловна, оказывается, у следователя Бакланова была кража дел. Он никак в себе сил найти не мог заявить об этом. С его стороны — чистейшая халатность, постоянно уходил, дверь не запирал, ключ прямо в сейфе торчал. Теперь локти кусает.

— И что? — не поняла Настя. — Ну, кража. Дальше что?

— Украдены четыре уголовных дела, в том числе дело Димы Красникова, а в деле есть сведения об усыновлении.

— Час от часу не легче! — выдохнула Настя. — Что же получается, сведения из украденного дела попали к Галактионову?

— Получается так, Анастасия Павловна.

— Он, что ли, их украл?

— Может быть, — согласился Миша. — А почему бы и нет?

— Да зачем ему?! — с досадой воскликнула Настя. — На кой черт ему эти дела? Впрочем, нет, Мишенька, я не права, я говорю глупости, а вы меня слушаете и молчите, вместо того чтобы поправлять. Какие еще дела украдены?

— Вот, я записал. Первое — Красников, покушение на кражу. Второе — нападение на сбербанк, групповое. Третье — бытовое убийство и самоубийство, дело надо было закрывать за смертью лица, подлежащего привлечению к уголовной ответственности, еще буквально день — и дело бы ушло в архив. Четвертое — особо злостное хулиганство, статья двести шестая часть третья, виновный установлен, тоже еще чуть-чуть — и в суд бы пошел.

— Мишенька, раздобудьте срочно сведения о всех фигурантах по этим делам, кроме Красникова, конечно. Украсть надо было одно какое-то дело, а остальные прихватили для прикрытия, взяли, что поближе лежало, не выбирать же. Если Галактионов причастен к краже этих дел, тогда понятно, откуда у него информация об усыновлении. И тогда понятно, что за удачное дело он провернул перед самой смертью. И понятно, почему он никому об этом не говорил. Все его аферы — это его собственные дела, притом с виду вполне законные. А кража уголовных дел из кабинета следователя — это уже чужая тайна, за разглашение которой можно и жизнью поплатиться. Кроме того, дело то преступное, даже олигофрену понятно, тут в удачливого бизнесмена не поиграешь. Постараемся понять, какое именно дело из четырех должен был украсть вор, может быть, даже это был сам Галактионов. А может, он всего лишь организовал кражу. И нужно понять, зачем он это сделал. То есть был ли у него в этом уголовном деле собственный интерес, или его просто кто-то попросил помочь выкрасть дело. Но в том, что дело Димы Красникова побывало в руках у Галактионова, я уже почти не сомневаюсь.

— А что кроется за вашим скромным «почти»?

— Я допускаю, что кражу мог совершить и Лыков. И сваливать теперь все на Галактионова. А почему нет? Стало быть, будем мы с вами, Мишенька, тянуть ниточки от трех украденных уголовных дел и к Лыкову, и к Галактионову. Какая-нибудь из них да дотянется. И еще, Миша, поезжайте к Шитовой. С ней разговаривал Лепешкин, так что вам придется трудно, надо будет исправлять положение. Но вы уж постарайтесь.

3

Надежда Шитова приняла Мишу Доценко сначала холодно.

— Надежда Андреевна, — мягко говорил он, — я понимаю ваше горе, и мне очень неловко терзать вас разговорами и воспоминаниями, когда вы переживаете такую трагедию.

— Разве? — сухо отвечала она. — По-моему, мне вовсе не пристало убиваться по Саше, я на это и права-то не имею.

— Почему вы так говорите? Это жестоко.

— Вот именно. Однако именно это мне в популярной форме разъяснил ваш коллега Игорь Евгеньевич Лепешкин. По его словам, я поощряю супружескую измену, в то время как сама не могу решить собственные семейные проблемы и окончательно разобраться в своих отношениях с мужем. Он, видимо, полагает, что штамп в паспорте ко многому обязывает, даже если супружеские отношения давно прекращены и люди живут раздельно.

— Игорь Евгеньевич не хотел вас обидеть.

— Ничего подобного, — резко ответила Шитова. — Он специально подбирал слова, чтобы ударить побольнее. Это было очень заметно.

— Надежда Андреевна, прошу вас, пожалуйста, давайте вернемся к разговору об Александре Владимировиче. Можно как угодно относиться к Игорю Евгеньевичу, но нужно отдать ему должное: он делает все возможное и даже невозможное, чтобы раскрыть преступление и найти убийцу вашего друга. У него сложный характер, я не спорю, иногда он бывает излишне прямолинеен, но он настоящий профессионал. Если вам так неприятно его общество, то могу вам обещать, что постараюсь избавить вас от бесед с ним. Договорились?

— Хорошо, — хмуро кивнула Шитова. — Спрашивайте.

Она была красивой яркой брюнеткой двадцати восьми лет и жила в хорошей двухкомнатной квартире. Но сейчас перед Мишей Доценко сидела бледная, измученная женщина, еще не вполне оправившаяся после операции. Для нее было огромным ударом, когда к ней в больницу через несколько дней после операции явились работники милиции и стали спрашивать, не знает ли она, где можно искать Галактионова. Узнав, что у него были ключи от ее квартиры, попросили отдать им ее собственные ключи, а через день вернули их и сообщили, что Галактионов найден мертвым у нее дома. Ей было очень страшно возвращаться домой после больницы, повсюду в квартире она видела следы пребывания посторонних, а в большой комнате — обведенный мелом контур мертвого тела, который криминалисты не удосужились стереть после того, как сделали все фотографии. Надежда боялась находиться в квартире одна, особенно ночью, мысль о том, что мертвый Саша пролежал здесь несколько дней, не давала ей покоя.

Послеоперационный шов заживал плохо, болел, ей было трудно ходить, но она все-таки поехала в прокуратуру, когда ее вызвал Лепешкин, не стала отговариваться болезнью. От следователя она ушла оскорбленная, глотая слезы и унося в душе ненависть ко всей правоохранительной системе. Почти три недели ее никто не беспокоил, и вот теперь явился этот симпатичный черноглазый мальчик, который сумел-таки растопить лед и разговорить ее.

— Вы были знакомы с Александром Владимировичем...

— Почти год, — подсказала она.

— Меня интересуют люди, с которыми он вас знакомил или которых вы просто видели с ним, даже если он вас не знакомил. Особенно в последние недели перед гибелью.

— Вы странно ставите вопрос, — заметила Шитова, плотнее запахивая теплый халат. Плохо заживающий шов не давал ей носить облегающие брюки и узкие юбки, к которым она привыкла.

— Почему странно?

— Лепешкин спрашивал меня только о тех, кого я знаю. Когда я пыталась обрисовать ему людей, с которыми Саша меня не знакомил, следователь меня прерывал и говорил, что мои домыслы его не интересуют.

«Черт возьми, ну надо же было так напортить, — с досадой подумал Михаил. — Неужели эмоции иногда настолько берут верх, что можно забыть не только элементарные приличия, но и интересы следствия?»

— На том этапе следствия действительно важнее было выявить людей, имена и фамилии которых вы знаете, — принялся он выгораживать следователя, — чтобы проверить в первую очередь их. Теперь пришло время заняться теми, кого еще нужно устанавливать и искать. Я очень рассчитываю на вашу помощь, Надежда Андреевна. Вы были самым близким человеком для Галактионова, и если у него и были знакомства, которые он предпочитал скрывать, то вам он скорее всего доверился бы.

Шитова заметно смягчилась. Миша ясно дал ей понять, что признает ее право считаться «неофициальной женой», и это было так не похоже на то, что ей говорил Лепешкин. Если бы ее сейчас спросили, любила ли она Галактионова, она, конечно, ответила бы утвердительно. Каждый понимает и чувствует любовь по-своему, считала она, и для нее любовь означала легкое и радостное существование рядом с мужчиной, который может и хочет потакать ее прихотям, будь то поездка на престижный курорт или очередная новая тряпка, поход на премьеру модного фильма или ремонт в квартире с какими-нибудь невероятными отделочными работами.

Она знала не так уж много приятелей Саши. Некоторые из них регулярно появлялись в ее квартире по приглашению самого Галактионова, с некоторыми они встречались в ресторанах на банкетах или скромных деловых ужинах, а некоторые существовали для оказания услуг: приносили продукты, организовывали ремонт, помогали с автосервисом, ездили в кассы аэропорта за билетами. Он действительно не делал секрета из своих отношений с этими людьми, разница была только в том, что одних он представлял ей, называя имя, фамилию и даже должность, других называл своими старинными приятелями и обращался к ним по имени, а для третьих у него существовали клички или простецкое «ты». И только однажды...

...Это произошло примерно за неделю до его смерти, как раз в тот день, когда она попала в больницу. На работе у нее началось сильное кровотечение, она отпросилась и примчалась домой около трех часов дня. Войдя в квартиру, сразу поняла, что пришел Саша, и не один. Рядом с его курткой висело чье-то пальто. Не успела она раздеться, как Галактионов вышел в прихожую, плотно притворив за собой дверь в комнату.

— Ты чего так рано? — спросил он, и голос у него был почему-то недовольный.

— Плохо себя чувствую, отпросилась пораньше. А кто у тебя?

— Ты не знаешь, — неопределенно ответил он. — У нас серьезный разговор, ты к нам не заходи и не мешай.

Такое было впервые, и Шитову это задело, но виду она не подала, тем более что внезапное кровотечение беспокоило ее гораздо больше.

— Может, вам кофе подать? — предложила она.

— Не нужно. Он скоро уйдет.

Саша вернулся в комнату, снова закрыв за собой дверь. Гостя его Надежда так и не увидела.

Она прошла в спальню, сняла официальный костюм, надела халат и прилегла на кровать. Через некоторое время решила выпить чаю, встала и почувствовала сильное головокружение. Дурнота резко усиливалась, она села обратно на постель и, собрав последние силы, позвала:

— Саша...

Ей казалось, что она умирает. В спальню вбежал Галактионов. Видно, выглядела она очень плохо, потому что он сильно испугался.

— Что, Надюша? Что тебе подать? Валидол? Валокордин?

Она ничего не могла ответить, только стонала. Такого с ней никогда не было, и она представления не имела, как протекает сердечный приступ. Саша тоже на здоровье не жаловался, поэтому сердечных лекарств в доме не было.

— Надюша! — испуганно окликал он ее. — Ну скажи, что надо делать, чем тебе помочь, я же не знаю...

Галактионов выскочил из спальни и вернулся вместе с гостем. Надежда лежала с закрытыми глаза-

70

ми, ей было очень плохо, и когда она почувствовала чью-то руку у себя на запястье, глаз не открыла.

— Почему она ушла с работы? — услышала Шитова незнакомый мужской голос. — Что у нее заболело?

— Не знаю, — ответил Саша. — Сказала, плохо себя чувствует, а что конкретно... Не сказала.

— Она не может быть беременной?

— Вроде нет. Там были какие-то проблемы, она ходила к врачу, тот сказал, что беременности нет.

— Надя, вы меня слышите? — обратился к ней незнакомец. — В связи с чем вы ходили к врачу? Подозревали, что беременны?

Она с трудом приоткрыла глаза и тут же снова закрыла их. Ее раздражал даже неяркий свет угасающего зимнего дня. Мужчину она почти не разглядела, да и не до того ей было.

— Надо вызывать «неотложку», — сказал он. — Очень похоже, что у вас внематочная беременность. Вам нужно срочно в больницу. Александр, вызывайте «Скорую», быстро, быстро, не стойте как изваяние.

— Разве вы врач? — услышала она сквозь одурь удивленный голос Саши.

— Я не врач, но у нас на работе недавно был похожий случай. Одной сотруднице стало плохо, тоже думали — сердце прихватило, вызвали «Скорую», а оказалась трубная беременность. Врачи ей потом сказали, что еще минут пятнадцать — и ее бы до операционного стола живой не довезли. Когда лопается труба, происходит кровоизлияние в брюшную полость. Да что вы стоите, звоните скорей!

Дурнота стала постепенно проходить, через некоторое время Надежда открыла глаза, но в комнате был один Саша. Потом приехала «Скорая» и ее увезли...

— Скажите, Надежда Андреевна, Галактионов приходил к вам в больницу?

— Нет.

— Вас это не удивило?

— В общем-то, нет. Саша не любил больниц, вид

больных людей его раздражал. Да к тому же приходить в гинекологию — это как-то... Ну, не знаю. Вы меня понимаете?

— Конечно, конечно. Значит, когда вас забирала «Скорая», вы видели Александра Владимировича в последний раз?

— Да...

На глаза ее навернулись слезы, но она быстро взяла себя в руки.

— Извините.

— Давайте теперь попытаемся с вами вспомнить об этом госте все, что можно.

— Но я его совсем не помню. Видела-то полсекунды всего.

— Ну, этого вполне достаточно, — улыбнулся Миша. — Начнем с пальто.

— Да что вы, откуда же я помню. Я и внимания не обратила.

— А вот вы сказали, что пришли и сразу увидели, что Саша пришел не один. О чем вы в тот момент подумали?

— Что он пришел не один. О чем же еще?

— Надежда Андреевна, вы плохо стараетесь, — шутливо покачал головой Доценко. — Когда я прихожу домой и вижу на вешалке в прихожей дамское пальто, я говорю себе: у моей мамы гости, потому что ЭТО пальто — не мамино. Но это и не ее сестра, потому что у той пальто серое, а это — голубое. Голубое пальто у ее подруги, которая живет в соседнем доме, но оно немного другое, с меховым воротником. А ЭТО пальто мне совсем незнакомо. Конечно, мои мысли в устном пересказе кажутся длинными, на самом деле процесс распознавания происходит мгновенно. Давайте попробуем восстановить, как у вас в тот момент шел этот процесс. Вам понятно, чего я добиваюсь?

— Ну, примерно... — неуверенно ответила Шитова. — Я вошла, увидела Сашину куртку, рядом —

пальто и подумала, что это не Гоша, потому что Гоша ходит в короткой дубленке.

— А почему вы подумали в первую очередь о Гоше?

— Потому что если Саша приходил днем, то, как правило, с Гошей. Гоша — юрист, и Саша мне говорил, что им надо посидеть в тишине и разобраться с договорами.

— Гоша — это Саркисов, начальник юридического отдела банка?

— Да.

— Очень хорошо. О чем вы подумали потом?

— Кажется, о... Даже не знаю. Я точно помню, что думала о своем дне рождения.

— И что же вы подумали о своем дне рождения?

— Господи, да какое это имеет значение? Я подумала, что, наве́рное, Саша забыл о своем обещании провести мой день рождения вместе со мной и моими гостями.

— А с чего вы это решили?

— Потому что если он принимал участие в праздниках у меня дома, то всегда заранее распоряжался, чтобы Стасик привез продукты и спиртное.

— Значит, глядя на это чужое пальто, вы сразу решили, что у вас в гостях не Стасик?

— Ну конечно, у Стасика пальто черное, а это было серое.

— Вот видите, Надежда Андреевна, а вы меня уверяли, что не помните цвет пальто.

— Ой, — она удивленно охнула. — Надо же, как у вас ловко получилось. Я и не заметила, как вспомнила. Правда, правда, оно точно было серое.

— Пойдем дальше, — удовлетворенно кивнул Миша. — Этот мужчина был негром?

— Почему негром? — она даже задохнулась от изумления. — С чего вы это взяли?

— А что — нет? — лукаво улыбнулся Миша.

— Нет, конечно. Он был обыкновенный, европейского типа.

— А вот теперь я спрошу: с чего вы это взяли? Как вы определили, что он — европейского типа?

— Я не понимаю, — она пожала плечами. — Европейского — и все.

— А почему не кавказского?

— Он был не смуглый, не брюнет... Ну я не знаю, право, как вам объяснить.

— Видите, Надежда Андреевна, вы прекрасно помните, что он не смуглый и не брюнет. Знаете, в чем ваша трудность? Вы заранее уверили себя, что не помните ничего, совсем ничего, и тем самым поставили как бы блокировку на механизм припоминания. Если человек считает, что он не умеет играть на скрипке, то ему и в голову не приходит взять смычок и попытаться что-нибудь сыграть, верно? Я не умею, говорит он, и точка. Точно так же и вы. Вы считаете, что не помните, поэтому и вспоминать бессмысленно. А оказалось, что кое-что вы все-таки помните.

Доценко использовал все свое мастерство, но, к сожалению, портрет таинственного гостя остался расплывчатым и неопределенным. Да и можно ли было ожидать, что женщина в полуобморочном состоянии хорошо запомнит и сможет описать человека, которого видела несколько мгновений. Мише удалось установить, что человек этот был в возрасте между сорока пятью и примерно пятьюдесятью годами, среднего роста, с темно-русыми волосами с проседью, без бороды и усов, без очков, речь без акцента. Практически никаких примет, сплошные «без». Поди-ка найди его в многомиллионной Москве. А если не в Москве? Безнадега...

4

«Одно из четырех, одно из четырех», — твердила про себя Настя Каменская, разложив на столе четыре справки об украденных уголовных делах. Интерес для вора представляло только одно дело из этих четырех, остальные выполняли роль дымовой шашки. Какое же из них?

Дело о покушении на кражу джинсов, совершенном Димой Красниковым? Глупость. В деле не фигурирует никто, кроме самого Димы. Ничего интересного там нет и быть не может. Хотя сведения об усыновлении... Дело украли ради них? Это могло бы иметь смысл, если бы вопрос касался миллиардера, с которого можно содрать побольше. И уж, конечно, эти сведения не отдали бы за просто так мастеру из автосервиса в ответ на просьбу одолжить денег. И еще одно: в этом случае инициатором кражи должен быть следователь Бакланов, ибо только он один знал, что такие сведения в деле есть. Но тогда конструкция получается очень громоздкой. Зачем красть дело, чтобы получить имеющиеся в нем сведения, если их можно просто узнать у следователя? Ах, он не говорит? А о том, что сведения есть, сказал? Значит, так или иначе, тайну разгласил. Но тогда он должен был сказать и другое: с семьи учителей много не получишь. В общем, слабовато. Тем более что человек, проявивший в разговоре со следователем интерес к сведениям из дела Димы Красникова и таким образом «засветившийся», не может рассчитывать на то, что не подпадет под подозрение, когда кража дел будет обнаружена.

Злостное хулиганство. Раскрывать там нечего, преступник задержан прямо на месте происшествия, как и в случае с Красниковым. Виновный известен, ему на работу уже ушла «телега», так что красть дело, чтобы скрыть факт привлечения к ответственности, бесполезно. Зачем еще нужно дело о хулиганстве? Чтобы избежать тюрьмы? Тоже глупо. В деле о хулиганстве обычно не бывает таких документов, которые существуют в единственном экземпляре или которые невозможно восстановить. Есть протокол, составленный патрульно-постовой службой при задержании, есть свидетели.

Бытовое убийство и последующее самоубийство

виновного. Ну тут уж точно ловить нечего. Муж в приступе ярости зарезал свою молодую красавицу-жену, был задержан, по ходатайству с места работы (весьма уважаемого учреждения) и при поддержке прокурора был выпущен под залог, на следующий день повесился у себя дома. Единственный человек, заинтересованный в деле, покончил с собой. Правда, все может оказаться не столь простым, если допустить, что убийство совершил не он. Тогда в краже дела мог быть заинтересован истинный убийца. Но, с другой стороны, зачем ему это? Несправедливо обвиненный мертв, преступление списано на него, чего ж зря беспокоиться.

Групповое разбойное нападение на сбербанк. Здесь все наоборот: преступление не раскрыто, виновные не известны, стало быть, какой смысл красть дело, если в нем вообще ничего нет? Или все-таки есть? Может быть, в деле есть изобличающая преступников или опасная для них информация, а следователь этого еще не понял? Пожалуй, групповой разбой можно считать наиболее перспективным с точки зрения возможных мотивов кражи уголовного дела.

Настя вздохнула, достала два чистых листа бумаги, на одном из них написала: «Разбой. Вытрясти из следователя все, что он помнит из материалов и информации», а на другом: «Убийство и самоубийство. Нет ли оснований подозревать, что убийство совершил не тот, кто покончил с собой?»

Она сняла телефонную трубку и позвонила Ольшанскому.

— Константин Михайлович, это Каменская, здравствуйте.

— Здравствуй, Каменская, — послышался в ответ его тенорок. — Чем порадуешь?

— Дело о халатности следователя Бакланова и о краже возбудили?

— А как же. Крови жаждешь?

— Нет, хочу внести предложение. Можно?

— Валяй, — великодушно разрешил Ольшанский.

— В первую очередь надо сконцентрироваться на групповом разбое. Допросите, пожалуйста, Бакланова обо всем, что было в украденном деле. Надо, чтобы он вспомнил как можно больше деталей и мелочей.

— Мыслишь правильно, — согласился следователь. — Думаешь, этот трусливый дурак что-то мимо глаз пропустил?

— Именно.

— Лады. Присылай своего черноглазого, пусть вместе со мной допрашивает.

— Мишу Доценко? Зачем он вам?

— А у него хорошо получается, пусть поработает, я в уголке посижу, поучусь.

— Шутите? — зло спросила Настя. Она терпеть не могла ерничества, тем более если не понимала, чем оно вызвано. Миша действительно хорошо работает, зачем же издеваться над молодым парнем? Если он сделал что-то не так, так покажи, как надо, поправь, научи своим примером, объясни толково, а не устраивай цирк-шапито на колхозном поле.

— Ни в одном глазу, — очень серьезно ответил Константин Михайлович. — Раньше для меня все психологические хитрости Володька Ларцев придумывал. А теперь я без него как без рук. Приходится учиться самому в чужих мозгах копаться. А ты недобрая, Каменская. И ко мне плохо относишься.

— Неправда ваша, Константин Михайлович, я к вам нормально отношусь. Грех вам жаловаться. А что недобрая — это точно, только я, кажется, по отношению к вам этого не проявляю.

— Ну да, — расхохотался в трубку следователь. — Ты бы свой голос со стороны услышала, когда спросила, не шучу ли я! Думала, я мальчишку обидеть хотел? У тебя в голосе вся мировая ненависть звучала, только глухой не услышит. Ладно, я не обижаюсь. Так пришлешь Михаила?

— Пришлю, — сдержанно ответила Настя. Ей было неловко.

Отправив Мишу Доценко в прокуратуру, она, с трудом нагнувшись, надела сапоги и стала складывать в сумку многочисленные листочки с одной ей понятными значками и закорючками. Пусть Ольшанский с Мишей прорабатывают версию о групповом разбое, а она займется бытовым убийством. Может быть, работники милиции, участвовавшие в работе по этому делу, расскажут что-нибудь интересное.

Глава 4

1

Он любил, когда жена уезжала в командировки. Конечно, из всех представителей рода человеческого она раздражала его меньше всего, наверное, именно поэтому он на ней и женился. Но когда ее не было рядом, он чувствовал себя лучше. Один в пустой квартире — что может быть прекраснее? Только одиночество в собственном большом доме, затерянном в глухом лесу. Никого не видеть. Никого не слышать. Ни с кем не общаться.

Его детство прошло в бараке, среди клопов, тараканов, мышей, среди устоявшегося отвратительного запаха немытых тел и прогорклой еды, без горячей воды и с деревянным сортиром на улице. В крошечной девятиметровой комнатке их было пятеро: старый дед — отец матери, родители и он с сестренкой. В его детстве было слишком много людей вокруг и слишком мало возможностей для уединения. Уже тогда люди стали его раздражать.

Став взрослым, он стал делить людей на тех, кого он может вынести, и тех, кого он не переносил совершенно. О том, что можно кого-то еще и любить, он и не догадывался. Нет, в книжках-то читал, само собой, и в кино смотрел про это, но относился к любви как к феномену, описываемому средствами художественго творчества, не более того. В конце концов, пишут же про бога, про чудеса, про космос и про жизнь на Марсе, и увлекательно пишут, иной раз и почитаешь не без удовольствия. И про любовь пишут, она относится к тому же классу объектов. Но одно дело — читать, и совсем другое — строить свою жизнь в соответствии с этим. Нет, при решении конкретных вопросов своей жизни он о любви и не вспоминал. Да и что это такое? Глупость какая-то. Выдумки. Можно с человеком сосуществовать — и хорошо.

Когда у него родилась дочка, он ни на минуту не испытал теплых отцовских чувств. Нужно, чтобы у супружеских пар были дети. Это правильно и разумно. Но почему при этом нужно непременно умиляться и сюсюкать? От детей шум, бессонные ночи, хлопоты, тревоги, одним словом — все, что мешает нормальной плодотворной жизни научного работника. Как только дочери исполнилось восемнадцать лет, он с облегчением спихнул ее замуж, лишь бы она не жила с ним в одной квартире. И вздохнул свободнее. Дочь была не особенно умна, и ее присутствие нервировало его, как нервирует некоторых людей постоянно включенный радиоприемник. Вроде безвредный, и разговаривает не особенно громко, и уже за долгие годы привыкаешь не замечать его, но когда вдруг он замолкает, понимаешь, насколько лучше жить в тишине.

Наблюдения за знакомыми супружескими парами лишь подтверждали его уверенность в том, что любовь — миф, сказка для дураков. Нет никакой любви, есть просто терпимость людей друг к другу. Выбор осуществляется не по принципу «кто больше нравится», а по принципу «кто меньше раздражает».

Он не изменял своей жене ни разу, но не потому, что считал это неправильным, а потому, что не нашлось женщины, которая бы его устраивала. Все они казались ему недалекими, примитивными, слишком болтливыми и вздорными. И только одну он оценил как достойную себя. Это была жена Гриши Войтовича.

Гриша пришел с ней на банкет по случаю защиты докторской диссертации одним из заместителей директора их Института. Красивая молодая женщина, молчаливая и улыбчивая, в каждом из немногих произнесенных ею слов был виден незаурядный ум и сильный характер. Она ему понравилась. Очень понравилась.

Как только Войтович уехал в командировку проводить плановые испытания, он позвонил ей домой.

— Я хотел бы встретиться с вами, — заявил он без особых предисловий.

— Зачем? — коротко спросила она. Казалось, она вовсе не удивилась его звонку, будто ждала его. И это его воодушевило.

— Я считаю, нам нужно поговорить.

— О чем? — так же коротко спросила Женя Войтович.

— О нас с вами.

— Это не имеет смысла. Постарайтесь понять.

— Что я должен понять? — внезапно рассердился он.

— Что я люблю своего мужа, — по-прежнему лаконично ответила ему Женя и положила трубку.

Он оторопел. Она что, слепая? Маленький несуразный Гриша Войтович ни в какое сравнение не шел с ним, уверенным в себе, перспективным ученым. Как можно терпеть Гришу рядом больше двадцати минут, он не понимал. И решил, что Женя просто валяет дурака и набивает себе цену.

На следующий день он позвонил снова.

— Перестаньте притворяться, — заявил он. — Назначайте время и место, где мы встретимся.

На этот раз в ее голосе слышалась усталость.

— Перестаньте мне звонить, я не хочу, чтобы вы меня ненавидели.

— Почему я должен вас ненавидеть? — удивился он.

— Потому что я все равно вам откажу. Чем больше вы будете меня уговаривать, тем более униженным будете потом себя чувствовать. Избавьте себя от унижения, а меня — от вас.

— Глупость не может унизить, потому что она — глупость, — холодно произнес он. — Унизить может только оскорбление, нанесенное достойным противником. А ваш отказ — это самая элементарная глупость. Чего вы добиваетесь? Ведь вы не удивились, когда я вам позвонил, значит, ждали, значит, еще тогда, в ресторане, на банкете, поняли, что мы должны быть вместе.

— Нет. Тогда, в ресторане, я поняла, что вы решили, будто мы должны быть вместе. Вы решили. А вовсе не я. Всего доброго.

Больше он ей не звонил.

2

В субботу с утра Насте позвонил отчим и окончательно испортил ей настроение.

— Ребенок, звонила мама, у нее к тебе просьба.

Настина мать, профессор Каменская, была известным ученым, разрабатывавшим компьютерные программы для обучения иностранным языкам. Уже больше трех лет она жила за границей, работая по контракту в одном из крупных университетов Швеции, домой наезжала два раза в год во время отпуска и, судя по всему, по мужу и дочери не очень-то скучала. Одно время Настя страшно переживала из-за этого, подозревала, что и отчим, и мама нашли себе других близких людей, и ей казалось, что семья разваливается. Потом Леонид Петрович, который с раннего детства заменил ей отца и которого она называла папой, популярно объяснил дочери, что многолетняя дружба держит семью намного крепче, чем влюбленность и секс, а поскольку они с мамой прожили почти тридцать лет в дружбе и согласии, то ни ее, ни его роман уже ничего изменить не смогут. Даже в том случае, если мама захочет развестись с ним и выйти замуж за своего шведского возлюбленного, все они — Настя, мама и он сам — все равно останутся близкими друг другу людьми, которых многое связывает и которые относятся друг к другу с нежностью, доверием и теплотой.

Аргументы отчима показались Насте убедительными, особенно после того, как она познакомилась сначала с пассией Леонида Петровича, а потом и с поклонником матери. Год назад ей выпала удача побывать в командировке в Риме, и мать примчалась туда повидаться с ней, прихватив с собой для компании своего друга. В самом деле, пусть люди будут вместе, если им от этого хорошо, а никому другому от этого не больно.

— Завтра утром в Москву прилетает мамин коллега, — продолжал Леонид Петрович, — и мама просит, чтобы ты его встретила в Шереметьеве, отвезла в гостиницу и сориентировала на местности. Показала, где можно поесть, где купить самое необходимое, как разобраться в наших изумительных порядках, как расплачиваться и так далее.

— Разве его в Москве никто не принимает? — удивилась Настя. — Или он турист-одиночка?

— Нет, его пригласили на симпозиум, но участники приезжают в среду, и со среды ими, конечно, будут заниматься. А этот господин специально хочет приехать пораньше и за свой счет удовлетворить естественное любопытство. Твоя помощь нужна будет только завтра, а дальше он будет сам ходить по городу и смотреть, как мы живем.

— И как я должна его встречать? — недовольно спросила Настя. — Мама прислала его цветной портрет в полный рост? Или я должна повесить себе на грудь объявление аршинными буквами?

— Не злись, ребенок, мама не так часто обращается к нам с просьбами, — укоризненно сказал Леонид Петрович. — Она дала твой телефон своему коллеге, сегодня вечером он тебе позвонит, и вы обо всем договоритесь. Завтра утром заедешь ко мне, возьмешь машину.

— Может, лучше ты его встретишь, а? — робко спросила она. — И за машину будешь спокоен, а то вдруг я ее разобью.

— А как мне с ним объясняться прикажешь? На пальцах? Мама из тебя полиглота вырастила, и вот благодарность за все ее труды.

— Ладно, — обреченно вздохнула она. — Что ж теперь делать, раз она заранее все решила. Пап, у меня для тебя новость, только ты со стула не падай.

— Подожди, я сяду поудобнее. Так, выкладывай.

— Я решила выйти замуж за Чистякова.

— Слава тебе, господи! — радостно выдохнул Леонид Петрович. — Наконец-то ты начинаешь умнеть. Мои поздравления.

— Кому, мне?

— Чистякову. Сколько лет он ждал? Двенадцать?

— Четырнадцать. Пап, если ты начнешь читать мне мораль, я передумаю.

— Шантажистка. Мелкая отвратительная шантажистка, — рассмеялся Леонид Петрович. — Когда свадьба?

— Еще не знаю. Главное — решить вопрос в принципе, а остальное — это уже детали.

— Ничего себе детали! — возмутился отчим. — А мама? Она же захочет приехать, и ей нужно сказать заранее, это тебе не из Петербурга в Москву проехаться.

— Ну... Где-то весной, в мае, может быть.

— Ладно, ребенок, планируй сама и поставь маму в известность. Ты молодец, что наконец решилась.

Вечером раздался междугородний звонок.

— Я могу попросить мадемуазель Анастасию? — раздалось в трубке по-французски.

— Это я, — ответила Настя. — Я жду вашего звонка.

— Вам удобнее говорить по-французски или по-испански? — вежливо осведомился коллега профессора Каменской.

— Лучше по-французски, если вас не затруднит. Когда прилетает ваш самолет?

— Завтра в 9.50 утра. Рейс из Мадрида. Как я вас узнаю?

— Я... Как вам сказать... — смутилась Настя. — Блондинка, высокая...

Она уже хотела было описать собеседнику себя в джинсах и куртке и вдруг подумала, что по приметам ее найти будет крайне затруднительно. Разве можно в толпе встречающих выделить незнакомую женщину без единой яркой черты во внешности? Лицо? Никакое. Нормальное. Глаза? Бесцветные. Волосы? Непонятно-русые. Куртка — в таких пол-Москвы ходит. Уродина? Да нет, пожалуй, обыкновенная. Красавица? Вот уж точно, нет.

— Алло! Анастасия! — окликнул ее мужчина.

— Да-да, — торопливо ответила она. — Яркая блондинка, волосы длинные, вьющиеся, глаза карие, полушубок изумрудно-зеленый и красный шарф. Найдете?

— Блондинку с карими глазами я найду даже в темноте и при вавилонском столпотворении, — галантно пошутил он. — Ради встречи с ней я готов бежать впереди самолета.

«Он еще и весельчак, — с раздражением подумала Настя. — Мало того, что он погубит мне целый день, который я могла бы провести за работой, так мне еще вдобавок придется терпеть его выкрутасы и реагировать на них, чтобы не выглядеть невоспитанной».

Она тут же спохватилась, что не подумала о том, как будет добираться завтра утром в Шереметьево. Чтобы оказаться в аэропорту к 9.50, ей нужно будет встать в половине седьмого, а уже в половине восьмого выйти из дома. Вот радость-то по случаю воскресенья!

Она досадливо поморщилась. Утренний подъем всегда превращался для нее в пытку, ей приходилось собирать всю волю, чтобы выдернуть себя из сонной вялости. Длительное стояние под душем одновременно с выполнением «умственных упражнений» вроде перемножения трехзначных чисел и повторения иностранных слов, потом ледяной апельсиновый сок, за ним — две чашки крепкого кофе и сигарета. Только после этого Анастасия Каменская могла идти на работу. Зато если выпадал выходной, она спала чуть ли не до одиннадцати часов. В то же время соней ее вряд ли можно было назвать: засыпала она с трудом и частенько прибегала к снотворному. Просто ее организм от природы был предназначен для функционирования во второй половине суток, а в первой он предпочитал отдыхать.

Для того чтобы соответствовать обрисованному по телефону образу, Насте нужно было сделать по меньшей мере три вещи. Во-первых, нужно было пришить еще в прошлом году оторвавшиеся застежки к зеленому полушубку. Неплохо бы при этом еще и вспомнить, куда она задевала эти самые застежки. Во-вторых, нужно перерыть шкаф и найти красный шелковый шарф, который ей когда-то подарил Лешка и который она ни разу не надевала. И в-третьих, нужно покрасить волосы специальной легко смывающейся краской и изобразить крупные кудри, а тонированные контактные линзы она вставит завтра утром перед выходом из дома. Ну почему она должна заниматься такой ерундой вместо того, чтобы сесть за компьютер и заняться делом!

Уместив на коленях тяжелый кроличий полушубок и старательно пришивая к нему кожаные полоски с крючками и петельками, Настя размышляла над тем, что ей удалось узнать о самоубийстве Григория Войтовича.

Милицию вызвала его мать, когда придя домой застала ужасающее зрелище: ее сын Григорий сидел в ступорозном состоянии на стуле, а на полу лежало окровавленное тело ее невестки Евгении Войтович. Рядом валялся охотничий нож, который обычно висел в ножнах на стене. Григорий охотой не увлекался, нож ему подарили в одном из сибирских академгородков, куда он приезжал оппонировать на защите диссертации.

Войтовича увезли из квартиры и сразу же поместили в камеру. На допросах он сначала недоуменно качал головой и повторял:

— Неужели я это сделал? Этого не может быть. Я не мог этого сделать. Я не мог убить Женю, я же ее любил!

Через сутки пребывания в камере он начал давать более связные показания и рассказал, что убил Евгению охотничьим ножом в процессе ссоры. Глубоко и искренне раскаивался, обвинял себя, ужасался содеянному и впал в депрессию. В то же время к следователю поступило ходатайство от руководства Института, где много лет работал Войтович, с просьбой освободить его из-под ареста и избрать ему меру пресечения, не связанную с заключением под стражу. Следователь Бакланов только хмыкал в ответ: где это видано, чтобы убийцу, взятого фактически с поличным, отпускали из-под стражи. Однако в тот же день ему позвонил прокурор округа и сказал, что из городской прокуратуры был «сигнал», при этом «городские» ссылались на прозрачные намеки со стороны Генеральной прокуратуры. Общая канва намеков состояла в том, что Войтович является одним из авторов необычайно важного и секретного научного проекта оборонного значения, проект этот находится в стадии завершения, но Войтович — генератор идей, и без него проект закончить не смогут. Для завершения работ и проведения необходимых испытаний нужно еще недели две-три, после чего — пожалуйста, пусть уважаемый Григорий Ильич идет обратно в камеру. Руководство Института вовсе не настаивает на том, чтобы Войтович продолжал ходить на работу. Работать он может и дома, давая все необходимые указания по телефону, так нельзя ли заменить ему содержание под стражей чем-нибудь вроде домашнего ареста.

В такой ситуации следователь Бакланов не счел

нужным сильно упираться. Он никогда не был особо принципиальным и не цеплялся за свою точку зрения, отстаивая ее перед руководством. Мнение начальства о нем самом было для него куда важнее, чем его собственное мнение о чем бы то ни было. В течение трех часов Войтовича отпустили домой. А через несколько дней он повесился, оставив покаянную записку с невнятными словами о вине и возмездии.

Сведя воедино обрывочные воспоминания работников милиции и следователя, Настя обнаружила странную деталь. Войтович не был психически больным, его за короткое время дважды осматривал врач и не нашел ни малейших признаков отклонений в психике. В то же время сразу после совершения преступления он совершенно не помнил, почему убил жену, воспоминания возвращались к нему постепенно, и по мере того, как шло время, картина преступления становилась все более детальной. При совершении убийства в состоянии аффекта такого не бывает. Человек не осознает того, что делает, но потом он деталей не вспоминает. В памяти — полный провал. То, что происходило с Войтовичем, не было похоже ни на одну известную медицине клиническую картину. Зато очень походило на чудовищную ситуацию, когда человек преступления не совершал, но потом ему аккуратно рассказали, как все было, а он это добросовестно пересказывал следователю. Но зачем? Зачем брать на себя чужую вину? И если так, то КТО мог все это ему рассказать в камере? Любопытно было бы посмотреть, что написал Войтович в предсмертной записке. Жаль, что она пропала вместе с уголовным делом...

Наконец все застежки были пришиты, и Настя нехотя принялась за поиски красного шелкового шарфа. Роясь в шкафу, она обнаружила массу нужных вещей, которые либо считала давно потерянными, либо о существовании которых напрочь забыла на другой же день после покупки. Оказалось, например, что у нее есть по меньшей мере пять пар новых колготок, две упаковки китайских носовых платков, замечательные теплые гетры, которые она уже давно отчаялась найти и которые здорово выручали ее, когда в квартире было холодно. Обнаружились также купленные года два назад теплые меховые тапочки, так и лежащие в запечатанном пластиковом пакете. Настя вспомнила, что приобрела их летом и положила до зимы в чемодан. На этом трудовая биография замечательных лохматых сиреневых тапочек бесславно завершилась. Этой находке она порадовалась больше всего, потому что постоянно мерзла, а дома все время было холодно. Шарф в конце концов тоже нашелся. Оставалось заняться волосами, и после этого можно с чистой совестью идти спать.

3

Прибытие рейса из Мадрида задерживалось на сорок пять минут. Настя немного послонялась по аэропорту, потом не выдержала и позвонила Юре Коротькову.

— Аська! — обрадовался он. — Ты куда пропала с утра пораньше? Я тебе с восьми часов названиваю, а тебя дома нет. Хотел еще вчера вечером позвонить, да пришел поздно, не решился тебя будить.

— А что, есть новости?

— Как посмотреть. Ты знаешь, кто был тот злостный хулиган, чье дело сперли у Бакланова?

— Нет. Фамилию знаю, но она мне ничего не говорит. А кто он?

— Имиджмейкер Владимира Тарсукова.

— Да что ты?! Самого Тарсукова?!

— Ну, а я о чем! Уж не знаю, какую телегу этот придурок Бакланов направил в аппарат президента, но подозреваю, что ее и в природе-то не было. Кишка у него тонка бумаги Тарсукову слать. Но если и послал, то сам Владимир Игнатьевич, я так думаю, распорядился, чтобы ее никто, кроме него самого, не читал.

Представляешь, какой был бы скандал, если бы оказалось, что Тарсуков, краса и гордость российской экономической политики, формировал свой публичный образ, руководствуясь консультациями пошлого хулигана. Наши отечественные домохозяйки его обожают, и вдруг такой удар!

— Да, Юрасик, озадачил ты меня, — протянула Настя, втайне радуясь: есть чем занять мозги, пока к Москве подлетает роскошный воздушный лайнер с мадридским шутником на борту.

— У тебя какие планы на сегодня? — спросил Коротков.

— Неопределенные. Я сейчас в Шереметьеве, встречаю какого-то маминого приятеля из Мадрида, потом везу его в гостиницу, далее — по усмотрению сторон. А у тебя есть предложения?

— Давай встретимся на ВДНХ, — предложил он. — Привози туда своего страстного испанца, покажи ему наше народное гульбище с песнями и плясками, а мы заодно кое-что обсудим.

Настя поняла, что у Юры дома очередной скандал и он ищет, куда бы ему уйти. Обычно в таких случаях он уходил на работу. Собственно, и сейчас он собирался сделать то же самое.

— Ты сейчас в контору? — спросила она.

— Догадалась? — уныло ответил он. — Куда ж еще, в контору, известное дело.

— Давай встретимся в четыре часа у того павильона, где мы летом шашлык ели. Помнишь?

— Помню, — обрадовался он. — Спасибо тебе, Аська, ты всегда меня выручаешь. Попробую Люсе позвонить, вдруг она тоже сможет вырваться. Будет развлекать твоего Эскамильо, пока мы пошепчемся.

Оставшиеся до прилета полчаса Настя провела в машине. Она опустила стекло, откинулась на спинку сиденья, закурила и прикрыла глаза. Три дела. Три дела. Какое из них? Дело о хулиганстве, конечно, теперь выглядит совсем по-другому. Если уж и красть, то только его. Слишком многое поставлено на карту, особенно с учетом современной политической ситуации. Война в Чечне заметно повлияла на расстановку сил в высших кругах, Тарсуков был в команде президента, и камень в его огород — это бомба, подложенная под законно избранного лидера. Папка с материалами уголовного дела, бросающими тень на одного из приближенных президента, нужна в равной мере как самому Тарсукову, так и его противникам. Ему — чтобы скрыть, им — чтобы обнародовать. И в том, и в другом случае кража — вполне приемлемый способ решения задачи. Хотя, пожалуй, Тарсукову проще было бы действовать старым испытанным способом: деньгами и звонками. А если не получается — тогда, конечно, кража. Только с одной оговоркой: нужно было хорошо представлять себе характер следователя Бакланова и быть уверенным, что он не начнет звонить во все колокола по поводу украденных дел. Нужно было точно знать, что Олег Николаевич Бакланов — дурак и трус. Впрочем, эти сведения вряд ли составляли тайну Версальского дворца. Тот, кто решился на кражу, был неплохим психологом и правильно предугадал реакцию следователя. Или договорился с ним, посулив большие деньги в виде компенсации за неприятности по службе? Ничего себе неприятности! Уголовное дело по обвинению в халатности — это все-таки не выговор, пусть даже и строгий. Конечно, посадить не посадят, но кровушки попьют. Нет, что-то не очень вытанцовывается.

Если же кража — дело рук противников Тарсукова, то им-то как раз наплевать на шум, который может поднять следователь, для них главное — чтобы дело не прикрыли и не замолчали, им нужно иметь в руках подлинники протоколов, в которых написано, как грубо и недостойно вел себя гражданин Свиридов, какими нецензурными витиеватыми фразами изъяснялся, как отправлял естественные надобности на глазах у изумленной публики и комментировал этот процесс, поясняя, что выражает таким образом свое отношение к политической платформе одной из парламентских фракций. Документ, судя по всему, весьма пикантный. Объяснения же протрезвевшего Свиридова, насколько их смог припомнить следователь, отличались яркой образностью и не принятой в политических кругах прямотой, содержали контробвинения в адрес ряда крупных политиков и хотя и не свидетельствовали о развитом интеллекте имиджмейкера Владимира Игнатьевича Тарсукова, но тоже были бы кое-кому небезынтересны, а кое для кого — небезопасны. Если не знать, кто такой Свиридов, то ко всем этим документам можно относиться как к плоду воспаленного воображения человека, свихнувшегося на почве политической активности. Таких сейчас, слава богу, пруд пруди. Именно поэтому дело о хулиганстве и показалось Насте с самого начала бесперспективным, не тянущим на роль главного объекта кражи. Но если понимать, что все сказанное может оказаться не домыслами, а правдой, тогда дело другое.

Дело о злостном хулиганстве, совершенном гражданином Свиридовым, было простым и понятным, но очень привлекательным для заинтересованных читателей. Дело же о самоубийстве Григория Войтовича было абсолютно не интересным с точки зрения его похищения. Но дело это Насте почему-то не нравилось. И было еще третье дело о групповом разбое. Будем надеяться, что Коротков выяснил о нем достаточно, чтобы можно было делать выводы.

Настя взглянула на часы и нехотя вышла из машины. Пора было идти в зал прилета.

4

Подруга Юры Короткова Люся, она же майор милиции Людмила Семенова, работала старшим научным сотрудником в одном из научно-исследовательских учреждений Министерства внутренних дел, а до этого была следователем. Юра познакомился с ней два с половиной года назад во время расследования убийства Ирины Филатовой, Люсиной коллеги и подруги. С того момента влюбчивый Коротков приостановил свои амурные похождения и терпеливо ждал, когда вырастут его и Люсины дети, чтобы можно было вступить в новый брак. Как ни странно, но ему удалось вытащить Люсю в воскресенье прогуляться по выставочному комплексу, который все по старой памяти продолжали называть ВДНХ.

Они медленно прогуливались по огромной территории комплекса, держась за руки и наслаждаясь так редко выпадающей в последнее время возможностью побыть вдвоем и спокойно поговорить. Но разговор почему-то все время съезжал с личных проблем на служебные.

— Когда ты работала следователем, у вас за сроками строго следили? — спросил Коротков, разрывая обертку на мороженом и отхватывая крепкими зубами солидный кусок.

— Еще как. Два месяца прошло — бежишь к прокурору срок продлевать, день в день, чтобы не опоздать. За вторым продлением придешь — он обязательно дело возьмет, прочитает и устроит тебе показательное выступление на тему: вы четыре месяца бездельничали, в деле никаких материалов нет, чем вы там занимались столько времени, а теперь хотите, чтобы я вам срок продлевал. Примерно в таком духе. А почему ты спросил? Ты же сам прекрасно все знаешь.

— Люся, а может такое быть, чтобы дело лежало у следователя месяцами без всяких продлений?

— Теперь все может быть. На следствии такой бардак творится — уму непостижимо. Никому ни до чего дела нет. Никто никого не проверяет и не контролирует. Все под честное слово, а то и вообще без него. Ты мне не ответил, откуда такой пристальный интерес к проблемам предварительного следствия.

— Понимаешь, Люсенька, я столкнулся с тем, что у следователя украли четыре уголовных дела, а он молчит, как воды в рот набрал. Пока его к стенке не приперли, он никому и не сказал, что у него дела украдены. Вот я и пытаюсь разобраться, как такое может быть.

— Да элементарно, Ватсон, — пошутила Людмила. — Кому могут понадобиться материалы дела? Прокурору и самому следователю. Больше никто не имеет права требовать, чтобы их показали. Правильно?

— Ну, правильно, — согласился Коротков.

— Прокурор их не требует, потому что ему наплевать. Сам следователь перед оперативниками делает вид, что все в порядке, они работают, он с умным видом кивает, дает им новые поручения, а сам потихонечку новую папочку заводит, протоколы по памяти восстанавливает, потом вызовет под каким-нибудь благовидным предлогом основных свидетелей и потерпевшего, допросит их, подписи на те протокольчики скопирует — и вся недолга. Если в деле были фотографии с места происшествия — так они и у экспертов есть, всегда можно попросить отпечатать снимки еще раз, мало ли для чего. Допустим, для следственного эксперимента. Мол, первые фотографии в дело вклеены, папка тяжелая, не тащить же ее с собой. Конечно, есть документы, которые продублировать невозможно, но, Юра, я тебя уверяю, опытный следователь почти для любой краденой бумажки легенду придумает, чтобы получить дубликат. Тем более сейчас и легенда-то не особо нужна, я же повторяю, никому ни до чего дела нет, никто никого не проверяет. А уж если преступление раскрыто и сыщики рядом с ним не крутятся, то можно просто забыть о нем, как о вчерашнем сне. Какие дела-то украли?

— Покушение на кражу джинсов из магазина, хулиганка, бытовое убийство с самоубийством и разбой. Пожалуй, ты права, старушка...

— Конечно, я права! — подхватила Людмила. — При покушении на кражу из магазина нет реального потерпевшего, ущерб возмещен, кто пойдет трясти следователя, чтобы он наказал виновного? Никто. При хулиганке был потерпевший?

— Нет. Морду никому не набили.

— Вот видишь. Преступник есть, потерпевшего нет, жаловаться некому. Сам хулиган, как ты понимаешь, тоже не побежит к следователю с криком: «Давайте наказывайте меня скорее!» После самоубийства дело об убийстве закрывается за смертью виновного. Остается разбой. Там что?

— Почти ничего. Дело совсем свежее, к моменту кражи его дня три как возбудили. Сыщики работают вовсю.

— Ну вот, а следователь плоды своего трехдневного труда продублировал и спит себе спокойненько. Коротков, перестань есть мороженое, на тебя смотреть холодно.

Он посмотрел на часы.

— Пора обедать, ты не находишь? У меня уже голодные спазмы начинаются. Пойдем съедим по шашлыку.

Они подошли к тому месту, где летом Юра с Настей ели вкусный сочный шашлык. Но на месте шашлычной оказались какие-то симпатичные павильончики, надписи на которых оповещали гостей выставки, что здесь находится индийский ресторан.

— Рискнем? — предложил Коротков.

— Боязно, — неуверенно ответила она. — А вдруг это несъедобно?

— Ну интересно же, — настаивал Юра. — Пойдем.

Они вошли внутрь и сели за столик. К ним тут же подскочил смуглый официант-индус с меню.

— Добро пожаловать, — вежливо произнес он на ломаном русском языке. — Что будете кушать?

Выбирать блюда оказалось трудно, названия были незнакомые и никак не отвечали на главный вопрос: из чего ЭТО сделано? Наконец они остановились на чем-то под названием «спринг роллз» и цыпленке с апельсинами.

Юра заметил, что Людмила, разговаривая с ним, как-то странно посматривает ему за спину.

— Ты чего? — поинтересовался он, перехватив ее взгляд.

— У тебя за спиной, за столиком, сидит пара. Мне кажется, что женщину я откуда-то знаю, но не могу вспомнить, кого она мне напоминает.

— Что за женщина? — спросил он не оборачиваясь.

— Блондинка в зеленой шубе. По-моему, француженка.

— Это наша Аська, — ответил Коротков, отрезая аккуратный кусочек от хрустящего блинчика с овощной начинкой и отправляя его в рот.

— Она говорит по-французски, — возмущенно возразила Люда.

— А это она какого-то испанца развлекает, — невозмутимо пояснил он, старательно жуя «спринг роллз».

— Коротков, ты хочешь, чтобы у меня ум за разум зашел? Эта блондинка — Каменская? По-французски с испанцем?

— А ты присмотрись повнимательней, — посоветовал он, делая большой глоток из пластикового стакана с банановым коктейлем.

Людмила некоторое время молчала, то и дело бросая быстрые косые взгляды на женщину за соседним столиком и на ее спутника. Потом уставилась на Юру.

— Коротков, ты гнусный, аморальный, лживый тип. Ты назначил ей встречу здесь? У вас опять работа? Какого черта ты меня выдернул из дома? Для прикрытия?

Он поперхнулся и закашлялся.

— Ой, Люська... Да ну тебя, нельзя же столько вопросов одновременно обрушивать на человека, когда он ест. Ты хочешь, чтобы я подавился и умер? Да, я назначил ей здесь встречу. И подумал, что уж коли у меня есть возможность оторваться в воскресенье от дома и семьи, то я буду полным дураком, если не попробую повидаться с тобой. Ты вспомни, где и как мы встречаемся. На полчаса, на сорок минут, на чужой хате, все бегом, наспех. А разговариваем только по телефону, потому что когда встречаемся, у нас на разговоры времени нет. Люся, я же не сексуальный бандит, мне поговорить с тобой хочется, в глаза посмотреть, на лицо полюбоваться, за руку подержать. Это что, непонятно? Ты меня за это упрекаешь?

— Извини, — примирительно улыбнулась Людмила. — Но было бы лучше, если бы ты сказал мне это заранее.

— Почему?

— Да ведь ты мне почти в любви объяснился, с тобой такого за два с половиной года ни разу не было. А знаешь, как приятно это слышать? У меня бы уже целых три часа настроение было хорошее после таких слов.

— А что, обязательно надо объясняться?

— Обязательно.

— Ну Люся, мы же и так вместе, зачем слова-то нужны?

— Дурак ты, Коротков, — беззлобно засмеялась она. — Что мы теперь делаем? Ждем, когда она нас узнает, или подходим первыми?

— Вообще-то я хотел, чтобы ты ее узнала. Я же к ней спиной сижу, вроде как не вижу. Даже и не знаю, как лучше, — засомневался он. — Может, подождать, пока она сама нас окликнет?

— Это мы до завтра прождем, — уверенно сказала Людмила. — Она на нас даже и не смотрит, так увлеклась своим испанцем. Может, она влюбилась?

— Нет, — качнул он головой, — она за Чистякова замуж собралась.

— Да ну? Мир перевернулся. Тогда начнем благословясь!

Через несколько минут все четверо сидели за одним столиком и оживленно беседовали. Людмила ловко отвлекала внимание заморского гостя на себя, задавая ему множество вопросов и воодушевленно комментируя его ответы. В конце концов испанец полностью переключился на новую знакомую, начал объясняться с ней на плохом английском, но зато без помощи Насти, выполнявшей функцию переводчика.

— Рассказывай, — вполголоса сказала Настя, убедившись, что гость увлечен разговором с Людой и не будет считать себя негостеприимно брошенным.

— Про хулигана Свиридова я тебе уже рассказал. Что касается разбойного нападения на сбербанк, то там глухо, как в танке. В материалах дела были показания свидетелей, но словесные описания преступников не удались: все были в масках. С места происшествия изъяты кое-какие следы, но все образцы, вещдоки и прочее в момент кражи были у экспертов, они как раз готовили заключение. Если хотели украсть именно это дело, то кража какая-то бессмысленная. Там совсем ничего не было.

— Знаешь, чего я понять не могу? — задумчиво проговорила Настя. — Дело о разбое — свежее, к моменту кражи — трехдневное. Дело о хулиганстве всего неделю пролежало у следователя. Самоубийство Войтовича — тоже дней шесть-восемь. Но дело Димы Красникова лежало у Бакланова с 12 сентября. Ты подумай только, с 12 сентября! К моменту, когда его украли, оно находилось в производстве три с половиной месяца. Это при том, что мальчишка был взят с поличным в момент кражи и расследовать там вообще нечего. Я даже не понимаю, почему Бакланов его в камеру отправил. С какой стати, спрашивается? И потом, чтобы держать у себя дело больше двух месяцев, Бакланов должен был сходить к прокурору и попросить продлить срок следствия. Чем он аргументировал свою просьбу? Почему прокурор продлил ему срок?

— Я уже у Люськи спрашивал, она все-таки бывший следователь, да и в своем НИИ занимается предварительным следствием. Она мне все на пальцах объяснила. Аська, не ищи подводных камней, это самый обыкновенный, хотя и крупномасштабный бардак. Повторяю по буквам: Борис, Анна, Руслан, Дмитрий, Анжелика и Король. Бакланов мог вообще ни к какому прокурору не ходить, никто бы и не спохватился, что у него дело черт знает сколько в шкафу валяется. А мог сходить с липовым документом и, не показывая дела, получить продление под честное слово. А мог просто позвонить и сказать, дескать, Иван Иваныч, мне бы срок продлить, да я так безумно занят, так закрутился, никак до вас не добегу. А тот ему отвечает, мол, ладно, будешь мимо пробегать — заглядывай, все вопросы заодно и решим. Но чаще всего просто засовывают дело в шкаф, и оно там протухает потихоньку без всякого прокурорского соизволения.

— Но почему? — удивилась Настя. — Почему не закончить такое плевое дело и не передать его в суд? Зачем нужно запихивать его в шкаф?

— Ой, Настасья, ну ты прямо идеалистка какая-то! Следователь сколько зарабатывает? Правильно, немного. А работы у него сколько? Опять правильно, много. Хочет он иметь больше денег, а если не получается — то хотя бы больше свободного времени? Снова правильно, хочет. Ну и как ты думаешь, станет он убиваться на работе, чтобы закончить какое-нибудь, как ты выражаешься, плевое дело? Правильно ты думаешь, Анастасия, не станет он убиваться. Он лучше скажет, что поехал в прокуратуру, а сам побежит домой ремонтом квартиры заниматься. Объявит, что он «на выезде», а сам — бегом в какую-нибудь фирму консультацию давать, за доллары, между прочим. Или просто выжидает, когда юридически безграмотный преступник или его такие же невежественные родители взятку ему дадут, чтобы он дело прекратил по какому-нибудь подходящему основанию. Они же не знают, что теперь товарищеских судов нет, на поруки не отпускают, комиссии по делам несовершеннолетних тоже приказали долго жить. Он деньги возьмет, а потом скажет, что сделал все возможное, но прокурор-злюка постановление не утвердил. Не все же такие, как ты. Это для тебя интересней работы ничего в жизни нет. А у подавляющего большинства наших коллег работа — обуза, которую надо бы поскорее сбросить с рук и заняться чем-нибудь более полезным для кармана. Понятно?

— Теоретически — да, а практически — нет, — честно ответила Настя. — Я не хочу этого понимать, потому что это оскорбительно. Для меня пример — Костя Ольшанский. У него две девчонки растут, разве ему деньги не нужны? Но он же пашет как вол, не за страх, а за совесть. Неужели я должна относиться к нему как к смешному исключению из отвратительного правила? Не хочу и не буду.

— Ну ладно, не кипи, успокойся. Не все следователи — халтурщики, большинство действительно нормально работает. Я просто пытался объяснить тебе, почему Бакланов...

— Я поняла, спасибо. Ты не знаешь, Доценко сведения о вызовах «неотложки» собрал?

— По-моему, еще собирает. Я его сегодня в конторе видел, он с какими-то километровыми списками ковырялся. Слушай, этот твой идальго у меня Люсю не уведет? Что-то он больно нежно на нее смотрит.

— Ну и пусть смотрит, чего ты дергаешься. Посмотрит немножко и уедет в свою Испанщину, от тебя не убудет.

— Он женат? — поинтересовался Юра.

— Откуда я знаю? — пожала плечами Настя. — Мне и в голову не пришло спросить его об этом. Какая разница?

— Интересно.

— Юрка, не валяй дурака. Пусть женщина пофлиртует с красивым богатым мужчиной, это полезно.

— Для чего полезно?

— Для поддержания формы. Женщина должна

иметь возможность побыть женщиной хотя бы полчаса в месяц. Ты даешь ей такую возможность?

— Ну... Я.... — растерялся Коротков. — Я стараюсь.

— Ну и он старается. Не возникай.

На улице уже совсем стемнело. Они вчетвером дошли до выхода, а там расстались. Юра с Людмилой пошли к метро, им хотелось еще побыть вдвоем, и они отказались от Настиного предложения подвезти их на машине.

— У вас очень привлекательная подруга, — заметил гость, забираясь в машину. — Но кажется, у нее слишком ревнивый муж. Он так злобно на меня смотрел. Я надеюсь, я его ничем не обидел?

— Разумеется, нет, — успокоила его Настя. — Особенно если учесть, что он ей не муж.

— О, тогда все понятно! — всплеснул руками испанец. — Мне тоже это показалось странным, ведь мужья редко бывают столь ревнивы, как ваш Юрий. Заочно приношу ему свои извинения.

— Я передам, — улыбнулась Настя, выруливая на проспект.

5

Инна Литвинова устало бросила сумки на кухне и огляделась. На столе стояли две немытые чашки и пустая бутылка из-под джина, на тарелке засыхали остатки бутербродов с салями и свежими огурцами. Опять Юля кого-то приводила, опять, наверное, напилась и улетела на гулянку. Господи, только бы вернулась! Инна готова была прощать ей все, что угодно, только бы девушка ее не бросила. Пусть приводит гостей, пусть уходит с ними, только пусть возвращается!

Больше всего Инна боялась, что Юля влюбится в мужчину. Юля была равнодушна к женскому телу, не испытывая к нему ни тяги, ни отвращения, но, волею судьбы встретившись на пути Инны Литвиновой, решила устроить свою жизнь временно в роли ее партнерши. Она тянула из Инны деньги, пользовалась ее квартирой, позволяла себя кормить, поить и обслуживать, но в обмен на это честно старалась в постели, хотя особой радости ей это не доставляло. Но чего не сделаешь, когда твоя семья из шести человек живет в коммуналке, отец — запойный алкоголик, а один из братьев страдает болезнью Дауна. И вечное безденежье...

Инна знала об этом, как знала и то, что рано или поздно Юля уйдет. Но пусть это будет попозже! Нужны деньги, очень много денег, только этим можно будет хоть на какое-то время удержать возле себя эту белокожую рыжую сучку с бесстыжими светло-зелеными глазами и таким обольстительным телом...

Глава 5

1

В жизни Анастасии Каменской, определенно, началась полоса плохого настроения. Еще в субботу начав злиться из-за того, что придется потратить целое воскресенье на маминого приятеля, в понедельник она явилась на работу хмурая. И тут же ее подстерегла еще одна неприятность.

Поднимаясь по лестнице здания ГУВД, она столкнулась с Катей из бухгалтерии.

— Каменская, ты почему премию не получаешь? Ждешь, когда тебе персональное приглашение пришлют?

— А какая премия? — радостно удивилась Настя.

— По итогам года. Все уже получили, из-за одной тебя ведомость в кассе лежит.

— Ой, я и не знала, что мне тоже дали. Я обязательно зайду.

— Прямо-таки, не знала она! — злобно фыркнула Катя. — Когда это такое было, чтобы тебе премию не дали. Ты же у нас любимая женщина полковника Гордеева.

Выпустив ядовитую стрелу, Катерина помчалась дальше по своим делам. Настя почувствовала, как у нее запылали щеки. Давно уже она не слышала в свой адрес грязных намеков на связь с начальником. «Вышла из формы, — подумала она, — Раньше меня нельзя было застать врасплох такими гадостями. Если я и не находила, что ответить, то по крайней мере не краснела и не теряла дар речи».

Опустив плечи и еле передвигая ноги, она добрела до своего кабинета, бросила куртку на стул и включила кипятильник. Когда же это кончится? В самом начале своей работы на Петровке она часто ловила недоуменные и откровенно недоброжелательные взгляды, слышала злобный мерзкий шепоток за спиной, мол, с чего это Гордеев притащил из районного управления эту сопливую девчонку, которая ничего не делает, только сидит целыми днями в кабинете (отдельном! Подумайте, какое кощунство! И это когда сыщики с двадцатилетним стажем сидят по трое в одной комнате!) и делает вид, что думает. Понадобилось немало времени, чтобы основная масса злопыхателей поутихла, потому что оперативники из отдела по борьбе с тяжкими насильственными преступлениями сами начали затыкать им рот, поняв, что приведенная Колобком девочка умеет делать массу нужных и полезных вещей. Да, она не умеет бегать и стрелять, она не сидит в засадах и не стаптывает ноги в поквартирных обходах, не выезжает на место происшествия и не борется с приступами рвоты при виде растерзанных, а иногда и полуразложившихся трупов. Но зато она умеет думать, анализировать, обобщать, у нее богатая и ничем не скованная фантазия, сочетающаяся с четкой работой хладнокровного ума, и феноменальная память, позволяющая держать в голове одновременно массу разрозненных и растянутых во времени фактов, обстоятельств, фамилий, дат и адресов. И для нее нет ничего важнее и интереснее той работы, которую она делает. И надо же, опять...

Настя автоматически заварила кофе, пытаясь справиться с внезапной обидой, не глядя бросила в чашку два куска сахару и уселась за стол. К черту, решила она, пусть Катерина подавится своей злобой, нельзя допускать, чтобы чей-то поганый язык мешал ей, Насте, нормально работать.

Она залпом допила обжигающе горячий кофе и пошла к Мише Доценко.

— Вот, — он протянул ей длиннющий список вызовов «неотложки» за время с сентября и до Нового года. Шитова попала в больницу 22 декабря.

— Я отметил галочкой все выезды, где указано «подозрение на трубную беременность».

Настя одобрительно кивнула. Еще два года назад доверчивый интеллигентный Миша наверняка запросил бы сведения только об интересующих его вызовах «неотложки», список был бы во много раз короче, но тогда Настю постоянно грызло бы сомнение, а не допустили ли ошибку те, кто такой список составлял. Люди — не машины, они всегда устают и ошибаются, особенно когда нужно из массы сведений выбирать какие-то определенные. Они могут что-то пропустить, что-то не увидеть, в конце концов, просто схалтурить. Миша долго не мог привыкнуть к Настиным требованиям, считая, что она совершенно напрасно заранее подозревает людей в недобросовестности, и только пару раз наколовшись, признал ее правоту. Поэтому в этот раз он взял сведения обо всех выездах, чтобы производить отбор самому и чтобы Настя потом могла его перепроверить.

Взяв список с собой, она вернулась в свой кабинет и заперла дверь. Ничто не должно мешать работе, требующей внимания и сосредоточенности. До начала оперативки оставалось почти полчаса, и она надеялась успеть просмотреть хотя бы часть списка. Ей очень хотелось попробовать найти таинственного гостя, которого Галактионов привел в дом к своей любовнице, когда той заведомо не должно было быть дома. Это, судя по рассказам свидетелей, было не очень на него похоже, значит, гость был непростой, особенный. А через два дня после этой встречи Галактионов умирает, отравившись цианидом калия... Нет никаких оснований подозревать самоубийство. Вскрытая ампула с ядовитым порошком нашлась там же, на месте происшествия. Чашка с засохшими остатками кофе и слабыми следами цианида стояла на столе в комнате, а в кресле возле стола застыл мгновенно скончавшийся Галактионов. И на ампуле были только его отпечатки. Но эксперты, обследовавшие каждый сантиметр квартиры, совершенно определенно сказали, что часть предметов была протерта. Именно тех предметов, на которых обязательно остаются следы людей, находящихся в квартире. Странно было бы предполагать, что Галактионов, решив покончить с собой, предварительно произвел тщательную уборку, тем более что джезва, в которой он варил кофе, так и осталась стоять на плите немытой. С самого начала никто не сомневался, что это было убийство. Только вот ампула...

Если Шитовой не померещилось и если таинственный гость сказал правду, то в списке вызовов «неотложки» должен быть тот, который поступил с места его работы. Но который из них? И потом, что означает в его представлении слово «недавно»? На прошлой неделе? В прошлом месяце? Она решила на первый раз ограничиться четырьмя месяцами, но понимала, что, скорее всего, придется копать поглубже. И по какому признаку выделить из всех вызовов тот, единственный?

После совещания она снова взялась за список. И через час нашла то, что искала. Это оказалось так просто, что сначала она даже не поверила в удачу.

Глядя на тучного одышливого человека, сидящего за огромным столом в просторном кабинете, он с трудом подавлял в себе отвращение.

— Боюсь, что у вас неприятности, — зловеще произнес толстяк, доставая из папки какую-то бумагу. — В министерство пришла анонимка на ваш Институт. Допрыгались.

— О чем? — сдержанно осведомился он, хотя сердце его дало сбой.

— О вашей установке. Вы мне скажите, вы отслеживаете ее воздействие или как смонтировали — так и забыли?

— Постоянно отслеживаем, иначе и быть не может, это же эксперимент.

— И никаких побочных явлений?

— Никаких, — уверенно ответил он, чувствуя, как ладони слегка вспотели.

— Тогда как прикажете понимать вот это?

Толстяк потряс в воздухе вынутым из папки листком, лицо его выражало крайнюю степень негодования. Внезапно бросив листок обратно на стол, он достал из ящика аэрозоль, которым пользуются астматики, и несколько раз нажал на крышку, направив струю себе в рот. Дыхание его стало легче.

— Здесь написано, что ваша установка дает эффект «обратной петли». Анонимка уже прошла по всем инстанциям, у всех на столах полежала, вот теперь и до меня дошла как до вашего куратора с резолюцией разобраться и подготовить заключение. И что я должен написать в этом заключении, а?

— Вы можете с чистой совестью написать, что представленные вам научные материалы свидетельствуют о полном отсутствии какого-либо негативного эффекта от нашей установки, — твердо сказал он. Во рту появилась неприятная сухость. Сукин сын Войтович, все-таки написал в министерство, хоть и не подписался!

— Я пока не вижу никаких научных материалов, — продолжал кипеть толстяк. Он снова начал дышать с присвистом, его жирное лицо с тройным подбородком постепенно приобретало неприятно-красный оттенок. — Зато я точно помню, как вы уверяли меня и всех членов комиссии, что ваша антенна не дает негативного воздействия на среду. Именно поэтому вам разрешили установить ее в городе, а не на полигоне, как положено. И я как председатель той комиссии несу персональную ответственность за принятое решение, а теперь выходит, что вы меня обманули? Так или не так, я вас спрашиваю?

— Выслушайте меня, Николай Адамович, — спокойно ответил он. Ему удалось справиться со страхом, и сейчас он чувствовал себя более уверенно. — Комиссии были представлены все научные отчеты по этой теме, их читали не только вы один. В отчетах написано черным по белому, что того эффекта, о котором вас информировал аноним, нет. Нет его, понимаете? И решение принимала вся комиссия, коллегиально. Это первое. Теперь второе. Кто направил вам анонимку с резолюцией «разобраться»?

— Заместитель министра Якубов. Это имеет значение?

— А как же, Николай Адамович. Всем известно, что Якубов собирается на пенсию. На его место сегодня существуют два реальных претендента: Старостин и вы. Старостин — давний дружок Якубова. Направляя вам анонимку, Якубов изображает видимость объективности, а на самом деле просто-напросто поддерживает скандал, не дает ему затухнуть. Ведь он мог ее выбросить? Мог. Уже давным-давно существует правило не возиться с анонимками, и никто его не упрекнул бы. Он мог бы вызвать вас к себе и спросить, не может ли быть правдой то, что в ней написано. И вы бы ему сказали, что не может. И все, Николай Адамович, и весь разговор. Это если бы он вам доверял и хорошо к вам относился. Но он вместо этого посылает вам бумагу со своей резолюцией через секретариат, чтобы еще лишних пять пар глаз ее почитали и запомнили, чтобы через два дня все министерство узнало, что в курируемом вами Институте какой-то скандальчик образовался. И вот о чем я подумал, Николай Адамович. Уж не Старостин ли эту анонимку организовал?

— Мог, — прохрипел толстяк, снова берясь за флакон с аэрозолем. — Эта сволочь все может. От него добра не жди. Может быть, вы и правы. Но все-таки скажите мне раз и навсегда: есть эта «обратная петля» или нет?

— Нет. Нет, нет и еще раз нет. И выбросьте это из головы.

Выходя из начальственного кабинета, он подумал: «Есть эффект, есть. И еще какой! Но тебе, толстому безграмотному карьеристу, знать этого не нужно. Спать будешь плохо».

3

— Ничего себе! — присвистнул Юра Коротков, когда Настя показала ему список выездов «Неотложной помощи». — Выходит, одну женщину с подозрением на трубную беременность увозили как раз из того самого Института, где работал покончивший с собой Григорий Войтович. Забавная получается картинка.

— Уж куда забавнее, — хмуро проворчала Настя, еще не отошедшая до конца от утренней стычки с девицей из бухгалтерии. — Теперь слушай меня, Юрик, я буду рассказывать, как мне все это представляется, а ты мне возражай. Погоди, позови Мишу, пусть он будет арбитром.

Они уселись втроем у Насти в кабинете, она — за своим столом, Коротков — за соседним, у которого не было постоянного хозяина, а Доценко примостился на стуле, поставив его у окна.

— Начали, — кивнула Настя, как бы давая самой себе старт. — 7 декабря старший научный сотрудник Института Григорий Войтович задержан возле трупа своей жены. 10 декабря его выпускают с тем, чтобы он, находясь дома, смог закончить важную научную разработку. 13 декабря Войтович кончает жизнь самоубийством. 21 декабря уголовное дело Войтовича похищают. Вместе с ним прихватывают для видимости еще три дела, одно из них — дело по обвинению Димы Красникова в краже джинсов, в котором содержатся данные о его усыновлении. На следующий день, 22 декабря утром некто Галактионов, приехав в автосервис, в разговоре сообщает эти сведения одному из знакомых мастеров. И в этот же день на квартире Надежды Шитовой встречается с человеком, судя по всему работающим в том же Институте, что и Войтович. Пока сходится?

— Пока — да, — подтвердил Коротков. — Но при условии, что показания Лыкова, мастера из автосервиса, мы принимаем за правду.

— Поправка принимается, — согласилась Настя, — но у нас нет другого выхода, кроме как верить Лыкову. Дальше. Еще через два дня Галактионов снова приходит на квартиру Шитовой и там умирает от цианида, брошенного в чашку с кофе. Это факты. Теперь начинается полет фантазии. Ребятки, я сейчас начну нести полную чушь, только вы не смейтесь, пожалуйста, а поправляйте, если что-то не стыкуется. Договорились?

Коротков и Доценко кивнули, усаживаясь поудобнее.

— Войтович за убийство жены попадает в камеру. Кто-то очень не хочет, чтобы он там находился, организуются звонки и просьбы отпустить его домой хотя бы на несколько дней якобы для завершения важной научной разработки стратегического значения. Войтович работает в научном учреждении, которое занимается изучением распространения электромагнитных волн в различных средах, так что все звучит вполне правдоподобно. Но я в это не верю. Мне кажется, что действительно кто-то страшно не хотел, чтобы Войтович оставался под арестом. Почему? Не знаю. Это вопрос, на который я хочу получить ответ. В момент задержания Войтович находился в... мягко говоря, странном психическом состоянии, которое по мере пребывания его в камере постепенно проходило, он начал давать более точные и подробные показания, полностью совпадающие с тем, что было обнаружено на месте преступления. Врачи не обнаружили у него ни малейших признаков психического заболевания, и остается непонятным, что же это была за амнезия и под влиянием чего она вдруг прошла. В полной мере осознав случившееся, Войтович повесился. И оставил предсмертную записку, которая оказалась, естественно, в его уголовном деле. И снова кто-то проявляет к этому делу нездоровый интерес. Уголовное дело исчезает из кабинета следователя, когда тот вышел куда-то и по привычке оставил открытым не только кабинет, но и сейф, где лежали дела. По-видимому, кто-то из сотрудников Института нанял для этой кражи Галактионова. Это или его очень давний знакомый, с которым Галактионов не виделся много лет, или, наоборот, знакомый случайный. Но знакомство должно было состояться при таких обстоятельствах, чтобы человек из Института понял, что к Галактионову можно обратиться с подобного рода просьбой. Итак, человек из Института просит Галактионова раздобыть дело Войтовича. Фамилия следователя и место его работы ни для кого в Институте не были секретом, потому что многих сотрудников вызывали в качестве свидетелей по делу об убийстве жены Войтовича. Годится?

— Более или менее, — подал голос Коротков.

— А вы, Миша, что скажете?

— Я не уверен, что Галактионов взялся бы за такое поручение, — с сомнением произнес Доценко. — Он отчаянный мошенник, авантюрист, но вряд ли вор. Это все-таки немножко другое.

— Принимается. Чтобы понять, мог ли Галактионов взяться за такое задание, нужно постараться его понять. Что мы о нем знаем? Что в молодости он точно совершил по крайней мере одну кражу. Я говорю о краже дубленки с кольцами у его собственной жены. И этот же факт свидетельствует о том, что тогда он был порядочной сволочью. Но это было много лет назад, он с тех пор мог и измениться. Поэтому второй вопрос, на который нам нужно найти ответ, это вопрос о том, остался ли он и в сорок три года таким же подонком, каким был в двадцать три. Здесь есть еще два привходящих обстоятельства. Во-первых, от него, по свидетельству друзей, отвернулась удача, и он изо всех сил пытался снова поймать ее за хвост. Не мог ли он воспринять залихватскую, удачную и абсолютно авантюрную кражу дел из кабинета следователя как подтверждение вернувшейся к нему удачливости?

— Вообще-то мог, — задумчиво согласился Доценко. — Когда припрет — все средства бывают хороши.

— И во-вторых, получается, что, украв дела, он их первым делом прочитал. В одном из них нашел и запомнил, а может быть и записал, сведения, под которые можно при случае получить деньги. Я имею в виду дело Красникова. Шантаж разглашением тайны усыновления — мерзость. Но Галактионов, видимо, так не думает. И легко отдает их первому попавшемуся знакомому, попросившему деньги в долг. Не очень-то красиво, согласитесь.

— Но, Анастасия Павловна, мы не можем быть в этом уверены, — возразил Миша. — А если Лыков врет?

— А если Лыков врет, а если Лыков врет, — задумчиво повторила она. — Вот и надо понять, что за нутро было у Галактионова. Мишенька, помните показания его сотрудницы из банка о том, что он помогал в организации лечения за рубежом? Ездил, не считаясь с личным временем, и возил больных детей на консультации на своей машине? Сегодня же поезжайте и покопайтесь в этом. Никто, кроме этой женщины, не отметил в нем особой доброты и бескорыстия. Может быть, она знала его лучше других? Может быть, Галактионов был тайным благотворителем, вроде Юрия Деточкина, надувал крупных акул бизнеса и потихоньку переводил деньги на детские дома и больницы. С его характером нужно разобраться как следует и на этой основе выстроить свою версию, а пока будем работать с тем, что есть. Пойдем дальше. С человеком из Института Галактионов встречается на квартире у своей подруги, когда ее не бывает дома, то есть днем. Вероятно, первая встреча состоялась где-то между 15-м и 19 декабря, то есть через некоторое время после самоубийства Войтовича и за несколько дней до кражи дел. Если Галактионов взялся помочь, то ему нужно было время для разбега. Присмотреться и так далее. 21 декабря он успешно осуществляет свое намерение и 22 декабря встречается с человеком из Института все в той же квартире Шитовой, очевидно, передавая ему дела и получая взамен оговоренное вознаграждение. Или нет, не получая. Скорее всего, гонорар он должен был получить в другое время. К сожалению, Шитова почувствовала себя плохо и вернулась с работы рано. Галактионов просит ее не входить к ним и не мешать, у них серьезный разговор. Как события развивались дальше, мы знаем из рассказа Шитовой. А через два дня Галактионов снова встречается со своим знакомым. Этот раз стал последним. Человек из Института отравил Галактионова, уничтожил свои следы в квартире и ушел. Если бы не его случайная проговорка о сотруднице, которую с работы увезла «Скорая помощь», мы могли бы помахать ему ручкой и распроститься с надеждой хоть когда-нибудь его найти. Шитова его практически не помнит и описать не может. Это и понятно, она почти теряла сознание. Стало быть, мы теперь понимаем, что все упирается в Войтовича, а убийцу Галактионова надо искать в Институте.

— Все бы ничего, — критично заметил Юра. — Но связь Галактионова с калеными делами у тебя слабовато прописана. А так нормально.

— Вот мы и должны выяснить, мог ли Галактионов поступить так, как, я предполагаю, он поступил. Миша, это — ваш кусок. А мы с Юрой займемся Институтом. Будем искать в нем человека без примет.

— И без особенностей речи, — подсказал Коротков.

4

Компьютер все время «зависал», и Инна начала злиться. Сегодня она уже два раза вызывала техников, но после их ухода капризная машина работала от силы полчаса, а потом снова на экране появлялся ненавистный зеленый квадрат. Она раздраженно выключила компьютер и пошла к заведующему лабораторией выяснять, когда наконец в распределении техники будет наведен хоть какой-то порядок.

Литвинова как фурия ворвалась в кабинет к заведующему, даже не обратив внимания на посторонних.

— Павел Николаевич! — возмущенно начала она. — Сил моих больше нет работать на «Истре», этой машине больше лет, чем мне. Все знают, что на складе лежат шесть новых машин, почему их не распределяют по лабораториям?

— Знакомьтесь, — холодно произнес Бороздин. — Наш старший научный сотрудник Литвинова Инна Федоровна. А это товарищи из милиции. По поводу Войтовича.

— По... Как... — растерялась Литвинова. — Он же умер.

Только теперь она разглядела гостей своего начальника. Главным явно был крепкий широкоплечий мужчина лет около сорока с открытым лицом и смеющимися глазами. Рядом с ним сидела молодая женщина, совсем девчонка, в джинсах и свитере, с длинными волосами, стянутыми на затылке в хвост. Бесцветная, невзрачная, худенькая, хотя, кажется, высокая, лицо без косметики. Несовременная какая-то, мелькнуло в голове у Инны, тут же вспомнившей свою Юлечку, делавшую прическу у дорогих парикмахеров и проводящую минут по сорок перед зеркалом за макияжем.

— Видите ли, Инна Федоровна, — обратился к ней мужчина из милиции, — у нас случилось непредвиденное. В здании окружного управления внутренних дел возник пожар, правда, только на одном этаже, и его быстро потушили, но сильно пострадал кабинет следователя Бакланова. Сгорело несколько уголовных дел, в том числе и дело вашего покойного коллеги Григория Войтовича. Мы сейчас пытаемся восстановить материалы дела, поэтому пришлось снова побеспокоить ваш Институт. Вы уж не обессудьте, я понимаю, что мы отрываем вас от работы, но тут уж так сложилось... — Он обезоруживающе улыбнулся и развел руками. — Форс-мажорные обстоятельства.

— Да, конечно, — закивала она. — Я понимаю. От меня что-нибудь требуется?

— Только ответить на наши вопросы. Я надеюсь, что это не займет много времени, тем более у вас, кажется, компьютер неисправен, — мужчина снова улыбнулся, на этот раз лукаво. — Пока его чинят, мы с вами побеседуем, если у вас нет возражений.

— Пойдемте, — сказала Инна, открывая дверь и выходя из кабинета Бороздина.

— Моя фамилия Коротков, — представился работник милиции, когда Инна провела его в свою комнату и усадила за стол. — Зовут меня Юрий Викторович. Итак, начнем?

— Пожалуйста, — Литвинова изобразила на лице внимание и готовность к работе.

— Вы хорошо знали Григория Войтовича?

— Очень хорошо, — уверенно ответила она. — Мы

работали вместе много лет и в аспирантуре вместе учились.

— Тогда расскажите мне о его семейной жизни. Как он женился, как жил с женой, не было ли у них конфликтов, и так далее.

— Были, — сразу же откликнулась Литвинова. — Были у них конфликты, и жестокие. Гриша никому об этом не рассказывал, только, может быть, мне, потому что мы давно дружили. Он вообще-то был не особенно общителен, на работе ни с кем не откровенничал. Но со мной делился.

— Из-за чего были конфликты?

— Трудно сказать, тут много всего намешано. — Она задумалась. — Женечка была намного моложе, вы, наверное, знаете, а Гриша долго ходил в холостяках, все искал свою принцессу. Когда он встретил Женю, то влюбился без памяти, а уж коль он так долго ее ждал и выбирал, то у него и требования к супруге были повышенные. Он страшно переживал, если ему казалось, что Женя не соответствует «идеальному стандарту». Но такое бывало редко, она была очень славной. И очень красивой.

— Она любила мужа, как вы думаете?

— Безумно! — горячо воскликнула Инна, но тут же осеклась. — Впрочем, знаете, чужая душа — потемки, может...

— Продолжайте, пожалуйста, — подбодрил ее Коротков.

Инна замялась. «Дура, — мысленно обругала она себя. — Черт тебя за язык тянет. Раз Гриша ее убил, значит, что-то было. И это что-то должно быть вполне осязаемым, конкретным, таким, чтобы для милиционера звучало убедительно. Ревность, деньги, что угодно, но простое и понятное».

— Понимаете, Женя была настоящей красавицей и работала на телевидении, снималась в рекламных роликах. Конечно, вокруг нее крутились мужчины, ухаживали. Поклонников было много, а она ведь молодая, ей веселья хотелось, флирта, кокетства. Это можно понять, и я ее ни в коей мере не осуждала и даже Гришу пыталась убедить, что не нужно на это реагировать так болезненно. Но он меня не слушал.

— Значит, вы полагаете, что поводом для убийства была ревность?

— Я думаю, да.

— Скажите, Инна Федоровна, вы не замечали в последнее время перемен в характере Войтовича? Может быть, у него появились провалы памяти, рассеянность, раздражительность?

— Да-да, вы совершенно правы, Гриша действительно стал более... агрессивным, что ли.

— И в чем это проявлялось? Он конфликтовал с сотрудниками?

— Нет, это видела, наверное, только я.

— Каким образом так получалось?

— Это проявлялось, когда он говорил о Женечке. Такая, знаете, ненависть в глазах появлялась, голос дрожит от ярости, руки трясутся. Мне прямо не по себе становилось. А с коллегами он всегда был мягким и корректным, ни разу голос ни на кого не повысил.

— А забывчивость, рассеянность? Не замечали?

— Нет, не замечала, врать не стану.

— И еще вопрос, Инна Федоровна. Вы все это рассказывали следователю Бакланову?

— Олегу Николаевичу? Нет, не рассказывала.

— Я могу узнать, почему?

Литвинова снова замялась. «Почему, почему, — зло подумала она. — Потому что Гриша тогда еще был жив и сразу же сказал бы, что это неправда. А сейчас уже не скажет».

— Видите ли... Это сейчас, когда Гриша покончил с собой, я верю, что он убил Женечку. А тогда не верила. Не хотела верить. Я столько лет его знала, мы дружили... Мне хотелось его выгородить. Я признаю, что была не права, и прошу у вас прощения.

— Ну, это вы у Бакланова прощения просить должны, а не у меня. Ложные показания — это нехорошо, Инна Федоровна, это дело подсудное. Знаете об этом?

Литвинова покаянно вздохнула.

— Но я ведь никому этим не навредила, правда? Если бы из-за моих показаний осудили невиновного или оправдали преступника — тогда, конечно, меня надо судить. А так... Гриша сам себе вынес приговор.

— Да, чуть не забыл, — спохватился Коротков. — Вы не помните, над каким проектом работал Войтович, когда все это случилось?

Это был удар ниже пояса. Коротков смотрел на нее спокойными ясными глазами, а она говорила ему какие-то ученые слова, называла пункты институтского плана работы и чувствовала, как внутри у нее все онемело от ужаса.

5

Пока Коротков опрашивал сотрудников лаборатории, в которой работал Григорий Войтович, Настя Каменская сидела в отделе кадров Института и смотрела личные дела сотрудников. Она отобрала сначала всех мужчин, потом отделила тех, кому было от сорока до пятидесяти пяти лет. Шитова определила возраст таинственного гостя между сорока пятью и пятьюдесятью годами, но осторожная Настя на всякий случай расширила возрастные рамки, прибавив по пять лет к нижней и верхней границе. Мало ли, как может выглядеть человек, если он следит за собой или, наоборот, болеет или ведет нездоровый образ жизни. И потом, Шитова — свидетель не особо надежный, если учесть, в каком она тогда была состоянии.

Из тех, кому было от сорока до пятидесяти пяти, пришлось делать выбор, опираясь на имеющиеся в личном деле фотографии. Яркие брюнеты и седовласые ученые мужи — в сторону. Лысые и те, чье лицо никак нельзя назвать «среднеевропейским», — туда же. В отдельную стопочку она отложила мужчин с усами или бородой: фотографии сделаны не вчера, а сейчас эти люди вполне могут оказаться гладко выбритыми. В другую стопочку попали те, кто родился и вырос не в Центральной России. У таких людей довольно часто встречается акцент, характерное «оканье» или «хыканье», хотя, опять-таки, за долгие годы жизни в Москве он мог и исчезнуть. Их, как и усатых-бородатых, тоже надо проверить. Наконец остались те, кого Настя условно назвала «чистыми типами»: средне-русые, без ярких примет, коренные москвичи или питерцы, без растительности на лице.

Она попросила устроить так, чтобы какая-нибудь общительная лаборантка провела ее по Институту, останавливаясь по пути с каждым встречным-поперечным и невинно болтая на заранее «заказанные» Настей темы. Они шли по длинным коридорам, запутанным переходам между корпусами, спускались в подвал, взлетали на лифте на последний этаж, где полюбовались на сплошные металлические двери с солидными замками, закрывающие входы на лестницы, с которых можно было попасть на крышу. На крыше, как пояснила лаборантка, находятся многочисленные специальные устройства «по профилю Института», без которых невозможно вести научную работу.

Под конец прогулки ноги у Насти гудели, спина разламывалась и она мечтала только о том, чтобы лечь. Зато узнать удалось много полезного. Из мужчин, носящих усы, внешность не изменил ни один, они так и продолжают ходить с усами, зато среди бородачей побрились двое. Один из них, как оказалось, в начале декабря сломал ногу и до сих пор лежал в гипсе, второй немедленно был переведен Настей в группу «чистых типов». Из сотрудников, предположительно имеющих хотя бы небольшой акцент или особенности произношения, которые могло бы заметить ухо московского жителя, ее внимание привлекли двое, один был уроженцем Орла, другой — Рязани, а в этих регионах, как принято считать, население говорит на очень правильном русском языке. Предположение полностью подтвердилось, и эти двое также перекочевали в группу «чистых». Наконец, среди тех, кто первоначально образовал вышеуказанную группу, Настя забраковала троих. Один из них безбожно картавил, имея трудности по меньшей мере с половиной согласных, существующих в алфавите. Второй довольно заметно заикался. Третий весь декабрь был за границей на стажировке.

Настя вернулась в отдел кадров, произвела некоторые перемещения папок с личными делами из стопки в стопку и оглядела результаты своих изысканий. Кандидатов в подозреваемые осталось пятеро:

директор Института Альхименко, доктор технических наук, профессор;

ученый секретарь Института Гусев, кандидат физико-математических наук, доцент;

заведующий лабораторией Бороздин, доктор технических наук, профессор;

ведущий научный сотрудник Лысаков, кандидат медицинских наук.

Научный сотрудник Харламов, без ученой степени.

«Начнем с них, — решила Настя, доставая миниатюрный фотоаппарат. — Покажем их Шитовой, а уж если не опознает, тогда займемся остальными».

Она быстро отщелкала десять кадров — по два на каждого кандидата в подозреваемые, потом сделала кое-какие выписки, сдала дела работнику отдела кадров и отправилась искать Короткова.

6

Литвинова мчалась домой, не чуя под собой ног. Сердце бешено колотилось, она даже начала задыхаться, хотя обычно выдерживала и более быстрый темп, а в молодости долго и успешно занималась спортом. Ворвавшись в квартиру, она убедилась, что Юли нет дома, и кинулась к телефону.

— У нас в Институте милиция, — сообщила она, с трудом переводя дыхание после быстрой ходьбы.

— По какому поводу? — осведомились у нее.

— Пока не по ЭТОМУ, но могут и до ЭТОГО добраться. Я делаю все, что в моих силах, но...

— Как скоро вы закончите работу?

— Еще вчера я могла бы гарантировать вам, что через полтора месяца все будет доведено до ума. Но теперь — не знаю. Не исключено, что работы придется приостановить на неопределенное время. Или вообще свернуть.

— Нас это не устраивает, — ответили ей. — Работы должны быть закончены, и прибор должен попасть к заказчику. Ваше дело — проинформировать нас, как только прибор покинет пределы Института. Остальное — наша забота. Вы должны сделать все возможное и невозможное, чтобы милиция до него не добралась. Это будет соответствующим образом оплачено.

— Сколько? — тут же спросила она, понемногу восстанавливая дыхание.

— Сорок процентов от первоначальной суммы.

— Не все в моей власти. Но все, что смогу, сделаю, — пообещала Инна. Ей очень нужны были деньги. Много, много денег.

7

Мужчина, разговаривавший с Инной Литвиновой по телефону, положил трубку и задумчиво посмотрел на висящую на стене картину. На ней был изображен букет изящных экзотических цветов в высокой узкой стеклянной вазе. Он любил смотреть на эту картину, она его почему-то успокаивала.

Как прав он был, когда настаивал на том, чтобы не выходить напрямую на Институт! Словно чуял опасность. У него были свои люди в окружении Мерханова, они-то и сообщили, что Мерханов ждет какой-то прибор. Дальнейшее было делом высокопрофессиональной шпионской техники: узнать, что за прибор, и откуда Мерханов собирается его получить, и даже сколько он пообещал за него заплатить. Можно было действовать напрямую: перехватить заказ, посулив еще большие деньги, или вообще просто приказать — и сделают, куда денутся. Но зачем платить больше, когда можно заплатить меньше? Детский вопрос. И потом, «светиться» тоже нельзя.

Ему нашли Инну, одну из тех, кто работал над прибором. Несчастная в личной жизни, она остро нуждалась в деньгах, чтобы удержать возле себя свою подружку-лесбиянку, единственный свет в окошке. Оказалось, что она даже не подозревала о том, КАКОЙ прибор они делают. Ей предложили подхалтурить, сделать из неучтенных материалов специальное антенно-фидерное устройство и толкнуть за хорошие деньги заказчику — какой-то фирме, которой такая антенна зачем-то позарез нужна. Ну, нужна и нужна, сделаем, подумаешь, делов-то. Над прибором работают четыре человека, деньги получают почти поровну. Почти — потому что тот, кто нашел заказчика и разработал схему, чтобы учесть его пожелания, получит больше. Инна считала, что это справедливо.

Так было на тот момент, когда они вышли на Литвинову. Ей объяснили, для чего будет использоваться прибор, и она пришла в ужас. Но только в первую минуту. Когда она услышала, сколько денег за это получит, то ужас как-то быстро растаял. В ее задачу входило информировать их о ходе работы над проектом и сообщить, когда он будет закончен. После этого они отслеживают людей Мерханова, которые заберут прибор. Дальше все просто. Небольшое усилие, правда с применением огнестрельного оружия, — и прибор окажется у них. Инна получит свою долю из мерхановских денег и еще то, что они ей заплатят. Это выйдет дешевле, чем перекупать прибор у изготовителей. Мерханов жаловаться не побежит. Вор у вора...

Хорошо бы выяснить, зачем милиция сунулась в Институт. Может, подстраховаться заранее?

Не будем спешить, решил он, спешка хороша при ловле блох, а не при решении стратегических задач. Нельзя принимать решения на горячую голову. Пусть проблема «отлежится».

Он как зачарованный смотрел на изящные цветы на длинных стеблях, так красиво мерцающие на светло-сером фоне. Какая чудесная картина, как она его успокаивает...

Глава 6

1

Надежда Шитова долго рассматривала фотографии пятерых мужчин «от сорока пяти до пятидесяти, без особых примет».

— Я не могу его узнать, — наконец сказала она, виновато глядя на Мишу Доценко.

— Но кто-нибудь из них вам кажется знакомым?

— Нет, никто. Я действительно не помню его лица. Мне очень жаль.

— Мне тоже, Надежда Андреевна, — устало вздохнул Миша.

Ему очень хотелось спать. Ночью матери опять было плохо с сердцем, опять приезжала «Скорая», он суетился возле нее почти до утра, сумел прилечь и подремать только на полтора часа и сейчас с трудом боролся с вялостью и зевотой.

Он не мог позволить себе бросить все и уехать домой спать. Ему нужно было ехать в банк, где работал Галактионов, и искать сотрудницу кредитного отдела, которая так хорошо отзывалась о мошеннике и авантюристе Саньке Висте.

Женщину пришлось искать долго, оказалось, что сегодня ее нет на работе, она попросила два дня в счет отпуска, чтобы заняться какими-то семейными проблемами. Ждать два дня Миша не мог, ехать к ней домой было неловко, но он преодолел в себе воспитанного юношу и явился в квартиру Натальи Товкач нежданным гостем.

Визит его явно был некстати, Наталья в закатанных до колен спортивных штанах и в рваной старой майке занималась уборкой квартиры. Посреди прихожей чахлым змеем-горынычем гудел включенный пылесос с брошенным на пол шлангом, из ванной доносился громкий шум льющейся воды, а из кухни — истошные вопли: «Андрес! Как ты можешь! Ты не должен так говорить!» Миша понял, что хозяйка, занимаясь уборкой, старается следить за перипетиями сюжета одного из дневных латиноамериканских сериалов.

Он непроизвольно поморщился. От громкого шума мгновенно разболелась голова. Конечно, если бы не бессонная ночь, он бы этого шума даже не заметил. Миша Доценко был физически здоровым двадцатисемилетним парнем, он мог целый день носиться, не присев ни на минутку, мог подолгу неподвижно стоять или лежать в неудобной позе, если приходилось участвовать в засадах, мог в двадцатиградусный мороз два часа неторопливо гулять в легкой джинсовой курточке и без шапки и при этом не простудиться. Но он совсем не мог не спать. Сон — Мишино слабое место. Засыпал он мгновенно, едва коснувшись головой подушки, и просыпался ровно через шесть часов отдохнувшим и полным сил. Если от положенных ему шести часов отрывали хоть небольшой кусочек, Миша чувствовал себя больным и разбитым. Настя всегда говорила, что они с Мишей устроены по принципиально разным схемам. Для Миши главное — получить его законные шесть часов, а будет ли это с десяти вечера до четырех утра или с четырех утра до десяти — никакого значения не имеет. Для Насти же, наоборот, важно, чтобы к моменту пробуждения на улице было светло, и она не сможет хорошо себя чувствовать, встав в пять утра, даже если перед этим ей дали поспать целых десять часов.

Превозмогая головную боль и усталость, Миша вооружился улыбкой и дипломатичностью и поговорил с сотрудницей кредитного отдела банка Натальей Товкач, сумев не только преодолеть ее раздражение по поводу неожиданно прерванной уборки, но почти влюбив ее в себя. Он говорил комплименты, интимно понижал голос, сопровождая легкие вздохи таинственными и многозначительными взглядами, и вообще делал вид, что сама Товкач ему гораздо интереснее, чем какой-то там покойный Галактионов.

Однако выйдя из ее квартиры, Доценко вмиг перестал улыбаться. Ему ужасно не понравилось то, что он смог выловить из рассказа свидетельницы.

Из ближайшего же автомата он позвонил Насте.

— Анастасия Павловна, похоже, мне придется вас побеспокоить.

— А в чем дело? Вы были у Товкач?

— Да, и теперь нужно ехать в Американский медицинский центр. Там определенно что-то нечисто.

— Я вам нужна в качестве переводчика? — догадалась Настя.

— Ну, если вас это не оскорбит, — мягко улыбнулся Миша.

В Центр диагностики они приехали уже в конце дня. Их сразу провели к администратору, потом они попали в отдел информации и учета, где получили справку обо всех консультациях, которые давали в Центре диагностики детям, направленным от банка «Эксим», и наконец добрались до врачей, которые консультировали привозимых Галактионовым детишек.

— Я честно предупреждал родителей, что ребенок безнадежен, — сказал первый из врачей, к которому они обратились, глядя на монитор, где высвечивались все данные о прошедшем обследование мальчике, больном лейкемией. — Какие дети еще вас интересуют?

— Вот эти, — Настя подала ему список из семи фамилий. Этот список ей распечатали в отделе информации и учета: дети, направленные банком «Эксим», — доктор Фаррелл, заболевания крови.

— К сожалению, все дети были безнадежны, — пожал плечами Фаррелл. — И я каждый раз говорил об этом родителям.

— Вы не помните, переводчик с ними был всегда один и тот же?

— Да, я его хорошо запомнил, потому что он был мало похож на переводчика. Его звали Александр, верно?

— Верно. А почему он был мало похож на переводчика?

— Знаете, переводчики — они обычно довольно равнодушные. Им нет дела до проблем тех людей, которым они помогают с переводом. А Александр больше походил на человека, заинтересованного в судьбе ребенка. Как вам объяснить... Сам вел ребенка за руку, гладил его по голове, опекал, что ли. Был очень внимателен и заботлив по отношению к родителям, даже, я бы сказал, особо деликатен. Представьте себе, каково это — услышать, что твой ребенок безнадежен, что он никогда не поправится, а скорее всего — в ближайшее время погибнет. Но он умел находить такие слова, что родители встречали эту страшную новость мужественно и стойко. Конечно, некоторые плакали, но истерик и обмороков в присутствии Александра никогда не было.

— Спасибо, доктор Фаррелл, — поблагодарила Настя, и они пошли к следующему врачу, держа в руках список: дети, направленные банком «Эксим», — доктор Тотенхайм, онколог. В сумке у Насти лежали еще два списка, в которых значилось «доктор Робинсон, заболевания мозга» и «доктор Линнес, заболевания позвоночника».

К своему ужасу, ничего нового они не услышали. Все дети, которых по направлению банка «Эксим» привозил некто Александр, такой внимательный и тактичный, были безнадежны. В некоторых случаях родителей предупреждали, что без операции ребенок проживет еще год-два, а успешная операция могла бы подарить ему пусть не полноценную, но долгую жизнь, но операции этой ребенок, судя по состоянию его здоровья, наверняка не перенесет. В других случаях честно говорили, что малыш погибает и спасти его может только чудо. В третьих — что есть шанс, пусть небольшой, но есть. Таких случаев было мало, всего три из двадцати девяти. Но они все-таки были.

— Я вижу, вам что-то не нравится, — заметил один из врачей, доктор Робинсон. — У вас такое странное выражение лица.

— Видите ли, у нас в стране не принято объявлять больному диагноз, а тем более негативный прогноз. Наши врачи более... щадяще, что ли, относятся к пациентам. Человек должен надеяться, иначе...

— Человек должен знать правду о себе и своей жизни, — жестким тоном перебил ее Робинсон, невысокий чернокожий с точеными чертами лица и гладкими густыми волосами. — Иначе он ввергнет себя и близких в пучину финансовой и правовой неразберихи. Прошу меня извинить за прямоту, мисс, но в вашей малоцивилизованной стране эти резоны пока непонятны. Когда у каждого из вас будет хоть какая-нибудь собственность и, соответственно, финансовые права и обязательства, наследники и правопреемники, когда у вас появится развитая система страхования, тогда вы нас поймете. Не раньше. Я могу еще чем-нибудь быть вам полезным?

Выйдя из Центра диагностики, Настя и Доценко помчались в организованный Германией Фонд помощи детям, нуждающимся в лечении. Процедура состояла в том, что сначала ребенок должен был пройти обследование в Центре диагностики. Для родителей это обследование было бесплатным, за консультации платил банк-посредник, который и направлял детей в центр. Затем, имея на руках заключение врачей центра, родители обращались в фонд. В фонде изучали поданные документы и отбирали тех детей, которых они отправят в лучшие клиники Запада на лечение. Определенную долю расходов на это лечение брал на себя фонд, но главным образом его функция состояла в том, чтобы предоставить возможность человеку выехать за рубеж и попасть именно в ту клинику, где есть специалисты по его заболеванию. Фонд же определял и сумму, которую родители больного ребенка должны внести за лечение. Если ребенок во время нахождения в клинике умирал, внесенные родителями деньги возвращались им почти полностью.

То, что они узнали в фонде, расстроило их еще больше. Из двадцати девяти родителей, приезжавших в Центр диагностики вместе с Александром Галактионовым, документы в фонд подали двадцать шесть. Из них четырем было отказано, а двадцать два ребенка были отправлены на лечение. Все они умерли. Родители троих ребятишек документы не подавали. Как раз тех троих, у которых был шанс на выздоровление, хоть и небольшой, но был.

— Все, Миша, я больше не могу, — выдохнула Настя, выходя из роскошного здания, где располагался немецкий фонд. — У меня такое ощущение, будто меня швырнули в ассенизационную яму. Теперь осталось только обойти двадцать две семьи, в которых умер ребенок, и выяснить, получили ли они обратно свои деньги, которые перечислил им Фонд. Я уверена, что ничего они не получили. Подписали какие-то бумажки, глядя в них невидящими от горя глазами, и все. Ни по-немецки, ни по-английски они не говорят и не читают. Этот подонок из всех обращавшихся в банк-посредник за помощью выбирал только тех, у кого дети больны очень тяжело и скорее всего безнадежны, и кто не знает иностранных языков и нуждается в переводчике. Врач говорит, что ребенок не выживет, а что на самом деле говорит родителям Галактионов? Ловко морочит им голову, пользуясь их неграмотностью и незнанием языка. То-то врачи удивляются, что от их трагического приговора родители не рыдают и не бьются в конвульсиях. Но что самое омерзительное, он пользуется еще и доверчивостью человека, у которого умирает ребенок и который так хочет, чтобы была хоть какая-нибудь надежда. Надежда на чудо. В таком положении люди часто теряют критичность и верят всякой ерунде, потому что безумно хотят верить. А эта дрянь пользовалась их состоянием. Когда ребенок умирал, в банк приходил денежный перевод из фонда с деньгами для родителей. Галактионов подсовывал им бумаги, тыкал пальчиком, показывая, где расписаться, и говорил слова сочувствия. Родитель даже не понимал, что подписывает, и уходил, а Галактионов клал денежки себе в карман. Ну и мразь!

— А те трое? — добавил угрюмо Миша, беря Настю под руку, потому что увлеченная злостью она не замечала, как шагает по глубоким лужам, в которых черная вода была перемешана с грязным мокрым снегом. — Им-то он что сказал? Что их нельзя направить на лечение? Почему они не подали документы в фонд?

— Можно, конечно, спросить у них, но и так понятно, что наврал что-нибудь. Мол, таких клиник нет, или такие болезни не лечатся, или их случай под какой-нибудь пункт не подпадает. Зачем ему их направлять, если у ребенка есть шанс выздороветь? Он же тогда своих денег не получит.

— Но он же ничего не терял, — возразил Миша. — Не он же оплачивал их лечение. Пусть бы лечились, ему-то какая разница?

— Никакой. В этом-то вся гадость и состоит. Он считал, наверное, что благотворительные фонды существуют исключительно для того, чтобы ловкие Галактионовы могли на этом наживаться, а вовсе не для того, чтобы кому-то помогать и делать добро. Да ему и в голову не приходило, что раз уж банк все равно оплатил консультацию ребенку, у которого есть шанс поправиться, то пусть фонд сделает для него все остальное. Фонд — средство для доения денег из несчастных родителей. Как там говорил жене Галактионов, помните? Когда он в коробке из-под фотоаппарата толкнул старый замок.

— «Грех же не воспользоваться»?

— Вот-вот. Нет, Мишенька, теперь я абсолютно уверена, что если дело Димы Красникова побывало в руках у Галактионова, то Лыков не врет. Такой тип запросто может чужую тайну обнародовать, кинуть, как кость с барского стола, чтобы не платить наличными.

Миша заботливо вел ее, лавируя между глубокими лужами.

— Вы домой едете? — спросил он, подходя к остановке автобуса и рассматривая плохо видные в вечерней тьме номера маршрутов.

— Нет, мне нужно в контору вернуться. Я же днем сорвалась, когда вы позвонили, все бумаги на столе оставила, а то, что нужно, в сумку не положила. А вы?

— Я тоже на работу. По-моему, нам нужен вот этот автобус, — он кивнул в сторону подходящего к остановке битком набитого «Икаруса». — Поехали, Анастасия Павловна, он нас довезет до метро.

— Да вы что, Мишенька! — не на шутку перепугалась Настя, увидев толпу в салоне и почти такую же толпу, собирающуюся штурмовать автобус с улицы. — Это же смерть моя. Я не могу ездить в толпе и в духоте, мне плохо становится. Пешком, пешком, только пешком.

— Но это далеко, — честно предупредил Миша, хорошо знавший ходившие по отделу легенды о невероятной лени Анастасии Каменской. — Пешком минут двадцать получится.

— Все равно, — она упрямо мотнула головой. — Это лучше, чем нюхать нашатырь и падать в обморок.

Они медленно шли по темной неприветливой улице. Впечатление от нравственного уродства Александра Галактионова оказалось таким сильным, что им обоим почему-то больно было не только обсуждать его, но даже думать о нем. Тротуар был широким, Настя шла почти не глядя под ноги и не подозревая, что на самом деле начиная с сегодняшнего дня она ходит по узенькой дощечке, по обеим сторонам от которой — смерть.

Придя домой, Настя первым делом залезла под горячий душ. Ей казалось, что грязь с души давно умершего Галактионова прилипла к ней намертво. Ей инстинктивно хотелось отмыться.

После душа стало немного легче. Чуть успокоилась ноющая спина, прошел противный озноб, сопровождавший ее почти постоянно из-за плохих сосудов. Настя сварила крепкий кофе, открыла банку консервов, отрезала кусок хлеба, но внезапно, понюхав содержимое банки, поставила ее обратно в холодильник. Оказалось, что аппетит у нее пропал. Вместо еды она залила в себя два полных стакана ледяного, из холодильника, апельсинового сока.

Несмотря на обжигающий кофе, ее снова начало знобить. Она забралась в постель, укрылась двумя одеялами, включила видеоприставку со своим любимым концертом трех лучших теноров на чемпионате мира по футболу. Хосе Каррерас, Пласидо Доминго и Лючано Паваротти.

Настя с наслаждением окунулась в блистательное мастерство певцов, разыгрывающих на поле «O sole mio» целый футбольный спектакль с маститым мэтром-нападающим, смешливым хавбеком и забавным суетливым новичком, словно бы бегущим рядом с мэтром и ноющим: «Ну дай повести, ну дай!» Нужно быть незаурядным актером, чтобы такие футбольные страсти изобразить в процессе исполнения популярной неаполитанской песни. И в конце, конечно же, ария Калафа, без которой великий Паваротти не покидает сцену ни одного концерта. Публика просто не разрешает ему этого. Она готова еще и еще, тысячу раз, сто тысяч раз видеть его сосредоточенное лицо, в конце арии озаряемое торжествующей улыбкой, и слышать его великолепный голос, произносящий: «Vincero! Vincero!» И в эту минуту никто из зрителей не сомневается, что этот тучный, потеющий шестидесятилетний человек с окладистой черной бородой, ослепительно белыми зубами и неизменным платком в руке действительно победит, встав во главе войска, как это клянется сделать принц Калаф...

По закону подлости телефон должен был зазвонить именно в это время. И он, конечно же, зазвонил.

— Как жизнь, ребенок? — послышался в трубке голос Леонида Петровича.

— Нормально.

— Замуж-то не передумала выходить?

— Вроде нет пока, — вяло отшутилась Настя.

— Эй, что это у тебя там? — насторожился отчим, уловив в трубке голос знаменитого певца. — Паваротти? По какой программе? Погоди, я сейчас включу.

— Это «видик».

— Откуда у тебя «видик»? У тебя же не было.

Голос отчима вдруг стал строгим. Он постоянно повторял Насте, что «честь для девушки дороже». У работника милиции может быть только зарплата и гонорары от творческой и преподавательской деятельности. Из других источников — ни копейки. Он одобрительно относился к тому, что дочь во время отпуска подрабатывала в издательствах, берясь за переводы с английского и французского, но при этом знал, куда и как она тратит свои деньги, как ежемесячные, так и дополнительные. И знал, что видеоприставку она не покупала и не могла купить, если только не взяла деньги в долг. Но на нее это не похоже...

— Пап, ты не волнуйся, этот «видик» у меня еще с октября. Он не мой, то есть не совсем мой...

— Анастасия, что это за штучки? Ты стала скрытной?

— Папа, понимаешь...

Она вдруг почувствовала, как глаза предательски наливаются слезами, а губы сводит мерзкая судорога — предшественница плача. Она не может сейчас рассказывать про Бокра, она сразу начинает плакать. Маленький смешной человечек, урка-лингвист и интеллектуал, исполнительный, творческий, обязательный, он обладал всеми качествами, которыми должен обладать настоящий мужчина. Уравновешенный, сдержанный, с чувством такта и меры. Нелепый и порой жалкий, с дурацким визгливым смехом. Он принес ей этот «видик», чтобы она могла просматривать видеопленки, которые он снимал по ее заданию, когда она вела одно частное расследование. Принес, но не забрал, потому что его убили. Он умер в больнице, у Насти на руках. Может быть, когда-нибудь она научится говорить о нем спокойно, без истерики. Может быть, когда-нибудь...

— Я расскажу тебе потом. Все, папа, я уже сплю. Целую, — сказала она более или менее ровным голосом, чтобы Леонид Петрович ничего не заметил. Осторожно положила трубку на аппарат, быстро выключила телевизор и свет и рухнула лицом в подушку, дав волю рыданиям.

3

Тихонько, стараясь не разбудить жену, он вылез из-под одеяла и на цыпочках прокрался в коридор. Плотно притворив дверь спальни, он перевел дыхание, снял с крючка в ванной махровый халат в темную полоску и прошел в комнату, которая до недавнего времени принадлежала их дочери, а теперь, когда она вышла замуж и живет в семье мужа, стала его кабинетом.

Здесь он оборудовал все любовно и с толком, сам покупал и развешивал по стенам книжные полки, сам ездил по мебельным магазинам выбирать себе письменный стол, большой, двухтумбовый, чтобы в расположенных по обеим сторонам ящиках можно было аккуратно разложить все бумаги и документы и ничего не перепутать и не потерять. Он не любил дневной свет, поэтому для кабинета купил тяжелые темные шторы, которые постоянно были задернуты и света почти не пропускали, создавая в комнате приятный сумрак.

И сам долбил стену сбоку от письменного стола, встраивая туда небольшой сейф. Никогда он не хранил в нем ничего особенного, для секретных документов пользовался сейфом на работе, но ему важно было это ощущение уединенности, оторванности от всего мира, от близких, уверенность в том, что пожелай он что-то скрыть — и он сможет это сделать. Больше всего он не любил быть на виду, когда о тебе все знают. Это относилось не только к посторонним, но и в равной степени к его жене. Мысль о том, что кто-то знает о нем слишком много, была непереносима, и не потому, что ему есть что скрывать, а потому, что для него это было сродни ощущению обнаженности среди одетых людей. С раннего детства он рьяно отстаивал право на собственную тайну, ибо в переполненном бараке все жили в условиях вынужденной открытости. Если у кого-то был понос, об этом тут же узнавали все, потому что в сортир на улицу приходилось бегать мимо всех окон. В бараке ничего нельзя было скрыть, ни единого слова, ни самого незначительного поступка. Из своего детства он вынес ненависть к людям и патологическую скрытность.

Кабинет стал его настоящим домом, его убежищем, местом, где он обретал хоть какое-то подобие покоя.

Он включил настольную лампу, не зажигая верхнего света, открыл сейф, набрав шифр на передней панели, достал оттуда толстую папку и уселся за стол. Привычно перелистал, не читая, несколько первых страниц. Вот они, фотографии.

Снимки были черно-белыми, но и на них было хорошо видно то, что он хотел увидеть. Изрезанное огромным охотничьим ножом прекрасное тело Евгении Войтович, и кровь, кровь, кровь... Даже в смерти, даже в такой страшной смерти ее изумительное лицо продолжало оставаться красивым, совершенным, несущим в себе непознанную им тайну. «Я люблю своего мужа», — говорила она. Дурочка. Что есть любовь? Для чего ты его любила? Для того, чтобы в итоге быть уничтоженной и истерзанной рукой мясника?

После тех двух разговоров с ней по телефону он долго не мог успокоиться. Ему показалось, что он прикоснулся к чему-то непонятному, загадочному, но, как ни бился, постичь этого не мог. И тогда он впервые в жизни по-настоящему испугался. Может быть, с ним не все в порядке? Может быть, его эмоциональная холодность, которую он воспринимает как нечто совершенно нормальное, на самом деле — страшный дефект, порок, ущербность, какое-то уродство? Но это означало, что вся выстроенная им Я-концепция неверна, что он всю жизнь прожил неправильно, что над ним втайне смеются и жалеют его, как жалеют инвалидов и уродов.

Мысль эта оказалась настолько болезненной, что он даже удивился. И стал выстраивать вокруг своего Я защитную стену. Евгения Войтович — молоденькая глупая пустышка, наивно верящая в вычитанные в книжках слова и увиденные в кино образы. Нет никакой любви, нет ее, есть разные формы сосуществования людей, которые по тем или иным причинам терпят друг друга. Вот оно, последнее доказательство того, что любви не существует. Это доказательство у него в руках, он держит его, он смотрит на него, оно — реально. А любовь — миф.

Он перевернул страницу и начал вчитываться в сухие строчки:

«...Кожные покровы... опачканы влажной кровью. Труп на ощупь теплый. Трупное окоченение слабо выражено... Температура трупа в прямой кишке, измеренная палочным химическим термомстром... При резком ударе рукояткой неврологического молоточка по обнаженной передней поверхности правого плеча в средней трети появилась «мышечная опухоль»... Вертикальная прямолинейная рана щелевидной формы длиной 3,8 см (при сведении краев)... Горизонтальная... длиной 3,6 см... Вертикальная... длиной 3,9 см... Горизонтальная... длиной 16,4 см...»

Он понимал, что не нужно бы держать это дома. Он хотел украсть уголовное дело вовсе не для этого. Ему нужна была предсмертная записка Войтовича. Следователь показать записку отказался, и ему стало от этого не по себе. Что в ней? Что написал этот кретин перед тем, как повеситься? Записку нужно во что бы то ни стало раздобыть, чтобы либо уничтожить ее, либо убедиться, что тревога напрасна. Записку он получил, в ней действительно было сказано многое, но понять это могли только те, кто знал про ЭТО. А таких было немного. Всем остальным записка должна была показаться бессвязным бредом человека, одолеваемого раскаянием после жестокого убийства горячо любимой жены. Мошенник Галактионов все провернул чисто, а следователь, сам того не ведая, еще и помог. Струсил и не пошел признаваться, что постоянно в нарушение всех инструкций оставляет открытыми и комнату, и сейф. Вместо этого, видно, устроил небольшой пожар у себя на столе, на него и дела списал. Молодец, трусишка зайка серенький, сметливый, не пропадешь.

Но вместе с запиской он получил и все, что было в деле. И эти протоколы. И эти фотографии. Он смотрел на них как завороженный. Вот оно, доказательство его правоты. Он — нормален, а все другие — безмозглые тупицы, болтуны с неразвитым интеллектом. И она... Отказала ему и думала, что он обидится. Дура. Не отказала бы — была бы сейчас жива. А то: любовь, любовь, мужа люблю. Чушь.

Холодный разум говорил ему, что уголовное дело

нужно сжечь, как он сжег три других, и пепел спустить в унитаз. Но он не мог лишить себя своего доказательства. Оно нужно ему, в нем он черпает силу и уверенность в себе. Уверенность в том, что он — нормален настолько, насколько должен быть нормален гомо сапиенс. Он не урод. Просто остальные — недоразвитые и примитивные существа.

4

Директор Института профессор Альхименко услышал телефонный звонок уже из коридора. Он собрался уезжать в министерство и в первое мгновение решил не возвращаться и трубку не снимать. Сидящая в приемной секретарша Танечка ушла в туалет мыть посуду после утреннего чаепития директора Института с его приближенными, телефон на ее столе надрывался, Альхименко почему-то подумал, что ничего хорошего этот звонок не принесет. Сам не зная зачем, он вернулся и снял трубку.

Звонил майор Коротков, тот милиционер с Петровки, который восстанавливал материалы сгоревшего дела.

— Нам нужно очень коротко побеседовать с вами и некоторыми вашими коллегами и подписать протоколы. Вы не могли бы все вместе подъехать к нам на Петровку часам к пяти?

— Почему непременно вместе? — нахмурился Альхименко. — Я не уверен, что все, кто вам нужен, будут в это время свободны.

— Нужно постараться, Николай Николаевич. Видите ли, в деле был один документ, который мы никак не можем восстановить без вашей совместной помощи. Поэтому я прошу приехать вас, ученого секретаря Института, затем нам еще нужен заведующий лабораторией, где работал Войтович, его коллега Харламов и Геннадий Лысаков. Я, знаете ли, подумал, что если у кого-то из вас пятерых на ходу машина, так вам вполне удобно будет всем вместе и приехать, вы как раз в одну машину поместитесь. Я мог бы приглашать вас всех по отдельности, но у меня, честно признаться, просто не хватает на это времени. Вот выдался у меня сегодня свободный конец дня — я и кинулся вам скорее звонить.

— Хорошо, я записал, — внезапно смягчился Альхименко. — Гусев, Бороздин, Харламов, Лысаков и я. К пяти часам.

— Совершенно верно, — весело подтвердил Коротков. — Я пришлю кого-нибудь к пяти часам в бюро пропусков, чтобы вас встретили и проводили ко мне. Паспорта не забудьте.

Альхименко бросил взгляд на часы. Он уже опаздывал в министерство, и заходить к Гусеву и Бороздину не было времени. Решительно открыв стол своей секретарши, он взял листок чистой бумаги и размашисто написал лежащим здесь же красным карандашом: «Гусева, Бороздина, Лысакова, Харламова на 16.00 ко мне. Предупредите, чтобы на конец дня ничего не планировали».

5

Когда они, все пятеро, дружно вышли из машины и открыли дверь в помещение бюро пропусков, их уже ждала невзрачная худенькая блондиночка. Бороздин узнал ее, она приходила в Институт вместе с Коротковым.

— Здравствуйте, — приветливо поздоровалась она. — Я вас жду. Давайте ваши документы, сейчас вам оформят пропуска, и я вас провожу.

Через несколько минут они поднимались следом за блондиночкой по лестнице. Она привела их в просторный удобный кабинет с огромным рабочим столом и длинным примыкавшим к нему столом для совещаний. Во главе всего этого великолепия восседал Коротков, сияя майорскими звездами на погонах. Он легко, даже стремительно поднялся, приветствуя гостей, радушно улыбнулся, предлагая им присаживаться, а на девицу даже не посмотрел. Она молча примостилась в углу, в кресле, положила на колени большую плоскую папку и приготовилась что-то записывать.

— Как вам, вероятно, известно, — начал Коротков, когда все пятеро расселись, — Григорий Войтович после убийства своей жены Евгении был задержан и помещен в изолятор временного содержания. Через три дня его отпустили домой в соответствии с разрешением прокурора. И следователь, и прокурор утверждают, что от вашего Института поступило ходатайство о временном, я подчеркиваю, временном освобождении Войтовича из-под стражи для того, чтобы дать ему возможность закончить один важный и сверхсекретный проект. Я не спрашиваю, что это был за проект, это не мое дело и вообще не имеет ни малейшего значения. Но, к своему удивлению, я не обнаружил в секретариате вашего Института никаких следов ходатайства. Поэтому я пригласил сюда руководство Института, а также людей, близко знавших Войтовича, которые могли бы выступить инициаторами подобного ходатайства просто из сочувствия к нему. Повторяю, я не собираюсь обсуждать сейчас вопрос о том, плохо или хорошо поступили те, кто постарались вытащить Войтовича из камеры. Они действовали так, как считали нужным, а то, что результат получится столь ужасным, предвидеть не могли. Меня интересует другое. Если из Института ушла официальная бумага, подписанная должностным лицом, то копия ее должна быть в секретариате. Почему ее нет?

Над длинным столом для совещаний повисло недоуменное молчание.

— Я впервые об этом слышу, — наконец сказал директор Института Альхименко. — Я как раз все время думал о том, как же так получилось, что человек совершил такое зверское убийство, а его через три дня выпустили на свободу. Вячеслав Егорович, может быть, вы что-то знаете?

— Ничего, — развел руками ученый секретарь Института Гусев.

— А вы, Павел Николаевич? — обратился Коротков к Бороздину, в лаборатории которого работал Войтович.

— Тоже впервые слышу, — откликнулся тот. — Может быть, следователь что-нибудь напутал? Я никаких бумаг не подписывал, это совершенно точно.

— Вы, Геннадий Иванович?

— Нет, ничего не знаю, — покачал головой Лысаков.

— Валерий Иосифович?

— Не знаю, — ответил Харламов.

Настя внимательно разглядывала из своего уголка пятерых сотрудников Института, между сорока пятью и пятьюдесятью годами, без особых примет, без особенностей речи. Какие они разные, думала она, какие непохожие друг на друга, но если описывать их словами, то получается про всех одно и то же. Даже костюмы у всех серые. У Альхименко — темно-серая тройка в тоненькую голубую полосочку, у Харламова — тоже темно-серый, но пара и без полосочек, у Гусева — светло-серый... Прически, правда, почти одинаковые, все они — начинающие лысеть мужчины, кто-то больше, кто-то меньше. А выражение лиц у всех разное. У Гусева — обеспокоенное. У Альхименко — раздраженное. У Лысакова — холодно-отстраненное, словно его все это не касается. У Бороздина на лице написан живейший интерес к происходящему. А Харламов, похоже, просто в панике. Чего ему паниковать-то, интересно? Рыльце в пушку, что ли?

Он спокойно сидел за длинным столом для совещаний, постукивал пальцами по полированной поверхности и смотрел на широкоплечего улыбчивого майора. Но внутри у него все оборвалось.

«Не было в деле никакого ходатайства. С чего этот майор Коротков взял, что оно было? Не было его. Кто-то врет, кто-то их путает, а мне это потом боком выйдет. Галактионов? Спер ходатайство из дела? Зачем? Да нет, глупость это, никакого ходатайства Институт не посылал, я же не мог об этом не знать, это совершенно исключено. Вот и Коротков говорит, что в секретариате копии нет. Значит, и первого экземпляра не было. Тогда что же? Следователь врет? Выпустил Войтовича, а потом придумал легенду про ходатайство, которое сгорело в пожаре? Может быть. Но зачем? Зачем он выпустил Гришу? За взятку? От кого? Кто ему заплатил? Неужели... Мерханов? Я сразу ему сказал, как только Гришу задержали, что работа может приостановиться. Мерханов мог нажать на свои рычаги, у него связи остались до сих пор мощнейшие. Или просто купил следователя и прокурора, дал им такие деньги, какие им и не снились, такие, от которых не отказываются, если хотят остаться в живых. Отсюда и легенда про ходатайство. Но если это так, если Гришу выпустили, потому что Мерханов постарался, так какого же хрена этот горный орел мне ни словом не обмолвился? Ниже своего достоинства считает меня информировать? Кто я для него? Холоп, мастеровой, ремесленник, к тому же неверный. Ничего, стерплю, ради того, чтобы жить так, как я хочу, можно стерпеть. Глупость, сделанная дураком, не может обидеть и оскорбить. Оскорбить может только поступок достойного противника».

— Может быть, кто-то из вас обращался в Министерство науки по своим каналам, чтобы попытаться помочь Войтовичу? Может быть, у кого-то из вас есть знакомые в Генеральной прокуратуре и вы обращались к ним? Может быть, в Министерство внутренних дел? — продолжал задавать вопросы Коротков, и на каждый из них получал пять одинаковых ответов: «Нет, не обращался, не знаю».

— Поймите, — увещевал он, — я не преследую цель доказать, что Войтовича выпустили незаконно, мне это совершенно безразлично, я такими вопросами не занимаюсь. Мне поручено восстановить материалы сгоревшего дела, а законность и обоснованность этих материалов меня совершенно не интересует. Но если Войтовича выпустили, должно же быть для этого какое-то основание. Постарайтесь, пожалуйста, припомнить, может быть, вы обсуждали арест Войтовича с какими-нибудь руководителями или работниками правоохранительных органов...

Дверь кабинета распахнулась, на пороге возник неуклюжий паренек в плохо сидящей на слишком толстом теле форме.

— Извините, — как-то по-домашнему сказал он.

— Там Каменскую к телефону просят.

— Пусть перезвонят сюда, — коротко сказал Коротков, бросив на смешного милиционера уничтожающий взгляд.

Через минуту на рабочем столе зазвонил телефон. Майор снял трубку и передал ее подбежавшей блондиночке, которая все время сидела в уголке и не проронила ни слова.

— Алло? Да, Надюша. Сейчас, минутку...

Она прикрыла микрофон рукой и обратилась к майору:

— Юрий Викторович, когда я могу быть свободна?

— Мы уже заканчиваем. Минут через пятнадцать, я думаю, — ответил он.

— Надюша, ты успеешь за двадцать минут до меня доехать? Нет, не надо, не покупай, я по дороге к ним домой одно место знаю, там дешевле. Ага. Через двадцать минут. Договорились.

Через двадцать минут они вышли из здания ГУВД вместе с блондинкой Каменской. Прямо перед ними стояла нежно-голубая машина, а возле нее, небрежно опираясь на капот и держа в руках роскошные розы, стояла яркая эффектная брюнетка в распахнутой коллекционной шубе до пят, под которой было надето шелковое короткое платье, оставляющее открытыми потрясающие ноги. Призывно улыбаясь, она медленно обвела глазами пятерых мужчин, перевела взгляд на подругу и помахала ей рукой. Хлопнули дверцы. Девушки уехали.

— Ну что? — с робкой надеждой спросила Настя, когда машина немного отъехала от здания ГУВД.

— Ничего, — вздохнула Шитова, переключая скорость. — Я его опять не узнала. Ваш товарищ Доценко очень надеялся, что я смогу узнать его «живьем», по повороту головы, взгляду, мимике, в общем, по тем приметам, которые на фотографии редко фиксируются. Знаете, ваш Миша — очень славный. Мне так хочется ему помочь и так жалко его разочаровывать. Прямо хоть ври, что узнала, — рассмеялась она.

— Боже упаси, — всплеснула руками Настя. — Не вздумайте. Спасибо вам, Надежда Андреевна. Извините, что пришлось побеспокоить. Выбросьте меня где-нибудь у метро.

Пятеро мужчин тоже сели в машину. Это была принадлежащая Вячеславу Егоровичу Гусеву бежевая «Волга».

— Чудеса какие-то с этим ходатайством, — произнес Бороздин, умещая на коленях объемистый портфель.

— И не говорите, Павел Николаевич, — подхватил Гусев. — Но вообще-то это всем нам упрек. Нам ведь и в голову не пришло как-то заступиться за Войтовича, попытаться помочь ему. Сразу налепили на него клеймо убийцы и забыли, словно он не проработал с нами больше десяти лет.

Но с Войтовича разговор быстро перешел на производственные темы.

— Первого марта будет сложный Совет. Две защиты кандидатских, одна из них очень спорная...

— Я зарекся связываться с Кемеровским филиалом. У них каждая бумажка месяцами лежит, будто они собираются жить вечно. Никогда от них ничего вовремя не получишь...

— Лозовский стал совершенно невыносим. Приходит на Совет оппонировать, а вместо этого начинает с трибуны байки про свою молодость рассказывать. Посмешище...

— Третья лаборатория совсем от рук отбилась. Итоговые отчеты оформляют как промежуточные, на пяти страничках, из которых одна — титульный лист, вторая — список исполнителей. Представляете, что это за отчет на трех страницах о трехлетней работе. А промежуточные вообще не пишут, ограничиваются справкой на два абзаца. А отдел координации и планирования им все с рук спускает.

— Еще бы, когда начальники в одном доме живут и детей в одну школу водят, еще не такое увидишь...

Он автоматически поддерживал разговор, а сам лихорадочно перебирал в памяти все детали встречи с Шитовой. Неужели она подруга этой блондиночки Каменской? Каких только совпадений не бывает. Узнала она его или нет? Узнала или нет? Стояла и глазела на мужиков с откровенно блядской ухмылкой, каждого из них оглядела, будто в постель примеряла. Кажется, на нем ее взгляд не остановился. Кажется, нет. Или все-таки узнала?

Но он — молодец, сумел справиться с собой, не дрогнул, глаз не отвел. Все мужики ей на ноги уставились, и он тоже. Нельзя глаза отводить от такой яркой красотки, не по-мужски это, а значит — подозрительно. И он не отвел. Пялился, как все, и даже постарался восхищенно улыбнуться.

Нет, кажется, все-таки не узнала...

Глава 7

1

— Ничего у нас пока не вышло, — констатировала Настя, выслушав доклад Миши Доценко, наблюдавшего со стороны за встречей пятерых сотрудников Института с Надеждой Шитовой. Более того, он даже снимал всех пятерых на видеопленку, и они только что внимательнейшим образом, кадр за кадром изучили всю запись. Нет, никто из пятерых не выдал себя.

— Результат обнадеживающий, — хмыкнула она, пряча кассету с записью в сейф. — Или мы с вами полные дебилы и делаем все неправильно, гоняясь не за тем, за кем надо, или нам попался сильный противник. Целый час мощного прессинга, когда Юрка их давил в начальственном кабинете этим несуществующим ходатайством, и под конец ослепительная Шитова с розами и ногами, — такое мало кто выдержит, если есть что скрывать. Ладно, живем дальше. Внешность нам ничего не дала, Шитова никого не узнала, и никто не показал, что знает ее. Ходатайство тоже оказалось пустышкой. Один из них точно знает, что никакого ходатайства в деле не было, но опять-таки ничем себя не выдал. У нас в запасе остается средство преступления — цианид, а также возможность знакомства с Галактионовым. Есть еще предсмертная записка Войтовича. Миша, это — вам. А нам с Юрой предстоит выдержать бой местного значения с Лепешкиным.

Отправив Доценко искать людей, видевших и читавших предсмертную записку Григория Войтовича, Настя зашла к начальнику. Ей пришлось строго одернуть себя, чтобы не прыснуть: еще вчера в этом самом кресле, за этим самым столом сидел молодой сильный Коротков с мощными бицепсами, лучезарной улыбкой и сверкающими звездами на погонах, а сегодня здесь опять домашний толстый Колобок Гордеев в партикулярном платье и с необъятной лысиной.

— Заходи, Настасья, — приветствовал ее полковник, что-то ища среди бумаг, в изобилии валяющихся на большом столе. — Кажется, наш дружок Коротков у меня вчера спер мою любимую ручку. Что-то я ее никак не найду. Вот и пускай вас после этого к себе в кабинет, вмиг все растащите.

— Поищите как следует, — посоветовала Настя. Она отчетливо помнила, как вчера Юра вертел эту ручку в пальцах, а потом автоматически сунул в карман кителя. Сегодня он этого уже и не вспомнит, тем более что китель снова висит в шкафу до лучших времен и Юрка до него не скоро доберется.

— Ну черт знает что такое, — продолжал ворчать Гордеев, выдвигая один за другим ящики стола и проверяя их содержимое. — Сыщики, едрена матрена, борцы с преступностью. Юристы, между прочим, с высшим образованием. Офицеры. Ничего оставить нельзя, все тут же к рукам приберут, а потом сделают глазки пуговками, дескать, что вы, гражданин начальник, не брали, не трогали, не видели, вы ее, наверное, сами вместо колбасы съели. Да, — он резко поднял голову, — так что у тебя?

— У меня, Виктор Алексеевич, Лепешкин с Ольшанским срослись.

— Как это?

— А как сиамские близнецы. У Лепешкина — убийство Галактионова, у Ольшанского — разглашение тайны усыновления, но это, как выяснилось, куплет и припев от одной и той же песенки. С Лепешкиным мы работаем официально, Ольшанскому втихаря помогаем, таская ему информацию по делу Галактионова. Вы же понимаете, что так продолжаться не может. Мы сидим на пороховой бочке. Растащив работу по двум разным следователям, мы никогда не раскроем убийство Галактионова. В то же время, если объединять дела у Лепешкина, то у меня сделается инсульт. А Миша Доценко станет многоженцем. Чтобы поправить то, что напортил Игорь Евгеньевич, Михаилу пришлось влюбить в себя чуть не пол-Москвы. Дамочек-то у покойника было много, и каждую из них Лепешкин умудрился обидеть, а то и оскорбить, и каждая ушла из его кабинета, унося с собой не только отвращение к следователю, но и нерассказанную информацию.

— Ты хочешь сказать, что Лепешкин — неграмотный следователь и ты не хочешь с ним работать? — спросил Гордеев, внимательно глядя на Настю и прекратив бесплодные поиски пропавшей авторучки.

— Вы прекрасно знаете, что я хочу сказать, — раздраженно ответила она. — Лепешкин хороший, юридически грамотный специалист, безусловно добросовестный, от работы не прячется, трудяга. Если бы было иначе, вряд ли он столько лет успешно занимался бы хозяйственными делами. И если знать об особенностях его характера заранее, к этому можно как-то подстроиться и предупредить наступление негативных последствий. А сейчас мы попали в ситуацию, когда Миша заново обходит всех свидетелей женского пола, об этом узнает Игорь Евгеньевич и закатывает ему легкую истерику, мол, зачем, да кто тебе поручал, да кто тебе позволил, да что это за самодеятельность. Интеллигентный Миша, конечно, не может послать его подальше и членораздельно объяснить, что исправляет его же глупости. А уж если Лепешкин, не приведи господь, узнает про наше негласное сотрудничество с Ольшанским, с ним вообще припадок случится. Или он нас с Мишей удушит. Или застрелит, сейчас у прокурорских работников тоже оружие есть.

— Короче, дитя мое, — поморщился Гордеев. — Чего ты хочешь от меня? Чтобы я удушил Лепешкина первым? Я никак не уловлю смысл твоих жалоб.

— Я хочу, — очень тихо сказала Настя Каменская, — чтобы вы открыли свой сейф и достали оттуда тоненькую зелененькую папочку. Такую, знаете, с белыми завязочками.

Полковник долго молча смотрел на нее не отрывая глаз, кажется, даже не мигая. Потом выдохнул:

— Ну ты и стерва, Анастасия.

И трудно сказать, чего больше было в этих словах, удивления или восхищения.

2

Начальник следственной части городской прокуратуры разговаривал с Игорем Евгеньевичем Лепешкиным, плохо слыша сам себя.

— Но я не понимаю, почему вы забираете у меня дело Галактионова, — возмущался Лепешкин. — Какие основания у вас полагать, что я с ним не справлюсь? Проделана такая огромная работа, опрошено столько людей, и вдруг вы хотите передать дело другому следователю.

— Я уже объяснил вам, что я не передаю дело, а объединяю два дела о двух разных преступлениях, между которыми установлена тесная связь. И делаю это вовсе не потому, что считаю вас плохим следователем, а потому, что так лучше, в интересах более полного и объективного расследования.

— Но почему не наоборот? Почему вы не передаете мне дело Ольшанского, а вместо этого забираете мое и отдаете ему? Я что, чем-то провинился? Я доказал свою некомпетентность? Я ваш подчиненный, и мне важно понимать, чем руководствуется мой начальник, когда принимает решения. Иначе как же я смогу работать вместе с вами, если не понимаю ваших требований.

«Не понимаешь ты, — тоскливо думал начальник следчасти. — А тут и понимать нечего. Есть грех, не очень давний, о котором мало кому известно. Но среди тех, кому известно, оказался и этот настырный Гордеев. А я и забыл, что он знает об этом. Он меня спросил, нельзя ли при объединении дел передать всю работу Ольшанскому. А я, дурак старый, забыл про осторожность и резво так отвечаю: по правилам дела будут объединяться у Лепешкина, и вообще вы, уважаемый Виктор Алексеевич, не в свое дело лезете. У нас тут своя епархия, и начальник в ней — я. Вот тут он мне и припомнил про то, как я правила-то свято соблюдал, особенно один раз, когда из-за моего скрупулезного соблюдения правил человек погиб, девочка семнадцатилетняя. Официально моей вины никто не признал, но был рапорт Ларцева, в котором все как есть написано. И рапорт этот, судя по всему, у Гордеева до сих пор где-то припрятан, хоть Ларцев уже, кажется, год у них не работает, ушел по инвалидности. Простой мужик Гордеев, не юлит, не крутит, а прямо, по-простецки мне и говорит: или вы сегодня свои дурацкие правила нарушите, а в дальнейшем не будете хрен знает кого на работу принимать, или я сегодня же дам родителям девочки ваш домашний адрес и адрес вашей красивой большой дачи. Под «хрен знает кем» он, надо думать, вас имел в виду, Игорь Евгеньевич. И чем вы ему так не угодили?»

— Мне не нужно, чтобы каждый понимал, чем я руководствуюсь при принятии решений, — холодно сказал он Лепешкину. — Но я требую, чтобы принятые мной решения исполнялись, а не обсуждались и не критиковались. Вам понятно, Игорь Евгеньевич?

— Да, мне понятно.

Глаза у Лепешкина стали нехорошими, злыми. Но начальнику следственной части это было безразлично. Пусть лучше его ненавидит один из находящихся в подчинении следователей, чем родители девочки получат адрес истинного виновника гибели их ребенка.

Настя вместе с Юрой Коротковым занималась выяснением вопроса: где можно достать синильную кислоту. Вопрос этот оказался одновременно и простым, и сложным. Синильная кислота применяется в горном деле, в текстильном производстве, а также для гальванопластики и в фотографии. Более того, она широко применяется в лабораторных условиях. С одной стороны, хранение и учет цианида организованы весьма и весьма строго, но с другой, в Москве он применяется в тысячах мест. Где искать?

Разумеется, начинать надо с самого Института, решила Настя. Необходимо выяснить, кто из пятерых подозреваемых имел доступ к цианиду, кто мог его украсть, а возможно, и взять совершенно легальным путем.

— Видите ли, — объяснял Насте техник в одной из лабораторий, — если красть цианид, то надо брать ампулу целиком. А ампулы у нас все посчитаны и пронумерованы, и когда новая ампула берется из хранилища и вскрывается, то в журнале делается отметка и ставятся подписи. Вот, видите, в начале сентября мы получили сто ампул. Смотрим по журналу: номера идут подряд, с первого по двадцать седьмой, вот подписи тех, кто брал их для работы в лабораторных условиях, а вот теперь открываем шкаф и смотрим на те ампулы, что остались. Вот, пожалуйста, с двадцать восьмого по сотый. Можете пересчитать.

Настя пересчитала. Потом перепроверила номера. На каждой ампуле была наклеена бумажка с номером и стояли две подписи. Это правильно, подумала она, подстраховка на тот случай, если кто-то решит не просто стащить, а подменить ампулу, сунув в шкаф вместо цианида что-нибудь внешне похожее, но безвредное. Судя по маркировке, ампула из квартиры Шитовой была изготовлена на том же заводе, который поставлял цианид в Институт. Но все сто ампул были на месте — либо в шкафу, либо за них кто-то расписался.

— Скажите, а можно воспользоваться тем, что кто-то получил цианид для работы, и отсыпать немножко из уже вскрытой ампулы? Буквально чуть-чуть.

— В принципе можно, — немного подумав, согласился техник, — но смотря для чего это нужно. Если для того, чтобы сразу же утащить за свой верстак и использовать — так мы сплошь и рядом так поступаем. А если для того, чтобы унести домой и отравить кого-нибудь, — вряд ли.

— А почему?

— Цианид — очень летучий, он кипит при 20 градусах по Цельсию. Разлагается быстро. Поэтому его и хранят в герметичной укупорке. А как разгерметизируешь, так он начинает превращаться в поташ. Помните, в книжках про послевоенное время писали, что при отсутствии мыла поташ использовали для стирки и мытья полов? Видите, насколько безвредным становится цианид. Так что или использовать его сразу, или красть запаянную ампулу целиком.

— А может сотрудник Института расписаться за ампулу, якобы для работы, и вынести ее с собой?

— Может, — улыбнулся техник. — Но всегда есть риск, что попадешься под внеплановую проверку. Ядовитые вещества выдаются не ученым, а техникам и лаборантам, которые проходят соответствующий инструктаж и имеют сейфы, где и должны держать эти вещества. За ампулу отвечает тот, кто за нее расписался. И он должен ее сдать обратно после того, как использует цианид. Вот, — он открыл другой журнал, — списание ампул. Комиссионно и с подписями. Из двадцати семи выданных обратно вернулись двадцать три, четыре находятся у лаборантов.

— Мы можем сейчас это проверить? — спросила она с надеждой.

— Пожалуйста, — пожал плечами техник. — Пойдемте.

За полчаса они обошли четыре лаборатории, за которыми числились четыре невозвращенные ампулы с цианидом. Все четыре оказались на месте. Совпадало все: и номера, и подписи, и даже бумага в клеточку, наклеенная на ампулу.

Судя по всему, ампула, обнаруженная рядом с мертвым Галактионовым, была не из Института. Тогда откуда же?

Настя взялась за листки по учету кадров, заполненные теми, кого она подозревала. Попробуем подойти к поискам источников цианида с другой стороны.

4

Он смотрел в спину Каменской, выходящей из лаборатории, и пытался унять сердцебиение. Он так и знал, что доберутся до Галактионова. Иначе с чего бы они вдруг начали проверять возможности утечки цианида? Но как же они догадались, что между Галактионовым и Институтом есть связь? Как? Где он допустил ошибку?

Спокойно, сказал он себе, не паникуй. Убийство Галактионова не раскрыто, стало быть, милиция продолжает искать, откуда вынесли синильную кислоту, которой его отравили. Вот они и ищут. Где используют кислоту, там и ищут. Потом куда-нибудь на кожевенную фабрику пойдут, потом по фотоателье пробегутся. Спокойно, все нормально. По делу Войтовича главный — тот майор, Коротков, кажется, а девчонка у него на подхвате, все сидит в уголке, молчит, вниз ходит гостей встречать. Может, практикантка какая-нибудь. Молоденькая совсем. А по Галактионову ей поручили проверять все учреждения, где применяется цианид. Вот и все. Чем милиция от научного учреждения отличается? Да ничем, только погонами. У нас по одной теме ты можешь быть руководителем авторского коллектива, по другой — научным консультантом, а по пяти другим — соисполнителем. Каждый научный работник участвует не меньше чем в пяти темах. Так же и оперативники: по одному делу ты — шестерка, по другому — тебе что-то поручают, какой-нибудь самостоятельный кусочек дают, но все равно каждый сыщик работает одновременно по нескольким делам. Вот так, и не надо паниковать.

Но он все-таки молодец, он оказался предусмотрительным и, с одной стороны, выбрал для убийства Галактионова цианид, к которому у них в Институте любой имеет доступ, и если уж подозревать, так весь Институт скопом, а с другой стороны, не стал брать яд у себя на работе. Вот на такой именно случай и не стал. Он вообще его не брал. Нигде. Ай да молодец!

5

Еще два дня ушли на то, чтобы проверить членов семьи, родственников и друзей пятерых подозреваемых. У Насти голова шла кругом, а Коротков просто с ног сбился.

Заколдованное дело какое-то, никак не удается снять подозрение ни с одного из пятерых, чтобы хоть немного ограничить круг разрабатываемых. О том, чтобы вычленить из пятерки единственного подозреваемого, она уже перестала мечтать после того, как не удались фокусы ни с ходатайством, ни с Шитовой. Теперь к нему придется подбираться долго и осторожно, кропотливо анализируя всю получаемую информацию и постепенно отсекая тех, с кого подозрение снимается.

Как назло, возможность достать цианид через друзей или родственников оказалась у всех пятерых. Ну почему такое случается именно с теми уголовными делами, по которым она работает, — с досадой думала Настя, глядя на лежащие перед ней листки с записями.

У директора Института Николая Николаевича Альхименко жена работала главным инженером огромной обувной фабрики.

У ученого секретаря Института Вячеслава Егоровича Гусева муж его родной сестры был ювелиром и использовал цианид для золотого напыления.

У заведующего лабораторией Павла Николаевича Бороздина племянница работала лаборанткой в геолого-разведочном институте.

У ведущего научного сотрудника Геннадия Ивановича Лысакова дочь была замужем за фотографом.

И наконец, у научного сотрудника Валерия Иосифовича Харламова был сосед, с которым они иногда ездили на рыбалку и который работал в текстильной промышленности и имел массу знакомых на текстильных фабриках.

Еще день ушел на то, чтобы объехать все пять учреждений и сличить маркировку на ампуле из квартиры Шитовой и ампулах, которые находятся в этих учреждениях. Ничего. Во всех пяти местах ампулированный цианид получали не с того химико-фармацевтического завода, с которого «прибыл» яд, убивший Галактионова.

Но Настя не унывала. Возможностей для различных проверок оставалось еще много, а неудачи делали ее злее и прибавляли сил.

— Опять прокол, — весело сообщила она Короткову. — Ну и преступничек нам попался, одно удовольствие работать. Знаешь, если мы с тобой все-таки раскроем это убийство, я начну себя уважать. Честное слово.

— Господи! — схватился за голову Коротков. — Хоть бы ты уже скорее замуж вышла. Тебе скоро тридцать пять исполнится...

— Не скоро, — поправила его Настя, — только через четыре месяца. Я по знаку Зодиака Близнец, июньская.

— Ну все равно, пусть тридцать четыре, тоже, между прочим, немало. Ты должна мужу рубашки стирать, мясо жарить и детей растить, и уважать себя именно за это, а не за то, что сумеешь припереть к стенке очередного подонка.

— Юра, милый, меня поздно перевоспитывать, пойми. Ты сам сказал, что мне скоро тридцать пять исполнится. Какая есть — такая есть, что ж теперь поделать. А рубашки стирать и мясо жарить я все равно не буду, хоть ты тресни у меня на глазах от праведного негодования. Не буду, и все.

— Интересно, а кто будет это делать за тебя?

— Чистяков. Пусть зарабатывает свои бешеные гонорары в долларах и покупает какую-нибудь феерическую бытовую технику, а ужинать водит меня в рестораны. Я не для того замуж выхожу, чтобы заниматься хозяйством.

— Тяжело с тобой, Аська, — вздохнул Коротков. — Чего дальше делать будем?

— Пойдем с обратной стороны. Нас не пустили через парадный вход — полезем через черный. Запросим химфармзавод о тех предприятиях, кому он поставляет цианид. И будем на этих предприятиях искать следы, которые приведут нас к одному из пятерых ученых мужей.

— Замучаемся, — с сомнением покачал головой Юра.

— Не-а, — она весело помотала головой. — Мне сейчас в голову пришла одна шальная мысль...

— Ну? — взбодрился Коротков. — Какая?

— Нет, не скажу. Смеяться будешь. Правда, правда, идея уж больно чудная. Я лучше сама проверю.

— Как хочешь.

Он обиженно засопел и начал собираться домой.

6

На следующий день к вечеру перед Настей лежал солидный список предприятий и учреждений, которым химфармзавод номер 16 поставлял ампулированный цианид. Она быстро пробежала глазами список и тяжело вздохнула. Похоже, ее шальная мысль, которой она не захотела поделиться с Коротковым, оказалась правильной. Но если так, то убийца, которого она ищет, может оказаться еще более жестоким и опасным, чем он ей представлялся до сих пор. И вполне возможно, что поединок с ним окажется в итоге не решением вопроса о самоуважении Анастасии Каменской, а игрой между жизнью и смертью. От этой мысли ей стало не по себе.

В списке предприятий значился ювелирный завод «Алмаз», и как раз на этом заводе работал некто Сетунов, друг-приятель покойного Галактионова.

— Юрик, ноги в руки — и к Сетунову, — скомандовала Настя, сличив список предприятий со списком людей, составляющих круг знакомых Галактионова.

Вместе с Коротковым она примчалась домой к Василию Сетунову. Им не повезло: Сетунов был пьян. Пьян настолько, что плохо понимал, кто и зачем к нему пришел. Пил он, судя по всему, в компании с собственной супругой, которая была изрядно нетрезвой, но соображала все-таки лучше и даже могла связно говорить. Опрашивать их в таком состоянии было нельзя.

— Вот я вам повестку оставляю, — громко и медленно говорил Коротков, кладя повестку на видное место. — Завтра, прямо с утра, как проснетесь, так бегом в прокуратуру, к следователю Ольшанскому, номер кабинета здесь написан. Все поняли?

— М-м-м, — утвердительно кивал Сетунов, но было очевидно, что не понял он ни слова.

— Поняли, — уверяла его не столь пьяная супруга. — А чего надо-то? Может, мы сразу и скажем, чтобы завтра не ездить. А?

Она просительно заглядывала в глаза Насте, видимо, считая ее более мягкой и жалостливой.

— Вы спрашивайте, мы все скажем, чего знаем. Вы не смотрите, что мы взямши, мы соображаем... Все нормально, товарищи милиционеры...

— Пойдем, — Юра потянул Настю за рукав. — От них сейчас никакого толку. Наврут — не дорого возьмут.

— Жалко, — вздохнула она. — Так бы я за ночь чего-нибудь полезное придумала.

— Ночью надо любовью заниматься и спать, а не полезное придумывать, — назидательно произнес Коротков. — Бросай дурные привычки, если собираешься начать семейную жизнь.

Домой Настя снова пришла поздно. И впервые за много лет вдруг подумала, как было бы хорошо, если бы сейчас дома ее ждал зажженный свет, накрытый стол и Лешка. В последнее время она стала бояться ночевать одна. Раньше этого не было. Началось это чуть больше года назад, как раз тогда, когда случилась беда с Володей Ларцевым. Преступники, пытавшиеся ее запугать, подобрали ключи к замку ее квартиры и тут же поставили Настю в известность об этом, открыв дверь. Такого страха, какой она испытала в ту ночь, находясь одна во вскрытой преступниками квартире, она не испытывала ни до того, ни после. И она стала бояться.

Заперев изнутри дверь, она устало плюхнулась на стул на кухне и стала лениво думать о том, чем бы ей поужинать. Кроме нескольких банок мясных и рыбных консервов, в холодильнике лежали яйца, полбутылки кетчупа, майонез, кусок сыра, годного для употребления исключительно в тертом виде. Можно сделать омлет с сыром. Или сварить два яйца и приготовить салат из рыбных консервов с майонезом. А можно поступить совсем просто, бросив на сковородку пару кусков хлеба и посыпав их тертым сыром. Сварить кофе и выпить его с гренками. Чем плохо? Главное, быстро и неутомительно.

Она смолола в кофемолке кофейные зерна, налила в джезву крутой кипяток и поставила на малюсенький огонь. Настя любила, чтобы кофе был хорошо проваренным и настоявшимся. Достала терку, обдирая кожу на пальцах, натерла каменной твердости сыр, посыпала им жарящиеся в масле и слегка смазанные кетчупом куски белого хлеба и накрыла крышкой. Прелесть такого ужина состояла для нее в том, что его можно было приготовить, не вставая со стула. Кухня в Настиной квартирке была крошечной, и она специально расставила в ней мебель так, чтобы можно было, сидя на стуле, дотягиваться до холодильника, плиты и навесного посудного шкафа.

В ожидании кофе с гренками она зажгла сигарету и, откинувшись на твердую высокую спинку стула, вернулась мыслями к убийце Галактионова. Если она права, то он не просто более опасен, чем она думала. Он гораздо более подл и гадок, чем даже сам Галактионов. И тогда становится понятным, почему им пришлось встречаться еще раз. 22 декабря на квартире у Шитовой Галактионов передал ему украденные дела. По идее тогда же должна была быть произведена расплата наличными. Зачем им встречаться еще раз? Настя полагала, что по какой-то причине 22 декабря деньги не были переданы Галактионову, но, честно говоря, причину эту придумать не могла. Авантюрист и мошенник Санька Вист ни за что не отдал бы дела, если бы не получил денег. Привыкший играть на доверчивости других, сам он старался оплошностей не допускать. А если предположить, что, забрав дела и отдав деньги, будущий убийца попросил Галактионова еще об одной услуге? Например, достать ему цианид. И этим же цианидом он и отравит его при следующей встрече. Попадется следователь поглупее — за самоубийство сойдет. Цианид-то доставали по просьбе самого покойного. И ампула — вот она, стоит, никуда не делась. А не сойдет за самоубийство, и не надо, не очень-то и хотелось. Ищите убийцу. Ветра в поле...

Она очнулась от явственного запаха подгоревшего хлеба. Черт возьми, даже такую простую еду она не может толком приготовить!

Снимая со сковороды гренки и наливая в большую

чашку крепкий ароматный кофе, Настя Каменская в который уже раз подумала, как правильно она поступила, согласившись наконец выйти замуж за Чистякова. С ним спокойно, с ним уютно и надежно, с ним не страшно. И у него ничего не пригорает.

7

Настя изъерзалась от нетерпения, ожидая звонка следователя Ольшанского. А вдруг Сетунов с пьяных глаз не помнит, что вчера приходили из милиции и оставили ему повестку? А вдруг он ее потерял и не знает, куда и к кому идти? А вдруг он до сих пор не протрезвел? Она с самого утра несколько раз звонила Сетунову домой, но трубку никто не снимал.

Ольшанский позвонил около двенадцати.

— Слушай, Каменская, что за алкаша ты мне прислала? — послышался в трубке его тенорок. — От него такой выхлоп, что у меня стекла в очках запотели. Но он признался в том, что доставал Галактионову цианид. Две ампулы. Ты молодец, додумалась. Как тебе в голову-то пришло такое?

— Не знаю, — радостно засмеялась она, — наверное, от безвыходности. Раз не получается найти связь между ядом и убийцей, можно попробовать найти связь между ядом и жертвой. Мысль, вообще-то, не очень свежая, в мировой литературе ею хорошо попользовались.

— Ну, ты идиота-то невежественного из меня не делай, не надо, — заявил Константин Михайлович в обычной своей хамской манере. — Я книжек не меньше тебя прочитал. Случаев, когда преступник пользовался препаратом, принадлежащим жертве, действительно много описано. Но чтобы попросить жертву достать яд, а потом этим ядом ее отравить — это уж, знаешь... Все равно что заставить человека самому себе могилу копать или петлю на веревке вязать. То, что убийца Галактионова мог так поступить, его, конечно, не украшает. Но ты-то, ты-то как до этого додумалась? Хрупкое существо, глазки голубенькие, волосики беленькие, личико нежненькое, обидчивая, как мимоза, ты же у нас всех жалеешь и за всех переживаешь. Думаешь, мне это не известно? Еще как известно. Так как же тебе, такой доброй и хорошей, приходят в голову такие гадкие мысли и чудовищные предположения, а? Чтобы до этого додуматься, надо обладать изощренным умом и ненавидеть людей, а ты их любишь. Или не любишь, а только притворяешься?

— Константин Михайлович, вы напрасно стараетесь меня обидеть, — ответила она, пытаясь говорить спокойно и с трудом сдерживая клокотавшую в ней ярость. — Если вы поставили это своей целью, то давайте будем считать, что вы ее достигли, и начнем наконец нормально работать. Я не люблю, когда мужчины, даже если это следователи городской прокуратуры, обсуждают мою внешность, да еще с употреблением уменьшительно-ласкательных суффиксов. Я знаю, что вы меня не любите, вы терпеть меня не можете, но вешаться от горя я не собираюсь. И поскольку ни вы, ни я в ближайшее исторически обозримое время увольняться не собираемся, давайте возьмем себя в руки, потому что нам все равно придется вместе работать, и не один раз. Мы можем с вами как-то договориться и прийти к общему знаменателю или вы считаете, что это в принципе невозможно?

— Слушай, Каменская, ты, по-моему, совсем свихнулась на своем самолюбии, — последовал невозмутимый ответ следователя. — Я же тебя хвалю, дурочка, ты что, не поняла? Хвалю! Я же тебе сказал, что ты молодец. Чего ты взъелась-то? Ну, язык у меня такой, могла бы и привыкнуть уже, не первый месяц меня знаешь.

— А что вы со мной, как с ребенком... — Голос ее неожиданно сорвался, и она всхлипнула.

— Так ты ребенок и есть. У меня дочка старшая почти такая, как ты. Тебе сколько? Лет двадцать семь?

А мне сорок шесть, я тебе почти в отцы гожусь. Так что напрасно ты обижаешься.

— Мне тридцать четыре. Тридцать пять скоро будет, — ответила она, шмыгая носом.

— Ладно врать-то!

— Ей-крест, Константин Михайлович, хоть у кого спросите, все знают. Хотите, паспорт привезу показать?

— Да ты выглядишь как пацанка. Эликсир молодости пьешь?

— Нет, голодаю и живу без забот. Ни семьи, ни детей, одна работа. Вот и весь секрет.

— Ну ты даешь, — искренне восхитился Ольшанский. — Ладно, прости, если что не так. Давно хотел с тобой поговорить, даже через Доценко тебе передавал, да ты как-то не реагировала на мои намеки. Мир?

— Мир, — облегченно вздохнула она. Слава богу, хоть здесь уладилось.

Сетунов раздобыл для Галактионова две ампулы с цианидом. Интересно знать, куда делась вторая? В квартире у Шитовой ее не было. Дома у Галактионова и на его рабочем месте в банке яда тоже не нашли. Ну и где он? Вопрос был чисто риторическим, потому что ответ был очевиден: вторая ампула с цианидом осталась у убийцы. Как это у Бернарда Шоу? Кто шляпку спер, тот и тетку пришил. У кого найдется ампула, тот и убийца.

8

Предсмертную записку Григория Войтовича читали четыре человека: его мать, приехавшие по ее вызову врач и работник милиции, а также следователь Олег Николаевич Бакланов. Миша Доценко рассудил, что лучше всего текст письма должен помнить следователь, ибо он наверняка прочел его не один раз. Начать нужно с него.

Но разговор со следователем прояснил не многое.

Текст он помнил плохо, уверял, что письмо было невнятное.

— Какое-то бессвязное бормотанье, — говорил он Мише. — Вроде, я виноват, но я не виноват, и моя вина огромна, но это не моя вина... Что-то в таком роде.

— Постарайтесь припомнить, откуда у вас возникло ощущение, что письмо невнятное? — терпеливо спрашивал Доценко. — Может быть, в нем были пропущенные слова и вам трудно было уловить смысл фразы?

— Вроде нет.

— Может быть, были незаконченные, оборванные на середине предложения?

— Нет, кажется, не было такого.

— Может быть, в письме были слова, которые вы не поняли? Специальные термины, неизвестные вам названия?

— Да, кажется, что-то такое... Вот знаете, читал письмо, читал, а потом вдруг возникло ощущение, что это ерунда какая-то. Все вроде понятно, складно, а потом вдруг — раз! И ничего не понятно.

«Раз! — и ничего не понятно. Морду бы тебе набить как следует, чтобы запомнил, что нужно делать, когда у тебя уголовные дела из кабинета пропадают. Выходит, во второй половине, а может быть, и в самом конце письма была какая-то хитрая фраза. Надо ее восстановить во что бы то ни стало».

Следующей после Бакланова была мать Войтовича, которая после двух случившихся подряд трагедий лежала в больнице. Эта еще недавно крепкая и бодрая семидесятилетняя женщина теперь превратилась в развалину, с трудом говорила и почти не вставала с постели. Мишу она встретила настороженно и отчужденно.

— Зачем все это? — тихо сказала она. — Сгорело дело — и пускай. Гришеньку этим не вернешь. И Женечку не воскресишь.

Понадобилось много времени, чтобы успокоить

старуху и уговорить вернуться памятью в тот страшный день, когда она пришла домой из магазина и нашла сына в петле.

— Знаете, что меня удивило? Вроде бы он руки на себя наложил оттого, что не смог пережить свой грех, убийство Женечки. Но в то же время в письме не было ни слова раскаяния. Вину признавал, но не раскаивался. Понимаете? И ни слова про грех, про кару, про покаяние. Только про вину. Моя вина — не моя вина, виноват — не виноват... А в конце вообще что-то непонятное написал про бесконечность.

— Что именно? — напрягся Миша. — Мария Даниловна, голубушка, пожалуйста, вспомните, это очень важно!

— Нет, — она покачала головой. — Точно не вспомню, а врать не стану. Что-то про вину и бесконечность.

С врачом и работником милиции, приезжавшими на квартиру к Войтовичу, Миша разговаривал уже по-другому. Он посадил обоих перед собой и дал каждому по листку бумаги.

— Пишите, что помните, — сказал он. — Даже если это просто отдельные слова, а не связные фразы.

— А теперь поменяйтесь листочками и правьте то, что написал другой, — скомандовал он, когда врач и милиционер набросали по нескольку слов.

Те снова углубились в работу. Вдруг врач поднял голову.

— Нет, не так было, — обратился он к милиционеру. — Там было написано не «Я не виноват», а «Виноват не я». Я еще, помню, тогда подумал: а кто же, если не ты.

— А какая разница? — недоуменно спросил милиционер.

— Разница есть, — пояснил Доценко. — Когда человек говорит: «Я не виноват», он оправдывается. Когда он говорит: «Виноват не я», он подразумевает, что виноват кто-то другой, и он знает, кто именно. Верно?

— Верно, — тут же согласился врач. — Мне так и

показалось, когда я читал записку. А вот тут еще, в конце, было что-то про корни... Никак не вспомню.

— Точно! — вскинулся милиционер. — Корни нашей вины уходят в бесконечность. Я еще подумал, надо же, бред какой.

— Вы уверены? Вы хорошо помните эти слова?

— Да-да, — подтвердил врач, — именно так и было написано. Знаете, как раз из-за этой фразы и возникало ощущение невнятности. Сначала все последовательно: виноват не я, но моя вина в том, что я это допустил. Примерно так. А потом вдруг эта нелепая фраза про бесконечность.

— У вас нет никаких предположений, что она может означать? — на всякий случай спросил Доценко.

— Нет, — ответили оба. — Совершенно нелепая фраза.

9

Он сидел на работе и просматривал результаты тестов. Что ж, работа идет более чем удовлетворительно. Пожалуй, прибор будет готов даже раньше, чем он обещал Мерханову. Надо будет чуть-чуть подправить вот эту плату, усилить правый контур, на одну треть уменьшить площадь поверхности А-6 и на одну восьмую прибавить в А-2. И, пожалуй, все. Не прибор — конфетка получится. И размер хороший, в разобранном виде можно в «дипломате» носить.

Как бы Мерханов не обманул. Прибор возьмет, а денег не даст. Как их потом из него вытряхивать? Это сейчас, пока они в приборе заинтересованы, только позвони — прибегут. А потом их днем с огнем не найдешь. Надо бы продумать какую-нибудь хитрую комбинацию, подстраховаться, чтобы получить деньги и не оказаться в дураках. Они ведь тоже могут начать выдуриваться, мол, не будет денег, пока прибор не опробуем, может, ты нам туфту подсунул. Придется ехать вместе с ними, проверять прибор в полевых условиях.

Но как поедешь? Можно ведь и обратно не вернуться. Кто он для них? Неверный...

Или пригласить их представителя сюда, провести в Институт, показать действие прибора в лабораторных условиях, деньги взять, а гостя с прибором до выхода проводить. Так, конечно, спокойнее. Но в лабораторных условиях эффект не такой наглядный. Товар надо показывать лицом. И лицо в данном случае должно быть человеческое, а не кроличье-мышиное.

Он спохватился, что в задумчивости чертит на бумаге карандашом горизонтальную восьмерку. Математический знак, означающий «бесконечность». Расслабился, непростительно расслабился! Он скомкал листок и бросил его в урну для бумаг. Вытер вмиг вспотевшие ладони, перевел дыхание. Чувство было такое, будто едва не схватился за оголенный провод под током и только чудом удержался.

Немного подумав, он достал скомканный листок из урны, положил в металлическую пепельницу и поджег. Так будет спокойнее.

Глава 8

1

Воскресенье Настя решила посвятить освоению компьютерных программ, которые можно будет использовать в работе. Леша принес ей программу для работы с картой Москвы, и она с удовольствием принялась за дело.

Разложив перед собой статистические данные за весь предыдущий год, а также собственные аналитические справки, которые она готовила для Гордеева каждый месяц, Настя начала наносить на карту города точки в соответствии с местами совершения убийств и изнасилований. Зеленые точки — раскрытые преступления. Красные — нераскрытые.

Она увлеченно работала, разнося по высвеченной на дисплее карте Москвы разноцветные точки. Точек становилось все больше, и у Насти начали болеть глаза. Она решила сделать перерыв и сварить кофе.

Через полчаса она вновь подошла к включенному компьютеру и остановилась как вкопанная. В правой части экрана, который соответствовал Восточному округу Москвы, отчетливо виднелся зеленый эллипс, который составляли точки, обозначающие места совершения раскрытых преступлений. Эллипс был правильной формы и располагался в направлении с северо-востока на юго-запад.

«Бред, — подумала она. — Плод воспаленного воображения. Просто у меня от напряжения устали глаза, вот и мерещится черт знает что».

Она снова вышла на кухню и посидела, прикрыв глаза, еще несколько минут. Потом опять подошла к компьютеру. Эллипс был на месте. Хуже того, чуть выше, в том же направлении, ей привиделся еще один эллипс. На этот раз это было светло-серое, соответствующее фону карты, пространство, почти не заполненное точками, ни красными, ни зелеными.

«Наверное, я наделала ошибок при вводе данных, — решила Настя. — Или в машине завелся вирус. Хотя откуда ему взяться? Машина совершенно новая, стоит у меня без году неделю, кроме меня, никто ею не пользуется».

Она включила проверку на вирус — все оказалось в порядке, компьютер ничем не «болел».

Она стерла с карты все нанесенные точки и начала сначала. По два раза перепроверяла каждый адрес, прежде чем нанести точку на карту. Через три часа на территории Восточного округа снова появились два эллипса, зеленый и светло-серый. Они смыкались друг с другом острыми концами, образуя «восьмерку» с петлями разной величины. Светлая петля была длиннее и шире, зеленая — короче и уже.

«Этого не может быть. Мне это кажется», — решительно сказала себе Настя, придумывая, чем можно объяснить загадочную «восьмерку». Она достала другую статистическую таблицу, где преступления были сгруппированы не на раскрытые и нераскрытые, а по мотивам: бытовые, хулиганские, корыстные, заказные, сексуальные. Вызвала на дисплей чистую карту и снова стала наносить точки разных цветов. На этот раз цветов было пять. По мере того, как нанесенных на карту точек становилось все больше, Настя с ужасом убеждалась, что в Восточном округе снова появляется проклятая «восьмерка». На этот раз нижняя петля была преимущественно черно-фиолетовой, что соответствовало хулиганским и бытовым убийствам, а верхняя — по-прежнему светло-серая.

«Я схожу с ума. Мне нужно немедленно взять отпуск и отдохнуть. Много спать и нормально питаться. И не думать о работе. Не хватало еще свихнуться в тридцать пять лет и как раз накануне свадьбы».

День пролетел незаметно, было уже почти девять вечера. Настя выключила компьютер, поужинала, минут двадцать простояла под горячим душем. Потом выпила треть стакана «Мартини», который действовал на нее лучше всякого снотворного, и легла в постель.

Среди ночи она проснулась, вылезла из-под одеяла и снова включила компьютер. «Восьмерка» была на месте. Настя увеличила изображение, растянув два сомкнутых разноцветных эллипса во весь экран, и посмотрела, на какой улице находится точка пересечения петель. Это была улица, на которой находился Институт.

2

Первым делом она нашла участкового. Это был начинающий полнеть капитан лет сорока с редкими волосами и красными прожилками на носу.

— Да у нас и район-то — не приведи господи, — жаловался он. — Жуткое ПТУ, где нет ни одного нормального подростка, все употребляют наркотики, пьют, воруют, дерутся. Школа тоже есть, общеобразовательная, и тоже не подарок, дня не проходит, чтобы милицию не вызывали. То дети подерутся между собой, то возле школы какого-нибудь пацана поймают, чужого, и изобьют. Как бес в них вселился. Никогда раньше такого не было. А в семьях что творится — ужас! Мужья бьют жен, жены — детей, дети — стариков, собак и кошек мучают. Куда мы все идем — не понимаю. Вроде и пить народ меньше стал, и заработать есть где, откуда столько злобы в людях — ума не приложу.

— Вы сказали, что раньше такого не было, — заметила Настя. — Это что, недавно началось?

— Да где-то с полгодика, — объяснил словоохотливый участковый. — И ведь что обидно, я раньше в соседнем муниципальном округе работал, только в прошлом году сюда перевелся, так там — тишь да гладь. Прямо пансион благородных девиц. Знал бы, ни за что бы переводиться не стал. Все из-за пацана своего. Здесь английская спецшкола прямо рядом с отделением милиции, я туда сына отдал, ну и перевелся сюда, чтобы по утрам его возить, присматривать, если что... Сами понимаете.

— А там, где вы раньше работали, всегда спокойно было?

— В том-то и дело, что нет. Когда я переводился, что тут — что там, всюду было одинаково. Я потому и подумал тогда, что мне без разницы, где работать. Нагрузка примерно одинаковая. Кто ж знал, что все так переменится.

— Как вы думаете, почему? — спросила Настя, сама теряясь в догадках. — Может быть, на вашей территории какая-нибудь преступная группировка воду мутит? Поставляет ребятишкам наркотики, например.

— Нет, я бы знал, — покачал головой участковый. — Может, сделать с ними ничего не смог бы, это точно, но знать — знал бы. Да и чего тут ловить-то группировкам этим? Жилые массивы, ни тебе фирм, ни автосалонов, ни банков. Гостиница, правда, хорошая, а так больше ничего и нет. У соседей и то больше объектов, которые могли бы привлечь внимание, но у них все тихо.

— Ничего не понимаю, — пожала плечами Настя. — Почему же у них так спокойно, а на вашей территории так плохо? Должно же быть какое-то объяснение.

— Наверное, — развел руками капитан. — Вы там, на Петровке, высоко сидите, далеко глядите, вам и карты в руки.

Настя вернулась на работу расстроенная и уставшая. «Восьмерка» ей не померещилась, но все равно непонятно, откуда она взялась. Неужели Институт? Не эту ли «восьмерку» имел в виду несчастный Войтович, когда писал: «Корни нашей вины уходят в бесконечность»? Горизонтальная восьмерка — знак бесконечности...

3

— Виктор Алексеевич, у меня в голове полный сумбур. В этом Институте что-то происходит. Мне нужен эксперт по антенно-фидерным устройствам.

— Стоп, стоп, не так быстро, — поморщился Гордеев. — Успокойся и давай все с самого начала.

— Я хочу понять, не стоит ли на крыше Института какая-нибудь хитрая антенна, которая в одну сторону направляет излучение волн, благотворно влияющих на нервную систему, а в другую сторону идет что-то типа «обратной петли» с совершенно противоположным эффектом. Обратная петля всегда короче и более узкая, что мы и видим на карте. Видите, зона «спокойствия» больше, зона интенсивных агрессивных проявлений — меньше. Но смыкаются они как раз в том месте, где стоит этот чертов Институт. Очень похоже, что разгадку всего, что происходило вокруг Войтовича, нужно искать здесь.

— И как ты предполагаешь искать эту самую разгадку? — поинтересовался Гордеев. В зубах его была зажата дужка очков, которую он по привычке грыз в минуты раздумий, из-за чего речь его казалась шепелявой.

— Мне нужен человек, разбирающийся в электромагнитных излучениях и хорошо знающий проблематику Института. Но это должен быть человек не из Института.

— Почему? Ты что, подозреваешь всех сотрудников до единого?

— Конечно, нет, но все равно...

— Я поищу. Что еще? Убийство Галактионова ты собираешься раскрывать или теперь у тебя новое хобби — физика волн?

— Когда я пойму, что происходит в Институте, я скажу вам, кто отравил Галактионова.

— Ну-ну, — хмыкнул Колобок. — Не зарекайся.

4

Ночью он опять сидел в кабинете и смотрел фотографии. Он не желал признаваться себе, что долго и страстно хотел Евгению Войтович. Разве можно хотеть «вот это»? — иронично спрашивал он сам себя, глядя на страшные раны на ее чудном теле. Разве можно хотеть женщину, о которой написано: «Наружные половые органы развиты правильно. Окружность сомкнутого (до введения термометра) заднего прохода не опачкана. Длинные трубчатые кости конечностей на ощупь целы».

Он снова хотел сделать над собой усилие и избавиться навсегда от своего «доказательства». И снова понял, что не может. Ему нужны эти протоколы и фотографии как подтверждение его правоты. Их никто не найдет, пока он жив. А после смерти ему будет все равно...

Осталось совсем немного, и он получит наконец деньги, которые сделают его свободным. Он ни за что не уедет из России, это бессмысленно. Ему не нужна заграница, ему не нужны комфорт и успех, лимузины и вилла с бассейном и прислугой. Ему нужен дом, большой крепкий дом в лесу, и вездеход, чтобы раз в неделю, а лучше — раз в месяц ездить за покупками. И все. Больше ему ничего не нужно. Жить в глуши, никого не видеть, никого не слышать. С женой развестись, оставить ей квартиру в Москве, пусть живет как знает. Она и не расстроится, наоборот, будет, наверное, даже довольна, оставаясь в трехкомнатной квартире. Она его не любит... Что? Как он подумал? Не любит? Надо же, засмеялся он про себя, слишком долго думал о Евгении, все ее слова вспоминал, вот и употребил машинально. Впрочем, его жене, наверное, неведомо, что никакой любви нет, она тоже меряет свою и его жизнь этими глупыми мифическими мерками. Уж сколько раз за последний месяц он вот так встает по ночам и подолгу сидит в кабинете, и ведь ни разу она не проснулась, не почувствовала, что его нет рядом. Нет, она обрадуется, когда он предложит ей развестись и разъехаться. Он ей не нужен. Как, впрочем, и она ему.

Он начал мечтать о доме, который построит в глухом лесу. Обязательно из кирпича. Двухэтажный, с гаражом и сауной. С сухим подвалом, чтобы хранить в нем продукты. С собственной котельной, чтобы было тепло. Нужны будут большие деньги, чтобы провести туда электричество и телефонную связь. Но денег должно хватить, если Мерханов не обманет.

Он возьмет с собой книги и своего Алмаза, шотландского сеттера, черного с рыжими лапами и с трогательными рыжими кружочками над глазами. Алмаз — единственное существо на свете, которое его не раздражает.

Для визита в Министерство науки Насте пришлось одеваться в соответствии с требованиями приличий. Джинсы и свитер не годились ни в коем случае. Она долго стояла перед открытым шкафом, прикидывая, что бы такое надеть, что не стесняло бы движений, но выглядело строго и официально. Наконец она остановила свой выбор на черных брюках и оливковом пиджаке с черной отделкой. Этот костюм она купила осенью на деньги брата, который хотел сделать ей подарок, но так ни разу его и не надела. И, видимо, больше не наденет, только вот сегодня, и то ради министерства.

С Гордеевым она встретилась в вестибюле. Он заметно нервничал.

— Ты понимаешь, куда и зачем мы идем? — вопрошал он, пока они шли по длинному, покрытому ковровой дорожкой коридору. — Мы идем к серьезному человеку и собираемся предъявить серьезное обвинение Институту, который он курирует. Без сильных доказательств в руках нам здесь делать нечего, мы будем смешно выглядеть.

— Ну и пусть, — беззаботно отвечала Настя. — Пусть над нами посмеются, зато мы получим ответы на наши вопросы и по крайней мере будем уверены, что того кошмара, который я придумала, нет и в помине. По-моему, это лучше, чем сомневаться. Нет?

— Нет, — резко ответил Колобок, отыскивая глазами нужную им дверь. — Я, дорогая моя, уже не в том возрасте, чтобы выставлять себя на посмешище. У нас, между прочим, свобода печати, и завтра в газетах может появиться фельетон о том, какие безграмотные люди работают на Петровке и охраняют покой доверчивых москвичей. Мол, в школе мы все плохо учились и элементарного курса физики не знаем. Зато по литературе у всех были сплошные пятерки и все дружно читают научную фантастику. Ты не забыла, сколько мне лет?

— Скоро пятьдесят пять.

— Именно. И если ты, поганка мелкотравчатая, меня подставила, я тебе голову отверну. Поняла?

— Поняла, Виктор Алексеевич. Голову отвернете.

— Нам сюда. Заходи.

В приемной сидела злобная девица с крысиным лицом. При виде Гордеева и Насти она только слегка приподняла голову с прилизанными волосами и уставилась на них, не говоря ни слова.

— Николай Адамович назначил нам на 10.30, — вежливо произнес Гордеев.

Девица молча поднялась и вошла в обитую красным дерматином дверь. Через полминуты она вернулась и так же молча встала у открытой двери, держась за ручку. Видимо, это означало приглашение войти.

Николай Адамович Томилин встретил гостей весьма радушно, усадил в кресла, предложил чай или кофе. Гордеев от угощения отказался, а Настя попросила кофе.

— Я внимательно вас слушаю, — борясь с астматической одышкой, сказал Томилин. — Что могло привести такую очаровательную женщину в наше скучное научное министерство?

— Николай Адамович, — начала она, — не было ли в Институте, который вы курируете, научных разработок, направленных на создание излучения, благотворно воздействующего на нервно-психическую сферу человека?

— Откуда такой странный вопрос? — заколыхался всем своим тучным телом Томилин, что, видимо, должно было знаменовать собой смех. — С каких пор уголовный розыск интересуется научной проблематикой, связанной с электромагнитными излучениями?

— Я объясню, откуда взялся наш интерес к Институту.

Она достала карту и в нескольких словах обрисовала картину преступности на территории двух разноцветных эллипсов. Разумеется, ни о Войтовиче, ни о краже дела, ни о Галактионове не было сказано ни слова.

— Мы столкнулись с этим необъяснимым явлением в процессе анализа годовых данных о преступности. Знаете, обычная ежегодная работа: в начале февраля бывает уже готова годовая статистика, и мы в это время всегда начинаем анализ преступности за год.

— И почему же вы решили, что к этим двум соседствующим районам имеет отношение научная работа Института? — ехидно произнес Томилин.

— А потому, что Институт находится как раз в середине, вот здесь, смотрите, Николай Адамович.

Настя ткнула ручкой в то место на карте, где смыкались серый и черно-фиолетовый эллипсы.

— Ну и что? — невозмутимо спросил он.

— Насколько я помню физику, это может быть связано с обратным эффектом, — начала было Настя, но Томилин прервал ее громовым раскатом хохота.

Его тучное тело колыхалось и, казалось, вот-вот вывалится из кресла, как подошедшее тесто. Его смех перешел в надсадный кашель, сопровождающийся присвистом и одышкой, он достал из ящика стола аэрозоль и брызнул себе в рот. Потом отдышался.

— Где вы учили физику, позвольте спросить?

— В школе.

Она хотела было добавить, что это была специальная физико-математическая школа, но почему-то промолчала.

— И как давно это было? Лет десять назад?

— Почти двадцать, — честно ответила она.

— Голубушка, не сочтите за оскорбление, но при такой постановке вопроса можно считать, что физику вы не знаете совсем. Откуда у вас в голове появились все эти глупости?

Настя взяла себя в руки и постаралась как можно лаконичнее, чтобы не наделать грубых ошибок, изложить Томилину свою гипотезу об «обратной петле».

— Чушь! — категорично отрезал Томилин. — Уже

лет пять назад было доказано, что этого явления нет. Раньше действительно считалось, что у ряда излучений, особенно у сверхвысокочастотных, есть то, что вы изволите называть обратным эффектом или обратной петлей. Но это заблуждение являлось следствием неправильного понимания природы таких излучений. Пять лет назад немецкий ученый Мейерштранц произвел переворот в физике, доказав, что наши представления об электромагнитных излучениях неверны. Он возглавил целую научную школу, на которую сегодня ориентируется весь мир. Так вот, в соответствии с новым пониманием проблемы было доказано также, что обратный эффект от сверхвысокочастотных излучений — это миф. Ошибка эксперимента. А вы, деточка, пришли в серьезное учреждение, вооружившись школьными знаниями двадцатилетней давности, и пытаетесь опорочить солидных ученых, не имея ни малейшего представления о проблеме, которой они занимаются. Стыдно.

Гордеев сидел весь багровый. Все получилось именно так, как он и предсказывал. Даже еще хуже. Насте хотелось убежать отсюда подальше, забиться в темный уголок и разрыдаться.

— Я ни в коей мере не хотела опорочить научных сотрудников Института, — сказала она, пересиливая себя, — я просто хотела понять, что происходит. Вы много лет руководите наукой, Николай Адамович, и вы знаете, что такое — интерес к необъясненному. Он лишает человека способности спать, есть, общаться с близкими. Он овладевает им полностью и диктует поступки, порой нелепые, порой смешные, но направленные на одно: понять, почему это происходит; понять, как это происходит. Вероятно, мой порыв прийти сюда и поговорить с вами кажется вам смешным и нелепым, но я искренне надеюсь, что, как человек, близкий научной работе, вы не выгоните меня отсюда за мою безграмотность, а посоветуете, к какой области знаний мне следует обратиться, чтобы получить ответ на интересующий меня вопрос. Может быть, вы даже будете настолько любезны, что порекомендуете мне конкретного эксперта в этой области науки. Я очень на это надеюсь, Николай Адамович.

— Ну, деточка, я ценю ваш порыв к знаниям, — великодушно заурчал Томилин, — приятно, когда молодежь тянется к науке. Но вынужден вас разочаровать. Ищите природу вашего загадочного явления в социальной сфере. Преступность, как известно, явление социальное, биологических корней у нее нет, это, по-моему, уже давно доказано. К точным наукам странности вашего Восточного округа никакого отношения не имеют. И учите физику, учите, не ленитесь, а то опять попадете впросак, как сегодня. Вам еще повезло, что вы попали ко мне, а не к кому-нибудь другому. Я — человек снисходительный к чужому невежеству, не могут же все быть энциклопедистами, как Ломоносов или Руссо. Вы работаете в милиции, и я с пониманием отношусь к тому, что вы не разбираетесь в физике. Видимо, в своей профессиональной деятельности вы более грамотны. Но не все такие добрые, как я. Другие вас бы вышвырнули вон, да еще пинками под зад.

— Спасибо вам, Николай Адамович, — вымученно улыбнулась Настя, пряча карту в сумку и вставая. — Мне было полезно с вами побеседовать.

— Я надеюсь, — он снова собрался рассмеяться, но внезапно покраснел, махнул рукой и полез за аэрозолем.

Выйдя из кабинета Томилина, Настя и Гордеев долгое время хранили молчание. Не говоря друг другу ни слова, они оделись в гардеробе, вышли на улицу и пошли к ближайшей станции метро. Сойдя с эскалатора, Настя повернула на правую платформу.

— Нам налево, — хмуро бросил Колобок, с трудом расцепив зубы.

— Я с вами не еду.

— Почему?

174

— Потому что я еду домой. Мне нужно отмыться от того дерьма, в котором меня только что вымазал Томилин. И я не приду на работу до тех пор, пока не пойму, что происходит в этом проклятом Институте. Можете меня увольнять за нарушение дисциплины.

Справа загромыхал подходящий к платформе поезд. Настя повернулась спиной к Гордееву и пошла к вагону.

— Настасья! Подожди, Настасья! — безуспешно окликал ее Гордеев, прорываясь за ней следом сквозь толпу выходящих из поезда людей. В последнюю секунду он успел-таки вскочить в вагон, придержав рукой закрывающиеся двери.

Настя сидела в самом углу, привалившись головой к стенке вагона и закрыв глаза. Полковник заметил, что лицо ее было мертвенно-бледным, под скулами на запавшие щеки легла синеватая тень, а губы предательски дрожат. Он подошел к ней и наклонился к ее лицу.

— Стасенька, — тихонько позвал он. — Не расстраивайся, девочка. Все нормально. Ничего особенного не произошло.

Она медленно открыла глаза и постаралась улыбнуться.

— Вы не волнуйтесь, Виктор Алексеевич, я в порядке. Выходите, вам же в другую сторону ехать.

— Дай слово, что не будешь плакать, — потребовал Гордеев.

— Даю слово.

— И дай слово, что не будешь огорчаться. Это нормально, когда гипотеза не подтверждается. Это случается гораздо чаще, чем наоборот. Не надо делать из этого трагедию. Слышишь?

— Слышу.

— Не будешь огорчаться?

— Не буду, — вяло пообещала она.

— Я могу возвращаться на работу с чистой совестью и быть уверенным, что с тобой все в порядке?

175

— Конечно, Виктор Алексеевич. Я не маленькая, не пропаду. Посижу немного, подумаю, соберусь с силами — и за работу. На мне как на собаке все заживает.

Поезд замедлил ход, подходя к следующей станции. Виктор Алексеевич передвинулся ближе к двери, но глаз с Насти не спускал. Ему показалось, что она немного успокоилась, губы уже не дрожали и плакать она вроде бы не собиралась.

Двери раздвинулись, полковник бросил на Настю последний взгляд. Она сидела по-прежнему с закрытыми глазами, бледная и несчастная. Сердце его на миг сжалось от сочувствия к ней. «Ничего, она умная и сильная, у нее холодный расчетливый мозг, работающий как компьютер. Она не позволит эмоциям взять верх. Она справится. Этот жирный Томилин грубо оскорбил ее, но она справится. Девочка моя, Стасенька...»

Он шагнул на платформу вместе с толпой выходящих из вагона пассажиров и пошел на противоположную сторону к поезду, идущему в обратном направлении.

6

Дверь за гостями уже давно закрылась, а Николай Адамович Томилин все сидел неподвижно, глядя в одну точку и борясь с овладевшей им тревогой. Наконец он снял телефонную трубку и позвонил в Институт.

— И как я должен это понимать? — начал он без предисловий. — Вы мне клялись, что ваша антенна абсолютно безвредна, а ко мне приходит какая-то девчонка из милиции и утверждает обратное.

— Какая девчонка? Что она утверждает? Николай Адамович, я не понимаю, о чем вы говорите.

— О чем я говорю? — кипел Томилин. — О вашей гребаной антенне я говорю, вот о чем. Она принесла мне карту Москвы, на которой только слепой не увидит поле воздействия вашего прибора и поле обратного эффекта. Вы что же, обманывали меня? Скрывали? Фальсифицировали результаты апробации?

— Успокойтесь, Николай Адамович. Мы с вами, кажется, все уже обсудили, когда я был у вас. Никакого обратного эффекта нет и быть не может. Положительный эффект есть, для его отслеживания мы и смонтировали антенну в городской среде, потому что она предназначена для использования именно в городской среде, а не на полигоне. Кстати, о какой карте вы говорили?

— О карте Москвы, где размечены места повышенной агрессивности населения. Что, интересно, я должен был ей говорить, когда она положила передо мной эту карту?

— И что же вы ей сказали?

— Что она дура, вот что я ей сказал. Объяснил, что она не знает элементарных вещей и не разбирается в физике. Короче, что надо, то и сказал. Но это Я сказал ЕЙ. А теперь я хочу послушать, что ВЫ скажете МНЕ.

— Ничего нового, Николай Адамович, — выразительно вздохнул его собеседник. — Это обыкновенная провокация. Старостин продолжает интриговать, чтобы получить кресло заместителя министра, вот и все. Как фамилия этой девушки, что к вам приходила?

— Сейчас посмотрю, у меня где-то записано. Черт, куда я бумажку-то подевал... Не найду никак. Не то Каменева, не то Каминская.

— Наверное, Каменская?

— Вот-вот, правильно, Каменская.

— Ну, Николай Адамович, это просто смешно! — от души рассмеялся он. — Да вы знаете, что Каменская — родственница Старостина? Совершенно очевидно, что ее визит к вам — не более чем ловкая авантюра, стремление поддержать пожар, раздутый той анонимкой. Она самозванка. Вы видели ее документы?

— Нет. А откуда вы знаете, что она его родственница?

— А он как-то рассказывал, хвастался по пьянке, что у него двоюродная племянница в ГАИ работает, поэтому он с техосмотрами проблем не знает. И фамилию ее называл. Я же вам говорил, референт Старостина — мой сосед по даче, поэтому я лучше вас информирован. Так что успокойтесь, Николай Адамович, берегите нервную систему. Что вам сказала эта девица? Что она из уголовного розыска?

— Нет, она так не говорила. Что-то про анализ годовой статистики сказала.

— Ну вот видите, она даже не посмела вам соврать, будто занимается расследованием преступлений. А вы слышали когда-нибудь, чтобы милиционеры занимались аналитической работой?

— Не слышал. — Томилин стал заметно успокаиваться.

— И я не слышал. Для аналитической работы нужен интеллект, а откуда он у милиционеров? Так что не переживайте понапрасну. Не обращайте внимания на козни Старостина, вы же понимаете, он из кожи вон лезет, чтобы добиться повышения, но ему все равно не светит. Кресло будет вашим, можете мне поверить.

— Откуда у вас такая уверенность? — насторожился Томилин. — Вы знаете что-то конкретное?

— Знаю, Николай Адамович, знаю. Сказать пока не могу, но знаю совершенно определенно, что ваши шансы на должность замминистра намного выше. Вы ведь уже имели возможность убедиться, что мои источники информации весьма надежны. Помните историю с Институтом медицинской радиологии? Я вам еще за полгода сказал, что будет скандал и Русакова выгонят с треском. Так и случилось, потому что это была запланированная акция, а не случайность. Но если вы мне все-таки не верите, я готов еще раз представить вам все данные по нашей антенне: научный отчет, дневник апробации, результаты испытаний.

— Нет-нет, — торопливо отозвался Томилин, — не нужно. У меня все равно нет времени этим заниматься. Но я вас все-таки попрошу, проверьте все еще раз. Мало ли как жизнь обернется, нужно, чтобы вся документация была в идеальном порядке. Договорились?

— Конечно, Николай Адамович, если вы настаиваете.

7

Полковник Гордеев был, как всегда, прав. Плохого настроения Насте хватило ровно настолько, чтобы доехать до дома. Уже поднимаясь в лифте на девятый этаж, она подумала о том, что зря так взбрыкнула и нагрубила Колобку, сказала, что не придет в контору, пока не разберется с Институтом и таинственными эллипсами на карте. Но уж коль он не стал настаивать и с пониманием отнесся к ее капризу, нужно постараться использовать свободные полдня с максимальной пользой.

Дома она быстро переоделась, скинув элегантный и умопомрачительно дорогой костюм и надев свои любимые джинсы и свитер, и позвонила Леше в Жуковский. Он безропотно воспринял просьбу приехать к ней немедленно и даже как истый джентльмен поинтересовался, не нужно ли привезти продуктов.

— Не нужно, солнышко. Я сейчас схожу в магазин и даже попробую что-нибудь приготовить. Я подумала, что, может быть, мы с тобой успеем добежать до загса, если он еще не закроется к тому моменту, как ты до меня доберешься.

— Ты... серьезно? — осторожно спросил Чистяков. — Я, честно признаться, спрашивать боялся, вдруг ты передумала.

— Леша, ну не делай ты из меня чудовище, — шутливо взмолилась она.

— А кто же ты? — резонно возразил он. — Красная

Шапочка, что ли? Четырнадцать лет голову мне морочила. Чудовище и есть.

Толстая, базарного вида, тетка в загсе долго изучала заполненные ими бланки заявлений, и с ее раскрашенного, как ярмарочная карусель, лица не сходило выражение подозрительности.

— Первый брак? — недоверчиво переспросила она, глядя на Настю.

— Первый, — подтвердила Настя.

— Шестидесятого года рождения?

— Шестидесятого.

Тетка покачала головой и вперилась в Лешино заявление.

— И у вас, молодой человек, первый брак?

— И у меня первый.

— Ни у кого из вас нет детей? — продолжала она пристрастный допрос, хотя все, что ее интересовало, было написано в заявлениях.

Настя собралась уже было сказать какую-нибудь очевидную глупость типа: «Там же все указано, что ж вы спрашиваете», но вовремя одумалась. Она сообразила, что толстая тетка просто не понимает, как это невзрачной замухрышке-милиционерше удалось подцепить доктора наук, профессора, которого не надо предварительно разводить и который не будет потом много лет платить алименты первой жене. Разве она может знать, что Настя «подцепила» Лешку Чистякова во время экзамена по математике в конце девятого класса. Тогда она, сдав письменную работу, не ушла из школы, а пристроилась в коридоре у окна и попыталась решить экзаменационное задание другим способом, не заметила, как увлеклась и нашла не одно, а целых три альтернативных решения, а когда спохватилась, уборщица уже гремела ключами и ведрами.

— Эвона, не ты один такой, — услышала Настя ее громкое добродушное брюзжание. — Еще одна пигалица потерялась, дорогу домой никак не найдет.

Она подняла глаза от тетрадки и увидела рядом с

уборщицей длинного нескладного рыжего парня из параллельного класса, который понуро брел рядом с маленькой пожилой женщиной и, казалось, был выше ее ростом раза в два.

— Я уж и входную дверь заперла, слышу — в кабинете физики кто-то поет, соловьем заливается, да складно так, прямо за душу берет. Думала, радио, — доверительно обратилась она к Насте. — Захожу — батюшки мои! Сидит, в приборе ковыряется и поет себе, как будто его родители дома не ждут. Небось не емши цельный день, физик? Пошли, пошли, чего плетешься. Завтра прибор свой доломаешь. И ты, пигалица, складывай тетрадки, время-то уж восьмой час пошел.

Они вместе пошли по школьному двору к трамвайной остановке.

— Ты из девятого «Б»? — спросила она рыжего парня.

— Угу, — угрюмо буркнул он. — А ты?

— А я из девятого «А».

— Что-то я тебя не помню. Ты новенькая?

— Нет, я вместе со всеми начинала, с первого сентября. Просто я незаметная, поэтому ты меня не помнишь.

— Кто сказал, что ты незаметная?

— Папа. Он в этом разбирается.

— Чушь. Передай своему папе, что он ничего не понимает в девчонках.

Лешка Чистяков и в шестнадцать лет уже был джентльменом. Может, этим он и обратил на себя ее внимание?

— А чего ты в школе задержалась? — спросил он.

— Экзаменационную задачку решала.

— А что на экзамене? Не успела?

— Почему, успела. Другие варианты искала.

— И как? Нашла?

— Нашла. Даже не один, а три...

Они застряли в скверике неподалеку от школы еще на полтора часа, горячо обсуждая варианты решения задачи. Дважды чуть не поссорились. Дважды мирились и торжественно пожимали друг другу руки. Опомнились только тогда, когда начало темнеть.

— Меня дома убьют, — в ужасе охнула она.

— Хочешь, я пойду с тобой? — мужественно предложил он. — Скажу, что я во всем виноват, меня не убьют.

— Нет, я сама, — покачала она головой. — Меня папа всегда учил за чужую спину не прятаться. И потом, если и попадет, так за дело. Я же виновата, чего ж теперь трусить.

— Ты — классная девчонка! — с восхищением произнес рыжий. — Между прочим, тебя как зовут?

— Настя.

— А меня — Алексей. Можно просто Лешка.

Это было восемнадцать лет назад... Все равно он для нее остался «просто Лешкой», несмотря на ученые звания и престижные международные премии. В первый раз он делал ей предложение, когда им было по двадцать. Потом, когда ей было двадцать три, она влюбилась без памяти. Она сходила с ума. Она почти теряла рассудок. Лешка стойко перенес ее измену, хотя как раз тогда у него появились первые седые волосы. Он умел ждать. В двадцать пять она успокоилась, взяла себя в руки, поняв, что безответная любовь в данном случае унизительна для нее и обременительна для того, кого она любила. Больше она Чистякову сюрпризов не преподносила, а если у нее и возникал интерес к другим мужчинам, то она старалась, чтобы Лешка этого не знал.

После загса они вернулись домой. За ужином Настя поделилась с Лешей своим утренним огорчением.

— Представляешь, оказывается все, чему нас учили в школе, безнадежно устарело. Меня сегодня так больно ткнули мордой об стол, что, наверное, синяки останутся.

В двух словах она изложила ему свою эпопею с визитом в Министерство науки.

— Что?! — вытаращил глаза Чистяков. — Он тебе так сказал?

— Ну да.

— Он сказал, что Мейерштранц опроверг все постулаты физики волн? Что обратного эффекта не существует?

— Ну да, именно так он и сказал. А что?

— Да он тебя обманул, как первоклашку. А ты ушки и развесила. Любой физик знает про обратный эффект. Если хочешь знать, в Штатах даже закрыли несколько научных проектов из-за этого. У нас, конечно, проекты из-за обратного эффекта не сворачивают, просто пишут инструкции по технике безопасности, ограничивают применение и все такое. Но это случается сплошь и рядом. Есть, например, такая антенна, которую нельзя располагать параллельно земной поверхности, потому что под ней ничего не растет. Она неблагоприятно влияет на биологические процессы. Да много всего... Как же ты так лопухнулась, Асенька?

— Не знаю, — задумчиво ответила она. — Он меня авторитетом задавил. А может, специально старался обидеть посильнее, чтобы у меня от расстройства мозги отказали. Они, кстати, и отказали. Леш, ну ладно, я безграмотная дурочка, со мной все понятно. Но он-то! Он же не мог не знать, что говорит ерунду? Он же не может быть невежественным тупицей?

— Ну почему, может. Если бы он был талантливым физиком, то занимался бы наукой, а не ее организацией. Ученые-отличники работают в институтах, а ученые-двоечники ими руководят из министерских кресел, это всем известно.

— Ой, Лешик, дай бог, чтобы ты оказался прав. Дай бог.

— Почему так?

— Да потому, что если это не так, значит, он меня умышленно обманул. А это совсем плохо. Значит, он что-то скрывает. Только этого мне не хватало! — простонала она, хватаясь за голову. Потом взглянула на Чистякова почти весело и подмигнула ему. — Но если он что-то скрывает, то, выходит, я все-таки права. А это уже хорошо!

Из лабораторного корпуса он прошел в свой кабинет. Открыв сейф, достал из него папку и вложил туда несколько листков с результатами очередных испытаний. Все идет по плану, без срывов. Осталось совсем немного. Только бы эта девчонка не начала воду мутить...

Как она докопалась? Откуда узнала? В интересах безопасности надо бы временно свернуть работу, предупредить коллег, которые работают над прибором, что выполнение «левого» заказа на какое-то время приостанавливается. Мерханов подождет, ничего с ним не случится. Безопасность дороже.

Но ведь осталось совсем немного. Так хочется скорее закончить все, получить деньги, уволиться к чертовой матери из этого надоевшего до оскомины Института — и в лес, где никого нет. В последнее время выносить общение с людьми становится все труднее. Он стал еще более раздражительным, агрессивным, но умело скрывает это, следит за собой, держит себя в ежовых рукавицах. Работа над прибором даром не проходит, он это на себе чувствует. Еще немножко потерпеть, еще немножко — и конец. Свобода от всех.

Но Томилин-то каков! Переполошился. Жирная омерзительная свинья. Хорошо, что дачное соседство с референтом Старостина — правда. Это позволило ему наспех соорудить вранье про провокацию конкурента, и трусливый Томилин его скушал, не подавился.

Нет, нельзя рисковать. Завтра же он поговорит с человеком Мерханова. Нельзя, чтобы из-за какой-то девчонки Каменской рухнула его мечта. Но откуда же, черт возьми, она узнала? Кто проболтался? Тем более нужно приостановить работу, пока не выяснится, у кого это слишком длинный язык.

Глава 9

1

В ночном баре было сумрачно, душно и шумно. Здесь обретались проститутки из категории не самых дешевых, но и не очень дорогих, и криминальный элемент из числа не слишком мелких, но и не воротил. Средний класс маргинальной среды. Определенную часть посетителей составляли юные искатели острых ощущений, желающие приобщиться к таинственной ночной жизни. Бар был не из разряда элитных, пол можно было и помыть, а стаканы могли бы быть и почище, хотя, когда над ним работал дизайнер, предполагалось, что это будет приличное тихое заведение, где приличные солидные люди смогут вполголоса обсудить свои дела, а влюбленные пары за бокалом шампанского будут говорить о делах сердечных. Как водится, вышло все совсем не так. Первый владелец бара, задумавший его как элегантное пристойное заведение, исчез неведомо куда, после чего помещение вместе с мебелью несколько раз переходило из рук в руки, пока не скатилось до уровня средне-криминального. Разборок здесь не устраивали и морду пока никому не били, но дух лихой, бесшабашной агрессии витал здесь уже давно, в любой момент угрожая перерасти во вполне ощутимое насилие.

Юля сидела за своим любимым столиком в углу и пила из маленькой рюмочки банановый ликер. Рядом с ней расположилась ее новая подружка Оксана по прозвищу Кобра. Высокая стройная брюнетка с гладкой прической, она имела странную привычку подолгу смотреть на собеседника в упор широко расставленными темными немигающими глазами, чем и заслужила свое прозвище. Взгляд у нее был и впрямь тяжелый и какой-то завораживающий. Клиентов это возбуждало. Кобра была в баре завсегдатаем, ее здесь все знали. Когда Юля несколько недель назад впервые пришла сюда, Кобра заподозрила в ней нахальную конкурентку, пришедшую пощипать травку на чужом поле, и довольно резко кинулась без обиняков выяснять отношения с новенькой. Но оказалось, что хорошенькая Юля, как говорится, не по этой части и на внимание потенциальных клиентов не претендует. Более того, Кобре понравилось, что Юля к мужикам вообще была равнодушна. Не то чтобы она была фригидной или, например, лесбиянкой, просто мужчины ее утомляли. Девушки быстро подружились.

Сегодня они строили планы на поездку к морю. Инициатором путешествия была Юля, которой очень хотелось позагорать на средиземноморском пляже, но которая боялась ехать одна.

— Прихвати с собой какого-нибудь котика, — советовала ей Кобра. — И при мужике, и не скучно.

— Да ну, — кривила губы Юля. — Он мне все удовольствие испортит. Может, ты со мной поедешь?

— Да ты что? — оторопела Кобра. — У меня лишних денег нет, я сейчас квартиру обставляю, каждая копейка на счету.

— Ерунда, — махнула рукой Юля. — У меня деньги будут.

— Я в долг не беру, — предупредила Кобра.

— Я не в долг тебе даю, а просто приглашаю поехать со мной. Знаешь, как в приличном обществе принято? Кто приглашает, тот и платит.

Кобра с любопытством посмотрела на девушку. Юля совсем не походила на человека, знающего, что такое приличное общество.

— А ты случайно не... — Кобра уставилась на нее своим тяжелым немигающим взглядом. Еще не хватало ей ехать отдыхать с лесбиянкой.

— Нет, нет, — успокоила ее Юля. — Я нормальная. На баб не кидаюсь. Но и мужики надоели. Представляешь, я еду туда с постоянным парнем, так мне же придется там из койки не вылезать. А если он мне через два дня надоест? Шаг вправо, шаг влево — считается побег. Ведь так?

— Это на кого нарвешься, — согласилась Кобра. — Есть такие, что от них налево не сбегаешь.

— Вот и я про то же. А если кого-нибудь там подцепить, то никаких обязательств и никаких проблем. Два дня погуляешь с ним — и в кусты. Только я одна боюсь ехать. Я за границей ни разу не была, языка не знаю, и вообще... Поехали, а?

Предложение было заманчивым, но уж очень необычным. Ехать с малознакомой, хоть и с виду симпатичной, девицей, да еще за ее деньги? Вляпаешься еще в какую-нибудь историю, костей потом не соберешь.

— А деньги у тебя откуда? — стала допытываться осторожная и подозрительная Кобра.

— Не бойся, не ворованные, — цинично усмехнулась Юля. — Мамочка даст.

— О, у нас богатенькая мамочка? — удивленно протянула Оксана. Вульгарная Юлечка ну никак не тянула на дочку богатенькой мамочки. Да, капризная, да, балованная, но детство, проведенное в нищете, никуда не спрячешь, его даже сквозь дорогое платье и барские замашки видно, а глаз у Кобры наметанный.

Но как бы там ни было, ехать с Юлей на Средиземное море она согласилась. Поездку девушки запланировали на май. Море, правда, еще будет холодноватое, но солнышко — в самый раз, загар будет изумительный, а поплавать можно и в бассейне.

2

Собираясь домой, Инна Литвинова с ужасом думала о том, как будет объяснять Юлечке, что поездка на море откладывается. Только что ей сказали, что работу над «левым» заказом придется приостановить. Из-за этого дурацкого пожара, в котором сгорело дело Гриши Войтовича, в Институте постоянно крутятся работники милиции. Приспичило им выяснить, кто ходатайствовал, чтобы Гришу выпустили домой якобы для завершения работы над важным проектом! Никто в Институте, кроме самой Инны, не знает, что это было за ходатайство и что это был за проект, и теперь милиционеры затребовали себе планы научно-исследовательской работы и смотрят, над чем в последнее время работал Войтович. Это уже опасно. Но только два человека во всем Институте знают о том, что это опасно. Одна из них — Инна Федоровна Литвинова.

По дороге из Института домой она заходила в магазины, чтобы поискать что-нибудь изысканное для Юлечки. Может быть, вкусная необычная еда смягчит ее, когда придется завести разговор о поездке к морю. Уже возле самого подъезда Инна посмотрела на часы и прикинула, где сейчас может находиться ее белокожее рыжеволосое сокровище. Если дома, то позвонить вряд ли удастся, а звонить надо. Пусть они помогут. Инна решительно зашла в будку телефона-автомата.

— Работа над прибором приостановлена, — сообщила она, когда трубку на другом конце сняли.

— Почему?

— Из-за милиции. Они хотят докопаться, почему Войтовича отпустили домой и кто за него ходатайствовал.

— Я надеюсь, вы им не сказали, что это сделали мы?

— Разумеется, нет. Но они будут торчать в Институте, пока не получат ответы на свои вопросы. На весь этот период работы будут свернуты, и завершение откладывается на неопределенные сроки. Послушайте, в Институте действительно никто не знает, в чем тут дело, и милиция еще долго не выяснит то, что хочет выяснить. Это значит, что мы еще долго не сможем вернуться к работе над проектом. Вы должны что-то предпринять.

— Почему вас это так беспокоит, Инна Федоровна? У вас проблемы?

— Мне нужны деньги. Срочно. И много. Я не могу ждать, пока история с Войтовичем рассосется сама собой.

— Кто из работников милиции, на ваш взгляд, наиболее опасен?

— Их трое. Двое мужчин и одна женщина. Мне лично более опасным кажется Коротков Юрий Викторович. Но мне сегодня дали понять, что опасаться следует женщины. Ее фамилия Каменская. Имени не знаю, я с ней ни разу не разговаривала.

— А что, вам лично эта Каменская не кажется опасной?

— Я же сказала, я с ней ни разу не разговаривала, поэтому у меня нет своего мнения. Но она в Институте не появляется, по крайней мере в последнее время я ее не видела. А двое мужчин приходят постоянно.

— Хорошо, Инна Федоровна, не беспокойтесь. Мы разберемся и сделаем все, что сможем. Спасибо, что предупредили.

Инна вышла из телефонной будки и поплелась домой. Впервые с тех пор, как у нее появилась Юля, она возвращалась к себе неохотно.

Юля была дома и, как обычно, валялась в постели.

— Ты не забыла, что обещала послать меня на море? — заявила она, как только Инна переступила порог квартиры. — Я еду в мае. Я уже все узнала в турагентстве. В течение двух недель нужно сдать в посольство анкету и паспорт, а не позже середины марта внести деньги за путевку и билеты. Это будет стоить две тысячи восемьсот долларов. И еще пятьсот можно везти с собой на расходы. Дашь?

— Так много? — оторопела Инна. — Я думала, вся поездка обойдется максимум тысячи в полторы. Что за место ты выбрала, почему оно такое дорогое?

— Место хорошее, — резко ответила Юля. — А если тебе денег жалко, ты так и скажи. А то морочишь мне голову, я надеюсь, планы строю, а ты...

Она чуть не плакала от злости.

— Что ты, что ты, — переполошилась Инна. — Мне для тебя никаких денег не жалко. Но видишь ли, котенок, я не уверена, что смогу получить эти деньги к середине марта. Возникли некоторые сложности...

— Но ты же обещала! — Юля расплакалась.

— Юлечка, милая, не все получается так, как хочется. Ну послушай меня, девочка, деньги будут, будут обязательно, но, может быть, чуть позже. А что, если ты поедешь осенью, а? Осенью еще лучше, море теплое, как парное молоко...

Но Юля ее не слушала. Она сотрясалась в отчаянном горьком плаче и колотила кулачками по одеялу.

— Ты обещала! Я так надеялась! Я планировала! Ты нарочно это подстроила, ты просто не хочешь, чтобы я уезжала. Ты все делаешь мне назло, назло, назло!

Инна молча сидела на краю постели, ссутулившись и обхватив голову руками. Все, что угодно, только не слышать, как рыдает Юлечка. Нужно раздобыть эти деньги во что бы то ни стало. Если для этого нужно кого-нибудь убить, она и на это готова. Только бы Юля не сердилась. Только бы Юля ее не бросила. Иначе — снова одиночество на долгие годы. Иначе — снова унизительное чувство неудовлетворенности, от которого просыпаешься по ночам и сама себе противна. И снова случайные знакомые, которых так трудно найти и которые зачастую оставляют у Инны чувство омерзения, потому что не понимают и не чувствуют всю прелесть женской любви, а просто притворяются, чтобы заработать немного денег. А ей, Инне, нужна постоянная женщина, которая не только делила бы с ней постель, но о которой можно было бы заботиться как о близком, родном человеке. Как о Юлечке...

Поговорив по телефону с Инной Литвиновой, Игорь Супрун задумчиво откинулся в кресле. Литвиновой срочно нужны деньги — это ее проблема. Но им нужен прибор. И тоже срочно. И обязательно без огласки. Солдаты не хотят воевать, чувство патриотизма давно смято и выброшено, как ненужная бумажка. Они не понимают, ради чего должны проливать свою кровь. И у государства нет денег, чтобы платить молодым парням за участие в боевых действиях. Платить столько, сколько нужно, чтобы у них появился интерес к войне. Нет интереса. Нет патриотизма. Ничего нет.

Поэтому нужен прибор.

А какие-то ушлые менты мешают.

Супрун снял трубку внутреннего телефона.

— Бойцова ко мне, — коротко бросил он.

В ожидании вызванного им подчиненного Супрун привычно смотрел на картину. Экзотические цветы на длинных стеблях в высокой стеклянной вазе. Что такого в этой незатейливой картине? Почему она так успокаивает его?

Вадим Бойцов вошел почти неслышно. Это был среднего роста стройный человек лет тридцати с умным интеллигентным лицом и холодными серыми глазами. Исполнительный и жестокий. Образованный и хладнокровный. Супрун доверял ему больше, чем всем остальным.

— Меня интересуют два человека, они работают в уголовном розыске, на Петровке. Коротков и Каменская. Я хочу знать о них все. И как можно быстрее.

В столовой Института было жарко и шумно, специальный небольшой зал для руководства был временно закрыт на ремонт, и директор вынужден был обедать в общем зале. От одного только неистребимого общепитовского запаха его мутило, и он с трудом сдерживал раздражение, безуспешно пытаясь разрезать жесткое мясо тупым ножом.

Вместе с ним за обеденным столом сидел Вячеслав Егорович Гусев, ученый секретарь Института. Вообще-то он почти никогда не обедал на работе, но в последнее время совместное посещение столовой стало одной из немногих возможностей поговорить с директором наедине. У Альхименко была странная манера не держать людей в приемной, поэтому всех, кто к нему приходил, кроме, конечно, посторонних визитеров, секретарша безропотно пропускала к руководству, из-за чего очередь скапливалась в самом кабинете, и при каждой беседе неизменно присутствовало два-три человека.

— Николай Николаевич, — начал Гусев, — мы до сих пор не утвердили план научно-исследовательской работы на текущий год.

— В чем задержка? — поднял голову Альхименко.

— К нам поступило несколько официальных запросов с просьбой включить в план конкретные разработки. Я разослал копии во все лаборатории с указанием представить предложения к 1 февраля. До сих пор я не получил ни одного ответа. Лаборатории не хотят брать на себя дополнительную нагрузку, они и так много всего напланировали на этот год. И я, честно говоря, их понимаю. Была б моя воля, я бы эти запросы не удовлетворял. Мы из года в год беремся включать в план НИР заказные темы, а в итоге собственные фундаментальные разработки у нас умирают, не родившись. Я хотел это с вами обсудить. Меня как ученого секретаря очень беспокоит, что Институт теряет свое научное лицо. Вы посмотрите, что происходит! Лысаков до сих пор не может закончить докторскую диссертацию, мы переносим ее из года в год, а у него просто нет времени посидеть и подумать. Он дважды обращался по поводу предоставления ему отпуска для завершения работы над диссертацией, и мы дважды ему отказывали, потому что он был плотно задействован в заказной тематике, под которую Институт получает большие деньги. Я понимаю, Николай Николаевич, мы бедны, и эти деньги для нас большое подспорье, мы на них закупаем оборудование и выплачиваем премии, но ведь кончится все тем, что у нас не останется ни одного доктора наук. В прошлом году на пенсию ушли четыре доктора, в этом году собираются уходить еще трое, а молодые ученые не могут защититься, потому что тащат на себе фактически весь бюджет Института. Да если на то пошло, у нас и кандидатов наук скоро не останется. Все пашут, как волы, а диссертацией и не пахнет.

— Ваша речь получилась весьма пламенной, — сухо ответил Альхименко. — Можете считать, что вы меня убедили в бедственном положении Института. У вас есть конкретные предложения или я могу расценивать ваше выступление как плач в директорскую жилетку?

— Николай Николаевич, Институт может обратиться в Министерство науки с просьбой об увеличении штатной численности. Если нам дадут дополнительные штаты, мы наберем толковых ребят, выпускников вузов, и разгрузим хоть немного тех, кто не может закончить диссертации.

— Вы так уверены, что мы сможем набрать людей на наши смешные зарплаты?

— Даже если нет, мы оформим тем, кто у нас работает, дополнительные полставки. Надо же стимулировать людей, Николай Николаевич! Иначе нам никогда не выбраться из той дыры, в которой мы оказались. Работы будет все больше, а научных работников все меньше.

— Министерство не согласится, — бросил Альхименко, залпом допивая чай с прозрачным ломтиком лимона.

— Ну почему же? — возразил Гусев. — Николай Адамович Томилин, по-моему, прекрасно относится и

193

к нашему Институту, и лично к вам. Он наш куратор, прорабатывать вопрос поручат именно ему. Я уверен, что он пойдет нам навстречу.

— А я не уверен.

— Все равно нужно попробовать, — продолжал настаивать ученый секретарь. — Мы не должны сидеть сложа руки, видя, как рушится научный потенциал Института. Я подготовлю письмо в министерство, хорошо?

— Нет, — категорически отрезал Альхименко. — Я не хочу ничем быть обязанным Томилину. Никакого обращения в министерство не будет. Я разделяю ваше беспокойство и подумаю, что можно сделать. Но только не через Томилина.

Директор резко поднялся и пошел к выходу, даже не пожелав Гусеву приятного аппетита. Впрочем, вежливость здесь вряд ли помогла бы: после неудачного разговора с руководством аппетит у ученого секретаря совсем пропал.

5

Константин Михайлович Ольшанский ворвался в свой кабинет и в ярости хлопнул дверью. Он терпеть не мог, когда с ним разговаривали как с мальчишкой. Прошли те времена, когда гласностью размахивали как знаменем и позволяли себе требовать, чтобы на все вопросы давались четкие и понятные ответы. Все возвращается на круги своя, снова появились секреты, многозначительные умалчивания, слова о политической недальновидности и необходимости поддерживать легитимную власть.

Только что он был у городского прокурора, пытался добиться от него ответа: почему же все-таки Григория Войтовича освободили из-под стражи. Следователь Бакланов ничего вразумительно пояснить не мог, поскольку голова у него до последнего времени была занята исключительно проблемами жилищного законодательства: в свободное от сна и еды время он подрабатывал консультантом в фирме, занимающейся расселением коммунальных квартир, покупкой и продажей жилья. Своими должностными обязанностями он пренебрегал настолько, что даже не брал в голову всякие глупости типа странных и неожиданных распоряжений руководства. Помнил только, что выпустили Войтовича до того, как ему официально была избрана мера пресечения в виде содержания под стражей. На тот момент он числился задержанным и мог находиться в камере в течение трех суток, пока не будет принято решение: арестовывать его или выпускать. Решение было — выпустить. Ну и что тут такого? Мало ли почему руководство принимает такие решения.

— Да при чем тут руководство, — кипятился Ольшанский. — Вы же следователь, вы обладаете процессуальной самостоятельностью, это должно было быть ваше решение, а не руководства. Руководство только его утверждает или не утверждает. Вы-то почему такое решение приняли?

— Ну, — Бакланов пожал плечами, — мне намекнули, я и принял. Дело обычное, будто вы не знаете.

— Кто вам намекнул?

— Окружной прокурор.

— А он на кого ссылался? Ему кто намекнул?

— Городской.

И вот городской прокурор, тонко улыбаясь и строя увертливые фразы, объяснил Ольшанскому, что есть вещи, которые обсуждать не принято, тем более со следователями. А основания для решения были, и еще какие веские! *Можете мне поверить, Константин Михайлович, были основания.* Больше ничего добиться не удалось, кроме туманных намеков на интересы страны да на устное ходатайство заинтересованных органов. *Какие интересы страны? Какие заинтересованные органы?* Молчание...

Ольшанский уселся за письменный стол, не сняв

пальто и не включив свет. На исходе сумрачного зимнего дня в кабинете было почти совсем темно. Он думал о том, что справиться с прокурором можно, только нужно ли? Есть рычаги, под воздействием которых он даст ответ об анонимных ходатаях, но вопрос в том, надо ли их задействовать.

Не зажигая света, он протянул руку к телефону и, напряженно вглядываясь в цифры и кнопки, набрал номер Каменской.

— Странно, что ходатайство было, а в Институте об этом не знают, вы не находите? — спросила она.

— Нахожу, — согласился следователь. — И мне это не нравится. Либо институтские деятели что-то скрывают, либо мы опять вляпались в какое-то дерьмо, и головы нам с тобой не сносить. Так что, Каменская, будем рисковать или в тину уйдем?

— В тину, в тину, — засмеялась Настя. — Нам с вами там самое место. Главное, никто видеть не будет, чем мы там занимаемся.

— А не захлебнемся?

— Дыхательные трубки возьмем, чтобы не захлебнуться. Я вообще не сторонница того, чтобы отбирать что-то силой. Если ваш дражайший прокурор не хочет нам ничего говорить, не будем его заставлять. Золотой принцип, сформулированный Булгаковым, помните? Никогда ничего не просите у тех, кто сильнее вас. Сами предложат, еще и умолять будут, чтоб взяли.

— Золотые твои слова, Каменская, — улыбнулся следователь. — Мыслишь в точности так же, как я. И чего мы с тобой столько времени ссорились, если мы на самом деле так похожи? Не знаешь?

— Может, потому и ссорились, что похожи, — засмеялась она в ответ. — Просто я на вас обижалась, потому что вы мне хамили.

— Ну извини. Но имей в виду, я и дальше буду хамить, у меня характер такой, его уже не переделать.

Но терпеть это не обязательно, можешь в ответ огрызаться. Я-то не обидчивый, не бойся.

— Я не умею огрызаться, — вздохнула Настя. — Лучше вы постарайтесь со мной быть повежливей.

— Тогда завтра доллар в три раза подешевеет. Каменская, не требуй от меня невозможного. В Институте активность притормози, сведи ее до уровня скучных обыденных мероприятий, проводимых от случая к случаю. Пусть не забывают, что мы есть, но поводов для ответных действий пока не давай. Мы должны стать для них чем-то вроде назойливой мухи: вроде и вреда от нее никакого, она же не кусается, но и забыть о себе не дает, потому как жужжит в самое ухо и периодически норовит сесть на нос, не из вредности, а исключительно по глупости. Поняла?

— Угу, — промычала Настя.

— И еще вопрос. Деликатный, поэтому можешь не отвечать. Ты знаешь, что дело Красниковых и дело Галактионова объединили и передали мне?

— Знаю.

— А что Лепешкин от этого решения чуть ли не в обмороке, ты тоже знаешь?

— Догадываюсь.

— И кто все это устроил? Гордеев?

Настя молчала. Она вовсе не собиралась рассказывать Ольшанскому про папочку из сейфа Колобка.

— Понял, — так же невозмутимо сказал Константин Михайлович. — Ты не баба, а кремень.

— Опять за свое?

— Все, все, не буду.

Поговорив со следователем, Настя занялась другими текущими делами, которых накопилось немало. Ближе к концу дня она связалась с Коротковым и Доценко, и они на скорую руку написали сценарий «жизни в тине». Картина получилась неяркая, без впечатляющих эффектов, зато спокойная.

Человек Мерханова аж взвился от негодования, услышав, что работу над прибором придется приостановить, да еще на неопределенное время.

— Мы не можем столько ждать! — возмущался он.

— Вам придется ждать, иначе вы вообще можете ничего не получить. Как вы не понимаете, милиция проявляет интерес к нашим разработкам.

— Вы должны что-нибудь предпринять, — настаивал человек Мерханова.

— Я? — удивился его собеседник. — Я вам ничего не должен, кроме прибора. И я не могу ничего предпринимать, я научный работник, а не руководитель Министерства внутренних дел.

— А если мы уберем тех, кто вам мешает, вы возобновите работу?

— Разумеется. Только смотрите, чтобы не получилось еще хуже.

— Что вы имеете в виду? Почему должно получиться хуже?

— Потому что когда убирают милиционера, занимающегося конкретным делом, всем становится понятно, что именно из-за этого дела его и убрали. И тогда все начинают буквально землю рыть. Вот что я имею в виду.

— Не усложняйте. Мы займемся этим, чтобы вы могли спокойно работать над прибором.

— В таком случае у меня есть условие.

— Какое условие?

— У меня должно быть абсолютно неоспоримое алиби. Если вы собираетесь что-то предпринимать, то только в то время, когда я буду на людях, которые смогут подтвердить, где и с кем я был в этот момент.

— Хорошо.

— Сейчас я посмотрю свое расписание. Так, первого марта в среду у нас в Институте заседание Ученого совета, начало в пятнадцать часов. Две защиты кандидатских и несколько текущих вопросов, это займет примерно три с половиной часа. Дальше. Третьего марта, это будет пятница, мы чествуем академика Минаева, ему исполняется шестьдесят лет. Сначала торжественное заседание, потом банкет для всех научных сотрудников Института. Начало в шестнадцать часов и, видимо, до глубокой ночи.

— А пораньше в вашем расписании ничего нет?

— Пораньше только завтра, но в очень ограниченное время, с девяти до десяти вечера.

— Ладно, будем пробовать.

7

Вадим Бойцов справился с заданием на удивление быстро. Впрочем, этому было свое объяснение: собирать сведения в полном объеме пришлось только о майоре Короткове. Сведения же об Анастасии Каменской, как говорится, сами приплыли в руки.

— Она собирается замуж, — с тонкой улыбкой сообщил он своему начальнику Супруну. — И знаете, кто жених?

— Кто же?

— Профессор Чистяков из НИИ-34.

— Да ну? — удивился Супрун. — Тот самый?

— Именно. К нему давно присматривались, еще с тех пор, как он был подающим надежды молодым аспирантом, тогда же и досье на него начали собирать. Наша Каменская в этом досье фигурирует постоянно. Оказывается, они знакомы с 1976 года. В школе вместе учились. По оперативным материалам она все время проходит как его любовница.

— Очень интересно, — задумчиво протянул Супрун. — И что же, Чистяков до этого ни разу не женился?

— Нет, так и ходит в холостяках.

— А Каменская? Тоже замужем не была?

— Нет.

— Надо же, столько лет вместе, а женятся только теперь. Что бы это значило, как ты думаешь? Зачем им вступать в брак, если столько лет они прекрасно жили без этого?

— Трудно сказать, Игорь Константинович. Может, она беременна или еще что-нибудь.

— Вот-вот, еще что-нибудь. Присмотрись-ка к ним повнимательнее, может, в этом «что-нибудь» вся соль и есть. На этом мы ее и зацепим, чтобы не путалась под ногами.

8

Юрий Коротков рассеянно листал внушительных размеров план научно-исследовательской работы Института за 1994 год. Разбираться в нем было трудно, потому что большинство терминов и формулировок были Юре совершенно не понятны. В плане его интересовали только те темы, в разработке которых участвовал покойный Григорий Войтович. Ради какой же из них неизвестный благодетель дошел до прокурорского начальства, чтобы Войтовича отпустили домой? Поняв, что это была за разработка, можно было попытаться найти и тех, кто в ней заинтересован, иными словами, тех самых анонимных ходатаев.

Заведующий лабораторией Бороздин терпеливо ждал, когда настырный сыщик удовлетворит свое научное любопытство.

— Войтович в декабре работал по шести темам. Одна была заказана Министерством сельского хозяйства, еще одна — Министерством здравоохранения, две — для Всероссийской телерадиокомпании, одна — для Физико-энергетического института. Шестая тема была поисковой, у нее не было заказчика.

— А что значит «поисковая тема»? — заинтересовался Коротков.

— Это значит, что ученому пришла в голову какая-то идея, которая может оказаться перспективной.

А может и нет. Чтобы это понять, надо поизучать проблему, поставить ряд экспериментов. Короче, попробовать ее на вкус. Для этого в план включаются поисковые темы. Срок для них обычно устанавливается месяцев шесть, реже — девять. Потом составляется научный отчет и выносится на заседание Ученого совета Института. После обсуждения принимается решение: тему закрыть или, наоборот, рекомендовать к включению в план научно-исследовательской работы.

— Получается, что никаких сверхсекретных разработок в декабре у Войтовича не было?

— Получается, что так, — подтвердил Бороздин.

— Так кто же мог за него ходатайствовать?

— Не представляю. Просто не представляю, — искренне ответил заведующий. — Для такого ходатайства не было ни малейших оснований, за это я могу поручиться. Знаете, Юрий Викторович, я вам очень сочувствую. Мало того, что вы занимаетесь неблагодарной работой, восстанавливая материалы сгоревшего дела, так вы еще вынуждены копаться в материи, которая от вас весьма далека. Вы, наверное, умираете от скуки, читая наш план. Угадал?

— Угадали, — улыбнулся Коротков. — И Анастасию, как назло, у меня отобрали. Все-таки она хорошая помощница, исполнительная, толковая. Я бы на нее половину работы сбросил. А так несу свой тяжкий крест один.

— У вас отобрали помощницу? Почему?

— Другим тоже помогать надо, лишние руки всем нужны. Вы не обижайтесь, Павел Николаевич, но дело Войтовича у нас, наверное, на двадцать пятом месте. Я понимаю, история трагическая, и речь идет о вашем коллеге, которого вы знали много лет, но... В Москве ежедневно совершается десяток убийств, преступники находятся на свободе, и мы в первую очередь занимаемся этими преступлениями. А Войтович ушел из жизни добровольно, виновных нет, так что восстановлением документов мы занимаемся постольку-поскольку, когда выпадает свободная минутка. Вы меня понимаете?

— Да-да, конечно. Вынужден с вами согласиться, как это ни прискорбно. У вас и без нашего Войтовича проблем хватает. Кстати, Юрий Викторович, я все забываю вас спросить: зачем ваша помощница проверяла у нас в Институте условия хранения цианида? Разве это как-то связано с Войтовичем?

— Никоим образом. Дело в том, что в Москве в минувшем году было несколько случаев умышленного отравления цианидом, и Следственный комитет направил нам на Петровку разгромную справку о том, что кругом бардак и не соблюдаются правила работы с ядовитыми и отравляющими веществами. Ну а как реагирует начальство на такие бумаги, сами можете догадаться. Давай теперь поголовно всех проверять, выявлять нарушения и сносить головы. У нас ведь такая же бюрократия, как и всюду.

Коротков посмотрел на часы.

— Батюшки, уже рабочий день давно кончился, а я вас задерживаю. Извините, Павел Николаевич.

— Ничего, ничего, — добродушно рассмеялся Бороздин. — Мне спешить некуда, у меня семеро по лавкам не плачут. Пойдемте, я провожу вас до лифта, мне нужно еще в лабораторный корпус заглянуть.

Расставшись с Коротковым, Павел Николаевич по стеклянной галерее прошел в лабораторный корпус. Длинные коридоры были ярко освещены, но выходящие в него двери были почти все закрыты и опечатаны. Бороздин миновал длинную доску объявлений, на которой еженедельно вывешивались графики работы лабораторий на разных установках, свернул за угол и толкнул незапертую дверь. В большом помещении, уставленном разнообразным оборудованием, работал только один человек, Геннадий Иванович Лысаков. Услышав шаги, он повернул к Бороздину измученное лицо с воспаленными глазами.

— Добрый вечер, Павел Николаевич.

— Добрый, добрый. Вы чего тут засиделись? Вы посмотрите на себя: краше в гроб кладут. Прекращайте это безобразие и идите отдыхать.

— Не могу. Нужно еще кое-что доделать. Посижу хотя бы часов до девяти, поработаю, — угрюмо ответил Лысаков.

— Не валяйте дурака, Геннадий Иванович, — рассердился Бороздин. — Хотите, я поговорю с вашим начальством, чтобы вас немного разгрузили? На вас действительно страшно смотреть. Пойдемте, пойдемте, закрывайте свою лавочку, я вас на машине подброшу до дома. Собирайтесь.

— Я правда не могу, Павел Николаевич. У меня кролики под установкой, мне еще... — он взглянул на большие электронные часы, — еще час пятнадцать ждать, потом смотреть результат, дневник заполнять. Как минимум два часа. Поезжайте, не ждите меня.

— Ну как хотите, — махнул рукой Бороздин. — Вы хоть на себя работаете или опять на чужого дядю?

— На себя. Для диссертации.

— Тогда ладно. Кроликов и мышек не обижайте, отраву им не давайте. Счастливо.

— Кстати, об отраве, — оживился вдруг Лысаков. — Вы не знаете, зачем милиционеры проверяли цианид во всех лабораториях? Войтович же повесился, а не отравился.

— Оказывается, они проводят тотальную проверку на всех предприятиях города. Мне этот оперативник с Петровки сам сегодня рассказывал, что в Москве было подряд несколько убийств с помощью синильной кислоты, и они решили навести порядок в этом деле. Вы же знаете, как у нас все делается: порядок наводим не тогда, когда еще можно что-то предотвратить, а тогда, когда уже все случилось и нужно кого-то наказывать. Ну, последний раз спрашиваю: едете со мной?

— Нет, Павел Николаевич, спасибо вам за приглашение, но я останусь поработать.

— Как хотите. Вы один здесь или еще кто-нибудь полуночничает?

— По-моему, Инна ваша еще работает. У нее тоже что-то срочное.

— Да что у нее может быть срочного, смех один, — откликнулся Бороздин, открывая дверь. — Старая дева, домой идти не хочет, вот и сидит. Пойду хоть ее выгоню, если вас не удалось.

Он вышел, аккуратно прикрыв за собой дверь. Ведущий научный сотрудник Геннадий Иванович Лысаков долго вслушивался в его удаляющиеся шаги, потом перевел взгляд на руку с зажатым в ней фломастером. Рука дрожала так сильно, что, казалось, он не сможет начертить прямую линию. Черт возьми, неужели он и в самом деле так измучился, что находится на грани нервного срыва?

9

Настя устало брела от автобусной остановки к дому. Было уже совсем поздно, народу мало, и она, как обычно, чувствовала себя на темной улице ужасно неуютно. Она никогда не была отважной и лихой, а темные пустые переулки наводили на нее страх, поэтому она всегда старалась выбирать места посветлее и поближе к оживленным магистралям, даже если это удлиняло путь.

Свернув за угол, она медленно шла вдоль забора, огораживающего кооперативную автомобильную стоянку. Место было глухое и противное. Однажды она ради любопытства постучалась в будку к сторожу, спросила у него какую-то ерунду, просто так, для поддержания разговора, и поняла, что в случае неприятностей надеяться на него не придется. Охраняли стоянку по очереди двое зловредных стариков, которые предпочитали пить, спать и «запрещать, чего не положено», а на все остальное им было глубоко плевать.

Сердце заныло раньше, чем Настя успела осознать,

что видит прямо перед собой силуэты нескольких мужчин. «Ну вот, я так и знала, что рано или поздно это случится», — обреченно подумала она, покрепче вцепившись пальцами в ручку большой спортивной сумки. В сумке лежало служебное удостоверение и ключи от квартиры и от кабинета на Петровке. Денег в кошельке было немного, и их было не жаль, потому что рядом с перспективой утраты удостоверения и последующих за этим неприятностей меркли любые суммы.

Она мгновенно прикинула, что, кроме сумки, брать у нее нечего. Серег и колец нет, куртка самая обыкновенная, так что если у этих мужиков есть намерение ее ограбить, то сумку точно отберут. Мелькнула слабая надежда, что, может быть, обойдется... Но по тому, как силуэты внезапно перегруппировались и двинулись ей навстречу, она поняла, что не обойдется. Настя не видела в темноте их лиц, но явственно почувствовала исходящую от них волну злобы и агрессии. «Черт с ней, с сумкой, не убили бы», — только и успела она подумать, зажмуриваясь от ужаса. Один из мужчин подошел совсем близко, она даже почувствовала на лице его дыхание, отдававшее запахом клубничной жевательной резинки.

И в этот момент где-то рядом грохнул выстрел.

Спустя мгновение истошно заверещала автомобильная сигнализация.

Обступившие Настю тени замерли. Больше всего ее поразило, что мужчины не произнесли ни звука, не обменялись ни одним словом. В следующую секунду они бросились врассыпную. Ей даже показалось на миг, что ничего этого не было, что ей все привиделось. Сигнализация продолжала прерывисто гудеть, потом перешла на мерзкое повизгивание. Настя огляделась и заметила, что по направлению к ней движется милицейская патрульная машина. Машина шла на средней скорости, проехала мимо и скрылась за поворотом. Наверное, направилась туда, где только что стреляли.

Настя стояла как вкопанная. После пережитого страха ноги плохо слушались ее, судорожно вцепившаяся в сумку рука занемела, вдоль позвоночника стекали капли пота. За спиной она услышала чьи-то шаги и снова сжалась от испуга. Но прошедший мимо мужчина даже не повернул голову в ее сторону, просто прошел вперед. Она взяла себя в руки и пошла следом за ним. В темноте она не смогла понять, стар он или молод, но, если судить по походке и осанке, на него можно рассчитывать, если опять случится что-нибудь непредвиденное.

Придя домой, она почувствовала себя совсем разбитой. Вяло поковыряла ложкой в банке с консервированной кукурузой, съела бутерброд и выпила чашку кофе. Понемногу напряжение отступило, и она даже немного взбодрилась, вспомнив, что, согласно военной статистике, снаряды дважды в одно и то же место не попадают. А если согласно небесной статистике ей суждено было стать жертвой ограбления, то можно считать, что факт имел место, и теперь она по крайней мере год-два может ходить по темным переулкам спокойно. Утешившись своими математическими выкладками, она постояла под горячим душем и улеглась в постель.

10

Вадим Бойцов прошел мимо Каменской, и ему понадобилось некоторое усилие воли, чтобы не повернуть голову и не посмотреть ей в лицо. У него было отличное зрение, и слившихся с темнотой мужчин он увидел издалека. Опыт и чутье подсказали ему, что сейчас его подопечную будут убивать. В первое мгновение он успел подумать, что это, пожалуй, лучший выход из положения. Пусть с ней что-нибудь случится, и она на время (если не навсегда) выйдет из игры и перестанет мешать разработчикам прибора. Но профессионал тут же взял в нем верх. На соседней улице он видел милицейскую машину, и, если Каменская начнет кричать или воспользуется милицейским свистком, все может пройти не так гладко, как хотелось бы. А уж если задержат хотя бы одного из преступников, то до правды докопаются быстро. Нападение нужно было предотвратить любой ценой. Вадим не мог не признать, что оно было спланировано очень и очень удачно: темно, никаких свидетелей, типичное убийство с целью ограбления. Даже жаль срывать такое мероприятие, но... Но нападающие наверняка не видели эту проклятую милицейскую машину с включенным двигателем и тремя патрульными. А она приедет — глазом моргнуть не успеешь.

Бойцов увидел совсем рядом две закрытые машины. В углу лобового стекла у одной из них горел маленький красный огонек, означавший, что машина поставлена на сигнализацию. Он выхватил газовый пистолет, пальнул в воздух и тут же всем корпусом сильно ударил по капоту. Сигнализация заработала, оглашая темные окрестности раздражающими прерывистыми звуками.

Прием сработал. Нападающие словно растворились в темноте, и Бойцов перевел дух. Теперь нужно постараться разминуться с милицией.

Ему очень хотелось подойти к Каменской и заговорить с ней. Интересно, испугалась ли она? Есть ли у нее при себе оружие и собиралась ли она им воспользоваться? Поняла ли, что произошло? Если бы можно было сейчас поговорить с ней, многое прояснилось бы. Если бы можно было...

Но было нельзя.

11

На следующее утро Вадим Бойцов доложил о происшествии своему начальнику. Супрун выглядел очень довольным.

— Отлично, — говорил он, сплетая и расплетая

длинные пальцы крупных холеных рук. — Значит, разработчик прибора уже сбегал к Мерханову и нажаловался на нашу птичку. А Мерханов, человек горячий и решительный, ждать, естественно, не хочет и собирается разобраться с ней кардинальным образом. Вот и пусть себе разбирается. Твоя задача, Вадим, не допустить, чтобы его люди сделали какую-нибудь глупость. Я ничего не имею против того, чтобы Каменскую убрали с глаз долой, но сделано это должно быть так, чтобы никто не сумел докопаться до подлинных причин. Ты меня понял? Ты вчера поступил абсолютно правильно, так и действуй в дальнейшем. Ходи за ней по пятам и следи, чтобы покушение было идеально подготовлено. Осечек быть не должно, иначе мы никогда не получим прибор. Уберем Каменскую руками Мерханова, а сами мараться не станем. Согласен?

Бойцов молча кивнул, глядя в лицо Супруну серыми холодными глазами. Лицо его, по обыкновению, ничего не выражало, и Супрун не понял, поддерживает ли подчиненный его план. Но это не особенно беспокоило Игоря Константиновича. Он знал, что Вадим никогда не самовольничает и не нарушает указаний начальства. Он человек исключительно дисциплинированный. А что он при этом думает, никого не волнует. Да и что он может думать такого особенного?

— Кстати, дружок, ты сделал то, о чем я тебя просил? Разобрался, почему Каменская и Чистяков решили пожениться?

— Пока нет, Игорь Константинович. Я думаю, что на этот вопрос может ответить только сама Каменская. По всем нашим данным, она особа скрытная и ни с кем не делится, тем более такой... интимной информацией.

— Ну так познакомься с ней и выясни. Что ты как маленький, ей-богу! — внезапно разозлился Супрун. — Неужели тебе нужно подсказывать такие простые вещи?

— Мне бы не хотелось с ней знакомиться. Это помешает мне следить за ней, ведь она будет знать меня в лицо.

Лицо Супруна окаменело. Что он себе позволяет, этот пацан? Он что же, полагает, что Супрун сам этого не сообразил? Ничтожество.

— Ты — старший группы. Это я тебе напоминаю, если ты забыл. И когда я говорю тебе «сделай», это не означает, что ты должен кидаться выполнять все сам. Поручи кому-нибудь. Ты отвечаешь за исполнение, за конечный результат. А уж как ты будешь исполнять мои задания, это твое личное дело. И если ты этого не понимаешь, то, выходит, рано я тебя двинул на повышение, руководитель из тебя никакой.

Бойцов молчал, не отводя прямого взгляда от глаз начальника. От этого взгляда Супруну стало не по себе. Да, он безусловно доверял Вадиму. Он ценил его профессионализм. Он верил в его чисто человеческую порядочность. Но он никогда не мог его понять.

Глава 10

1

Как почти у каждого человека, у Вадима Бойцова был свой скелет в шкафу. Но в отличие от большинства людей его скелет постоянно напоминал о себе, и более того, стремился выпасть из шкафа в самое неподходящее время, выставив на всеобщее обозрение тщательно скрываемый секрет. Секрет этот состоял в том, что Бойцов боялся женщин. Боялся до внутренней дрожи, до с трудом сдерживаемой истерики. И добоялся в результате до того, что врачи называют психогенной импотенцией. Самое странное заключалось в том, что Вадим был абсолютно здоров физически и чрезвычайно вынослив как сексуальный партнер.

Женщины с самого детства были для него окутаны завесой тайны, и приподнять эту завесу нельзя было даже и мечтать. Его мать была театральным критиком, и это почему-то наложило сильный отпечаток на весь уклад жизни их семьи. Вадик был начисто лишен всех тех мелочей, из которых для него складывалось понятие «дом» и «семья». Мама ходила в театр каждый вечер, поэтому спать его укладывал отец, и вечерняя сказка, и вечерний поцелуй тоже были отцовскими. Мама приходила далеко за полночь, а по утрам спала до десяти-одиннадцати часов, поэтому будил его утром и кормил завтраком тоже отец, он же первое время провожал мальчугана до школы.

Зато когда Вадик возвращался после уроков, мама обычно бывала дома. Но это вовсе не означало, что она, как тысячи других матерей, имеющих детей-школьников, кидалась к сыну с вопросами об успехах и отметках и кормила его обедом. Вовсе нет. Она сидела на кухне и что-то быстро печатала на машинке, не выпуская изо рта сигарету, а вернувшегося из школы сына рассматривала как досадную помеху своему творческому процессу. Ей и в голову не приходило прекратить работу, чтобы освободить стол на кухне и покормить ребенка. Нет, зачем же? Мальчик вырос вполне самостоятельным, он может тихонько, не мешая матери, разогреть обед и унести еду в свою комнату, потом вернуться, ступая на цыпочках, сполоснуть тарелку под краном и поставить ее на место.

Отметки сына ее тоже не интересовали. Какая разница, что стоит у него в дневнике? Лишь бы был здоров и не шлялся по подворотням с плохой компанией. Класса примерно до третьего Вадик наивно пытался обсуждать с матерью свои школьные дела, показывал ей дневник с пятерками, хвастался хорошими успехами на уроках рисования и труда. У него и в самом деле были золотые руки, и изготовленные Вадиком Бойцовым забавные игрушки и поделки из года в год занимали главное место на школьных выставках и завоевывали призы. Но мама и на это внимания почему-то не обращала.

Она вообще была непонятной Вадику и оттого загадочной, как заколдованная принцесса, превращенная злой колдуньей в нервную сумасбродную истеричку. Однажды Вадик проснулся среди ночи и услышал доносящиеся из ванной отчаянные рыдания. Он испуганно побежал в комнату к родителям. Отец лежал в постели и курил, не зажигая света.

— Папа, что случилось? — спросил мальчик.

— Ничего, сынок, все в порядке, — спокойно ответил отец, будто ничего особенного не произошло.

— Почему мама плачет? Вы что, поссорились?

— Нет, сынок, что ты. Ты же знаешь, мы с мамой никогда не ссоримся. Просто ей стало грустно, и она ушла в ванную поплакать. Ничего страшного, с женщинами это часто бывает.

Отец сказал правду, они с матерью действительно никогда не ссорились. В реальной жизни все происходило так: мать закатывала истеричные сцены, явно провоцируя отца на ответные выпады, из которых можно было бы раздуть скандал и уж тут-то дать себе волю, покричать, поплакать, даже, если повезет, разбить пару-тройку тарелок, выпустить пар, сбросить напряжение. Но отец ни разу, сколько Вадим себя помнил, не поддался на провокацию. Это выводило мать из себя, но, как ни странно, сама она этого не понимала. Ситуация разыгрывалась каждый раз по одному и тому же классическому сценарию.

— Я сойду с ума, — заявляла мама, врываясь домой, швыряя на пол сумку и плюхаясь на диван прямо в пальто. — Я больше не в состоянии это терпеть. Они хотят сжить меня со свету за эту рецензию. Все считают Лебедева светилом и королем сцены, в рот ему смотрят, задницу лизать готовы, а я, видите ли, посмела написать, что мизансцена во втором акте «Мещан» выстроена неудачно. Нет, я ничего не говорю, Лебедев — великий режиссер, но это не означает, что у него не может быть промахов и ошибок. А я на то и критик, чтобы их замечать. Но слышал бы ты, как на меня сегодня орал заведующий редакцией! Просто смешал меня с грязью. Жить не хочется.

На этом месте мама обычно переводила дух и оглядывалась по сторонам. И как в любом нормальном доме, если только в нем не живет сумасшедшая чистюля, на глаза ей попадался какой-нибудь «непорядок». Иногда это бывало что-то «серьезное», вроде пыли на полированной поверхности мебели, а иногда мелочь какая-нибудь, наподобие взятой с полки и брошенной на диване книги. Масштаб «непорядка» роли не играл, ибо важен был повод, изначальный толчок для перевода злости с отсутствующего в данном месте завредакцией на имеющийся в наличии контингент.

— Господи! — принималась она стонать. — Я столько нервов трачу на этой проклятой работе и в результате даже дома не могу расслабиться. Я вынуждена хватать тряпку и начинать убирать за вами. Двое взрослых мужиков — и не можете поддерживать элементарный порядок. Ну почему все должна делать я, почему вы всю домашнюю работу спихнули на меня, я и обед, я и стирка, я и уборка, и, между прочим, я еще и деньги вам зарабатывай.

— Успокойся, милая, — обычно отвечал отец, — ложись отдыхай, ты устала, сейчас мы с Вадиком все уберем, все приведем в порядок, не сердись.

Вадик всегда удивлялся, почему отец не закричит на маму, не скажет ей, что, между прочим, тоже работает, и не меньше ее, и денег зарабатывает гораздо больше, а в квартире достаточно чисто, потому что они не далее как вчера все пропылесосили.

Мать заводилась все больше, предъявляя мужу и сыну все новые претензии. Убедившись в бесплодности своих попыток вызвать ответную реакцию, начинала рыдать, потом уходила на кухню, закрывала за собой дверь и ни в какие разговоры не вступала. Через какое-то время она снова становилась веселой и ласковой, словно ничего и не произошло.

— Папа, почему ты не скажешь маме, что ты тоже работаешь и тоже приносишь зарплату? — спрашивал мальчик.

— Потому, сынок, что это бессмысленно и никому не нужно, — туманно объяснял отец. — Ты же не думаешь, что мама не знает об этом, правда? Конечно же, она прекрасно знает, что я работаю, что работа у меня тяжелая и опасная, поэтому и зарплата у меня большая.

— Тогда почему она тебя упрекает? Она же все знает, — недоумевал Вадик.

— Это сложно объяснить, но я постараюсь, ведь ты уже достаточно взрослый, чтобы понять. Она не меня упрекает, сынок, она злится на своего начальника и на своих врагов, но, поскольку она их боится и не может на них кричать, она кричит на нас с тобой. Это потому, что она нас с тобой любит, нам она доверяет и нас не боится. А своим врагам она не доверяет, она их побаивается, поэтому не может открыто показывать им свою злость. Понимаешь?

— Выходит, она устраивает сцены потому, что любит нас?

— Конечно.

— А почему тогда ты никогда на меня не кричишь? Ты меня не любишь?

— Ох, сынок, да что ты такое говоришь! — улыбался отец. — Ты — мой самый любимый человек на свете. Но я — мужчина, а мама — женщина. Женщины не такие, как мужчины, они устроены совсем по-другому, они и мыслят по-другому, и чувствуют. Никогда не пытайся понять женщин, сынок, это занятие бесполезное. Нам, мужчинам, понять их не дано. К ним надо просто приспособиться, вот как я к маме.

Годам к пятнадцати у Вадика Бойцова сложилось твердое убеждение, что отец был прав. Женщины устроены не так, как мужчины, и относится это не только к области физиологии. С ними невозможно иметь дело, потому что они непредсказуемы, непрогнозируемы, алогичны, они постоянно нарушают правила игры, причем как раз те правила, которые сами же и устанавливают. Говорят: «Не забудь, ровно в восемь», — и не приходят вообще или опаздывают часа на два. Говорят, что хотят пойти в кино на фильм с Аленом Делоном, а когда им приносишь билеты, швыряют их тебе в лицо и фыркают: «Да сто лет мне нужен этот старый педераст!» Никогда не дают списывать у себя, но постоянно ноют, что не могут решить задачку, и просят помочь (подразумевается, дать списать).

Вадик пришел к выводу, что нужно стараться не иметь дела с женщинами. За исключением одного, но необходимого момента. Он долго не мог для себя решить, как сочетать нежелание связываться с дамами и желание близости с ними. Пока он мучительно продумывал собственную схему жизнеустройства, все решилось само собой.

Вадик был красивым парнем. Даже очень красивым. Природа, словно в насмешку, наградила его умением смотреть так ласково и проникновенно, что девицы теряли голову от одного его взгляда. Точно так же ласково и проникновенно умел он и прикасаться к женским рукам, волосам, плечам. Сам того не желая, он сводил их с ума. А уж если добавить к этому ясные глаза, красиво очерченные скулы, прямые брови и подбородок с ямочкой, то картина получалась весьма впечатляющей. На семнадцатилетнего десятиклассника Бойцова положила глаз старшая сестра его соученика, которой было в ту пору аж двадцать три года. Недостатка в партнерах у нее, судя по всему, никогда не было, но она захотела Вадика. И она его получила.

Процесс соблазнения малолетки прошел быстро и без особых сбоев. Сначала парень просто не понял, чего Анна добивается, и расценивал ее неприкрытый интерес к себе как обыкновенную вежливость и доброжелательность. Наконец Анна сообразила, что Вадик сам никогда за девушками не ухаживал, практических навыков в тонком деле флирта не имеет, поэтому не в состоянии отличить искреннее дружелюбие от сексуального интереса. Она пошла напролом, умышленно создав ситуацию, в которой любой нормальный мужик должен был возбудиться. Ну, Вадик Бойцов, конечно же, и возбудился.

Это был его первый опыт, и о том, что и как нужно делать, он знал только из рассказов приятелей и сальных анекдотов. Беда вся была в том, что рассказы приятелей тоже не имели под собой реальной практической почвы, являясь пересказом услышанных краем уха баек, сдобренных плодами юношеских эротических фантазий. Подростковый сексуальный фольклор культивировал силу и выносливость. Поэтому когда Вадику удалось «отработать» на своей партнерше целых пятнадцать минут, он был страшно горд и доволен собой. Особенно учитывая предостережения приятелей о том, что в первый раз все кончается до неловкости быстро, и женщины обычно бывают неудовлетворены. С ним такого не случилось, он не опозорился.

— Ну как? — самодовольно спросил он Анну на шестнадцатой минуте. — Хорошо?

То, что произошло дальше, оказалось для него полной неожиданностью. Анна спихнула его с себя, натянула одеяло, прикрыв наготу, и заорала:

— Убирайся отсюда, идиот! Чтобы я тебя больше не видела! Господи, дура, какая же я дура, я думала, ты человек, а ты... Урод! Кретин! Вон отсюда!

Примерно через неделю, после бессонных ночей и напряженных раздумий, Бойцов понял, что повел себя как-то не так. Он чего-то не сделал, чего-то важного, чего Анна от него ждала. Но что это было, он так и не догадался. Более того, он был совершенно убежден, что, поскольку женщины постоянно нарушают те правила игры, которые сами же и устанавливают, никогда нельзя быть до конца уверенным, что ведешь себя с ними правильно. Можно делать все, как они хотят, и в итоге получить плевок в душу и пинок под задницу.

В течение последующих трех лет Вадик несколько

раз пытался сблизиться с девушками, которые ему нравились, но результат каждый раз получался плачевным. Такой ласковый и привлекательный в общении (хотя один бог свидетель, какого труда ему это стоило!), он оказывался совершенно несостоятельным, когда дело доходило до интима. Спасибо Анне, которая в несколько секунд двумя десятками слов создала непреодолимую пропасть между понятиями «секс» и «человеческие отношения». Ему так трудно было общаться с женщинами, что необходимость вступать с ними в какие-то эмоциональные отношения нагоняла на него ужас. В то же время случай с Анной показал, что без таких отношений или хотя бы их видимости никакого секса ему не будет, как не будет ребенку похода в зоопарк без трех пятерок по географии. Молодой организм требовал своего, и Вадик пришел к выводу, что ему нужно искать женщину, предоставляющую ему свое тело и не требующую в ответ его душу. Ответ был прост, как, впрочем, простым бывает решение почти всех сложных задач: ему нужна проститутка.

К тридцати годам жизнь Бойцова устоялась. Как хороший профессионал, он мог подолгу общаться и с женщинами, и со стариками, и с детьми, мог втереться в доверие и к директору коммерческого банка, и к бомжу. Но спал он по-прежнему только с проститутками, ибо совершенно точно знал, что с ними не нужно мучительно выдавливать из себя слова и подлаживаться под придуманные ими правила игры. Платишь и получаешь свое. И больше ничего не должен. В последние два года у него была постоянная партнерша, молчаливая спокойная девушка, которая брала недорого, а обслуживала хорошо. С ней не нужно было напрягаться, и это вполне устраивало Вадима. Жил он вдвоем с любимым псом, симпатичным молодым ризеншнауцером, о женитьбе и не помышлял, женщин по-прежнему не понимал и боялся, хотя на его про-

216

фессиональной деятельности это никак не сказывалось.

Выполнять задание, связанное с Анастасией Каменской, ему было интересно. И немножко страшно. Читая информацию о ней, собранную за много лет наблюдения за ее женихом Чистяковым, Бойцов видел, что здесь что-то не так. Столько лет они вместе, столько лет являются любовниками — и женятся только сейчас. Очень странно. Судя по имеющимся данным, Чистяков неоднократно делал ей предложение, но она всегда отказывалась. Почему? Что это за женщина, которая отказывается выйти замуж за мужчину, с которым все равно живет? Логика Вадима была простой: если не хочешь замуж, потому что он тебе не нравится, тогда не живи с ним. Если ты живешь с ним, потому что он тебя устраивает, то почему не хочешь замуж?

В первый раз увидев Каменскую «живьем», он удивился ее некрасивости и невзрачности. И подумал в первый момент, что, пожалуй, понимает, почему она продолжает жить с Чистяковым, даже если он ей не нравится. Потому что другого мужчины может в ее жизни вообще больше не оказаться. А так хоть какой-то, да есть. Но в следующий момент он подумал о том, что Чистяков почему-то очень хочет на ней жениться. Интересно, что же в ней есть такого?

2

Людей, нанятых Мерхановым для «разборки» с Каменской, Супрун вычислил быстро. Среди них только один был «лицом неславянской национальности», представляющим интересы Мерханова, остальные были москвичами. За ними постоянно следили люди Супруна, при малейших признаках опасности связываясь с Бойцовым, лично отвечавшим за безопасность Анастасии Каменской. Конечно, безопасность эта была относительной, и отвечал за нее Бойцов только до тех пор, пока ему не покажется, что покушение организовано достаточно хорошо и шансы на раскрытие убийства минимальные.

1 марта в 15.10 Вадим получил сигнал о том, что машина с наемниками движется в сторону Щелковского шоссе, где живет Каменская. Он хорошо знал городские магистрали, да и машина у него была достаточно мощная, поэтому к дому Каменской он подъехал всего на несколько минут позже, чем убийцы. Он знал, что ее дома нет. Получив сигнал, он первым делом набрал номер ее рабочего телефона и, услышав в трубке женский голос, отключился. Он запомнил ее голос, потому что специально несколько раз звонил ей домой, молчал и слушал ее нетерпеливое «алло, перезвоните, вас не слышно».

Сейчас он сидел в своей машине и ждал, когда убийцы выйдут из дома и уедут. После этого он поднимется в квартиру Каменской, ключи от которой у него уже были, и посмотрит, чего они там наворочали. Поправит, если что не так.

— Опять машину здесь поставили! — раздался истеричный старушечий голос. — Единственное место, где еще можно пройти, чтобы не утонуть, а они опять поставили машину. Безобразие, ну сколько можно говорить...

Вадим посмотрел в сторону, откуда раздавался голос, и увидел тучную, опирающуюся на палку старуху, которая пыталась подойти к дому со стороны специальной выгородки для парковки автомобилей, в быту называемой просто «карманом». Выгородка была спланирована не очень удачно, потому что находилась прямо напротив трамвайной остановки, и выходящие из вагона люди, желающие попасть в подъезд дома, должны были либо обходить грязный газон, делая довольно внушительную петлю, либо протискиваться мимо плотно стоящих автомобилей, рискуя испачкать пальто и плащи. Окружавший выгородку газон был похож на черное мутное болото, и идти прямиком через него мог позволить себе только камикадзе с безупречным зрением и непромокаемой обувью. И только в одном месте какая-то добрая душа бросила длинные доски, по которым можно было в относительной безопасности пересечь грязное место, чтобы не делать огромный крюк вокруг газона. Наемники ухитрились поставить свой «Сааб» как раз на эти доски...

— Прямо хоть милицию вызывай! — продолжала возмущаться старуха. Ей действительно было трудно ходить, и обход вокруг газона превращался для нее в проблему.

— Правильно, — поддержали ее две другие старушенции, сидящие на лавочке возле дома. — Ездят и ездят, бросают свои машины, где им удобно, а о людях и не думают. Им что, они молодые, здоровые, а на нас, на стариков-то, им наплевать. Понаехали тут с периферии, всю Москву заполонили, пройти негде, чтобы ихнюю рожу не увидеть...

Взаимный обмен мнениями быстро перешел на правительство Москвы, потом на Государственную Думу и лично президента. Старушки оказались единомышленницами и еще какое-то время оживленно беседовали, выкрикивая нелицеприятные оценки деятельности органов власти и управления достаточно громко, чтобы их могла слышать тучная приятельница, отправившаяся в трудное путешествие вокруг газона. Позабавившая Вадима ситуация закончилась совершенно неожиданно.

— Нет, Вера Исааковна, я все-таки позвоню в милицию, пусть они водителя оштрафуют. Смотрите, и номера не московские, я же говорю, все неприятности у нас от приезжих. Сейчас я номер запишу...

Старуха вытащила из сумки клочок бумаги и карандаш и записала номер машины. И тем самым спасла жизнь своей соседке Насте Каменской.

Через некоторое время наемники вышли из подъезда, сели в «Сааб» и уехали. Было 16.30.

Еще через несколько минут Вадим поднялся на девятый этаж, где жила Анастасия, цепким взглядом обшарил дверь ее квартиры и заметил в самом низу аккуратный надрез черной дерматиновой обивки. Он присел на корточки и осмотрел подозрительное место. Потом слегка прикоснулся пальцами — так и есть, надрез сверху покрыт прозрачной клейкой лентой, чтобы вылезающая из-под дерматина набивка не бросалась в глаза и не привлекала внимания. Вытащив из кармана небольшой кожаный футляр с инструментами, Вадим принялся за работу, и через минуту у него на ладони лежало ставшее совершенно безобидным маленькое взрывное устройство, которое должно было сработать, когда Каменская будет открывать дверь своей квартиры. Тонкая проволока соединяла дверь с деревянным порогом. При открывании двери проволочка разрывается и происходит процесс, аналогичный вырыванию чеки из гранаты-«лимонки». Дверь вместе с хозяйкой разнесет в клочья.

Бойцов перевел дыхание и спрятал опасную игрушку в карман. Все бы ничего, если бы не настырная старуха, записавшая номер машины, на которой приезжали убийцы. Околоподъездные старушки — первые, кого всегда опрашивают работники милиции, когда в доме что-то происходит, будь то квартирная кража или убийство. Если бы не это, уже сегодня можно было бы покончить с Каменской, и завтра возобновилась бы работа над прибором, который так нужен Супруну.

Он вернулся к себе и снова позвонил Каменской на работу. Она снова была на месте. Часы показывали 17.42.

3

Огромный зал Совета в Институте был заполнен людьми едва наполовину. Защита диссертации давно уже перестала вызывать интерес научной общественности. Кроме членов Совета, на заседания приходили только те, чьи вопросы решались на этих заседаниях, а также «болельщики» соискателей ученых степеней: их коллеги, друзья и родственники (если, конечно, тематика была открытой, а не засекреченной).

Сами члены Ученого совета вели себя как на приеме, мирно беседовали, объединившись в группки по два-три человека, обменивались впечатлениями с теми, с кем давно не виделись, вставали и пересаживались с места на место, выходили из зала и снова возвращались. Беднягу диссертанта не слушал никто, он что-то бубнил себе под нос, даже не пытаясь перекрыть голосом царящий в зале ровный гул. Когда дело дошло до официальных оппонентов, гул несколько поутих: оппоненты были людьми уважаемыми, и хотя слушать их никто не собирался, но вежливость проявить следовало.

— Слово предоставляется официальному оппоненту, доктору технических наук, профессору Лозовскому, — торжественно провозгласил председатель Совета Альхименко, делая строгое лицо и бросая на членов Совета уничтожающий взгляд. — Пожалуйста, прошу вас, Михаил Соломонович.

— Уважаемые коллеги! — начал Лозовский, взгромоздившись на трибуну и обняв ее, словно кто-то пытался ее отобрать. — Перед нами плод многолетнего упорного труда, который сам по себе заслуживает всяческого уважения. Я имею в виду, разумеется, труд, а не плод. Наш диссертант Валерий Иосифович Харламов представил нам несомненно интересную работу, которая вполне ясно дает нам ответ на главный вопрос: может ли соискатель ученой степени проводить самостоятельную научную работу, есть ли у него для этого достаточный потенциал. Ведь смысл написания кандидатской диссертации состоит именно в этом, если память мне не изменяет и я правильно понимаю требования Высшей аттестационной комиссии.

Произнеся эту тираду, Лозовский умолк и повернул голову в сторону Вячеслава Егоровича Гусева, который как Ученый секретарь должен знать все правила и требования ВАК. Вячеслав Егорович выразительно кивнул, стараясь не рассмеяться. Сцена эта разыгрывалась каждый раз, когда Лозовский оппонировал на защите. Он был единственным ученым, который утверждал, что при защите диссертации обсуждается не суть написанного, а уровень и качество. «Если бы мы обсуждали суть, Эйнштейн никогда бы не защитился в нашем Совете, потому что мы все в один голос сказали бы, что он не прав. Диссертанту и не нужно, чтобы мы все дружно считали его правым, потому что, если мы будем присваивать ученые степени только тем, с чьей позицией мы согласны, наука не сможет развиваться. Не появится ни одной новой научной школы. Никто не сможет сказать новое слово в науке, ибо новое — это опровержение старого. Мы во время защиты диссертации должны ответить только на один вопрос: достаточна ли научная культура соискателя, добросовестен ли он при анализе результатов своих экспериментов, логичен ли в своих рассуждениях, может ли придумать что-то оригинальное. А если совсем просто, то мы на защите должны решить, есть у него мозги в голове или нет. Вот и все. И я в своем выступлении в качестве официального оппонента буду говорить только об этом. Если вам это не нравится, не приглашайте меня оппонировать», — категорично заявлял профессор Лозовский.

Такая позиция импонировала диссертантам, и они всегда просили назначить Лозовского первым оппонентом. Но было несколько случаев, и о них тоже очень хорошо помнили, когда упрямый профессор, прочтя вполне грамотную и добротную диссертацию, говорил на защите:

— Я не могу опровергнуть ни одного слова из этой диссертации. В ней все правильно. Все, от первой заглавной буквы и до последней точки. И мне от этого скучно. Эта диссертация — хорошая курсовая работа студента, но не более того. Работы мысли я здесь не вижу. Вкуса к эксперименту я здесь не чувствую. Мое мнение таково: соискатель не готов для самостоятельной научной деятельности, степень кандидата наук ему присваивать еще рано.

Некоторые приходили послушать Лозовского, как ходят в цирк. Узнавали, на какой защите, первой или второй по счету, он оппонирует, приходили в зал Совета и уходили, когда Михаил Соломонович спускался с трибуны.

— Я питаю глубокое уважение к научному руководителю нашего соискателя, профессору Бороздину, — продолжал вещать Лозовский. — И поскольку я хорошо знаю научный стиль Павла Николаевича, я особенно внимательно вчитывался в текст представленной диссертации, стараясь увидеть влияние научного руководителя и, вполне возможно, отсутствие научной самостоятельности Валерия Иосифовича Харламова. Но нет! — При этих словах Лозовский воздел вверх искривленный подагрой указательный палец. — Я не увидел в этой работе ни малейшего следа присутствия Павла Николаевича. Складывается впечатление, что профессор Бороздин просто ограбил наше государство, получая деньги за научное руководство человеком, который, являясь вполне зрелым ученым мужем, в таком руководстве вовсе не нуждался.

Зал оживился. Все понимали, что Михаил Соломонович шутит и что на самом деле его слова содержат в себе высшую похвалу диссертанту. Но однажды такое уже было... А кончилось тем, что ученый, считавшийся научным руководителем диссертанта, был лишен профессорского звания, ибо после точно такого же выступления Лозовского вскрылось, что он вообще не осуществлял научного руководства ни одним соискателем, потому что давным-давно отстал от науки и уже много лет перестал в ней что-либо понимать. Получаемые от аспирантов и соискателей главы и параграфы он передавал своему сыну, талантливому молодому физику, который делал постраничные замечания и объяснял папочке суть своих вопросов. Потом папочка с умным видом пересказывал все это своим подопечным. Ему очень хотелось сохранить имя в науке, ему очень нравилось быть профессором, и он тщательно оберегал свою тайну, которая состояла в том, что быть профессором он давно перестал. Скандал тогда был громкий, и с тех пор в зал Совета стали ходить «на Лозовского», как в былые времена люди ходили в цирк смотреть на акробатов, работающих без страховки, ходили каждый день, ходили в надежде, что вот сегодня-то наконец что-нибудь случится.

— Я надеюсь, что в своем выступлении научный руководитель диссертанта пояснит нам, кем же он руководил все эти годы и в чем это руководство состояло, — балагурил Лозовский.

— Непременно, Михаил Соломонович, — подал со своего места голос Бороздин.

Члены Совета начали хихикать. Они поняли, что старика Лозовского перед самым Советом кто-то угостил рюмочкой-другой коньяку.

Дверь в зал осторожно приоткрылась, вошел Лысаков и, стараясь не привлекать к себе внимания, сел на ближайшее свободное место рядом с Инной Литвиновой.

— Ну, что здесь происходит? — шепотом поинтересовался он.

— Лозовский выдуривается, как всегда, — так же шепотом ответила Инна Федоровна. — А ты чего пришел? Нашего Соломоныча послушать?

— Ну да. Жалко, опоздал, немного время не рассчитал. Как Харламов? Нервничает?

— Еще бы. Посмотри, вон он сидит, белый как мел.

— А чего он так распсиховался? Отзыв плохой получил?

— Вроде нет. Гусев как-то вскользь сказал, что отзывы на автореферат все положительные, а в ведущую организацию Валерий сам ездил, чтобы с почтой не связываться.

— Так чего же он так нервничает? Я понимаю, был бы зеленый аспирант, которому вся эта бодяга в новинку. А Харламов уж на стольких защитах в своей жизни побывал, что весь сценарий должен наизусть знать.

— Да ну тебя, Гена, — рассердилась Литвинова. — Тебе хорошо говорить со стороны-то. А ты себя вспомни, как ты кандидатскую защищал. Тоже небось весь потный был от страха.

— Ну, сравнила! — шепотом засмеялся Лысаков. — Мне тогда двадцать шесть было, я вообще всего боялся, а при виде Соломоныча в обморок падал, я же по его учебникам в институте учился, он для меня был как монумент в честь биофизики, а тут — вот он, пожалуйста, живой и теплый, собственной персоной. А Харламову, между прочим, на двадцать лет больше, чем мне тогда было. Так что с него и спрос другой.

Лозовский завершил выступление и медленно сошел с трибуны. Начал выступать второй официальный оппонент. Геннадий Иванович посмотрел на часы.

— У меня часы стоят, что ли? — нахмурясь, пробормотал он, вглядываясь в циферблат. — Который час?

— Без четверти четыре, — ответила Литвинова.

— А на моих десять минут четвертого. То-то я смотрю, на Лозовского опоздал, а вроде правильно все рассчитывал. Слушай, ты не знаешь, Соломоныч на второй защите будет оппонировать?

— Обязательно. Там очень спорная диссертация, сам научный руководитель на диссертанта бочку катит, мол, не слушается и делает все по-своему, поэтому он, руководитель, за научную сторону вопроса ответственности не несет. А Лозовский это обожает. Будет то еще представление. Как бы не передрались. На вторую защиту весь Институт соберется.

— Отлично! — потер руки Лысаков. — В таком случае у меня предложение. Пойдем сейчас ко мне, я тебе кое-что покажу из последних результатов, быстренько обсудим, заодно чайку выпьем, а на вторую защиту вернемся сюда. Идет?

— Ты что, Гена? Ты в своем уме? Я же пришла Валерию моральную поддержку оказать. Как же я уйду и брошу его? Нет, я не могу. Смотри, кроме меня, здесь никого из нашей лаборатории нет, ему ведь обидно.

— Как нет? А Бороздин?

— Он не в счет. Он научный руководитель и член Совета. Представляешь, Харламов посмотрит в зал, а там пусто, и не улыбнется никто для придания бодрости. А самый страшный момент, когда члены Совета голосовать пойдут. Я хорошо помню этот ужас. Стоишь в коридоре один-одинешенек и думаешь, что вон за той дверью твоя судьба решается, там в комнате собрались ученые мужи, которым до тебя нет ровно никакого дела, которые тебя в упор не видят и знать не хотят. Им гораздо интереснее покурить, попить чаю, потрепаться друг с другом, позвонить по телефону. Ведь бюллетень заполнить и в ящик бросить — полминуты. А они полчаса возятся, потому что им обратно в зал идти неохота, разбредаются по всему Институту, заходят к приятелям, решают какие-то свои проблемы. И все это время ты стоишь в коридоре между залом и комнатой для голосования и умираешь. И никому ты не нужен. И диссертация твоя, бессонными ночами вымученная, тоже никому не нужна. Нельзя, чтобы в такую минуту рядом с Валерием никого не было. По себе помню, как это тяжело.

— А ты одна была, что ли?

— Одна. Такое пережила за эти полчаса — врагу не пожелаешь. Мне ведь тридцать шесть было, когда я защищалась, а это совсем другое дело, чем когда тебе двадцать шесть.

— Да почему же, интересно?

— Да потому, что чем ты старше, тем большим тебе приходится жертвовать, чтобы написать эту проклятую диссертацию. Когда ты пишешь ее в аспирантуре, начинаешь, как ты, в двадцать три года и заканчиваешь в двадцать шесть, ты ничего не потерял, даже если защитился неудачно или не защитился вообще. У тебя как было все впереди, так впереди и осталось. А когда ты занимаешься диссертацией не в аспирантуре, а без отрыва от основной работы, и пишешь ее не три года, а десять лет, и эти десять лет приходятся на возраст от тридцати до сорока или даже позже, тебе приходится слишком часто выбирать, чему отдавать предпочтение. Науке или семье. Науке или ребенку. Науке или здоровью. Науке или престарелым родителям. Тебя кругом давит моральный долг по отношению к кому-то или по отношению к самому себе. И ты делаешь свой выбор, наживая при этом седые волосы и оставляя рубцы на совести. Так вот, Геночка, когда ты стоишь в коридоре и ждешь результатов голосования, ты думаешь только об одном. Ты вспоминаешь все жертвы, которые принес на алтарь своей, прости меня, гребаной диссертации, и думаешь о том, не напрасны ли они были и стоила ли диссертация всех этих жертв. И ты понимаешь, что если сейчас члены Совета соберутся в зале и председатель счетной комиссии объявит, что черных шаров тебе кинули больше, чем нужно, то окажется, что все эти жертвы были напрасными. Ты вспомнишь женщину, может быть, самую лучшую в твоей жизни, от любви которой ты отказался. Ты вспомнишь, как тяжело болели твои родители, а тебя не было рядом с ними. Ты много чего вспомнишь. И, узнав, что тебя провалили на защите, ты поймешь, что жил неправильно, что поставил не на ту лошадку и в итоге все проиграл, принеся слишком много жертв.

— Все, все, все, сдаюсь, — поднял руки Лысаков. — Ты убедила меня в том, что я чудовищный эгоист. В знак солидарности я буду сидеть с тобой до конца, а потом буду оказывать моральную поддержку Валерию Иосифовичу, когда он будет страдать в коридоре. Только ты мне скажи, когда мы с тобой наконец делом займемся, а? Работа стоит, и за нас ее никто не сделает.

— Гена, честное слово, завтра прямо с утра и займемся. Между прочим, ты докторскую думаешь завершать или совсем ее забросил?

— Инка, отвяжись. Мне уже Бороздин плешь проел с этой докторской, теперь еще ты начинаешь.

— Ладно, не буду. Давай послушаем, сейчас Бороздин будет Лозовскому отвечать.

Лысаков и Литвинова умолкли, глядя, как профессор Бороздин неторопливым шагом идет к трибуне.

4

Он смотрел на сияющего, довольного собой Лозовского и чувствовал, как в нем закипает ненависть. Старый паяц. Шут гороховый. Выживший из ума маразматик с отвратительным скрипучим голосом и реденькими седыми волосиками. О, как он ненавидел всех сидящих в этом зале, как они раздражали его своей глупостью, примитивностью, болтливостью. Скорее бы все разрешилось, они бы довели прибор и получили за него деньги. И никогда больше не видеть эти мерзкие рожи, не слышать эти голоса, важно произносящие всякую чушь.

В первый раз у Мерханова что-то не получилось. Интересно, получится ли сегодня? На сегодняшний день он дал ему время с трех до семи часов вечера. Можно было бы дать и побольше, если бы знать заранее, что Лозовский будет в таком боевом настроении. Обычно защита кандидатской диссертации длится час с четвертью, максимум — полтора часа, и это вместе с голосованием и объявлением результатов. А сегодня защита длится уже час двадцать, и еще голосовать не ходили.

Каменская вроде поутихла. После похода к Томилину в Институте ни разу не появилась, да и Коротков забегает лишь от случая к случаю. Конечно, тогда момент был острый: откуда-то взялась карта с четко очерченной зоной действия антенны. И будь девица позубастее, она бы вцепилась в эту карту и догрызла вопрос до победного конца, то есть до антенны и до прибора. А она отступилась. Так что вполне может оказаться, что никакие радикальные меры и не нужны, и можно спокойно продолжать работу над прибором. Конечно, без Каменской было бы спокойнее. Так или иначе, нужно выждать еще недельку. Если за эту неделю Мерханов ее уберет — туда ей и дорога. А если не успеет, все равно можно будет продолжать работу.

Инна что-то нервничает в последнее время. Когда он сказал ей, что работу придется приостановить, она была в панике, говорила, что очень рассчитывала на деньги, которые он ей обещал за работу над прибором. Зачем ей деньги, этой старой деве? Посмотреть, как она выглядит и как одевается, можно подумать, что она живет на подаяние. У нее даже от скудной зарплаты наверняка деньги остаются. Может, она подпольная миллионерша, как Корейко? Копит деньги и складывает их в чемодан. Да на что они ей? Живет одна, квартира есть, что еще ей нужно? Господи, если бы он мог жить один и никого не видеть! Одиночество — вот высшее счастье. Выше этого только смерть.

5

Все было как обычно в этот вечер. Настя опять поздно пришла с работы, и опять ей лень было готовить себе ужин, вследствие чего она ограничилась чашкой чая с очередным невкусным бутербродом. Поговорила по телефону с отчимом, потом позвонила Лешке. Приняла душ. Посмотрела телевизор. Долго лежала в темноте с закрытыми глазами и думала. Наконец почти в два часа ночи ей удалось уснуть.

Обычный вечер. Такие случаются триста раз в году.

Сегодня она снова прошла в двух миллиметрах от смерти. И снова не заметила этого.

Бойцов шел за Анастасией Каменской от самого здания ГУВД на Петровке. Была пятница, 3 марта. Опять она возвращалась с работы поздно, и опять ей предстояло идти мимо той автостоянки, где недавно на нее пытались напасть.

От метро до остановки автобуса оставалось совсем недалеко, когда Бойцов увидел впереди знакомую машину. Это был тот самый «Сааб», номер которого два дня назад записывала старуха перед домом, где жила Каменская.

Когда Настя оказалась в нескольких метрах от машины, та тихонько тронулась ей навстречу, не включая огней. Вадим успел заметить, что стекло заднего правого окна поползло вниз. На принятие решения у него не оставалось и десятой доли секунды. Он рванулся вперед, расталкивая прохожих, в отчаянном длинном прыжке догнал идущую впереди женщину в голубой куртке и упал вместе с ней на грязный мокрый тротуар. «Сааб» резко набрал скорость и скрылся.

Каменская лежала неподвижно, и он перепугался, подумав, что она ударилась головой и потеряла сознание.

— Ради бога, простите, — заговорил Вадим, поднимаясь. — Позвольте, я вам помогу встать.

Он склонился над Настей и наткнулся на ее взгляд, злой и сверкающий от навернувшихся слез. Она молча протянула ему руку, и он осторожно поднял ее с земли. Ярко-голубая куртка стала серо-коричневой, джинсы промокли насквозь.

— Господи, что же я наделал! Девушка, милая, я так виноват, даже не знаю, что делать теперь. Давайте я отвезу вас на такси.

— Не надо, — процедила она сквозь зубы. — Я живу здесь рядом. Куда вы так неслись?

— На автобус, — Вадим виновато улыбнулся. — Пожалуйста, позвольте мне как-то загладить свою вину. Что я могу для вас сделать? Хотите, я куплю вам новую куртку?

— Хочу, — она неожиданно улыбнулась. — Только немедленно. Мне же нужно в чем-то дойти до дома, а в таком виде меня в милицию заберут, подумают, что я бомжиха какая-нибудь. Вы не знаете, здесь поблизости есть химчистка? Хотя сейчас уже все закрыто, наверное.

— Есть, — обрадовался Бойцов. — Здесь недалеко гостиница, и там круглосуточная химчистка, самообслуживание. Пойдемте, я вас провожу.

— В гостинице? — недоверчиво спросила Настя. — Вы имеете в виду «Сапфир»? Там же все на валюту.

— Так там есть обменный пункт. Пойдемте.

— Нет, — она покачала головой. — Все равно это выйдет очень дорого. У меня с собой нет таких денег.

Она провела рукой по мокрой куртке и поднесла ладонь к глазам. Ладонь была почти черной от грязи.

— Черт, ну и угораздило же вас! — в сердцах воскликнула она. — В чем я завтра на работу пойду?

— Поэтому и нужно пойти в химчистку сейчас, — подхватил Бойцов. — Если у вас нет денег, я вам одолжу. Ну честное слово, мне так неудобно, что я обязательно должен что-нибудь для вас сделать. Ну пожалуйста, прошу вас, позвольте мне хотя бы оплатить чистку. Ну девушка, милая, пожалуйста.

— Хорошо, пойдемте, — устало вздохнула она. — Только оставьте мне свой телефон, я завтра позвоню вам и верну деньги.

— Только так? — лукаво улыбнулся Бойцов.

— Только так, — твердо ответила Настя.

Она решительно двинулась в сторону гостиницы «Сапфир» и тут же со стоном схватилась за поясницу.

— Ох, елки-палки, кажется, я опять спину ушибла. Только этого не хватало!

— А что? — всерьёз обеспокоился Бойцов. — У вас болит спина?

— Ужасно. Уже несколько лет. Тоже упала неудачно, и вот...

Она растерянно развела руками.

— Теперь вам придётся нести мою сумку.

— Конечно, конечно, — спохватился он. — Давайте, я понесу. А что врачи говорят по поводу вашей спины? Как нужно лечить?

— Да я не хожу к врачам, времени нет.

— Это вы напрасно. Со спиной нельзя шутить, особенно женщинам. Знаете, при родах это всегда сказывается. У вас есть дети?

— Нет.

— Значит, будут, — авторитетно предрек Вадим. — Поэтому обязательно займитесь своей спиной.

— Ладно, как-нибудь займусь на досуге, — вяло пообещала Настя.

— И когда у вас будет этот досуг?

— Ближе к пенсии, я думаю, — рассмеялась она. — Кстати, вы уверены, что нас с вами пустят в этот валютный рай? Вид у меня, прямо скажем...

— Прорвёмся как-нибудь, — беззаботно ответил Бойцов. — Главное, выражение лица понахальнее сделать — и вперёд.

Швейцар пропустил их безропотно, чем несказанно удивил Настю.

— Надо же, — говорила она, стаскивая с себя мокрую грязную куртку, — оказывается, чтобы пройти в валютную гостиницу, надо выглядеть как можно хуже, тогда сойдёшь за иностранца-туриста. Вообще-то это правильно, я давно заметила, что туристы одеты очень просто и удобно. И сколько мне будет стоить удовольствие привести в порядок одежду?

— Двенадцать долларов, — отозвался Вадим, изучавший объявления на окошке стойки, за которой сидела служащая химчистки.

— Ого! Пятьдесят пять тысяч рублей, даже больше.

232

Дорого мне обойдется ваш автобус, — заметила она, запихивая куртку в барабан и защелкивая замок. — Обидно приносить напрасные жертвы.

— Я не понял, — вопросительно взглянул на нее Бойцов. — Что значит — напрасные жертвы?

— А то и значит, благодетель. Если вы так спокойно сидите со мной и ждете, пока вычистится моя куртка, значит, не так уж и спешили. Зачем было нестись на автобус сломя голову? Ради чего?

«Ради твоей жизни, Анастасия Каменская, вот ради чего, — мысленно ответил он. — Когда стало опускаться стекло в машине, я понял, что сейчас в тебя будут стрелять. Они, несомненно, попали бы в тебя, потому что шла ты медленно, а они только-только начинали движение. В таких условиях промахнуться может только лошадь. Но стрельба из машины — это не тот вариант убийства, который меня устроит. Стрельба из машины — это всегда серьезно, это всегда имеет под собой желание устранить конкретного человека и не похоже на спонтанное убийство, где жертвой может оказаться кто угодно. Вот тогда, возле стоянки, все было задумано так, как надо. Если бы не милицейский патруль, который находился в двух шагах, все было бы кончено еще тогда. Даже бомба, которую они позавчера подложили тебе в дверь, могла бы сойти за хулиганскую или экстремистскую выходку, особенно если бы мы приняли соответствующие меры и подбросили нужным людям нужную информацию о том, что это была акция, направленная против работников милиции вообще. Можно было бы что-нибудь придумать, если бы не твоя хромая зануда-соседка, записавшая номер их машины. А уж сегодняшняя попытка — совсем ни в какие ворота не лезет. Типичное заказное убийство. А нам этого не нужно. Что ж, раз пришлось с тобой знакомиться, попробуем выяснить, как много ты знаешь, а заодно и узнать, почему это ты так спешно засобиралась замуж».

— Я действительно никуда не спешил, — сказал

он, оправдываясь. — Просто автобусы ходят редко, и, если бы я его упустил, пришлось бы неизвестно сколько времени ждать следующего.

— Жаль, что джинсы тоже грязные, — вздохнула она. — Можно было бы зайти в бар выпить кофе, все равно двадцать минут ждать.

— Вы хотите кофе? Я принесу.

— Что, прямо сюда?

— А почему нет? Простите, не знаю вашего имени...

— Анастасия.

— Вадим, — представился он в ответ. — Так вот, Анастасия, валютные гостиницы хороши тем, что в них и порядки валютные. Вы бывали за рубежом?

— Приходилось.

— Тогда вы должны знать, что, оплатив счет в баре, вы можете уносить свой стакан, бокал или чашку куда угодно, хоть на край света, разумеется, в пределах территории гостиницы, и никто вам слова не скажет. Считается вполне нормальным, что человек хочет пить свой кофе там, где ему нравится, хоть на свежем воздухе, хоть на крылечке, хоть под лестницей. Вам что-нибудь взять, кроме кофе?

— Нет, спасибо, больше ничего не надо. Только кофе.

— Может быть, пирожное? Орешки? Сок? Выпить что-нибудь?

— Нет, только кофе, пожалуйста.

Вадим отправился в бар за двумя чашками кофе. Странная она какая-то, непохожая на других, думал он. Когда упала, то чуть не плакала от боли, а ведь не разоралась, не закатила скандал. Деньги согласилась взять только с условием возврата, не любит быть обязанной. В такси с ним ехать отказалась, значит, осторожная. На разговор о больной спине и будущих детях не отреагировала, похоже, замуж она собирается не потому, что беременна. На деньги его не «раскручивает», кроме кофе, ничего не попросила.

Все это было так не похоже на других женщин, с

которыми Вадиму приходилось общаться... Он с удивлением почувствовал, что не испытывает уже ставшего привычным дискомфорта, который всегда сковывал его в женском обществе. Да, Каменская не похожа на других, но он почему-то не напрягался, ожидая каких-нибудь выкрутасов. Она казалась ему простой и понятной, не таящей в себе опасных глубин и неожиданных «заворотов». Странно. Может быть, это оттого, что она так некрасива и невзрачна, и он не воспринимает ее как женщину, с которой можно флиртовать, за которой можно ухаживать и с которой можно лечь в постель.

Взяв в баре две чашечки кофе, он осторожно, стараясь не расплескать, принес их в комнату, где находилась химчистка. Каменская сидела в той же позе, в какой он ее оставил, погруженная в глубокую задумчивость. Похоже, она даже не заметила его отсутствия.

— Прошу вас, — он торжественно поставил чашки на низенький журнальный столик возле ее кресла.

Она молча взяла чашку и сделала несколько маленьких глоточков. Вадим смотрел на ее руку, держащую чашку, и любовался красивыми очертаниями ладони и пальцев. Руки изящные, ухоженные, только длинные миндалевидные ногти не покрыты лаком. Такое впечатление, что она знает, какие у нее красивые руки, но не хочет привлекать к ним внимание.

— А курить здесь можно?

— Здесь можно все, — засмеялся он. — Я же вам объяснял. Сейчас я принесу пепельницу из вестибюля.

Вадим принес пепельницу и, пока Настя курила, по-прежнему храня задумчивое молчание, исподтишка разглядывал свою новую знакомую. Странное у нее лицо, черты лица строгие, правильные, прямой нос, высокие скулы, красиво очерченные губы. Но почему-то все вместе производит впечатление невыразительности и бесцветности. Может, оттого, что у нее светлые брови и ресницы, на лице нет ни одного яркого пятна? Если она сделает макияж, то, наверное, превратится в красавицу. Неужели она этого не знает? А если знает, то почему пренебрегает возможностью быть привлекательной? Нет, она решительно ни на кого не похожа.

Через несколько минут барабан остановился. Вадим вскочил, вытащил куртку, на которой не осталось ни малейшего следа грязи, и повесил ее на плечики проветриться.

— Зачем это? — удивилась Настя.

— Пусть запах выветрится. Эти чистящие препараты на удивление зловонны, — пояснил он. — Все равно у вас еще кофе остался, пока и допьете.

— Давайте я запишу ваш телефон, — сказала она, доставая из сумки ручку и записную книжку. — Когда вам можно звонить?

Он продиктовал ей номер.

— Это домашний телефон, так что звоните в любое время, начиная с шести утра.

— Вы так рано встаете? — изумилась она.

— Бывает, и раньше. Но в шесть — как штык. И хотел бы поспать подольше, да пес не дает. Ровно в шесть подходит и в нос лижет, а если я делаю вид, что сплю, начинает одеяло зубами стаскивать. Так что звоните и рано утром, и поздно вечером, не бойтесь, никого не разбудите. Я ведь один живу.

Настя посмотрела на него в упор, но ничего не сказала. Этот взгляд заставил Вадима поежиться. Что это она? Не верит, что ли? Или он где-то переиграл, передернул?

— Спасибо вам, Вадим, — сказала она, надевая чистую куртку, которая все еще сильно пахла химикатами. — Я завтра же созвонюсь с вами и верну деньги.

Она резко забросила на плечо длинный ремень большой спортивной сумки и поморщилась.

— Сильно болит? — сочувственно спросил Бойцов.

— Сильно. Ничего, как-нибудь доковыляю.

— Может, все-таки возьмете такси? Я вас довезу.

— Нет, — жестко ответила она. — Поеду на автобу-

се. Если хотите, можете меня проводить, сумку дота-
щите.

Они вышли из гостиницы и медленно пошли к остановке автобусов.

— Сумка у вас тяжеловата для хорошенькой женщины, — пошутил он. — Что в ней? Продукты?

— Не надо грубо льстить мне, я вовсе не хорошенькая женщина. А в сумке у меня всякая ерунда.

— Рабочий инвентарь?

— Ну, можно и так сказать, — улыбнулась она.

— А кем вы работаете?

— Знаете, Вадим, есть профессии, в принадлеж-
ности к которым признаваться опасно. Вот скажешь,
что ты врач, и тут же собеседник начнет жаловаться на
недомогание и требовать, чтобы ты поставил ему диагноз и назначил лечение. Или скажешь, что ты мастер
по ремонту телевизоров, и тебя тут же попросят посмотреть чью-нибудь аппаратуру. И делать не хочется,
и отказывать вроде неудобно.

— Так вы врач?

— Нет. Я мастер по ремонту телевизоров.

— Что, серьезно?

— Абсолютно. И если вы сейчас попросите меня
починить ваш телевизор, я заберу у вас сумку и дальше
поеду одна. И пусть вас замучает совесть от того, что
несчастная женщина с больной спиной страдает из-за
вашей настырности.

Он расхохотался.

— Послушайте, вы совершенно необыкновенная
женщина. Мало того, что вы не дали мне по физиономии, когда я вас сбил с ног и нанес ощутимый урон
вашей спине, куртке и джинсам, мало того, что вы от-
казываетесь от безвозмездной помощи, не берете у
меня деньги и не хотите ехать на такси, мало того, что
у вас удивительно покладистый характер, так вы еще и
телевизионный мастер. Так не бывает!

— Почему не бывает? Вот же я, меня можно потро-
гать, я настоящая. Наш автобус, заходим.

В автобусе Вадим, как само собой разумеющееся, достал из бумажника два талончика и прокомпостировал их.

«А ты еще и выдержанная, Каменская. Ты же имеешь право на бесплатный проезд как работник милиции. Что же ты меня не остановила, когда я доставал два талона? Под телевизионного мастера работаешь? Ну-ну».

Они проехали четыре остановки и вышли. Настя повела его по глухому темному месту, где несколько дней назад он уже побывал.

— Место какое неприятное, — сказал Вадим. — Вы не боитесь здесь ходить одна?

— Боюсь, а что делать? Другая дорога минут на десять длиннее, и, кстати, не намного лучше. Там тоже темно и безлюдно.

Бойцов подумал, что сейчас она расскажет ему о том, как ее чуть не ограбили на этом самом месте. Но она почему-то молчала.

— Попросите, чтобы вас встречали, раз уж вы так поздно возвращаетесь.

— У нас что, вечер бесплатных советов? — усмехнулась Настя. — То вы говорите, чтобы я спину лечила, то даете рекомендации, как мне домой возвращаться.

— Простите, — смешался Вадим. — Я не хотел быть навязчивым. А вы очень независимая, да?

— Да, я очень независимая. Все, Вадим, спасибо, мы пришли. Я живу в этом доме. Давайте сумку.

Он нехотя протянул ей тяжелую сумку и с удивлением понял, что не хочет с ней расставаться. Неужели она ему нравится? Нет, определенно нет, как женщина она не вызывает у него никакого интереса. И в то же время она интересна ему именно как женщина, потому что не похожа на других женщин. Впервые в жизни он разговаривает с женщиной свободно, без скованности и стеснения, разговаривает как с мужчиной. Оказывается, с ними можно общаться вот так просто, легко, получая от этого удовольствие и не думая с ужасом о том, что будет, когда дело дойдет до главного. Потому что с ЭТОЙ женщиной главное — совсем другое. С ней нельзя хитрить, ей нельзя врать. Она слишком... Он даже не смог подобрать нужного слова, чтобы для самого себя сформулировать мысль. Умна? Прямолинейна? Скрытна? Черт его знает, что это за женщина, но если он хочет чего-то добиться от нее, то единственный ключ к ней — это абсолютная открытость. Прямота.

— Простите меня, Анастасия, я не хочу показаться вам банальным и наглым, поэтому не буду намекать на чашку чаю у вас на кухне. Это может быть неправильно понято. Но я хочу, чтобы вы знали, что мне очень жаль, что дорога до вашего дома оказалась такой короткой. Честное слово, очень жаль. Я не спрашиваю, какой у вас номер телефона, но я искренне надеюсь, что вы мне позвоните.

— Конечно, позвоню, — серьезно ответила она. — Я терпеть не могу иметь долги, а двенадцать долларов — это для меня большая сумма. Так что не волнуйтесь, позвоню обязательно. Спокойной ночи, Вадим.

Он смотрел, как она скрылась в подъезде, и еще какое-то время постоял в задумчивости возле ее дома. Потом развернулся и быстро пошел к автобусной остановке. Интересно, когда она позвонит?

Ситуация неожиданно осложнилась и спутала ему все карты. Он не хотел с ней знакомиться, но спасти ее сегодня можно было только таким способом. Теперь ее охрану придется поручать другому сотруднику, на которого и возложить обязанность следить за попытками ее убить. А ему, Бойцову, достанется роль поклонника, выуживающего из Каменской информацию. Он предчувствовал, что роль эта окажется ему не по силам. Анастасия явно не собирается афишировать свою принадлежность к уголовному розыску и свой интерес к Институту. Чтобы заставить ее раскрыться, нужно сблизиться с ней и подружиться, а в ситуации, когда она собирается замуж, это вряд ли возможно.

Для этого нужно по меньшей мере играть во влюбленность, быстро переходящую в неуправляемую страсть.
Купится ли она на это? Маловероятно. И потом, он не
сможет ей ничего доказать, потому что не сможет заняться с ней любовью. Нет, для Каменской нужно искать что-то другое. Что-то другое...

2

Настя погасила свет, натянула одеяло до подбо-
родка и свернулась калачиком. Она знала, что уснет
еще не скоро, снотворное кончилось, а купить новую
упаковку ей все никак не удавалось. То не было нужного ей лекарства, то у нее требовали рецепт, за которым нужно было ехать в поликлинику, то аптека была
уже закрыта, когда Настя, преодолев свою феноме-
нальную лень, до нее все-таки доходила.

Она пыталась привести мысли в порядок, потому
что ей что-то не нравилось. В первую очередь следовало понять, что же именно. «Всё, — тут же ответила она
сама себе. — Мне всё не нравится. Мне не нравится
этот Вадим, хотя вообще-то он очень славный и приятный мужик. Почему он мне не нравится, хотела бы я
знать? И мне не нравится что-то еще, только я никак
не могу уловить суть. Какое-то неприятное ощущение
от сегодняшнего утра. Пойдем с самого начала».

Проснулась, как обычно, тяжело, еле-еле заставила себя встать. Ничего нового, это бывает каждый день.
Стояла под душем, ждала, пока организм проснется.
Вспоминала для тренировки итальянский язык, поставила себе задачу выудить из памяти как минимум
восемь строк подряд из «Божественной комедии»
Данте. Потом пила кофе. Где-то здесь... Что может не
понравиться в чашке кофе, если зерна только что смо-
лоли, а напиток заварен так, как она любит? Чушь!
Потом она курила, потом одевалась. Больше ничего
утром не происходило. Откуда же это неприятное
ощущение?

Стоп! Пока на маленьком огне заваривался кофе, она выходила на лестницу выбросить мусор. Ведро, как всегда, было заполнено с горкой, и ей пришлось одной рукой держать его за пластмассовую ручку, а другой придерживать лежащие сверху две пустые сигаретные пачки, которые то и дело норовили соскользнуть. У самой двери ей пришлось отнять руку от лежащих сверху пачек, чтобы открыть замок. Она переступила через порог, и пачки все-таки упали на пол. Она наклоняется, чтобы их поднять, и вот здесь... Вот здесь. Что — вот здесь? Она о чем-то подумала, о чем-то неприятном, что испортило ей настроение? О чем она могла подумать, поднимая с пола две пустые пачки из-под сигарет? О том, что она неловкая растяпа? Но это никак не могло испортить ей настроение. О том, что болит спина и ей больно наклоняться? Но за много лет она к этому привыкла, и это уже не раздражало.

Настя снова вернулась мыслями к злосчастному мусорному ведру. Вот она подходит к двери, открывает замок, делает шаг на лестничную клетку, шепотом чертыхается, ставит ведро и наклоняется, чтобы поднять пачки. И видит дыру в дерматиновой обивке двери. О чем она тогда подумала? О том, что руки у нее растут не из того места, из какого надо, и залатать дыру она не сумеет. Придется просить Лешку, и вообще плохо, что мужика в доме нет. Квартира давно требует ремонта, все розетки разболтались и искрят, из щелей из-под балконной двери постоянно тянет холодом, а обои в прихожей отклеиваются, потому что у соседа с верхнего этажа недавно случился потоп. Неужели в глубине души таится скверная мысль о том, что она выходит замуж не за любимого мужчину и верного друга, а за «мужские руки в дом»? Пожалуй, именно эта мысль могла испортить ей настроение. Да, точно, так оно и было.

Порванная обивка входной двери в одно мгновение соединилась с машиной, которая начала движение ей навстречу, не зажигая огней. Она видела эту машину, но в тот момент, несколько часов назад, не связала ее с внезапным толчком и падением на тротуар. Машина была как бы сама по себе, а торопившийся на автобус мужчина — сам по себе.

Настя почувствовала, как сердце дало сбой, ее зазнобило. Она еще плотней укуталась одеялом, потом решительно выпростала руку и зажгла свет. Часы показывали начало первого. В такое время никому не позвонишь. Разве что Вадиму... Но он ей сейчас не помощник, ей нужен эксперт Олег Зубов, без его консультации она не рискнет проверять дыру в двери. А вдруг там взрывной механизм? И пока она будет бояться, лежа в теплой постели, вся квартира разлетится к чертовой матери на мелкие кусочки. Что же делать? Звонить Олегу? Неудобно, у него маленькие дети, своим звонком она перебудит всю семью. Лешка? Он тоже живет не один, у него родители дома. Коротков? Жена, двое детей и парализованная теща. Доценко? Он живет с матерью. Остается только Вадим.

Она встала с постели, принесла из прихожей сумку и вытащила записную книжку с номером его телефона.

3

Когда почти в половине первого ночи раздался телефонный звонок, Бойцов еще не ложился. Вернувшись домой, он первым делом позвонил своему начальнику Супруну и рассказал об очередном покушении на Каменскую и о том, что теперь они знакомы. Супрун велел ему явиться завтра пораньше, часам к восьми, чтобы обговорить новые обстоятельства, спросил адрес Каменской и обещал послать для ее охраны другого сотрудника.

После этого он вышел погулять с ризеншнауцером Биллом, потом поужинал на скорую руку, включил видеомагнитофон и стал смотреть один из своих любимых старых фильмов — американскую картину «Звуки музыки». Он любил фильмы, в которых любовь между героями возникала не в связи с зовом плоти, а как чувство нежной привязанности и взаимной необходимости, поэтому с удовольствием в который уже раз смотрел историю про непростые отношения пожилого многодетного вдовца и молодой гувернантки. В тот момент, когда героиня и ее подопечные исполняли очаровательную песенку, разучивая гамму, как раз и раздался звонок. Вадим с сожалением остановил пленку и снял трубку.

— Это Анастасия, — услышал он. — Я могу задать вам один вопрос?

— Конечно, — заулыбался Бойцов. — Я рад, что вы позвонили. Что вы хотели спросить?

— Я хотела спросить вас: зачем вы это сделали?

— Я не совсем понял, — осторожно ответил он, внутренне холодея. Ну вот, пожалуйста, начались сюрпризы. А ведь она казалась ему простой и понятной...

— Зачем вы меня спасли? Вадим, я не хочу играть с вами в кошки-мышки, вынуждать вас говорить неправду, а потом уличать во лжи, поэтому давайте все проясним сразу. Несколько дней назад вы помешали четверым мужчинам напасть на меня. Не буду врать, я не видела вашего лица, когда вы проходили мимо, но запах вашей туалетной воды я запомнила. Сегодня вы снова помешали меня убить. Я полагаю, нет нужды говорить, что я вам за это благодарна. Но я хочу знать, почему вы это сделали? И если вы мне ответите, я задам еще один вопрос.

У Бойцова язык прилип к гортани. Он несколько раз судорожно сглотнул, лихорадочно соображая, что теперь делать и как ей отвечать.

— Вы слушаете меня, Вадим? Я жду вашего ответа.

— Видите ли... — промямлил он. — Я должен был поговорить с вами, объяснить вам одну довольно деликатную вещь. Но я хотел сначала присмотреться к вам, вы понимаете? И вот пока я наблюдал за вами, это все и произошло.

— Что вы должны были мне объяснить?

— Пожалуйста, Анастасия, — взмолился он. — Давайте поговорим завтра. Я ничего не отрицаю, вы правы во всем, но поймите меня, я человек подневольный, у меня тоже есть начальство, я ведь не частный детектив.

— Вам нужно получить указания? — усмехнулась она.

— Ну... Что-то в этом роде. Я вам клянусь, я не хотел ничего плохого. Я все вам объясню завтра, хорошо?

— Ничего хорошего, — зло ответила она. — Но выбора у меня нет. Тогда ответьте хотя бы на второй вопрос. Откуда появилась дыра на моей входной двери? Туда что-то подложили?

— Да. Позавчера туда подложили взрывное устройство.

— И оно до сих пор там?

— Нет, я его вынул.

— Когда?

— В тот же день.

— Значит, я могу спать спокойно и быть уверенной, что здесь ничего не взорвется?

— Да.

— Точно? — переспросила она.

— Совершенно точно. После всего, что случилось, я не могу просить, чтобы вы мне верили, но я даю вам честное слово, что взрывного устройства там больше нет.

— Ладно. Спокойной ночи, — резко бросила она и с грохотом швырнула трубку на рычаг.

Бойцов осторожно перевел дыхание. Ну и влип же он! Нельзя было отрицать ее слова, потому что вышло бы только хуже. Если она смогла догадаться, смогла сопоставить одно с другим и безошибочно выстроить всю картину, она поймает его на попытке солгать и замкнется окончательно. Мало того, что в нарушение первоначального, согласованного с Супруном плана он не смог проконтролировать покушения на нее, оставаясь невидимым, и ему пришлось вступать с Каменской в контакт, так в результате может получиться, что и контакт этот он не сумеет закрепить. Для профессионала такие промахи совершенно непростительны. Существует железное правило: хотя гладко бывает только на бумаге, но из оврага ты должен выйти победителем. Из каждого непредвиденного сбоя, из каждой ошибки нужно уметь извлекать максимальную выгоду, чтобы обернуть их в свою пользу.

Каменская поставила его в тупик своей прямолинейностью. И испугала быстротой и четкостью мышления. И озадачила своей выходкой. Да-да, именно выходкой, никак иначе он не мог назвать то, что она сделала. Понять, что с тобой ведут игру, и не попытаться поиграть, навязав противнику свои правила, — так не поступают настоящие оперативники. Кидаться немедленно выяснять, кто и почему тебя обманывает, задавая вопросы в лоб и ломясь во все двери подряд, — это непрофессионально. Теперь у него, Бойцова, возникает встречный вопрос, точно такой, как ему только что задала сама Каменская: зачем она это сделала? Глупость? Или ответный ход в какой-то еще более хитрой игре?

У него остается не так много времени, чтобы в этом разобраться. Уже час ночи, а в восемь утра он должен быть у Супруна.

4

— Ну и наворочал ты, — хмуро проворчал Игорь Константинович Супрун, глядя на сидящего напротив Бойцова. — Ясно одно: эти мерхановские деятели не смогут убрать Каменскую так, как надо. Первая попытка была еще ничего, приличная, жаль, что сорвалась. А дальше пошло все хуже и хуже. Понятное дело, их время поджимает, на тщательную подготовку и продумывание всех деталей его уже не хватает. Зря мы на них понадеялись, толку не будет. Придется менять всю стратегию. У тебя есть соображения?

— Я предлагаю сказать Каменской правду. Пытаться ее обмануть бессмысленно, можно только навредить.

— Ты с ума сошел! — зашипел на него Супрун. — Что мы ей скажем? Что собираемся захватить прибор, который в Институте делают для Мерханова?

— Зачем же так, Игорь Константинович. Коротков появляется в Институте только для того, чтобы выяснить, кто ходатайствовал за Войтовича. Пока он этого не выяснит, не отстанет. А поскольку он не выяснит этого никогда, работа над прибором так и не будет возобновлена. Я считаю, мы можем сказать Каменской, что это мы попросили выпустить Войтовича. Тогда люди с Петровки успокоятся.

— Допустим, — уже спокойнее ответил Супрун. — А почему ты считаешь, что ее нельзя обманывать? У нее что, какое-то необыкновенное чутье на ложь?

— Нет, не думаю, — задумчиво произнес Вадим. — Пожалуй, никакого особого чутья у нее нет. Но она очень хорошо соображает. На удивление хорошо. Только медленно. Она не сразу видит обман, но зато потом, когда начинает все обдумывать, у нее концы с концами сходятся четко. Судя по всему, у нее прекрасная память и сильное логическое мышление. Пусть не сразу, но обман она все равно раскусит. И потом, она недоверчива и осторожна. С ней, мне кажется, лучше избрать такую тактику: не говорить ни слова неправды, только правду рассказывать не всю.

— Кажется ему, — проворчал Супрун. — Лучше бы тебе вчера все, что нужно, казалось, тогда бы не напортил столько. И цена твоей оперативной информации — хрен да копейка, и то в базарный день, если ты заранее всего этого не знал. Ладно, действуй, теперь уж отступать некуда, все равно у нее твой телефон есть, так что и спрятаться ты от нее не можешь, и личность твою она установит в три минуты. Лучше уж ты первый ей откройся, пока она сама про тебя все не узнала. Между прочим, ты ничего не выяснил про ее замужество?

— Не удалось. Могу только сказать, что она вряд ли беременна.

— Ишь ты, — ухмыльнулся Супрун. — Ничего не смог, а такую тонкую деталь выяснил. Но есть хоть какая-то надежда, что ты ее раскрутишь? Сможешь втереться к ней в доверие?

— Я постараюсь. Но она очень замкнута, это будет трудно.

— Да что ты мне голову-то морочишь! — взорвался Игорь Константинович. — Замкнута, трудно! Это она-то замкнута?

Он выхватил из папки фотографию Каменской и швырнул ее на стол.

— Да она кипятком писать должна от счастья, что такой парень, как ты, будет за ней ухаживать. С ее-то внешностью она ничего слаще морковки не ела. И не говори мне ничего, слышать не хочу! А если ты импотент и у тебя проблемы, то ты так и скажи, я другого сотрудника к ней приставлю, коня с яйцами найду, специально для такой страхолюдины. Всё, Бойцов, на этом закончим. Иди составь подробный отчет о наемниках, которые за ней охотятся, отдашь мне. После этого отправляйся искать Каменскую, сегодня у нас суббота, так что здесь можешь до понедельника не появляться. И не сгущай краски, ты понял меня? Милиция сейчас занимается только убийством этого тележурналиста, на все остальное у нее сил нет, так что, бог даст, обойдемся малой кровью. Иди.

Через полтора часа на стол Игорю Супруну лег отчет Бойцова о людях, которые трижды пытались убить Анастасию Каменскую. Он снял телефонную трубку и вызвал своего подчиненного, по рангу равного Бойцову, но руководящего другой группой.

— Разберись с этими деятелями, — сказал ему Супрун, протягивая отчет. — Только так, чтобы информация не попала в МУР. Автокатастрофа, пожар, наводнение — что угодно, на твой выбор. Но их фотографии не должны дойти до отдела по борьбе с тяжкими насильственными преступлениями. Там их могут опознать. Усвоил?

— Так точно, — по-военному коротко ответил тот.

Оставшись в одиночестве, Игорь Константинович привычно откинулся в кресле и уставился взглядом на изображенные на картине экзотические цветы в узкой стеклянной вазе. Почему внезапно так осложнилась ситуация вокруг прибора? Ведь долгое время все было тихо-спокойно, даже совершенное Войтовичем убийство и его последующее самоубийство не вызвало такую волну, которая вдруг поднялась из-за этого дурацкого пожара и сгоревшего в нем уголовного дела. Неужели все дело в ходатайстве? Или там что-то другое? Надо бы проверить для спокойствия. А заодно и про цианиды выяснить. Литвинова утверждает, что это была внеплановая проверка из-за того, что участились случаи отравления. А так ли это на самом деле?

Глава 12

1

Настя Каменская сидела перед полковником Гордеевым несчастная и расстроенная.

— Я не понимаю! — бушевал Колобок, упругим мячиком катясь по кабинету и огибая длинный приставной стол для совещаний. — Как ты могла сделать такую глупость! Ты же умница, во всяком случае, я всегда считал тебя умным человеком. Ты хоть можешь сопоставлять масштаб проблем? Боялась она меня разбудить, видите ли! А если бы эта штука рванула, что тогда? Ты разницу видишь между неловкостью и гибелью или нет? А ты, вместо того чтобы позвонить любому эксперту и потребовать, чтобы он приехал посмотреть твою дверь, звонишь этому Вадиму и суешься прямо в логово к медведю. Ну есть у тебя мозги или нет, я тебя спрашиваю?

— Я очень испугалась, Виктор Алексеевич, — виновато пробормотала Настя. — Знаете, как страшно было! Я дома одна, глухая ночь, только что чуть не застрелили из машины, а тут еще дверь эта... Я чуть с ума не сошла от страха.

— Да не чуть, а сошла, — проворчал Гордеев, немного поостыв.

Он прекратил метаться по комнате и уселся за стол. Сложив пухлые руки в замок, оперся на них подбородком и уставился на Настю, словно ждал, что она сейчас скажет что-нибудь необыкновенно умное.

— Ты проверила этого Вадима по номеру телефона? — наконец спросил он.

— Проверила. Справок не дают.

— Уж конечно, — хмыкнул Гордеев. — Наш коллега все-таки. Давай номер, я через министерство пробью проверку. Ну что ты молчишь, Настасья? По глазам вижу, идеи есть. Говори, говори, не таись. Все, что я про тебя думаю, я уже сказал, так что не бойся, хуже не будет.

— Понимаете, Виктор Алексеевич, все закрутилось после нашего похода в Министерство науки. Я вам не говорила, но оказалось, что Томилин нас с вами обманул.

— То есть как обманул?! — снова взвился Колобок. — Почему ты до сих пор молчала? Нет, видно, я еще не все сказал, видно, мало тебя ругал.

— Подождите, Виктор Алексеевич, не кричите, а то сейчас я расплачусь, мне и без того тошно. Сразу после министерства я спросила у Лешки про все эти штучки с обратным эффектом и про Мейерштранца, а он сказал, что это безграмотный бред и полная глупость. Я тогда решила, что Томилин так себя повел не по злому умыслу, а по незнанию. Леша говорил, что если бы Томилин хорошо разбирался в физике, то занимался бы наукой, а не руководством. В общем, я подумала, что...

— Ясно, что ты подумала, — нетерпеливо перебил ее Гордеев. — И что дальше?

— А дальше на меня пытались напасть прямо возле дома поздно вечером, но, к счастью, обошлось. Кто-то пальнул из пистолета, потом заработала сигнализация на автомобиле, и нападающие разбежались, а буквально через минуту проехала милицейская машина. Я тогда подумала, что мне просто повезло, а после вчерашнего сообразила, что меня кто-то спас. Может, попробуем с этого конца подойти?

— Можно, — задумчиво откликнулся полковник. — Людей у нас маловато, правда, сейчас все тележурналистом занимаются. Но попробуем, может, что и выйдет. Пусть Доценко пошустрит в этом научном министерстве вокруг Томилина, а Короткова пошлем проверить алиби всех пятерых подозреваемых из Института. Время у нас неудачное, сегодня суббота, завтра воскресенье, остается понедельник и половина вторника.

— Почему половина? — удивилась Настя.

— Вторник — 7 марта, предпраздничный день. Ты что, забыла?

— Забыла, — призналась она. — Терпеть не могу праздники. Работать мешают.

— А преступники тебе не мешают? — ехидно поинтересовался Гордеев. — Ты валяешь дурака, дорогая моя. Кстати, разведка донесла, что ты наконец-то выходишь замуж за Чистякова. Это правда?

— Правда, — кивнула она. — Тоже издеваться будете?

— Почему непременно издеваться? Хвалить буду. Молодец, за ум взялась, на человека становишься похожа.

— Ну вот, я же говорила, будете издеваться. Далась вам всем эта свадьба. Ну чем я вам незамужняя-то мешаю? Что, хуже работаю, пока не замужем?

— Да ты не понимаешь! — рассмеялся Гордеев. —

Ты не мешаешь, ты будишь зависть во всех сотрудниках. Мол, посмотрите, как хорошо я живу без семьи и без детей, да еще и работаю лучше всех. А они смотрят на тебя и думают: нам так тяжело, у нас столько проблем, денег не хватает, жилья нет, ютимся друг у друга на головах, на работе ничего не успеваем, так, может, все дело в том, что мы неправильно живем? А кому охота признавать, что он неправильно живет? Ты сама подумай своей умненькой головкой, кто захочет признать, что он всю жизнь все делал неправильно? А вот выйдешь ты замуж, и все вокруг вздохнут с облегчением: нет, правильно мы делали, человек должен жить в семье, вот и Каменская наша как ни артачилась, как ни строила из себя эмансипированную феминистку, а сломалась в конце концов, признала нашу правоту.

После разговора с начальником Настя немного приободрилась. Правильно он ее отругал, за дело, чего ж тут спорить. Но все же поддержал ее предложение и обещал помочь. Надо срочно искать Короткова и Доценко, хотя вряд ли до понедельника можно что-то предпринимать. Господи, ну зачем люди придумали выходные дни!

2

Олег Зубов, вечно хмурый и недовольный жизнью эксперт-криминалист, склонился над дырой в дверной обивке, потом выпрямился, открыл свой чемоданчик и вытащил мощную лампу на штативе.

— Воткни в розетку, — попросил он Настю, разматывая шнур длиной метров десять. — И газетку дай ненужную, подстелю под колени. Старый я уже, на корточках стоять трудно.

Это было маленьким хобби Зубова: он постоянно жаловался на возраст и болезни, хотя ему не было и сорока лет, да и здоровьем его бог не обидел. Все об этом знали, но с умным видом поддакивали эксперту, потому что в противном случае экспертное заключение можно было прождать раза в три дольше, чем положено. Тем, кто не верил в его неизлечимые болезни, Зубов говорил, что у него болит голова и началось отслоение сетчатки, поэтому врачи запретили ему напрягать глаза и капают какое-то лекарство, так что экспертиза будет готова еще не скоро. Или еще что-нибудь душераздирающее придумывал. Зачем он это делал, никто понять не мог, но, поскольку Олег был экспертом, как говорится, от бога, все терпели его странности и хронически плохое настроение.

Настя принесла ему сложенное в несколько слоев старое одеяло, которое обычно стелила на пол, когда у нее болела спина и она не могла лежать на мягком диване.

— О, вот хорошо, — обрадовался Олег. — Сидя еще лучше.

Он устроился поудобнее, пристроил лампу, чтобы свет падал на нижнюю часть двери и порог, и достал инструменты.

— Отойди-ка, — скомандовал он.

— Зачем? Я тебе мешаю? — удивилась Настя. — Мне же интересно.

— Интересно ей, — буркнул Зубов, не поднимая головы. — А ну как эта хреновина сработает?

— Там же ничего нет.

— Откуда ты знаешь? Мало ли кто тебе что сказал. А вдруг он тебя обманул? Давай-давай, катись отсюда, пойди чайник поставь.

Настя покорно ушла на кухню, с замиранием сердца прислушиваясь к доносящимся от входной двери звукам. А вдруг Вадим и в самом деле сказал ей неправду? И эта штуковина сейчас как рванет... Дальше думать не хотелось, уж очень неприятной была мысль.

Она вскипятила воду, заварила крепкий чай, приготовила бутерброды с ветчиной и сыром, разложила их на большой плоской тарелке. Потом решила, что неплохо было бы украсить их чем-нибудь. Она задумчиво оглядела убогое содержимое холодильника, вытащила оттуда два яйца, положила в кастрюльку с водой и поставила на огонь. Достав банку с маринованными огурчиками, нарезала несколько штук на тоненькие узорчатые ломтики. В морозильнике она обнаружила давно забытый пакет с мороженой клюквой. Отлично, и ее можно пустить в дело.

Когда яйца сварились, Настя остудила их в холодной воде, почистила и разрезала на симпатичные бело-желтые кружочки. Положила на каждый бутерброд по два кружочка, сверху пристроила зеленые дольки огурцов и завершила сложное украшение несколькими ярко-красными ягодками. Получилось очень красиво, даже гостей не стыдно угостить.

Поставив на стол чашки с блюдцами, сахарницу, заварочный чайник и банку с растворимым кофе, она пристроила в центр блюдо с бутербродами и принялась терпеливо ждать. Рванет или не рванет? Съедят они с Зубовым эти замечательно красивые бутерброды или сейчас все взлетит на воздух? Напряжение было таким сильным, что она завизжала бы, если бы было можно.

— Настасья! — послышался голос Олега. — Выключай лампу, я закончил.

Он ввалился в кухню, как огромный неуклюжий медведь, и тяжело плюхнулся на табуретку.

— Ух ты, красота какая! — восхищенно присвистнул он и тут же ухватил с блюда бутерброд. — Сразу видно, человек замуж собирается, к семейной жизни готовится.

— Еще одно слово — и я швырну в тебя чайник с кипятком, — предупредила Настя.

— Ты чего, Каменская? Обалдела? — спросил он с полным ртом. — Ты чего как с цепи сорвалась? Слова тебе сказать нельзя.

— Извини. Просто все меня уже достали с этим замужеством. Прямо хоть отменяй свадьбу. Нашел что-нибудь?

— Угу. Там действительно что-то было. Вот, смотри, кусочек провода. И вот еще один. Тот, кто вынимал устройство, знал, что и как надо делать, только у него, видно, времени было маловато. Или инструментов нужных не оказалось.

— А можно определить, когда мне это подсунули?

— Когда подсунули — нет. А вот когда вытаскивали — можно. Оголенные провода окисляются на воздухе, так что время, когда произошел разрыв, можно установить довольно точно. Тебе как срочно?

— Олеженька... — Настя состроила просительную физиономию. — Чем раньше я буду знать, тем лучше для моей же собственной безопасности. Прежде чем разговаривать с человеком, который сказал мне про взрывное устройство, я хочу знать, врет он или нет. А разговаривать с ним надо как можно скорей.

— Я так понимаю, ты намекаешь, что я должен, вместо того чтобы ехать сейчас домой, возвращаться на работу? Ну ты и ловка, мать! Заманила меня на пять минут, дырку в двери посмотреть, и на тебе.

— Ну Олеженька!

— Да ладно, не ной, сделаю. А то еще случится что-нибудь с тобой, я же и виноватым буду. Можно еще бутерброд? Очень вкусно. И чайку подлей горячего, — он протянул Насте свою чашку.

— Ешь, Олежек, ешь на здоровье, я тебе с собой бутерброды заверну, чтобы не скучал на работе, — грустно пошутила Настя. — Только дай мне ответ побыстрей.

Она проводила Зубова, вернулась на кухню и принялась убирать со стола. Внезапно руки ее ослабели, пальцы сами собой разжались, и чашки с блюдцами, которые она собиралась поставить в раковину, грохнулись на пол. Сначала она даже не поняла, что произошло, и наклонилась, чтобы подобрать осколки. Куски битого фарфора, казалось, ожили и никак не давались ей в руки, разбегаясь во все стороны, дразня своей близостью и доступностью и проскальзывая между пальцами, которые вдруг стали какими-то неловкими и негибкими. У Насти закружилась голова, ей пришлось выпрямиться и сесть. Ее начало трясти.

С момента, когда она поняла, что ее пытались убить, прошло восемнадцать часов. Все это время она вела себя как нормальный человек, находящийся в здравом уме и твердой памяти, сумела объясниться с начальником, разыскать Короткова и Доценко и внятно разъяснить им суть нового задания, привезла домой Олега Зубова и изощрялась в приготовлении сандвичей. Все это время ее психика мужественно вытесняла из сознания мысль о том, что она целую неделю ходила по краю пропасти и только чудом не свалилась в нее. За эту неделю она могла умереть три раза. Три раза смерть подступала так близко, что Насте казалось, она теперь знает ее запах. У смерти был запах клубничной жевательной резинки и тяжелый горький запах дорогой туалетной воды. Этот горький запах лишь слегка коснулся ее обоняния там, возле автостоянки, но вчера, когда незнакомый мужчина сбил ее с ног и сам упал на нее, эта теплая полынная горечь, в которой смешались запахи парфюмерии и разгоряченной кожи, буквально ударила ей в нос. На протяжении последних восемнадцати часов Насте удавалось действовать более или менее разумно и сознательно, но теперь силы покинули ее, механизм психического вытеснения дал сбой и заглох, и страшная мысль о смерти пронзила ее непереносимой болью.

Сначала начали трястись руки, потом от озноба застучали зубы. Настя заметалась по квартире, сама не зная, что она ищет, бессмысленно передвигаясь из кухни в комнату и обратно. Периодически она ловила себя на том, что, оказавшись в комнате, ищет глазами плиту и холодильник, а войдя в кухню, пугается, оттого что не видит компьютера. Она теряла контроль над своими мыслями, не замечая, как переходит из одного помещения в другое. Она смотрела на часы, отмечая про себя время, и через несколько секунд забывала, который час, и снова искала глазами циферблат. Ей казалось, что, если она сможет закричать, даже тихонько, ей станет легче, но горло словно свело судорогой, и ей не удалось выдавить из себя ни звука.

Состояние ее быстро ухудшалось, к ознобу и дрожи присоединилась головная боль, потом начало покалывать сердце, стала неметь левая рука. Она хотела было позвонить Леше и попросить его приехать, но почему-то никак не могла правильно набрать его номер. Это было похоже на дурной сон, в котором тебе очень нужно позвонить, но на циферблате не оказывается нужных тебе цифр или вообще телефон устроен как-то непонятно и ты никак не можешь разобраться в хитрой механике. Настя несколько раз попала не туда и в отчаянии махнула рукой на свои бесплодные попытки дозвониться до Чистякова. Ей показалось, что она просто забыла номер его телефона, и от этого еще больше расстроилась. Память всегда была ее безотказным орудием, и, если она не может вспомнить номер телефона, по которому звонила много лет, значит, у нее действительно плохо с головой.

Настя утратила контроль не только над мыслями, но и над временем. Когда позвонил Зубов, ей казалось, что он только что ушел, хотя на самом деле с того момента прошло не меньше трех часов.

— Все правильно, — сообщил он. — Провода оборваны примерно семьдесят пять — семьдесят восемь часов назад. Получается, это произошло в среду, первого марта, с пятнадцати до восемнадцати часов.

После звонка эксперта ей стало немного легче. Она заставила себя думать об убийстве Галактионова, самоубийстве Войтовича и трех покушениях на себя не как о смертях, несущих людям боль утраты, а как о событиях, из которых нужно складывать единую картину. Поменьше эмоций, поменьше моральных оценок, сейчас нужно оперировать только сухими фактами, чтобы успокоить мозг привычной аналитической работой, логическими построениями, не дать страху взять верх и лишить ее, Настю, работоспособности. В конце концов, нужно взять себя в руки и позвонить Вадиму. Он обещал сегодня объяснить ей какую-то деликатную вещь. Конечно, было бы лучше, если бы она разговаривала с ним, уже получив информацию от Короткова и Доценко, но откладывать звонок было нельзя.

Правильно набрав номер с первой же попытки, она резко выдохнула и едва заметно улыбнулась. Кажется, ей удается преодолеть себя.

— Ну как, вы получили указания? — спросила она, не сочтя нужным даже поздороваться. — Я могу наконец услышать ваши объяснения?

— Да, — твердо ответил Вадим. — Где я могу с вами встретиться?

Настя взглянула на часы. Половина десятого вечера. Поздновато для свиданий с малознакомым мужчиной, которому ты к тому же не доверяешь.

— А по телефону нельзя? — спросила она.

— Не хотелось бы. Эта история не для телефона.

— Вы ставите меня в сложное положение, Вадим. Вы ведь понимаете, что после вашего вчерашнего спектакля про случайное знакомство и автобус, который редко ходит, я не могу вам доверять. И хотя я понимаю, что вы в некотором роде мой коллега и действовали как профессионал, ваш обман заставляет меня задуматься. Если бы я была случайной теткой с улицы, попавшей в орбиту криминальной ситуации, ваше поведение называлось бы оперативной комбинацией, а ваши байки про автобус — легендой. Но поскольку я не случайная тетка с улицы, а занимаюсь криминальной ситуацией по долгу службы, все ваши профессиональные приемы по отношению ко мне я расцениваю как обман. Грубо говоря, вранье, а мягко выражаясь — как грязную игру, которую мои коллеги, не знаю, правда, из какого ведомства, ведут против меня и против моих интересов в данной криминальной ситуации. Я ясно объяснила? И вот теперь вы хотите, чтобы я встречалась с вами поздним вечером? Где? На улице?

У вас дома? У меня дома? Вы должны отдавать себе отчет, что для меня все эти варианты неприемлемы. Я вам не доверяю и вас боюсь.

— Я даже не знаю, что вам предложить, — растерянно произнес Вадим. — Я согласен на любые ваши условия, кроме разговора по телефону.

— А я, в свою очередь, не могу предложить вам ничего другого, кроме разговора по телефону. И как мы будем выкручиваться из создавшейся ситуации?

— Не знаю. Хотите, я приеду к вам на работу? Вас это устроит?

— Меня это устроит с точки зрения безопасности, но не устроит с точки зрения времени. Я не могу ждать до завтра, я хочу выслушать ваши объяснения сегодня. А лучше — немедленно.

— Ну тогда я не знаю! — раздраженно воскликнул Вадим. — Вы сами не понимаете, чего хотите. Я вам сказал, я согласен на все, кроме разговора по телефону. Когда придумаете вариант, который вас устроит, позвоните мне.

Услышав короткие гудки отбоя, Настя недоуменно уставилась на телефонную трубку. Интересное кино! Вчера он чуть ли не стелился перед ней, и расставаться ему с ней, видите ли, не хотелось, и от смерти он ее спасал, рискуя собственной жизнью, и смотрел ласково. А сегодня разговаривает так, как будто она милостыню у него просит. Совершенно очевидно, что он не станет ничего обсуждать по телефону. И этому могут быть только две причины: либо то, что он собирается сказать, действительно составляет невероятно важную государственную тайну, а у него есть основания бояться прослушивания телефона; либо он ищет повод встретиться с ней, ему обязательно нужно встретиться с ней. Опять же, зачем? И опять же, причин может быть несколько. Он хочет ее убить. Со вчерашнего дня что-то изменилось, и если вчера он помешал убийству, то сегодня считает, что уже пора. Или он хочет ее, Настю, кому-то показать. Может быть, тем же убийцам, которые расправятся с ней несколько позже, в другом месте и в другое время. Или он хочет записать на магнитофон ее голос и сделать какой-нибудь хитрый монтаж. Или сфотографировать ее и потом сделать фотомонтаж. В любом случае понятно, что встреча ему нужна позарез, может быть, не срочно, но обязательно, для какой-нибудь очередной комбинации. Выхода нет, придется приглашать его к себе домой, по крайней мере можно быть уверенной, что здесь ее не сфотографируют и никому не покажут.

Она снова позвонила.

— Вы можете приехать ко мне, — сухо сказала она Вадиму. — Но с условием: выполнять все мои требования. И имейте в виду, о вашем визите, если мы договоримся, я немедленно сообщу своему начальнику. Он будет звонить мне каждые десять минут до тех пор, пока вы не уйдете. Если я не сниму трубку, по моему и по вашему адресам тут же будут посланы опергруппы. Ваша фамилия Бойцов?

— Да.

— Вы живете на Ореховом бульваре, дом семнадцать, квартира пятьсот тридцать вторая?

— Да, верно.

— Видите, я не блефую. Так как, Вадим, на таких условиях приедете ко мне?

— Я выезжаю, — коротко ответил он.

3

Он припарковал машину там же, где стоял три дня назад, ожидая, пока наемные убийцы выйдут из дома. Включил сигнализацию, запер и привычно проверил двери. Поднимаясь в лифте на девятый этаж, чувствовал, как глухо колотится сердце. Эта женщина непредсказуема. Ее главная хитрость — отсутствие хитрости, к которому он не привык. Всю жизнь он оттачивал свое мастерство в разгадывании сложных ходов и невероятных хитросплетений, здесь он чувствовал себя уверенно. Оказалось, что простота и прямота тоже требуют навыка, если ты к ним не приучен. Одно дело недомолвки, намеки, увертки, переигрывание друг друга «на один ход», и совсем другое — когда тебе говорят: один раз ты меня уже обманул, теперь я тебе не верю и тебя боюсь. И ты попадаешь в идиотскую ситуацию, когда вынужден клясться и доказывать, что ты не врешь, понимая при этом, что, во-первых, ты все-таки врешь, а во-вторых, тебе все равно не верят.

Вадим подошел к уже знакомой двери, из которой трое суток назад он вынимал взрывное устройство, и нажал кнопку звонка.

— Открыто! — донеслось из глубины квартиры. — Входите!

Он осторожно открыл дверь и вошел в освещенную прихожую.

— Анастасия, — негромко позвал он.

— Я здесь, — донеслось в ответ, — в кухне. Раздевайтесь, я сейчас.

Бойцов снял легкую кожаную куртку — он не любил тепло одеваться, когда ездил на машине. Повесил ее на вешалку и глянул на себя в зеркало. Женщины считали его красивым, а мужчины называли «качественным», говоря, что в нем нет «конфетности», зато чувствуется порода.

— Ботинки снимать? — спросил он громко.

— Обязательно. Если вы в свитере или в пиджаке, то их тоже снимите.

— Зачем? — удивился он, снимая тяжелые ботинки и пристраивая их на коврике так, чтобы мокрая грязь не оставляла следов на паркете.

— Я сказала — снимайте, — услышал он в ответ холодный голос Каменской. — Мы же договорились: вы соблюдаете все мои требования. А они будут достаточно жесткими, учитывая степень моего недоверия к вам. Так что приготовьтесь.

Бойцов покорно стянул с себя пуловер и бросил его в прихожей на стул.

— Теперь я могу зайти на кухню?

— Можете, только медленно. Встаньте на пороге, чтобы я вас видела.

Вадим сделал два шага в сторону кухни и замер в дверном проеме. Каменская стояла прямо перед ним. В одной руке она держала спортивные брюки и какую-то трикотажную майку, в другой был зажат пистолет, нацеленный прямо в живот Бойцову.

— Возьмите, — она протянула ему брюки и майку. — Переоденьтесь.

— Где? — тупо спросил Вадим.

— Прямо здесь, чтобы я вас видела.

— Но зачем?

— А вам не понятно? Я хочу быть уверенной, что у вас в карманах ничего нет и что на вашем теле не прилеплено пластырем что-нибудь эдакое, что мне не понравится. Устраивать шмон я не собираюсь, мне проще вас переодеть. И не вздумайте рассказывать мне, как вы меня стесняетесь, не будьте смешным.

Бойцов молча ослабил узел галстука и резким движением сорвал его через голову, расстегнул рубашку, снял и швырнул на стул, где уже лежал его пуловер. Натянул протянутую Настей майку и нерешительно взялся за брючный ремень.

— Давайте, Вадим, не тяните резину, уже почти одиннадцать часов. Приличным людям пора спать ложиться, а вы мне голову морочите своими деликатными секретами.

Он покорно расстегнул ремень и снял брюки, мысленно поблагодарив судьбу за то, что своего мускулистого пропорционального тела ему стесняться никогда не приходилось. Приготовленные хозяйкой спортивные штаны оказались ему коротковаты, но в данной ситуации это не имело никакого значения. Он стоял на пороге кухни в носках, коротких брюках и чужой тесной майке, а в живот ему был нацелен пистолет, причем пистолет, несомненно, заряженный. И значение сейчас имело только это.

— Проходите, садитесь, — сказала Настя, отступая назад и освобождая ему проход. — Нет, не сюда, вон туда, пожалуйста, спиной к окну.

Когда он уселся, Каменская села напротив него, оказавшись рядом с дверью. «Грамотно, — оценил Бойцов. — Теперь я не смогу выйти отсюда, если она этого не захочет».

Не выпуская оружие из рук, она сняла трубку стоящего на кухонном столе телефона и набрала номер.

— Это я, — произнесла она. — Бойцов приехал. Да, хорошо, через пять минут.

— Вы говорили — через десять, — заметил Вадим, когда она положила трубку.

— Я передумала, — невозмутимо ответила Каменская. — Итак, я вас слушаю.

— Нам стало известно, — начал он, — что вы восстанавливаете материалы сгоревшего во время пожара уголовного дела Григория Войтовича. И у вас возник вопрос о том, по чьему ходатайству он был освобожден из-под стражи. Я уполномочен сообщить вам, что это мы ходатайствовали о его освобождении. Документальных следов, естественно, нет никаких. Но нам бы не хотелось, чтобы у прокурора, который пошел нам навстречу, были какие-либо неприятности из-за этого. Уверяю вас, он не сразу согласился выполнить нашу просьбу, но перед интересами безопасности страны меркнут все остальные резоны. Вы согласны?

— Пока нет. Что это за интересы безопасности страны?

— Видите ли, Войтович делал для нас одну работу, он участвовал в разработке сверхсекретного проекта, а убийство жены совершил в самый ответственный момент работы. Продолжать разработку без него было невозможно, он в этом проекте был генератором идей, без него вся работа застопорилась бы. Естественно, мы нажали на все рычаги, чтобы Григория Ильича отпустили домой. Речь, как вы понимаете, не шла о том, чтобы освободить его от уголовной ответственности, ведь он совершил тяжкое преступление и должен быть наказан. Речь шла только о том, чтобы в период, пока идет предварительное следствие и судебное разбирательство, Войтович находился дома под подпиской о невыезде и мог продолжать научную работу. Вот и все. Он не собирался никуда сбегать, он не отрицал своей вины и никоим образом не мог, находясь на свободе, мешать следствию. Он был заинтересован довести проект до конца, потому что должен был получить за него солидный гонорар, который позволил бы его матери растить оставшегося у него маленького ребенка без особых материальных трудностей, пока он будет отбывать срок за убийство. Так что он совершенно точно никуда не сбежал бы, он был человеком совестливым и порядочным.

— Настолько совестливым, что убил свою жену? — уточнила Каменская, не скрывая сарказма. — Я могу узнать, о каком проекте идет речь?

— Нет. Нам категорически запрещено это обсуждать. Даже я этого не знаю. Я знаю только то, что сказал вам.

— Кто-нибудь в Институте знал о том, что Войтович работал на вас?

— Никто. С ним было заключено трудовое соглашение, где одной стороной выступал он, а другой — некая частная фирма.

— Какая?

— Не знаю. Честное слово, не знаю. Я не имею отношения к стратегическим разработкам, я такой же оперативник, как и вы.

— Значит, в Институте никто об этом не знает?

— Я надеюсь, что нет, если только Войтович сам не рассказал кому-нибудь. Но я надеюсь, что этого не произошло. Наше ведомство уже не первый раз прибегало к услугам Григория Ильича, и мы знали, что он человек очень ответственный и к разглашению тайны относился серьезно. Кстати, об этом свидетельствует и тот факт, что ваши сотрудники работают в Институте целый месяц, а так и не смогли выяснить, кто ходатайствовал за Войтовича. Если бы он хоть одной живой душе проговорился, факт его работы на нас уже давно всплыл бы на поверхность и вы бы узнали об этом.

«Пока, кажется, все идет нормально. То, что я ей рассказываю, достаточно полно соответствует действительности. Мы в самом деле ходатайствовали за Войтовича, потому что были заинтересованы в его работе над проектом. Это чистая правда. За одним небольшим исключением: Войтович не заключал с нами никакого трудового соглашения и вообще не знал, что работает на нас. Он работал на какого-то неведомого «гражданского» заказчика, которому приспичило поставить у себя антенну, аналогичную той, которую недавно установил у себя Институт. Даже научный руководитель проекта не знает, что работает в конечном итоге на нас, он уверен, что его прибор попадет к Мерханову. И сам Мерханов тоже в этом уверен. Какое разочарование его ждет... Хорошо, что в числе разработчиков оказалась Литвинова, на сексуальных проблемах и угрозе огласки ее подцепили быстро и без всяких усилий. Она вполне успешно заменила Войтовича. Конечно, он был невероятно талантлив, но в работе над прибором его использовали втемную, обманывая и не показывая истинного предназначения антенны. Его руководитель оказался достаточно осторожным и ни с кем не поделился своим чудовищным замыслом. Он не мог не понимать, что, знай Войтович правду, он бы спроектировал этот прибор за две недели. Но правду говорить было нельзя, поэтому они и возятся уже почти три месяца. Пришлось открыть глаза Литвиновой. До Войтовича ей далеко, она и на десятую долю не так талантлива, как он, но, зная истинное предназначение прибора и имея под рукой все разработки Войтовича, она продвигается вполне успешно. А тот человек, под чьим руководством она выполняет «левый» заказ, даже и не догадывается, что Инна Федоровна все знает. Слава богу, в нашей стране сексуальные меньшинства все еще считаются чем-то вроде неполноценных выродков».

— Вот, собственно, все, что я должен был вам сказать.

— А вы вместо этого ходили за мной по пятам целую неделю, — зло ответила Каменская. — Зачем? Почему вы мне не сказали все это сразу? И почему именно мне, а не Короткову, который постоянно работает в Институте, или не моему начальнику?

— Я должен был сам решить, кому из вас сказать об этом. Вы же понимаете, информация действительно весьма деликатная, ее не каждому можно доверить. Ни о вас, ни о Короткове, ни о полковнике Гордееве я ничего не знал, и мне следовало предварительно изучить каждого из вас, чтобы решить, с кем первым я могу поговорить об этом. Я отдавал себе отчет, что эта информация должна будет принять какой-то... официальный вид, я бы так сказал. То есть следователь, восстанавливающий дело, должен иметь в руках веский довод, почему Войтович был освобожден и почему нигде нет об этом никакого документа, кроме вынесенного следователем постановления. Поэтому очень важным было правильно выбрать именно первого, кому я об этом скажу, чтобы найти с ним общий язык, достичь взаимопонимания и вместе выработать линию, которой следует придерживаться в дальнейшем, чтобы не разгласить государственную тайну и не поставить других людей в неловкое положение.

— Значит, вы меня изучали, а меня в это время кто-то пытался убить. Так?

— Так, — подтвердил он, глядя на нее выразительными серыми глазами и стараясь сделать свой взгляд как можно более теплым и ласковым. Однако под дулом пистолета это получалось плохо. Каменская сидела напротив него с бесстрастным холодным лицом, на губах ее не мелькала даже тень улыбки, очень светлые глаза казались острыми и пронзительными, хотя Вадим понимал, что светлые глаза почти всегда производят такое впечатление, когда человек сердится, даже если этот человек не обладает никакой особой проницательностью.

— И кто пытался меня убить? — продолжала она свой допрос.

— Я не знаю. — Бойцов постарался придать лицу выражение абсолютной искренности. — Сам в догадках теряюсь.

— Я вам не верю, — спокойно сказала Каменская, глядя в какую-то ей одной видимую точку, расположенную где-то между бровями Бойцова.

— Но я действительно не знаю! — воскликнул он, с ужасом ощущая, что внутри не загорается тот огонь театральности, который всегда помогал ему быстро вживаться в роль и быть очень убедительным. Сегодня его охватил ступор, и роль явно не получалась. То ли он перенервничал, то ли эта женщина так на него действует. Искусство «втирания» в доверие требует, чтобы ты играл роль такого человека, который наиболее приятен твоему собеседнику. Какие люди вызывают симпатию у Каменской, он не знал. Интуиция не помогала, потому что Анастасия была не похожа на всех тех женщин, которых он знал раньше, успел мысленно разбить на типологические группы и составить примерные портреты мужчин, которым легче всего сблизиться с представительницами каждого типа. Эта женщина не подпадала ни под один знакомый ему тип, ни женский, ни мужской, и Вадим никак не мог выстроить свою линию поведения, чтобы добиться нужного результата. А может быть, ему мешали настроиться регулярные, каждые пять минут, телефонные звонки.

— Я вам не верю, — устало повторила она. — И вы не выйдете отсюда, пока мы с вами не проясним этот вопрос. Либо вы представите мне убедительные доказательства того, что вы действительно этого не знаете, либо скажете, кто это. Tertium non datur, как сказали бы древние римляне. Хотите чаю или кофе?

— Хочу, — благодарно отозвался он, сумев скрыть удивление от внезапной перемены настроения хозяйки. Демонстрирует абсолютное недоверие и в то же время предлагает чай. Она невозможна!

— Тогда встаньте, зажгите газ и поставьте чайник. Я не могу рисковать, оставляя вас не под прицелом.

— Но я же без оружия, — откликнулся Бойцов, ставя чайник на плиту. — Чего вы боитесь?

— Вы сильны и тренированны, а я не умею драться, не владею приемами самообороны и не могу постоять за себя. Если я не буду держать вас под прицелом, вы справитесь со мной одной левой.

— Да с чего вы взяли, что я собираюсь нападать на вас, Анастасия! Если бы я хотел причинить вам вред, я бы не стал три раза вас спасать. Неужели это не очевидно?

— Не-а, — она покачала головой и вдруг озорно улыбнулась. — Вот это-то как раз меня больше всего и занимает. Ну так что, Вадим Бойцов, 1962 года рождения, образование высшее, не женат, детей не имеет, не судим, не был, не привлекался, выезжал за рубеж дважды, скажете вы мне, кто за мной охотится, или нет?

4

Она слушала, как Бойцов горячо уверял ее в том, что не знает, кто так упорно стремился ее убить. Он выдвигал разные версии, говорил что-то о сумасшедших экстремистах, которые хотят, отстреливая работников милиции, убедить население в ненадежности органов правопорядка и добиться тем самым смещения ряда руководителей правоохранительной системы. Он предлагал ей вспомнить, не занималась ли она в последнее время какими-нибудь опасными преступлениями, за раскрытие которых ей могли бы мстить. Он спрашивал, нет ли у нее ревнивого любовника или несостоятельного должника, который взял у нее деньги и не хочет их возвращать. Он очень старался.

Настя вяло поддерживала разговор, прихлебывая чай, и терпеливо ждала, когда «клиент дозреет» и устанет изощряться. Каждые пять минут ей звонил Гордеев, она говорила ему несколько слов вроде «пока жива» и продолжала слушать Бойцова. «Он знает, — стучало у нее в голове. — Он знает, кто хотел меня убить. Почему он спасал меня? Может быть, я случайно влезла в какую-то игру, которую они ведут между собой? Может быть, Вадим играет против тех, кто хочет меня убить, и поэтому меня спасает? Мало ли чего они там между собой не поделили... А он им вредит, из каких-то соображений срывает их планы. Естественно, он мне их не назовет, потому что подпишет себе этим смертный приговор. Они ему не простят болтливости. Если же мои убийцы не из числа его коллег, а он все равно их покрывает, то плохи мои дела. Получается, что я влезла в ситуацию, в которой у его ведомства есть общие интересы с преступниками. Тут уж точно мне не выпутаться. Куда мне против них...»

— Ну почему вы мне не верите! — в отчаянии взмолился Бойцов. — Я действительно не знаю, кто на вас покушался. Я не знаю, не знаю! Я и так уже рассказал вам все, что знал.

— Ладно, — примирительно кивнула она. — Теперь я расскажу вам все, что знаю, чтобы вы не чувствовали себя обделенным. Хотите? Тогда слушайте.

...Жил-был в городе Москве талантливый ученый-физик Григорий Войтович. Он очень долго не женился, все выбирал себе жену, и наконец выбрал молодую ослепительную красавицу Евгению. Посмотрите, вот ее фотография того периода, когда она познакомилась с Войтовичем. Они поженились, у них родилась дочка. Все мужчины завидовали маленькому плешивому Грише Войтовичу, который сумел «урвать» себе такой лакомый кусочек. Евгения любила мужа и хранила ему верность, в семье царили мир и покой.

Несколько месяцев назад, во время работы над плановой темой, Войтович заметил, что разрабатываемое ими устройство дает так называемый обратный эффект. Подопытные животные реагировали на него весьма агрессивно, вплоть до пожирания друг друга, что вообще-то им не свойственно. Поскольку устройство предназначалось для использования в городской среде, Григорий Ильич стал настаивать на том, чтобы изложить результаты наблюдений за подопытными животными в итоговом отчете по теме. Это, несомненно, привело бы к обнародованию того факта, что антенна, имеющая вполне мирное предназначение, дает и обратный эффект, который выражается в резком повышении агрессивности живых существ, находящихся в поле действия обратной петли. Но кому-то эта идея очень не понравилась. Этот кто-то стал отговаривать Войтовича от того, чтобы добросовестно изложить результаты эксперимента. Я не знаю, как он его уговорил, чем он его взял, не исключено, что деньгами, но своего он добился. Отчет был сфальсифицирован, в нем не было ни одного слова о том, что в поле прямого действия антенны наблюдается побочный эффект снижения агрессивности, зато в поле обратного действия агрессивность резко повышается. Разработчики антенны скрыли эти данные. Зачем? Вот это я хотела бы знать. Получив ответ на этот вопрос, я ответила бы и на все остальные. Вы, Вадим, не знаете случайно, зачем они скрыли данные и подделали отчет? Нет? Жаль, я так на вас надеялась. Хорошо, я продолжу. Григорий Ильич Войтович с красавицей-женой и очаровательной малышкой-дочерью живут недалеко от Института, как раз на территории, которую охватывала та самая «обратная петля». И через некоторое время Войтович начинает ощущать действие антенны на собственной шкуре. Красота и молодость жены, которые раньше были для него предметом гордости и обожания, вдруг превратились в постоянный источник ревности. Ревность все углублялась и углублялась, ссоры в семье, которых раньше не было вообще, стали практически ежедневными и все более жестокими, с криками, битьем посуды и угрозами. Войтович много работал, задерживался в Институте допоздна, сидел там и в выходные дни, и в праздничные, практически не бывал нигде, кроме дома и своей лаборатории. Иными словами, несколько месяцев он находился под непрерывным воздействием антенны. Он не мог не понимать, что с ним происходит, и несколько раз обращался к человеку, с которым работал когда-то над антенной, и просил его обнародовать истинные результаты экспериментов. И опять этому человеку удалось уговорить Войтовича. Как? Чем? Я не знаю, но очень хочу узнать. Наконец происходит самое страшное — Войтович убивает свою горячо любимую жену. Антенна действует на людей по-разному, в зависимости от длительности пребывания в поле воздействия и от индивидуальных особенностей нервной системы и психики. Войтовичу не повезло, его психика откликнулась на воздействие обратного эффекта весьма бурно, а в поле воздействия он находился практически постоянно на протяжении шести месяцев. Он даже не понял, что убил жену, не мог в это поверить, в момент приезда милиции он был полубезумен. Его забрали и отвезли в место предварительного задержания, довольно далеко от Института и от антенны. И он стал приходить в себя. Он стал осознавать случившееся, припоминать, как и почему совершил убийство. И понял, что сам во всем виноват. Он дал себя уговорить, проявил слабость, уступил соблазну... Вы не знаете, Вадим, какому соблазну он уступил? Нет? Жаль. Так вот, Войтович понимает, что виноват во всем только он один. Вы просите, чтобы его отпустили домой. Через три дня он кончает с собой, написав предсмертную записку с такими словами: «Корни нашей вины уходят в бесконечность». Вам понятен смысл этой фразы, Вадим? Опять нет? Что ж, я вам сейчас объясню. Посмотрите для начала вот это. Открывайте папку и смотрите. Открывайте, открывайте, не стесняйтесь. Это фотографии зверски зарезанной Евгении Войтович. А это — жертвы других преступлений, совершенных на территории той самой «обратной петли». Вот этого мальчика забили до смерти школьники, ученики восьмого класса. Знаете за что? Он гулял с собакой рядом с площадкой, где они играли в футбол. Собака увидела мяч, вырвала у него из рук поводок и выбежала на площадку. Она была молодая и пока еще не обученная, ей очень хотелось поиграть. Юные футболисты были весьма недовольны тем, что на поле оказалась собака, и убили хозяина, которому было восемь лет. Посмотрите, во что они его превратили. Смотрите, Вадим, смотрите как следует, вам это пригодится. А это две девочки, ученицы шестого класса, им по одиннадцать лет. Их изнасиловали и убили учащиеся ПТУ, четырнадцать парней в возрасте шестнадцати-семнадцати лет. А вот этот мужчина оказался там случайно, шел из гостей, хотел закурить на улице, но у него не нашлось спичек, и он, на свою беду, попросил огонька у группы молодых людей, что-то обсуждавших в скверике. Им показалось, что прохожий был недостаточно вежлив, сказав им: «Ребята, у вас прикурить не будет?» Они сочли, что он должен был сначала поздороваться. Его долго не могли опознать, потому что документы он с собой в гости не брал, а лицо молодые люди превратили в бесформенное месиво. А это — парализованная старуха, которую убила собственная дочь. Старуха была полностью обездвижена, но речь была сохранена, и она, как каждый больной человек, к тому же и пожилой, была несносна. Капризничала, придиралась, жаловалась, не давала дочери возможности вести хоть какую-нибудь личную жизнь. Но разве из-за этого убивают? Да еще так жестоко. Смотрите, Вадим, внимательно, это все, что я смогла собрать, но у меня было мало времени. Это лишь небольшая часть того кошмара, который происходил в Восточном округе нашего города. Но и этого достаточно, чтобы понять, какова была цена, заплаченная за то, что кто-то сумел уговорить Войтовича промолчать. Так, может быть, вы скажете мне, ради чего он молчал? Ради чего заставил людей платить такую чудовищную цену? Снова нет? Ладно, давайте сюда папку с фотографиями, смотрите теперь вот на эту карту. Вот Восточный округ, вот здесь находится Институт. Видите неправильную восьмерку? Та петля, которая побольше, совпадает с полем прямого действия антенны и, соответственно, полем побочного эффекта в виде снижения агрессивности. Здесь очень мало точек, а точки эти обозначают места совершения убийств и изнасилований. И даже те точки, которые есть, разных цветов, но среди них почти нет черных и фиолетовых. Это означает, что убийства здесь, конечно, совершаются, но преимущественно не по хулиганским или бытовым мотивам, не в семье, а из корысти, мести, по заказу, с целью сокрытия другого преступления, например, изнасилования. И вообще, убийств здесь намного меньше, чем в любом другом районе города. А вот петля, которая поменьше, почти сплошь состоит из фиолетовых и черных точек, ими обозначены бытовые и хулиганские убийства. Вы знаете, что такое убийство из хулиганских побуждений? Это когда убивают человека, с которым нет никаких отношений, с которым ничто не связывает, убивают просто так, потому, что цвет его волос не понравился, или потому, что он попросил прикурить, не сказав перед этим «Добрый вечер, граждане», или просто потому, что у тебя плохое настроение и тебе хочется кого-нибудь убить. Что вы так на меня смотрите, Вадим? Вы не знаете, что из-за этого убивают? Ну да, конечно, у вас же государственные интересы, куда вам до наших будничных милицейских забот, вы и знать не знаете, из-за чего обыкновенные люди убивают других обыкновенных людей, у вас же одни шпионские страсти на уме...

Она убрала карту одной рукой, другой по-прежнему крепко сжимая пистолет. Лицо Вадима почти не изменилось, только стало строже и как бы суше, серые глаза перестали излучать тепло и стали холодными и жесткими. Он ни одним словом не прервал ее тягостный рассказ даже тогда, когда в печальную повесть с раздражающей регулярностью вторгался очередной телефонный звонок.

— Так что, Вадим Бойцов, не женатый и не судимый, дадите вы мне какой-нибудь ответ на мои вопросы? Во имя чего все это? Зачем все это? Кому заплачена такая страшная цена? И кто уговорил Войтовича молчать?

Он молчал. Настя решительно встала и сделала дулом пистолета выразительное движение вверх.

— В таком случае убирайтесь отсюда. Переодевайтесь и уходите. Я не могу ни о чем разговаривать с человеком, которому нечего сказать после всего, что он увидел и услышал здесь. Спасибо вам за информацию о ходатайстве. И спасибо за то, что не дали меня убить. Но моя благодарность к вам не перевешивает того отвращения, которое во мне вызывает ваше равнодушие. Вас интересует безопасность нашего государства? А меня не интересует государство, которому наплевать на людей. И мне, в свою очередь, наплевать на безопасность такого государства. Я готова согласиться с тем, чтобы такого государства не было совсем, потому что такому государству мешает его собственное население, как хаму-продавцу мешают покупатели, а плохому врачу мешают спокойно жить пациенты с их глупыми болезнями и нудными жалобами. Если вы, Бойцов, выступаете от имени ТАКОГО государства, то я ненавижу и его, и вас, и всех ваших коллег. И я буду делать все, что сочту нужным, чтобы прекратить тот кошмар, который воцарился в Восточном округе. На крыше Института стоит полсотни антенн, и я не знаю, какая из них мне нужна. Но если я не добьюсь правды, я взорву Институт. Подложу бомбу и взорву, но я прекращу этот ужас. И пусть меня посадят.

Бойцов слушал ее тихий монотонный голос и не мог поверить своим ушам. Когда люди говорят такие слова, они распаляются, волнуются, ведь они говорят о самом главном принципе своей жизни, о своем кредо, о том, что идет из самого сердца. Он немало слышал таких монологов и признаний и знал, как они обычно звучат. Каменская же говорила так, словно дошла до последней черты отчаяния, за которой нет уже ничего, даже страха за свою жизнь, даже присущего любому психически здоровому человеку инстинкта самосохранения.

Он безмолвно переоделся в свою одежду, натянул куртку и молча вышел из квартиры. На пороге он замер, борясь с сильным желанием обернуться и посмотреть ей в глаза. Но он знал: дуло пистолета как магнитом притянет его глаза и уже не отпустит, он просто не найдет в себе сил смотреть в ее лицо. У Вадима Бойцова инстинкт самосохранения был развит хорошо. Когда у стоящего рядом противника в руках оружие, это становится главным фактором и вытесняет все остальное.

Он вышел из квартиры Анастасии Каменской, так и не обернувшись.

Глава 13

1

В отличие от Насти Каменской следователь Ольшанский выходные дни любил. По выходным он просыпался от вкусных запахов, доносящихся из кухни, и от звяканья посуды. Ему казалось, что нет ничего на свете чудеснее этих звуков и запахов, неизменно сопровождающих день, проведенный с женой и дочерьми. По будним дням он вставал раньше Нины, потому что она работала в больнице рядом с домом, а ему приходилось добираться до городской прокуратуры больше часа.

Константин Михайлович сладко потянулся, переложил голову на подушку жены и вдохнул в себя еле слышный знакомый запах ее волос. Вставать ему не хотелось.

— Папа! — в комнату заглянула младшая дочка в байковой голубой пижамке с цветочками. — Мама говорит, чтобы ты вставал, а то блины остынут.

— По какому случаю блины? — лениво поинтересовался Ольшанский, приподнимаясь в постели.

— Так Масленица же кончается, сегодня последний день, ты что, забыл? — возмутилась девочка. — Мама говорит, надо сегодня съесть побольше, а то потом Великий пост начнется, до самой Пасхи.

Константин Михайлович от души расхохотался. Как же радостно и в то же время забавно наблюдать за поколением, выросшим вне воинствующего атеизма. Конечно, его дочери не были религиозными, а библейские сказания изучали не по первоисточнику, а по книгам Зенона Косидовского, но зато православные праздники знали и относились к ним со всей серьезностью. А вот люди его поколения никогда точно не знали, на какое число приходится в этом году Пасха, пост не соблюдали, а про Масленицу вообще забывали напрочь.

— А ты собираешься поститься? — очень серьезно спросил он. — Имей в виду, это трудно, особенно с непривычки. О твоих любимых пирожных придется забыть. Выдержишь?

— Но в пирожных же нет мяса, — возразила девчушка. — Мама сказала, что нельзя есть только то, что происходит от живых организмов. Мясо и рыбу нельзя, а все остальное можно.

— Интересное дело! А крем в пирожных, по-твоему, из чего сделан? Из молока и сливочного масла, а их дает корова, очень даже живой организм.

— Да ну тебя, папка, — засмеялась та, — ты специально меня путаешь. Вставай, а то мама будет ругаться. Блины знаешь какие получились? Загляденье. И вкусные — пальчики оближешь.

Она убежала обратно на кухню, а Константин Михайлович не спеша откинул одеяло и стал натягивать на себя домашний спортивный костюм. К завтраку он вышел чисто выбритый, улыбающийся. Без очков в сломанной и наспех склеенной старомодной оправе его лицо выглядело удивительно красивым.

— Какие планы на сегодня? — поинтересовалась супруга, наливая мужу свежезаваренный чай и пододвигая поближе к нему необъятное блюдо с блинами, банку со сметаной и креманки с тремя сортами варенья.

— Как бог пошлет, — уклончиво ответил Ольшанский. Многолетний опыт работы следователем подсказывал, что даже в выходные дни лучше ничего не планировать заранее, в противном случае обязательно случится какая-нибудь неприятность, требующая, чтобы он бросил домашние дела и мчался на работу.

— Тебе с утра пораньше звонил Гордеев, я сказала, что ты еще спишь. Он просил перезвонить ему, как встанешь, — сообщила Нина.

— Домой?

— На работу. Похоже, бог тебе уже послал. Ляля, — обратилась она к старшей дочери, — принеси отцу телефон.

Константин Михайлович с благодарностью посмотрел на жену. Ни разу за двадцать лет супружества она не выказала недовольства по поводу того, что работа занимает у мужа слишком много времени и он почти не бывает с семьей. И не потому, что Нина Ольшанская была сдержанной и хорошо воспитанной леди, а потому, что считала такое положение вещей естественным. Выходя замуж за молодого стажера-следователя, она хорошо представляла себе все трудности, которые ее ожидают, и шла на это с открытыми глазами. Ее отец и мать были хирургами, и к ненормированному рабочему дню и внезапным вызовам по выходным и праздничным дням она привыкла с детства. Точно так же с детства ей были привиты понятия «любимая профессия» и «профессиональный долг».

У самого Ольшанского родители были совсем другими людьми, его детство прошло в атмосфере постоянной ругани, взаимных упреков и скандалов. И за последние двадцать лет не проходило и дня, чтобы Константин Михайлович по тому или иному поводу не возблагодарил судьбу за то, что ему так сказочно повезло с женой. Кроме того, Нина была прекрасной хозяйкой, гостеприимной и хлебосольной, постоянно приглашала в дом друзей и сослуживцев мужа, и он испытывал особое, ни с чем не сравнимое удовольствие, выслушивая откровенно завистливые комплименты в адрес своей жены.

— Надолго? — только и спросила Нина, когда Константин Михайлович положил трубку.

— Надеюсь, что нет. У сотрудницы Гордеева какие-то осложнения, нужно собраться, посоветоваться.

— Только собраться и посоветоваться?

— Да. А что?

— Если ты не обманываешь, Ольшанский, то пригласи их к нам. Сядете в большой комнате и будете советоваться, сколько душе угодно, мы с девочками мешать вам не будем. А потом все вместе Масленицу проводим, у меня на сегодня большая кулинарная программа, жалко же, если все пропадет.

— Ты думаешь? — с сомнением произнес он.

— Конечно. Позвони Гордееву, предложи такой вариант. А, Костик? — умоляюще попросила Нина.

— Попробую, — вздохнул он, снова набирая номер. — Виктор Алексеевич, это опять я. А что, если мы соберемся у меня? Супруга обещает что-то совершенно необыкновенное на обед. Почему неудобно? Это она сама предложила. У нас гостей давно не было, а она, как настоящий профессионал, не может долго находиться в простое, говорит, что навык теряет. Ах, вот что... — Он прикрыл микрофон ладонью и повернулся к жене: — Его сотрудница боится выходить из дома одна. Там, видно, что-то серьезное.

— Ольшанский, тебя сбить с толку даже ребенок сумеет, — с упреком сказала Нина. — Поезжай и привези ее сюда, если она боится, а Гордеев твой такой бестолковый и сам не может догадаться. Потрать два часа на дорогу, зато потом весь день будешь дома.

— Виктор Алексеевич, я могу съездить за ней. Договорились? Я сейчас сам ей позвоню.

Позавтракав, Константин Михайлович начал одеваться, чтобы ехать за Настей Каменской.

— А я и не знала, что в уголовном розыске женщины работают, — заметила Нина, подавая мужу шарф и поправляя воротник пальто.

— Крайне редко, — отозвался следователь. — Была б моя воля, я бы такими, как Каменская, полностью МУР укомплектовал, только пару-тройку мужиков оставил бы для силовых мероприятий.

— И что в ней такого необыкновенного? — ревниво спросила Нина.

— Ничего. Совершенно обыкновенная. Сама увидишь, — пообещал Константин Михайлович, открывая дверь.

2

Они совещались уже два часа, оккупировав самую большую комнату в квартире Ольшанских. Нина и девочки к ним не заходили, а к телефону Константин Михайлович просил подзывать его, только если позвонят Коротков или Доценко.

— Эти пятеро сотрудников Института прямо как заколдованные, — сокрушалась Настя. — Три покушения, и на все три случая у каждого из них алиби. Причем если по поводу вечера 24 февраля еще можно хоть немного сомневаться, то первого и третьего марта все они присутствовали на Ученом совете и на банкете, их видели десятки людей, так что алиби у них безупречное. Ну надо же, чтоб такая невезуха свалилась — ни опознать, ни уличить.

— А что Доценко выяснил в Министерстве науки? — спросил Ольшанский.

— Миша нашел замечательную женщину из секретариата. Он правильно сообразил, что секретариат — это люди, для которых нет секретов. Все бумаги проходят через них, причем не только те, которые пришли из внешних организаций, но и те, которые ходят по министерству из кабинета в кабинет. По резолюциям на этих бумагах сразу видно, кто кому что поручает и как потом дело движется. Даже о намечающихся кадровых перестановках секретариат узнает первым, задолго до того, как вопрос решается. Представьте себе, что, например, какой-то вопрос всегда отдается на проработку определенному сотруднику, который считается наиболее компетентным и давно ведет эту линию. И вдруг ни с того ни с сего этот вопрос поручается совсем другому руководителю, хотя тот, кто занимался этим раньше, не болен и не в отпуске. Что из этого следует? Правильно, что человек впал в немилость и этот вопрос ему больше не доверяют рассматривать. Или он собирается уходить, и будущего кандидата на его место начинают вводить в курс дела. Короче, Миша Доценко все это учел и познакомился с сотрудницей секретариата, которая обожает совать нос во все бумаги и все узнавать первой. Знаете, есть такие любопытные особы, которым до всего есть дело. Она ему и рассказала, что в министерство около двух месяцев назад пришла анонимка, в которой упоминался Институт. Миша, конечно, включил все свое обаяние и мастерство, в результате чего любознательная женщина вспомнила, что речь шла о фальсификации результатов испытаний и о сокрытии вредного воздействия одного из приборов, который разрабатывал Институт. Там и про обратный эффект было написано.

И отписали эту анонимку для проверки тому самому Томилину Николаю Адамовичу, который с пеной у рта уверял меня, что я безграмотная идиотка и никакого обратного эффекта не существует. Поэтому в данный момент Юра Коротков проверяет, кто из пятерых подозреваемых вхож к Томилину и пользуется его расположением. Если нам удастся по этому признаку вычленить одного из пятерых, то можно полагать, что это по его инициативе анонимке не было придано никакого значения. Иными словами, это как раз тот человек, который заинтересован в сокрытии истинных результатов работы и который уговаривал Войтовича не обнародовать их. Но боюсь, что это снова получится мартышкин труд.

— Почему? — спросил Гордеев, залпом выпивая очередной стакан минеральной воды. Перед ним на столе стояли уже три пустые бутылки из-под нарзана, и он потянулся за консервным ключом, чтобы открыть четвертую. В последнее время он, и без того круглый и пухлый, начал сильно полнеть, и ему посоветовали какую-то немыслимую диету, требующую употребления большого количества минералки.

— Потому что все пятеро наверняка хорошо знакомы с Томилиным. Директор Института, ученый секретарь, заведующий лабораторией — это уж к гадалке не ходи, ведь Томилин является научным куратором Института. Лысаков и Харламов, хоть и не являются руководителями, тоже могут вписаться в этот круг, потому что работают в Институте давно, а Томилин в былые времена частенько там появлялся, когда работал над кандидатской диссертацией. Знать бы, зачем этот неизвестный деятель скрывал результаты испытаний! Это должна быть очень и очень веская причина, ведь посмотрите, сколько усилий он приложил. Нашел, чем заткнуть рот Войтовичу, Томилину голову заморочил, нанял Галактионова, чтобы тот украл для него уголовное дело, а потом его же и на тот свет отправил. Ради научной славы на такое не идут.

— Ну да, не идут! — фыркнул Ольшанский. — А Ирину Филатову ты забыла? Если мне память не изменяет, ее убили как раз из-за диссертации, которую она написала для убийцы, а он ей не заплатил.

— Да нет, Константин Михайлович, там дело в другом было. То есть суть, конечно, была в диссертации, но убийца боялся скандала не из-за научной славы, а из-за того, что он в принципе не мог допустить никакого скандала вокруг своего имени. Там была завязка с очень крупными мафиози, только мы ничего доказать не сумели, — пояснил Колобок Гордеев. — Слушай, Константин Михайлович, у меня сейчас инфаркт сделается вместе с инсультом от таких запахов. Чем твоя хозяйка нас потчевать собирается? Я как ни принюхиваюсь, определить не могу. Вроде рыба, а вроде и нет...

Ольшанский усмехнулся и открыл дверь.

— Нина! — крикнул он. — Зайди на минутку.

Из кухни прибежала раскрасневшаяся Нина в вышитом полотняном фартуке, держа на весу руки, по локоть вымазанные мукой.

— Ниночка, объясни, будь добра, товарищу полковнику, что это у тебя так вкусно пахнет, а то он места себе не находит от любопытства.

— От любопытства или от голода? — улыбаясь, уточнила Нина.

— Пока от любопытства, но скоро и голод схватит его за горло своей костлявой рукой.

— У меня в гриле готовится осетрина, а в духовке — поросенок с гречкой. Наверное, запахи смешиваются и сбивают вас с толку, — деловито пояснила хозяйка. — Через полчаса все будет готово.

Через сорок минут все сидели за нарядно сервированным столом. Настя с тоской глядела на ароматные дымящиеся блюда и думала о том, что вряд ли сможет проглотить даже маленький кусочек. Она еще не пришла в себя после пережитого вчера ужаса, когда осознала, что трижды чуть не погибла. Нина заботливо подкладывала в ее тарелку самые лакомые куски, Настя благодарно улыбалась, но есть не могла. Нина то и дело бросала на нее озабоченные взгляды, потом не выдержала и сделала ей знак выйти из кухни.

— Вы плохо себя чувствуете? — спросила она, оглядывая гостью профессиональным взглядом врача-невропатолога. — Почему вы ничего не едите? Что-нибудь болит?

— Душа, — скупо улыбнулась Настя. — Я две ночи не спала.

— Работали?

— Не столько работала, сколько нервничала и боялась. Меня вчера так прихватило — думала, мозги не соберу. Все плывет, мысли разбредаются, руки трясутся, даже не смогла правильно номер телефона набрать, цифры путала.

— Вас так сильно напугали?

— Очень сильно. Впрочем, может быть, напугали и не сильно, просто я жуткая трусиха.

— Что-нибудь принимали?

— Да у меня нет ничего, все лекарства кончились, как назло.

— А что вы обычно принимаете, когда нервничаете?

— Что-нибудь из бензодиазепинов. Феназепам, тазепам и так далее.

— Понятно, — кивнула Нина. — Я сейчас дам вам две таблетки валиума, положите под язык и прилягте. Пойдемте, я вас уложу в комнате девочек, они не будут вас беспокоить. Полежите буквально полчасика, и вам станет легче. Я вам дам еще две таблетки с собой, одну примите на ночь, другую оставьте про запас, выпьете, если завтра на работе вам станет плохо.

— А что я буду делать послезавтра? — попыталась пошутить Настя.

— А послезавтра я передам вам через Костю целую упаковку. Нашли о чем беспокоиться.

Нина Ольшанская оказалась права, через некоторое время Настя почувствовала себя намного лучше и снова присоединилась к застолью.

— Звонил Коротков, — тут же сообщил ей Горде-ев. — У тебя, Стасенька, глаз дурной, как у цыганки. Все пятеро хорошо знают Томилина.

— Так я и знала, — в отчаянии пробормотала она. — Остается последнее средство, которое я приберегала на крайний случай. Если и оно не сработает, тогда придется отступиться и опустить руки. Больше я уже ничего придумать не могу.

Нина Ольшанская давно уже убрала со стола и перемыла всю посуду, а они все сидели втроем в комнате и строили планы реализации «последнего средства».

3

Вечер воскресенья выдался тяжелым и для Игоря Супруна. Он не любил по выходным дням появляться на работе, поэтому вызвал Бойцова на встречу и беседовал с ним в своей машине.

— Твоя Каменская, которую, видите ли, обманывать нельзя, водит тебя за нос, как мальчишку, — заявил он, едва Вадим подъехал и пересел в машину к начальнику. — Дело Войтовича вовсе не сгорело, никакого пожара в здании УВД не было. А вот следователь, который вел это дело, сейчас имеет крупные неприятности, потому что у него из кабинета пропали четыре уголовных дела. И как раз в то время, когда якобы случился этот пожар. Улавливаешь? Зачем наши доблестные милицейские друзья вешают лапшу на уши всему Институту и рассказывают про пожар, которого не было?

— Но это совершенно понятно, — возразил Бойцов. — Зачем же им оповещать широкую общественность о том, что у них следователи безалаберные? Они честь мундира берегут, и я их за это не осуждаю. Не вижу повода для беспокойства, Игорь Константино-вич.

— Ах, не видишь? Тогда скажу тебе больше. Они заявили в Институте, что проверяют условия хранения ядовитых веществ потому, что в минувшем году в Москве прошла серия отравлений цианидом. Так вот, и это тоже вранье. В прошлом году был только один случай убийства при помощи отравления цианидом. Только один, ты понял? И что же, из-за одного случая они проверяют все городские предприятия, где есть синильная кислота? Ты можешь в это поверить?

— А почему нет? — пожал плечами Бойцов. — Что в этом незаконного? Нормальная работа по раскрытию убийства.

— Сейчас, разбежался, — презрительно фыркнул Супрун. — Такую проверочную работу проводят, если убит кто-то очень влиятельный, крупная фигура. А этот? Начальник кредитного отдела банка, только и всего. У нас этих банков сейчас как собак нерезаных. Институт к этому банкиру никакого отношения не имеет, так зачем они врут про серию отравлений?

— Получили указание, поэтому и врут. По-моему вы ищете подвох там, где его нет.

— А что это ты их выгораживаешь? — подозрительно прищурился Супрун. — Успел уже с Каменской подружиться и защищаешь ее интересы, а? Кстати, как она отреагировала на твое признание о ходатайстве?

— Поверила, — равнодушно бросил Бойцов. — Но в то, что я не знаю, кто пытается ее убить, не верит.

— Не верит? Почему?

— Потому что это неправда, потому и не верит, — он в упор посмотрел на начальника своими холодными серыми глазами. — Игорь Константинович, вы знали про антенну?

— Про какую антенну? — неподдельно изумился Супрун.

— Про антенну, которая стоит на крыше Института и отравляет жизнь людям, находящимся в Восточном округе. Знали или нет?

— Впервые слышу, — вполне искренне ответил тот. — Что за антенна?

Бойцов медленно, тщательно подбирая слова, чтобы не выглядеть сентиментальным слюнтяем и в то же время донести до начальника весь тот кошмар, который вчера открыла ему непостижимая Каменская, рассказал про Войтовича и антенну.

Выслушав Вадима, Супрун надолго умолк. Он выкурил две сигареты, прежде чем продолжил разговор.

— Значит, вот почему они застряли в Институте, — задумчиво сказал он. — У них что-то есть на нашего разработчика, и они хотят его прищучить. Скорее всего, они подозревают, что это он украл уголовное дело Войтовича, тогда понятно, почему они врут про пожар. Не хотят его спугнуть. Что ж, Вадим, придется подлаживаться под Петровку, вступать с ними в конфликт мы не можем, они в своем праве. Усекаешь?

— Пока нет.

— Надо отдать им разработчика, иначе они не успокоятся. Прибор доведет Литвинова, я уже с ней переговорил, она считает, что справится. Пусть отдаст прибор Мерханову и получит от него деньги. Проще было бы, конечно, самим забрать у нее прибор и не связываться потом с мерхановской бандой, но тогда выйдет очень дорого. Мы не сможем оплатить ей прибор, у нас таких денег нет. Нам выделили валюту только на дополнительную оплату ее услуг и на операцию по захвату прибора у Мерханова. Поскольку она получит всю сумму, а не те крохи, которые ей собирался отвалить наш ученый муж, то мы сможем ей больше ничего не доплачивать. Хоть на этом сэкономим. Мы с тобой должны помочь милиционерам, чтобы они побыстрее слиняли из Института. В пикантную ситуацию мы попали, ничего не скажешь. Они знают про какое-то преступление, но не знают, кто его совершил. А мы с тобой знаем, кто преступник, но не знаем, в чем его подозревают. Будем надеяться, что все упирается только в кражу дела. Значит, наша с тобой задача — найти улики и подбросить их Каменской и Короткову. Только знать бы, какие улики им нужны. Я сегодня же свяжусь с Литвиновой и дам ей одно поручение, а дальше ты подключишься. Попробуем поискать, на чем можно зацепить нашего гениального ученого. Ты чего такой смурной? Не согласен?

— Игорь Константинович, я считаю, мы должны отказаться от прибора, — тихо произнес Бойцов.

— Это еще почему? — вскинулся Супрун.

— Потому что это безнравственно. Одно дело — война, и совсем другое дело — мирное население. Если бы вы видели те фотографии, что мне Каменская показывала...

— Так, приехали. — Супрун достал очередную сигарету и щелкнул зажигалкой. — Сопли распустил, да? Тебе трупы невинных младенцев показали, а ты уши и развесил? Дерьмо. Слюнтяй. От этого прибора престиж страны зависит, а ты чушь какую-то несешь. Престиж страны, понимаешь? Если допустить огласку истории с антенной, то до создания прибора докопаются — глазом моргнуть не успеешь.

— Значит, по-вашему, пусть она стоит и пусть все продолжается?

— Слушай, Бойцов, не выводи меня из себя, — с угрозой сказал Супрун. — Хватит и того, что мы сдадим им разработчика со всеми потрохами. И этого-то много. Кстати, ты хорошо понял, что именно мы должны сделать?

— Мы должны найти улики, которые позволят милиционерам привлечь к ответственности главного разработчика прибора, — бесстрастно и как-то отстраненно произнес Бойцов, глядя в сторону.

— Правильно. И что еще?

— А что еще? — так же без интереса повторил Вадим.

— Мы должны быть уверены, что он сам никому ничего не скажет. Поэтому что?

Бойцов молчал. Щеки его вдруг запали, резче обозначились скулы, губы сжались в узкую полоску.

— Ты целку-то из себя не строй, — грубо сказал Супрун. — Улики должны быть живые, настоящие, весомые. А преступник — мертвый. Иди и подумай, как это сделать. Я попрошу Литвинову сделать слепки с его ключей, остальное — твоя забота. И посмей только что-нибудь сорвать — головы не снесешь, это я тебе обещаю.

Бойцов молча вышел из машины и изо всех сил хлопнул дверцей.

— Сопляк! — пробормотал сквозь зубы Игорь Константинович. — Мальчишка. И кого только на службу принимают.

Он резко повернул ключ зажигания и, дав газ, рванул машину вперед.

4

Инна Федоровна Литвинова после разговора с Супруном заметно повеселела. Она не сомневалась, что сможет провести все контрольные испытания и довести прибор самостоятельно. Как хорошо, что можно больше не зависеть от надоедливых милиционеров, из-за которых работа приостановлена на неопределенный срок. Уже совсем скоро можно будет возобновить работу, довести ее до конца и получить наконец деньги. Правда, Супрун сказал, что прибор нужно будет отдать не ему, а каким-то другим людям, от которых и получить обещанную плату. Когда прибор будет готов, он скажет ей, как с ними связаться. Инна понимала, что здесь таится какой-то обман. Но думать об этом не хотелось. Завтра она сделает все возможное и даже невозможное, чтобы раздобыть ключи и сделать с них слепки, и гори все ясным огнем. Главное — Юлечка. Теперь можно будет оплатить ее поездку на Средиземное море.

Инна как на крыльях влетела в спальню, где Юлечка, как обычно, валялась в постели с книжкой.

— Котенок, все в порядке, деньги на поездку будут, можешь собираться, — радостно сообщила она.

— Правда? — обрадовалась рыжеволосая красавица. — Не обманываешь? Инночка, ласточка моя, как же я тебя люблю! — защебетала она, отбрасывая в сторону любовный роман и притягивая к себе Литвинову. — Ты у меня лучше всех на свете! Я знала, что ты меня не подведешь, Инусечка моя сладенькая, моя умненькая, моя добренькая.

Инна уткнулась лицом в белую шелковистую грудь Юли и счастливо вздохнула. Ради этого она готова пойти на все. Только бы Юлечка любила ее, только бы не бросила. Почувствовав, как Юлина рука стала нежно поглаживать ее вдоль позвоночника, многообещающе задерживаясь на крепких мускулистых ягодицах, Инна сказала себе, что нет на свете такой силы, которая сможет ее остановить в работе над прибором и получении денег. Она добудет эти проклятые деньги, чего бы ей это ни стоило.

5

— Напрасно ты не поехал со мной на дачу, — заявила его жена, раздеваясь в прихожей. — Там так хорошо! Воздух, тепло, весна началась. А ты сидишь как сыч в своем кабинете, совсем себя не бережешь.

Он с сожалением подумал о том, как быстро пролетели суббота с воскресеньем. Разумеется, он не поехал с женой на дачу. Он старался никогда не ездить вместе с ней, либо уезжал один, взяв с собой Алмаза, либо оставался дома, отправляя на дачу жену. Два дня, проведенные в одиночестве, позволяли ему набраться сил перед рабочей неделей, перед пятью днями непрерывного общения с людьми и постоянной борьбы с кипящими в нем раздражением и ненавистью.

— На Восьмое марта я пригласила на дачу детей и Сашиных родителей, так что мы с тобой поедем туда седьмого после обеда. Не задерживайся на работе, надо будет заехать купить продукты.

Он с ненавистью посмотрел в простодушное лицо жены. Еще не хватало целый день общаться с этими придурками — родителями зятя, да и сам зять ему не особенно нравился. И зачем только жена устраивает это сборище? Такая мука поддерживать разговоры, изображать гостеприимного хозяина, смотреть на их тупые физиономии. Сами себе они кажутся невероятно умными и с серьезными лицами рассуждают о политике, о возможной отставке мэра Москвы и смещении руководителей правоохранительных органов в связи с убийством известного тележурналиста. Сейчас все об этом рассуждают, как будто нет на свете вещей более важных и интересных. А для него важно только одно — его внутренний покой, его свобода, его одиночество.

— Да ты ничего не ел два дня, что ли? — послышался голос жены из кухни. — Все стоит нетронутое, я же тебе столько еды наготовила, когда уезжала. Или ты два дня дома не был?

— Да был я дома, не волнуйся.

— Тогда почему не ел?

— Не хотелось. И потом, я ел. Чай пил с бутербродами, яичницу жарил.

— Вот так всегда, — с упреком сказала жена. — Готовлю, готовлю тебе, а ты сидишь на бутербродах и яичнице. Ну почему ты себя не бережешь? Так и язву заработать недолго. Ты меня слушаешь?

— Нет, — грубо ответил он. — Я все это уже слышал.

— Не груби, пожалуйста, — спокойно заметила жена. Одним из несомненных достоинств в его глазах было то, что она не была обидчивой.

Он снова ушел к себе в кабинет и сел за расчеты. Но мысли его постоянно возвращались к одной и той же проблеме. Снова у Мерханова ничего не вышло, но, может быть, это и к лучшему. Грех говорить, но журналиста этого убили весьма кстати. Теперь вся милиция из-за него на ушах стоит, а до сгоревшего уголовного дела руки у них дойдут не скоро, если вообще дойдут когда-нибудь. Опасность с каждым днем становится все меньше. Правда, милиционеры что-то почуяли, недаром же проверяли алиби. Но ничего у них не вышло, алиби у него железное, бронированное, безупречное. Девчонка в Институте больше не появляется, а майор заглядывает изредка, делает кое-что на скорую руку и убегает. А сейчас у него и на это времени не будет. Вон по телевизору передают — для раскрытия убийства тележурналиста целый штаб создали, ничем другим теперь заниматься не будут, пока убийц не поймают. Да разве их поймаешь?

Никаких хлопот не было бы, если бы не Гриша Войтович. Как он тогда рвался в бой, обнаружив резкое повышение агрессивности у подопытных кроликов и крыс! Как хотел немедленно бежать и всем об этом докладывать! С большим трудом ему удалось урезонить Григория, уговорить помолчать пока. Он-то сразу сообразил, как можно использовать тот эффект, чтобы получить за него большие деньги. Этими деньгами он и Войтовича соблазнил. У того молодая жена, ребеночек совсем маленький, деньги-то ох как нужны. Молодую красавицу ничем больше не удержать, только удобством существования, поездками, тряпками, комфортом, как же тут без денег? Он намеренно подогревал в Грише ревность, умышленно доводя ее до почти патологического накала. Он придумывал сплетни, якобы рассказанные ему знакомыми работниками телевидения, о том, что за Евгенией ухаживают то один, то другой известные актеры, режиссеры, журналисты. Он изо всех сил нажимал на два рычага, которые казались ему наиболее мощными, — на любовь и деньги. Долгое время ему это удавалось.

Он пообещал Войтовичу много денег за работу над прибором, уверяя, что устройство, точно такое же, как они смонтировали в Институте, нужно какой-то гражданской организации для приема и излучения волн в высокогорных условиях. Всего их было пятеро: кроме него самого, Войтовича и Инны Литвиновой, работали еще научный сотрудник и техник. Но, кроме них с Гришей, никто не знал о том, что у такого устройства есть побочные эффекты как в поле прямого действия, так и в поле «обратной петли». А об истинном предназначении разработки знал только он. Он один. Конечно, совестливый Войтович камнем висел у него на шее, периодически взбрыкивая и начиная морализировать, рассуждать о нравственности и человеческом долге. С одной стороны, хорошо, что его больше нет. Не мешает, не путается под ногами, не ноет. Но с другой стороны, он написал это чертово предсмертное письмо и тем самым заставил его предпринимать трудные и рискованные шаги. Вот теперь он за эти шаги и расплачивается, вынужден временно уйти в подполье, а получение долгожданных, вожделенных денег откладывается. Денег, которые дадут ему свободу и независимость. Денег, которые дадут ему сладкое одиночество...

Глава 14

1

В понедельник утром, идя по длинному мрачному коридору здания на Петровке в свой кабинет, Настя Каменская столкнулась с сотрудником штаба ГУВД, который вылетел как ошпаренный из кабинета полковника Гордеева.

— Ну и начальник у тебя, Каменская, — пробормотал штабист, пробегая мимо Насти. — Сочувствую.

Она едва успела, войдя к себе, снять куртку и сапоги, как зазвонил внутренний телефон. Ее вызывал Колобок.

Виктор Алексеевич, вопреки ее ожиданиям, вовсе не казался злым и разгневанным. Напротив, он как будто заранее стеснялся того, что собирался сказать Насте.

— Меня с самого утра штаб достает, — начал он, пряча глаза. — Требуют, чтобы я дал им трех человек в бригаду, которая занимается расследованием убийства тележурналиста.

— Почему так много? — удивилась Настя. — У нас же совсем некому будет работать, если мы трех человек отдадим. Что, во всей Москве других сыщиков не нашлось?

— Вот и я им то же самое сказал, — смущенно вздохнул полковник. — А они предложили компромиссное решение.

— Какое? — внезапно осипшим голосом спросила она, предчувствуя, что услышит сейчас неприятную новость.

— Они готовы взять не троих, а только одного. Но это должна быть ты.

— Нет.

Она ответила мгновенно и с таким ужасом, как будто ей предлагали съесть сырую жабу.

— Но почему, Стасенька?

— Вы прекрасно знаете почему, Виктор Алексеевич. На мне висят несколько дел, и я не могу их бросить просто так, только лишь из-за того, что какому-то начальнику приспичило иметь собственного аналитика.

— Настасья, ты отдаешь себе отчет в том, что говоришь? — Голос Гордеева стал сухим и строгим. — Убит известнейший человек нашей страны, на раскрытие этого преступления брошены лучшие силы милиции и прокуратуры, создан специальный штаб по координации действий и руководству расследованием, и тебе, сопливой девчонке, предлагают взять на себя аналитическую работу в этом штабе. Ты гордиться должна, что тебе оказано такое доверие. Это значит, что тебя заметили и оценили, это значит, что поняли наконец, как я был прав, когда брал тебя на работу в отдел. Это значит, что мы с тобой все-таки победили! И сейчас настал ответственный момент, когда ты можешь убедить в нашей правоте не только Петровку, но и всю нашу милицейскую общественность. Ты будешь работать в этом специальном штабе и ты всем — слышишь? — всем, от рядового оперативника до министра, покажешь, как важно и нужно заниматься аналитической работой не только для руководства на уровне города, но и для раскрытия конкретных преступлений, ты покажешь, как замечательно ты умеешь это делать. И еще одно. Не забывай, что в нашем отделе большой некомплект сотрудников. Люди уходят, а новые почему-то не приходят. То есть приходят, конечно, но я их не беру, потому что вижу: нет в них того, что я ищу в хорошем сыщике. Так вот, если ты сумеешь заявить о себе, показать себя и свою работу, ты тем самым заявишь и обо мне, и о нашем отделе. Понимаешь? Люди начнут думать: «Что же это за Гордеев такой, который придумал взять в отдел человека специально для аналитической работы? Что же это за отдел такой, где аналитик помогает раскрывать преступления?» Сначала мы станем интересны им, а потом к нам потянутся, и не шваль всякая, как сегодня, а лучшие. Так что не валяй дурака, дорогая моя, и приступай к работе в бригаде.

— Я не могу, — упрямо повторила Настя, глядя почему-то не на начальника, а на полированную поверхность длинного стола для совещаний.

— Почему?

— Я должна закончить с Институтом. Я должна выяснить, что за антенна стоит у них на крыше, и добиться, чтобы ее сняли и чтобы виновные в этом понесли наказание. И пока я этого не сделаю, я не остановлюсь.

— Но ты же мне руки вяжешь! — в отчаянии воскликнул Колобок. — Если оставить тебя, то придется отдавать трех человек. Трех! Это при нашем-то некомплекте! Вокруг тебя складывается какая-то непонятная ситуация, и, пока она не рассосется, тебя нужно охранять по дороге из дома на работу и обратно. Это значит, что от дела будет оторван как минимум дважды в день еще один человек. Развалится работа всего отдела — и только из-за твоего упрямства. Имей в виду, я с тобой веду светскую беседу просто потому, что хорошо к тебе отношусь, а так ведь могу приказать — и вся недолга. И прикажу, если ты не одумаешься.

— Виктор Алексеевич, — сказала Настя медленно, сквозь зубы, словно с трудом выдавливая из себя слова. — Я не хочу работать в этой бригаде, потому что считаю это безнравственным. Можно создавать специальные штабы и бригады для поимки опасного преступника, который, оставаясь на свободе, может совершить еще не одно тяжкое преступление. В такой постановке мне вопрос понятен. Но создавать такие штабы и бригады для того, чтобы раскрыть одно убийство, — это верх цинизма, это хамство и свинство, это плевок в душу всего населения, всех нас. И я не хочу, не могу и не буду участвовать в этом шабаше.

— Ты что, Стасенька? Что-то я тебя не понял, — озадаченно произнес Гордеев, который от изумления уже успел забыть, как только что велел ей перестать валять дурака и грозился перейти от дружеских уговоров к административным приказаниям.

— Вы посмотрите, что происходит. Убивают одного человека, да, известного, да, популярного и любимого многими, но это такое же убийство, как и почти все остальные, которые совершаются в нашей стране. Виктор Алексеевич, это только в жизни все люди разные, а в смерти они все равны. Потому что у каждого убитого есть близкие и друзья, которые будут его оплакивать, у которых в душе еще долго будет болеть рана от его утраты. Нет потерпевших более достойных и менее достойных, нет потерпевших, убийства которых нужно раскрыть обязательно, и потерпевших, преступления против которых можно не раскрывать. Нет этого, понимаете? Нет и быть не может. Сегодня наша замечательная страна уподобляется рабовладельческому Древнему Риму, когда убийство патриция считалось убийством, а убийство чужого раба — порчей чужого имущества. Чужого, заметьте себе, потому что убийство собственного раба даже не было предметом правового регулирования. Покойный тележурналист у нас получился патрицием, на раскрытие убийства которого страна бросает лучшие силы. Снимают начальника ГУВД Москвы и прокурора города. Ставят вопрос о доверии министру внутренних дел и Генеральному прокурору. А каково слышать об этом матерям, у которых неизвестные преступники убили детей, или женам и мужьям, потерявшим любимых супругов, или детям, оставшимся без родителей? Вам приходило в голову хоть один-единственный раз, каково им слышать все это? Для них тот человек, которого они потеряли, все равно был и остается центром, вокруг которого сосредоточены их боль, страдания, слезы. И что же? Ради ИХ близкого никто никакой бригады не создавал. Когда убили ИХ близкого, что-то никто никого с должности не снял и даже выговор не объявил. Значит, мой ребенок хуже? Мой ребенок, мой муж, мой брат — они недостойны того, чтобы их убийцу искали? Почему? Потому что бедны? Потому что не работают на телевидении и поэтому не имеют доступа к самому популярному каналу массовой информации? Потому что их не избирали в Думу? Почему? ПОЧЕМУ? А КАК ЖЕ МОЙ РЕБЕНОК, МОЙ МУЖ И МОЙ БРАТ? Виктор Алексеевич, то, что сейчас происходит, — это издевательство над теми людьми, у которых погибли близкие. И я в этом издевательстве участвовать не желаю!

Она сама не заметила, как давно уже перешла на крик. Из глубины ее души поднималась такая боль, которая заставляла вибрировать голосовые связки и наконец прорвалась наружу бурными слезами. Настя разрыдалась. Колобок немедленно вскочил с начальственного места и подкатился к ней.

— Ну что ты, девочка, ну не надо, милая, — приговаривал он, ласково гладя ее по голове. — Не надо так остро это воспринимать. У нас с тобой есть работа, и мы должны ее хорошо делать, вот и все наше мировоззрение. И убийство тележурналиста — это такое же убийство, как и все остальные, и раскрывать его тоже надо. Мы же с тобой не можем отказаться его раскрывать только лишь потому, что наше государство ведет себя по-свински, правда? Да, власти поступают неправильно, но наша работа все равно остается, и делать ее все равно надо, даже если мы с властями не согласны. И убитый тележурналист не виноват в том, что вокруг его гибели устроили карнавал животных. И его близкие имеют право рассчитывать на то, что убийца будет пойман и наказан. Поэтому вытри слезы, деточка, успокойся, и давай подумаем, как нам лучше поступить. Сколько времени тебе нужно для работы с Институтом?

— Три дня, — всхлипнула Настя, вытирая глаза огромным голубым носовым платком, который протянул ей Гордеев. — Если у меня опять не получится, то за три дня это станет очевидным. А больше я все равно ничего не могу придумать.

— Хорошо, — кивнул Виктор Алексеевич. — Я на три дня дам им троих ребят. На понедельник, вторник и среду. И пообещаю, что с четверга вместо них начнешь работать ты. Годится?

— А вдруг я за три дня придумаю, как раскрыть убийство Галактионова? Тогда вы меня не отдадите? — с робкой надеждой спросила она, заглядывая в глаза начальнику.

— Не торгуйся, не на базаре, — проворчал Колобок. — Работай, как договорились. Получится — молодец. Не получится — жаль, но упрекать тебя не буду, и так сделано все, что в человеческих силах. И в том, и в другом случае с четверга начнешь работать в бригаде. А если к этому времени что-то изменится, вот тогда и будем решать, как поступать. Трудности надо преодолевать по мере их возникновения, а не заранее. Ты с Доценко все согласовала?

— Да, он должен начать сегодня прямо с утра. Уже приступил, наверное. Хорошо, что Шитова — нормальная живая женщина. Наш Мишаня ей, по-моему, жутко нравится, поэтому она охотно согласилась на то, чтобы попробовать поработать с памятью еще разочек. Бедный Миша, он на таких углубленных сеансах килограмма два в весе теряет.

— Неужели? — Полковник снял очки и сунул дужку в рот, что означало сосредоточенность и готовность к обдумыванию новой информации. — А за счет чего, интересно? Может, мне попробовать? Скоро я в это кресло уже не влезу.

— Да бросьте вы, Виктор Алексеевич, — улыбнулась Настя, взяв себя в руки и почти успокоившись. — Мы вас и толстого будем любить и слушаться.

2

Надежда Андреевна Шитова послушно выполняла все указания Миши Доценко. Она надела тот же костюм, в котором ходила на работу 22 декабря, в день, когда попала в больницу, а на вешалку в прихожей повесила недавно убранные в специальные пакеты зимние вещи — теплую куртку, короткую светлую дубленку, дорогую норковую шубу, легкое шелковое пальто на меху. Сверху, на деревянную полочку, Миша попросил положить зимние шапки, теплые шарфы и платки — одним словом, все то, что лежало там 22 декабря.

Потом они занялись спальней. Шитова долго думала, потом принесла откуда-то несколько предметов, явно раньше принадлежавших убитому Галактионову: будильник с гравировкой «Папочке от Катюши», массивную пепельницу и настольную зажигалку, небольшой изящный магнитофон и стопку кассет — Александр Владимирович любил слушать музыку, лежа в постели. Разместив вещи так, как они стояли при жизни Саши, она отошла в сторону и критически осмотрела результаты своего труда. Потом подошла ближе, сделала несколько неуловимых движений и удовлетворенно улыбнулась.

— Теперь все так, как было.

— Вы на кухню заходили? — спросил Доценко.

— Нет. Мне было очень плохо, я сразу из прихожей прошла в спальню, переоделась и легла. Потом мне стало вроде полегче, и я решила выпить чаю. Вот как раз в тот момент, когда я поднялась с кровати, у меня и произошел разрыв трубы и началось внутреннее кровотечение. Так что до кухни я не дошла.

— Очень хорошо, значит, кухню не трогаем. Вы готовы?

— А что мы будем делать? — поинтересовалась Шитова. Ей было жаль, что симпатичный черноглазый оперативник заставил ее надеть строгий деловой костюм, в котором она ходила на работу. Надежда предпочла бы беседовать с ним, облаченная во что-нибудь более интересное, например, в комбинезон с расстегнутыми сверху пуговицами, или в длинную домашнюю юбку с четырьмя разрезами. Впрочем, Михаил просил приготовить халат, в который она тогда переодевалась, так что еще очень может быть...

— Мы с вами займемся чем-то вроде гипноза, — серьезно пояснил Доценко. — Сначала я помогу вам расслабиться, отключиться полностью от всего, что произошло за последние недели. Потом мы проделаем с самого начала, шаг за шагом, весь путь от момента вашего возвращения домой в тот день до момента, когда вы открыли глаза и увидели гостя, который был у Александра Владимировича и который советовал ему немедленно вызвать «Скорую помощь». А потом я снова покажу вам фотографии. Вы не думайте, что это просто. Это потребует от вас огромных усилий и сосредоточенности.

Миша усадил Шитову в гостиной и начал работать. Сегодня работа шла намного легче, чем обычно, потому что Надежда действительно старалась. Ей, видно, очень хотелось понравиться Мише Доценко, а для этого нужно было ему помочь. В конце концов, он ведь не просто так ее терзает, он хочет раскрыть убийство ее любовника, ее друга. К моменту, когда Миша решил, что можно начинать, по его спине градом стекал пот, а усталость была такая, будто он только что разгрузил вагон с углем.

Он попросил Шитову не открывать глаза, вывел ее в прихожую, помог надеть норковую шубу, щелкнул замком, открывая входную дверь.

— Ну, Надежда Андреевна, начали. Вы пришли домой... Не забудьте, пожалуйста, мы договорились, что вы будете думать вслух.

— Да, я открыла дверь, вошла, зажгла свет, посмотрела на вешалку и сразу увидела Сашину куртку, а рядом чье-то чужое пальто и подумала, что это не Гоша Саркисов и не Стасик...

Шитова медленно раздевалась, снимала зимние сапоги, разговаривала с Галактионовым, который объяснял, что у него важная встреча, и просил к ним не заходить и не беспокоить. Она думала о том, что Саша, наверное, не собирается вместе с ней отпраздновать день ее рождения, а также о том, что чувствует себя очень плохо, и если завтра не станет лучше, то придется вызвать врача. Переодеваясь в красивый теплый халат, она думала о стирке, которую запланировала на завтрашний вечер, но которую, видимо, придется отложить, если ее самочувствие не улучшится. Она испытывала такую страшную слабость, что даже испугалась, и, укладываясь в прохладную свежую постель, подумала о том, что уже давно перестала быть юной девочкой, но никогда раньше не думала, что болезни и недомогания начинаются так рано. Если окажется, что с ней что-то серьезное, не бросит ли ее Саша? И если бросит, грозит ли ей это какими-нибудь существенными переменами в жизни или пройдет достаточно безболезненно? Она сквозь дрему прикидывала, какие блага и удобства привнес в ее жизнь Александр Галактионов и обязательно ли она лишится их, если так случится, что Саша с ней расстанется. Мысль о разрыве пришла ей в голову в первый раз, и она удивилась про себя собственной самоуверенности: нужно было заболеть, чтобы об этом подумать.

Миша стоял возле кровати и внимательно слушал лежащую в постели женщину. Кажется, она старается изо всех сил, и он был ей за это благодарен. Такие эксперименты Доценко ставил уже не в первый раз, но обычно ему приходилось долго мучиться со свидетелями. Молодые девушки глупо хихикали и никак не могли настроиться на работу. Женщины постарше смущались и пытались сами решать, что имеет значение, а что нет, внезапно выходя из образа и не терпящим возражений голосом произнося:

— Ну, это мы пропустим, здесь ничего интересного не было.

Мише в таких случаях стоило больших усилий сдержаться и не накричать на них. Он всегда старался быть спокойным и корректным, чтобы не «спугнуть» свидетеля, не сбить его память с нужной колеи. Но он очень хорошо помнил случай, когда свидетельница вот так же авторитетно заявила, что «это мы пропустим», потому что не видела ничего достойного внимания в том, что вышла из подъезда и шла до метро, напевая песенку. Миша сначала разозлился на ее безапелляционный тон, но потом спохватился и спросил, что за песенку она напевала. Оказалось, это было «Если бы не было тебя, то зачем было бы жить мне?» из репертуара Джо Дассена. Почему именно эта песенка? Ведь певец давно умер, пик его популярности прошел много лет назад, сегодня его совсем не слышно ни по радио, ни по телевидению, и далеко не в каждом доме сохранились его пластинки и записи на кассетах. Миша клещами впился в несчастную свидетельницу, в результате чего выяснилось, что, выходя из лифта, она столкнулась с человеком, очень похожим на певца: копна мелко вьющихся светло-каштановых волос, семитский тип лица с крупным носом и чувственными, четко очерченными губами. Данный ею словесный портрет позволил тогда точно выделить одного человека из огромного круга потенциальных подозреваемых. После этого случая Доценко сказал себе, что в работе с памятью важно каждое мгновение, ибо уместившаяся в это мгновение мысль может оказаться ключевой.

Поэтому сейчас, слушая расслабленное бормотание лежащей под одеялом женщины, он вслушивался в каждое слово, в каждый вздох, в каждую паузу.

— Он спросил, не беременна ли я. Саша ответил, что я была у врача, но врач ничего не нашел. Тогда он спросил, зачем я ходила к врачу, то есть были ли у меня основания сомневаться. Я сказала, что были, вплоть до вчерашнего дня, а вчера начались месячные — правда, после большого перерыва. Он тогда пробормотал, что это не месячные, а скорее всего кровотечение. У него на работе был очень похожий случай, женщине стало плохо, и врач «Скорой помощи» в первую очередь спрашивал у нее именно об этом...

— Надежда Андреевна, вы помните задание, которое должны выполнить? — спросил Доценко, доставая из кармана конверт.

— Да, — тихо ответила она, не открывая глаз.

— Тогда откройте глаза и посмотрите.

Он не стал добавлять больше ничего, не стал предупреждать о том, как важно, чтобы она не ошиблась, не стал напоминать о двух с лишним месяцах кропотливой, изматывающей работы по поиску убийцы Галактионова и о том, как много сейчас зависит от правильной работы ее памяти. Доценко не хотел сбивать ее. Все должно быть естественным: 22 декабря в этот момент она открыла глаза и увидела человека, который, как они подозревают, через два дня после этого отравил Галактионова. Пусть и сейчас она откроет глаза и увидит лицо. Больше от нее ничего не требуется.

Шитова повернулась лицом к Мише и приоткрыла глаза. Перед ней Доценко держал пять фотографий, две в одной руке, три — в другой.

— Вот этот, — решительно сказала Шитова, вынимая из Мишиной руки один снимок.

— Точно? — переспросил он.

— Абсолютно, — уверенно ответила молодая женщина. — На все сто.

— Спасибо, — облегченно улыбнулся Доценко. — Господи, если бы вы знали, как я устал.

Надежда легко поднялась с постели, умышленно небрежным жестом запахивая халат, который она ухитрилась предусмотрительно развязать, пока лежала под одеялом.

— Отдыхайте, Михаил Александрович, а я буду за вами ухаживать. Раз уж я взяла на работе отгул, то спешить мне совершенно некуда.

— Зато мне есть куда, — возразил Миша, у которого от слабости начала кружиться голова. Поесть бы сейчас как следует и поспать хотя бы час!

— Глупости, считайте, что я оказалась бестолковой и вам пришлось провозиться со мной раза в два дольше. Ведь такое могло быть? Могло.

— В принципе, да, — подтвердил Доценко, которому очень хотелось дать себя уговорить. Во-первых, он действительно чудовищно устал. А во-вторых, Шитова ему нравилась. Она была веселой компанейской девицей и, несмотря на яркую красоту и высокие финансовые претензии, казалась доброй и славной. Ну и в-третьих, она была действительно очень красива.

— Вот видите. Пойдемте вместе на кухню, у меня там стоит диванчик, вы приляжете, а я буду вас потчевать всякими вкусными вещами.

— Мне надо позвонить.

— Конечно, конечно. Телефон на кухне, и, кстати, подключите его.

— А он что, выключен? — удивился Миша.

— Разумеется. Мы же с вами занимались серьезным делом. Разве у нас могло что-нибудь получиться, если бы каждые пятнадцать минут звонил телефон?

— Какая вы умница! — восхищенно произнес Доценко, втыкая вилку в розетку и набирая номер.

— Я очень старалась, — обворожительно улыбнулась Шитова. — Мне хотелось вам помочь.

— Это я, — сказал Миша в трубку. — У нас получился Лысаков. Да, Геннадий Иванович Лысаков. В пять? — Он бросил взгляд на часы. — Хорошо, Анастасия Павловна, в пять возле Института.

Он положил трубку и виновато посмотрел на Шитову.

— Надежда Андреевна, мне придется просить вас еще об одном одолжении. Мы с вами должны к пяти часам подъехать в одно учреждение. Пробудем там самое большее час, и я отвезу вас домой. Вы сможете?

— При одном условии. Вы сейчас снова отключите телефон, — откликнулась Шитова, доставая из холодильника многочисленные свертки и пакеты.

— Зачем? Нам предстоит еще одно серьезное дело? — пошутил Доценко, прекрасно понимая, что за этим последует, и точно так же понимая, что не имеет ничего против.

— Еще какое серьезное. Ухаживать за усталым сыщиком и кормить его — это самое серьезное дело на свете.

— А можно процесс кормления разбить на два этапа? — невинно поинтересовался он. Сейчас все станет ясным. Он даст сигнал, внешне вполне безобидный, и, если Шитова захочет, она ответит, а если не захочет — сделает вид, что не заметила. — Первый этап провести до ухаживания, а второй — после.

Надежда подняла на него выразительные темные глаза, посмотрела долго и внимательно, потом чуть заметно улыбнулась.

— Можно. Если не возражаете, первый этап сделаем максимально облегченным, чтобы вы не уснули во время ухаживания.

Миша вдруг перестал ощущать голод и усталость, он думал только о том, что перед ним стоит в полураспахнутом халате славная молодая женщина с потрясающими ногами и огромными темными глазами, которой он явно нравится и которая нравится ему, и как редко случается, что люди бывают так расположены друг к другу, а до пяти часов еще так далеко...

Он протянул руку, вынул из ее рук нож, которым она приготовилась что-то резать, и ласково сжал теплые нежные пальцы.

— Я не буду возражать, если первый этап мы вообще пропустим, — шепотом сказал он.

3

Вадим Бойцов подумал, что со вчерашнего дня не может смотреть в глаза своему начальнику Игорю Супруну. Казалось бы, ничего не изменилось, выволочки от Игоря Константиновича он и раньше получал, и несогласие свое с позицией начальства, бывало, не скрывал, но никогда после этого не нарушалась между начальником и подчиненным та атмосфера дружелюбия, которая позволяла Супруну уважать Бойцова и доверять ему. А после вчерашнего разговора в машине все стало по-другому. Бойцов даже не отдавал себе отчет в причинах этих перемен, но он чувствовал их, как животное, которое предчувствует землетрясение и бежит в безопасное место, не зная, почему и зачем оно бежит.

— Слушаю вас, Игорь Константинович, — произнес он, глядя в окно, за которым скучно висел туманный весенний день.

— Люди Мерханова какое-то время не будут беспокоить Каменскую, так что если ты собираешься с ней еще работать, имей это в виду. Те наемники, которых ты видел, сегодня ночью доставлены в Институт Склифосовского с острым пищевым отравлением. Разумеется, все четверо скончались. Если Мерханов на этом не успокоится, то ему нужно время, чтобы найти других исполнителей, а им, в свою очередь, понадобится время, чтобы понаблюдать за Каменской. Я думаю, в течение ближайшей недели она будет в безопасности. Сообщаю тебе на всякий случай, вдруг пригодится.

— Я учту, — бесцветным голосом ответил Бойцов, по-прежнему не глядя на начальника.

— Теперь другое. Встретишься сегодня с Литвиновой, заберешь у нее слепки с ключей. Она должна будет сказать тебе, какие у нашего разработчика планы на праздник. Нужно будет посмотреть в его квартире, нет ли там улик, которые мы можем подсунуть людям с Петровки. Вопросы есть?

— Нет.

— Тогда иди.

Бойцов вышел от начальника и пошел к себе, угрюмо размышляя о том, что не может отделаться от всего рассказанного Каменской. Супрун прав, престиж страны — дело такое важное, что в сравнении с ним меркнет многое другое. Но и Каменская права, страна, которой наплевать на страдания живущих в ней людей, не достойна того, чтобы кто-то боролся за ее престиж. Но если не поддерживать престиж, страна потеряет лицо в глазах мирового сообщества, не получит кредитов, значит, экономика не встанет на ноги, жизнь будет становиться все хуже и тяжелее, и живущие в стране люди будут страдать все больше. А если в данном конкретном случае поставить интересы престижа выше других, то страдать будет только небольшая часть населения — те, кому не повезло жить в Восточном округе столицы. И даже не во всем округе, а лишь на некоторой части его территории. Так что при такой постановке вопроса прав Супрун. Но если вспомнить, что эта небольшая часть населения расплачивается за поддержание престижа страны своим здоровьем и даже жизнью, то выходит, что права все-таки Анастасия. А вдруг она его обманывает? Вдруг фотографии, которые она ему показала, не имеют никакого отношения к злополучной «обратной петле»?

Он поедет в Восточный округ и сам посмотрит, что там происходит. Походит вечером по улицам, потолкается возле баров и дискотек, понаблюдает за пьяными, поговорит со стариками, которые всегда рады любому собеседнику. Он поедет туда и посмотрит своими глазами. И если окажется, что Каменская сказала правду, ему придется принимать решение, самое, наверное, трудное в своей жизни, но и самое главное.

4

Они подъехали к Институту почти одновременно — Коротков на белой с голубой полосой служебной машине и Доценко, который приехал вместе с Шитовой на ее автомобиле. Посовещавшись несколько минут, они вошли в здание и отправились прямиком в кабинет директора Института Николая Николаевича Альхименко. Коротков зашел к директору, а Шитова и Доценко молча сидели в приемной напротив секретаря, которая беспрерывно отвечала на телефонные звонки.

Загорелась лампочка переговорного устройства, секретарь щелкнула переключателем.

— Слушаю, Николай Николаевич.

— Пригласите ко мне Лысакова, пожалуйста, — послышался из динамика голос Альхименко.

— Одну минуту.

Она тут же сняла трубку одного из многочисленных аппаратов.

— Георгий Петрович, здравствуйте, Николай Николаевич просит Лысакова срочно зайти.

Доценко почувствовал, как напряглись руки сидящей рядом Шитовой.

— Расслабься, — прошептал он едва слышно. — Чего ты так перепугалась? Войдет человек, пройдет мимо, посмотришь на него в движении — и все. Секретарша что-нибудь у него спросит, он ответит, послушаешь голос. Я должен быть уверен, что ты не ошиблась.

— Я точно знаю, что не ошиблась, — так же тихо прошептала Надежда. — Ужасно нервничаю.

— Ну и напрасно, — беззаботно пожал плечами Михаил, хотя внутри все время ощущал противный холодок. Они уже начали действовать исходя из того, что Лысаков — тот, кто им нужен. А вдруг Надежда ошиблась?

Она теснее придвинулась к Мише, и даже через плотную ткань пиджака он ощутил ее тепло.

— Миша, а если окажется, что я ошиблась, тебе попадет?

— Конечно, — пробормотал он, почти не разжимая губ. В этой теплой комнате на мягком диване его стал одолевать сон. Процесс ухаживания в доме Шитовой затянулся настолько, что второй этап кормления оказался весьма интенсивным и максимально сжатым во времени. Надежде удалось за десять минут впихнуть в Мишу такое количество еды, на поглощение которого при нормальных условиях ему понадобился бы по меньшей мере час. Потом они бегом бежали по лестнице к машине, и Надежда гнала по улицам как сумасшедшая, чтобы оказаться у Института ровно в пять часов. Напряжение от автомобильной гонки прошло, и теперь Миша Доценко чувствовал себя так, как должен себя чувствовать сильно уставший мужчина, которого двадцать минут назад обильно и вкусно накормили. Он с трудом держался, чтобы не провалиться в бездонную пропасть крепкого сна.

Открылась дверь, ведущая в приемную из коридора, вошел Геннадий Лысаков. Надежда скосила на него глаза, но голову старалась не поворачивать.

— Танечка, меня вызывали? — обратился Лысаков к секретарю, не обращая внимания на сидящую в углу дивана пару. Шитова сидела так, что для человека, входящего в приемную, лицо ее было почти полностью скрыто мужественным профилем Миши Доценко.

— Подождите, у него посетитель, — строго ответила Танечка, снова щелкая переключателем интеркома. — Николай Николаевич, подошел Лысаков. Хорошо.

— Идите, — кивнула она Геннадию Ивановичу.

Миша крепко сжал руку сидящей рядом женщины.

— Ну что?

— Я совершенно уверена, — твердо ответила Надежда.

— Ладно, пошли отсюда.

Они вышли из приемной и пошли по длинным коридорам, минуя одну за другой двери, ведущие в отдельные кабинеты, в общие комнаты, в курилки и залы для проведения научных собраний.

— Надюша, мы сейчас зайдем в несколько кабинетов, мне нужно сделать сотрудникам официальное сообщение. Пожалуйста, не вступай ни в какие разговоры здесь, хорошо? Все пока очень зыбко, не надо никому ничего говорить. Все, что нужно, я сам скажу. Нам сюда.

Он толкнул дверь, на которой висела табличка: «Ученый секретарь Гусев В. Е.».

5

Он подъехал на машине к своему дому, но не находил в себе сил выйти и подняться в квартиру. Наверняка дома жена, придется разговаривать с ней, силком засовывая в себя любовно приготовленный ею ужин. При мысли о еде он непроизвольно скривился. Нет, он посидит еще немного в машине, продлевая приятное одиночество. Ему нужно о многом подумать.

Итак, любовница Галактионова почему-то опознала Лысакова. Конечно, она в тот момент была почти без сознания, плохо соображала и мало что видела. Тогда, возле здания на Петровке она его не узнала, скользнула глазами по лицу, не задержавшись ни на мгновение. А сегодня опознала Гену. Трудно поверить в такую удачу, но факт есть факт. Он своими глазами видел, как Лысакова вывели из Института и посадили в машину. А перед этим он видел в Институте Шитову вместе с сотрудником милиции. Конечно, Геннадий возмущался, махал руками, кричал, что это безобразие и беззаконие. Все так говорят, когда их арестовывают, даже те, кого поймали с поличным, так что его пламенные речи мало кого взволновали. Удача, необыкновенная удача!

Но это — пока. А вдруг Шитова одумается? Вдруг посмотрит на Лысакова повнимательнее и поймет, что ошиблась? Конечно, это вовсе не означает, что после этого она опознает истинного преступника, которого видела в гостях у Галактионова. Ну, отпустят Лысакова, но это еще не конец света. Будут дальше искать. Плохо только, что они по-прежнему будут крутиться в Институте. Надо бы извлечь из ситуации максимальную пользу, причем побыстрее, пока никто не прочухался, что произошла ошибка. Как хорошо, что завтра короткий день, а послезавтра — праздник. Вся работа остановится, а к четвергу он должен сделать так, чтобы в виновности Гены Лысакова никто не сомневался. Интересно, как им удалось связать Шитову и Институт? Этого не должно было случиться. Каким же образом это произошло? Где он допустил промах? Наверное, это цианид. Да, конечно, все дело в цианиде. Когда Галактионов передал ему ампулы, он первым же делом посмотрел на маркировку и увидел, что ампулы пришли с того же самого завода, с какого идут поставки в Институт. Тогда ему это не понравилось, но выбора уже не было. Видно, раскрывая убийство Галактионова, милиционеры наткнулись в Институте на такие же ампулы, вот и решили, что убийцу надо искать здесь. Правильно, в общем-то, решили, да только не того нашли.

А может быть, все было и по-другому. Ведь Шитова, как оказалось, — подружка той беленькой девицы из милиции. А бабы есть бабы, даже если работают в уголовном розыске. Всем друг с другом делятся. Девица могла сказать Шитовой, что ищет убийцу среди сотрудников огромного Института, и показать ей кучу фотографий, дескать, смотри, как трудно определять одного из двух сотен. А Шитова взглянула и узнала Лысакова. Может такое быть? Маловероятно, но может. Каких только совпадений не бывает, даже случай с цианидом тому пример. А то, что Шитова оказалась подругой сотрудницы уголовного розыска, разве не совпадение? Еще какое. А то, что Шитова приперлась домой как раз тогда, когда он был там вместе с Галактионовым, а не на полчаса позже, разве не совпадение?

Ладно, не так важно, почему Лысакова арестовали. Важно, что арестовали, и это надо использовать. Работники милиции по секрету сказали, что Лысаков будет находиться дома под подпиской о невыезде, потому что камеры переполнены, сажать арестованных некуда. Еще неделю назад Генку обязательно заперли бы за решетку, но теперь в связи с интенсивными поисками убийцы тележурналиста усиливаются милицейские наряды и патрули, отлавливают всякую преступную шваль и бросают в камеры. Там уже не продохнуть. Все закономерно: чем больше милиции задействовано — тем гуще получается сеть, а чем гуще сеть — тем больше улов.

Следует определить конечную цель, а потом продумать, как ее достичь. Нужно сделать так, чтобы Шитова не спохватилась и не поняла, что ошиблась, указав на Лысакова. Для этого нужно, чтобы она умолкла навсегда. Кроме того, нужно сделать так, чтобы обвинили в этом Лысакова, который, слава богу, находится дома и свободно может передвигаться по городу. Подписка о невыезде означает, что нельзя выезжать за пределы города, а выходить из квартиры — сколько угодно.

У него есть адрес и телефон Шитовой. И еще у него есть вторая ампула с цианидом. Как чувствовал, еще тогда попросил Галактионова достать ему две ампулы. Так, этого должно быть достаточно, чтоб осуществить замысел. Теперь следует рассчитать время. Завтра до середины дня он будет на работе. Потом обещал жене поехать с ней за продуктами. После этого можно будет отвезти жену на дачу и вернуться в Москву. Если все сделать правильно, то завтрашнего вечера ему хватит для выполнения задуманного. И завтра же вечером вернуться на дачу. Лысаков сейчас живет один, его жена уехала в другой город навестить родителей. Значит, что бы ни случилось, алиби его никто не подтвердит.

Он посмотрел на свои крупные руки, лежащие на руле, и с удовлетворением отметил, что они не дрожат. Он был собран и спокоен, уверен в себе и в правильности своих расчетов. Он справится. Он сможет отвести от себя опасность, закончит прибор, получит деньги и обретет свободу. Именно в такой последовательности и с таким результатом.

Он еще несколько минут посидел, расслабившись и прикрыв глаза, потом нехотя запер машину и вошел в подъезд.

Глава 15

1

Все вокруг напоминало о том, что сегодня — короткий предпраздничный день. Весь год в Москве было много цветов, но даже трудно было предположить, что их может быть СТОЛЬКО! Почти все мужчины шли на работу с цветами, которые покупали возле ближайших станций метро, а через несколько часов эти же самые цветы женщины понесут с работы домой. В подземных переходах возникли как из-под земли новые лотки с парфюмерией, косметикой, галантереей и колготками, любовные романы в ярких мягких обложках шли нарасхват, а спешащие на службу женщины выглядели так, словно шли в дорогой ресторан, но по досадному недоразумению лимузин к воротам не подали.

Рано утром Вадим Бойцов получил изготовленные по слепкам ключи от квартиры главного разработчика. Литвинова сказала, что хозяин квартиры собирается после работы ехать на дачу, так как жена пригласила на праздник дочь с зятем и его родителями. К сожалению, в квартире есть собака, поэтому лезть туда, пока хозяева на работе, не стоило. Надо подождать, пока пса увезут на дачу.

Посещение квартиры разработчика откладывалось до второй половины дня, и Вадим решил осуществить задуманное — съездить в Восточный округ, чтобы своими глазами убедиться в том, о чем ему рассказывала Каменская.

Припарковав машину неподалеку от метро и пройдя несколько кварталов, он оказался перед зданием Института. В этом месте петли на карте пересекались. Он покрутил головой, чтобы сориентироваться и найти нужное направление, и быстро зашагал в сторону красивой многоэтажной гостиницы. Вадим понимал, что выбрал для своих экспериментов не совсем удачное время — утро предпраздничного дня. Если и есть тот эффект, о котором говорила Анастасия, то именно сейчас он наименее заметен. Злоба и агрессивность легче всего прорываются вечером, когда человек устал и раздражен после работы или когда выпьет. Но Бойцову не терпелось хотя бы начать разбираться во всем этом. Он даже не ожидал, что рассказ об «обратной петле» так его заденет.

Начать он решил с продуктовых магазинов. И продавцы, и покупатели обычно живут здесь же, неподалеку, и вполне годятся в качестве объекта наблюдения. В первом же магазине его поразила явная несоразмерность мелких поводов и возникающих вокруг них конфликтов. Даже при том, что покупателей было совсем немного и ни к одному прилавку очередь не стояла, продавцы ухитрялись доводить пожилых женщин, пришедших за продуктами, до слез, а пожилые придирчивые покупательницы, в свою очередь, доводили продавщиц чуть ли не до истерик.

— Почему у вас нет твердого сыра, одни только плавленые сырки? — строго вопрошала покупательница.

— Не знаю, — пожимала плечами продавщица. — Что привезут, то и продаем.

Далее следовала перемежающаяся оскорбительными намеками лекция о том, что, мол, сколько разговоров было вокруг приватизации, а все как было, так и осталось, продавцы воруют, за ценами теперь никто не следит, наверняка и цены завышают, вон какие рожи себе отъели, у нищих пенсионеров последний кусок из горла вырывают. Продавщица сначала вяло огрызалась, потом взорвалась и наорала на старуху, с таким остервенением швырнув на прилавок взвешенный для нее кусок буженины, словно это были не буженина и прилавок, а граната и сама ненавистная покупательница.

В другом магазине Вадим увидел, как молодая мама, держащая за руку ребенка лет пяти-шести, отчитывает продавщицу за то, что прилавок с мороженым сделали стеклянным.

— Ребенку все видно, он начинает плакать и просить мороженое, а ему нельзя! Вот что мне теперь прикажете делать?

Ребенок и в самом деле орал во всю глотку и, захлебываясь слезами и соплями, требовал мороженое «Баунти».

— Вам лишь бы продать побольше, — продолжала кипеть мамаша, — а о том, что ребенок не понимает, вы и не думаете. Да еще специально на стекло зайчиков и медведей приклеиваете, чтобы ребенок наверняка заметил вашу гадость. Совесть у вас есть или нет?

— Всем детям можно, а этому нельзя! — отвечала продавщица, обладающая таким мощным голосом, что без труда перекрыла и негодующую родительницу, и ее орущее чадо. — Мороженое специально для детей делают, а если твоему ребенку нельзя, так нечего его в магазин таскать, пусть на улице дожидается. Нарожали больных детей, а потом к нам претензии предъявляют! Мы, что ли, прилавки эти придумали? Какие дают, в таких и продаем! Весь мир в таких торгует, одной тебе, видишь ли, не нравится. Если у тебя ребенок больной, так его лечить надо, а не виноватых искать.

— Вот такие, как ты, и виноваты! — авторитетно заявила мамаша.

Дальше Вадим слушать не стал, от крика у него моментально разболелась голова. Он выскочил на улицу и с наслаждением сделал несколько глубоких вдохов, набрав в грудь побольше свежего прохладного воздуха. «Бешеные какие-то», — подумал он, вспоминая искаженные яростью лица скандалящих женщин. Он пошел через скверик в следующий магазин и внезапно увидел пацана лет десяти, который с упоением истязал кошку, сидя на корточках возле огромного дерева. Кошка истошно вопила и дергалась в маленьких цепких ручках, а на сосредоточенном лице мальчишки блуждала странная улыбка, словно он занимался любимым хобби, которое требует предельного внимания, но в то же время приносит незабываемое наслаждение.

— Ну-ка прекрати, — вполголоса приказал ему Бойцов. — Отпусти кошку, не надо ее мучить.

Паренек быстро поднял голову и от неожинности ослабил хватку. Несчастная кошка моментально вырвалась и убежала, прихрамывая и продолжая вопить — похоже, юный кошкодав поочередно ломал ей лапы.

— Зачем ты это делаешь? — вполне миролюбиво спросил Вадим.

Но мальчишка посмотрел на него с такой ненавистью, что Бойцову стало не по себе. Не сказав ни слова, пацан развернулся и убежал.

Вадим пошел дальше, вглядываясь в лица прохожих, и ему казалось, что ни на одном из них не видит он печати того, о чем ему рассказали. Люди как люди, самые обыкновенные. Ничего особенного он в них не замечал. Надо будет еще подойти к школе, когда кончатся уроки, посмотреть на подростков.

Он медленно прогуливался, запоминая дома, переулки, дворы, запоминал по привычке, на всякий случай, совершенно не думая о том, что это может когданибудь пригодиться. К часу дня он подошел к школе и поискал глазами место, откуда можно понаблюдать за ребятами. Увидев среди деревьев и кустов скамейку, Вадим двинулся к ней и тут заметил, что на скамейке сидит девушка лет двадцати с книжкой. Он хотел было повернуть назад, но девушка внезапно подняла голову и улыбнулась ему.

— Вы тоже встречаете? Садитесь, места хватит.

Вадим присел рядом с ней. Девушка была очень славной, с короткой мальчишеской стрижкой, чуть вздернутым носиком и круглыми голубыми глазами.

— А кого вы встречаете?

— Брата. Здесь рядом ПТУ, мимо которого надо проходить, чтобы дойти до дома.

— Ну и что? — не понял Бойцов и тут же вспомнил, что Каменская рассказывала ему про это ПТУ.

— Его уже несколько раз били, мы теперь его одного не пускаем. Обязательно кто-нибудь его встречает, или родители, или я.

— Сколько лет вашему брату?

— Шесть. В первый класс ходит.

— Шесть лет? — содрогнулся Бойцов. — Они что, шестилетнего ребенка бьют? А в милицию вы заявляли?

— А как же, — охотно откликнулась девушка. — И не только мы. Нас таких человек тридцать набралось, да только толку — чуть. Всех учащихся ПТУ ведь не пересажаешь, тем более что малыши толком и не помнят, кто их бил. Они же от страха глазки закрывают. — В ее голосе зазвенели слезы. — Помнят, что это было возле ПТУ, а больше ничего сказать не могут. Кого привлекать?

— А за что же их бьют, таких маленьких?

— А ни за что. Им пар выпустить нужно. Сволочи! — Она всхлипнула, но быстро справилась с собой. — В первый раз Павлушу избили, когда потребовали у него деньги, а он сказал, что денег нет. Во второй раз велели снять куртку и отдать им, они собирались распить бутылку в кустах, а земля была холодная, вот они и решили у кого-нибудь куртку отобрать, чтобы подстелить. Снова весь в синяках и ссадинах пришел. Никакой управы на них нет. Вот скажите мне, что же это за поколение растет сейчас, а? Уроды какие-то. То ли это оттого, что с самого детства питаются химией, а не натуральными продуктами, то ли нация стала вырождаться от многолетнего пьянства.

— Не стоит переносить на всю нацию те дефекты, которые вы видите в ребятах из ПТУ, — заметил Вадим.

— Да дело не только в ПТУ, — горячо возразила девушка. — Я же вижу детей, с которыми Павлик учится. И его одноклассников, и тех, кто постарше. Они совсем другие, не такие, какими мы были в их возрасте, понимаете? Чуть что — лезут в драку, хватаются за камень, ударить норовят. А что говорят при этом, вы бы слышали! «Чтоб ты сдох! Чтоб тебя машина переехала!», и все в таком же роде.

— Может быть, недостаток воспитания? — предположил Вадим. — Подрастут — выровняются.

— Что вы, — девушка горестно махнула рукой. —

При чем тут воспитание. У них в глазах такая ярость, лица пылают, голос звенит от злости! Смотришь на них и понимаешь, что они и в самом деле желают смерти тому, с кем вступили в конфликт. Или смерти, или увечья. Понимаете, они хотят уничтожить того, кто стоит поперек дороги, не давая исполниться любому, самому маленькому желанию, будь то желание покататься на чужом велосипеде или выпить вина, сидя на земле и подстелив под себя чью-нибудь куртку. А уж про желание тех, кому больше шестнадцати, переспать с женщиной я и не говорю. Мы после восьми вечера стараемся вообще на улицу не выходить, чтобы не нарваться на изнасилование. Да что я вам рассказываю, вы и сами все это знаете.

— Нет, — признался Бойцов. — Для меня новость то, что вы рассказываете. Я как-то не замечал, что нынешнее поколение растет таким агрессивным.

— Да как же можно этого не замечать? — удивилась девушка, устремляя взгляд к двери школы, откуда начали гурьбой вываливаться дети, подпрыгивая и размахивая портфельчиками и рюкзачками. — У вас в каком классе?

— Что — в каком классе? — не понял Вадим.

— Ну, в каком классе учится ваш малыш? Вы же ребенка встречаете?

— Нет, честно говоря, я просто устал сегодня, много пришлось ходить, вот и искал место, где можно немного посидеть.

— А-а, — протянула девушка, по-прежнему вытянув тонкую нежную шейку и внимательно всматриваясь в толпящихся перед школой ребятишек. — Я думала, вы сына встречаете или дочку.

— У меня нет детей, — зачем-то сказал Бойцов и уж совсем неожиданно для себя добавил: — Я вообще не женат.

— Да?

В девушке внезапно проснулся интерес. Она перестала высматривать братишку возле школьных дверей и перевела глаза на незнакомца. Хорош! Действительно хорош. Твердый подбородок, мужественное, четко очерченное лицо, серые глаза. Неужели правда не женат? Врет, наверное. Но если врет, значит, положил на нее глаз, хочет познакомиться. Почему бы и нет? Сколько ему лет, интересно? На вид около тридцати, может быть, чуть больше. И возраст хороший.

— Выходит, вы — заплесневелый холостяк? — рассмеялась она. — Или развелись?

— Нет, именно заплесневелый, вы верно заметили. Никогда не был женат.

— А почему? Не поверю, что не нашлось желающих выйти за вас замуж.

— Знаете, у меня как-то не было времени выяснять, есть такие желающие или нет. Работа занимает слишком много сил и времени, тут уж не до ухаживаний.

Эта игра была ей знакома если не по собственному опыту, то по книгам, кинофильмам и рассказам подруг. Когда мужчина хочет заверить тебя в том, что он свободен, он чаще всего придумывает себе сложную и напряженную работу, которая якобы не дает ему возможности ухаживать за женщинами. Тем самым он заодно как бы предупреждает тебя заранее, что вот сейчас у него выпала свободная минутка — и вы вместе, а что касается будущих встреч и дальнейшего развития отношений, то тут никаких гарантий.

— Значит, вы и сейчас на работе? — понимающе сказала девушка, пряча усмешку.

— Вон ваш братишка бежит, — произнес Вадим вместо ответа.

К ним на всех парах мчался шестилетний пацаненок в красной курточке с капюшоном и защитного цвета рюкзачком на спине.

— Как вы догадались? — удивилась она.

— Вы очень похожи.

Девушка поднялась со скамейки и стала поправлять на мальчике шарф и натянутую под капюшоном шерстяную шапочку. Она явно ждала, что незнакомец попросит разрешения их проводить, но он и не думал двигаться с места, удобно усевшись на скамье и опершись спиной о ствол старого дуба.

— Ну, мы пойдем, — нерешительно сказала она, торопливо соображая, что же еще можно поправить в одежде брата, чтобы потянуть время. — Счастливо вам отдохнуть.

— Спасибо, — отозвался Вадим. — А вам счастливо дойти до дома, чтобы без происшествий. Может, вас проводить? Или днем вы не боитесь?

Неумение и нежелание играть по правилам, устанавливаемым женщинами, заставило Вадима выработать свои собственные приемы построения отношений с прекрасным полом. В настоящий момент он перекладывал принятие решения на эту голубоглазую курносую девушку, ибо по его мужским понятиям принятое тобой решение тебя обязывает к определенным шагам, а если решение принимал не ты, то ты уже никому ничего не должен. Если бы он сказал: «Позвольте, я вас провожу, раз у вас такой район нехороший», то тем самым как бы признался, что ему небезразлична эта девушка и потому его беспокоит ее безопасность. А такого рода признание — мощное оружие, когда попадает в недобросовестные руки. Теперь же он, искусно выстроив фразу, легким пасом передал инициативу девушке. Если он ей понравился и она хочет, чтобы он ее проводил, ей придется сейчас сказать: «Да, днем я тоже боюсь, проводите меня, пожалуйста». Что ж, в этой ситуации он выступает как истинный джентльмен, провожающий даму ПО ЕЕ ПРОСЬБЕ, и не более того. Он ей ничем не обязан.

— Что вы, не беспокойтесь, — вежливо ответила девушка. — Вы же сами сказали, что устали, много ходили и хотите отдохнуть.

«Ах ты, малышка, — с восхищением подумал Бойцов. — А ты, оказывается, зубастенькая. Надо же, как повернула: если я сейчас поставлю ее саму выше своей усталости, то это будет равносильно тому самому признанию. Если я потащусь ее провожать несмотря на то, что устал и хочу отдохнуть, значит, она мне нравится. Она мне действительно нравится, но инициатива должна исходить от нее, только так я смогу сохранить свободу маневра и развязанные руки».

— Предлагаю компромисс, — улыбнулся он. — Я действительно очень устал, я с шести утра на ногах, вот только здесь наконец присел. Если вы подождете еще минут двадцать-тридцать, я окончательно восстановлю силы и смогу вас проводить. Вы посидите, почитаете книжку, а Павлик поиграет с ребятами возле школы.

«Ну что, зубастенькая? — злорадно подумал он. — По зубам тебе такой орешек? Хочешь, чтобы я тебя проводил — садись и жди, пока я отдохну. Ты идешь на уступку, стало быть, приносишь пусть крохотную, но жертву, означающую твой интерес ко мне. Конечно, ты мне нравишься, ты славная, добрая, очень и очень неглупая девочка. Но твоя заявка должна быть первой».

— Нет-нет, не нужно, не беспокойтесь, — ответила девушка, все так же спокойно улыбаясь. — Вы — интересный собеседник, и я, конечно, с удовольствием поболтала бы с вами по дороге домой. Но, во-первых, вы устали и я не могу требовать от вас таких страшных жертв, — она выразительно округлила глаза и шутливо понизила голос, — а во-вторых, днем я не боюсь. Днем у нас в основном дети и подростки активничают, для взрослых это не опасно. А вот по вечерам, когда на улицу выползает контингент постарше, — вот тогда да, действительно страшно. Так что спасибо вам за заботу и всего доброго,

Она весело помахала ему рукой и, ухватив Павлика за концы длинного белого шарфа, направилась в сторону стоящего рядом здания ПТУ. Бойцов смотрел вслед удаляющейся стройной фигурке в бирюзовом кожаном пальто и неожиданно для себя ощутил тоску. Он вдруг понял, что девушка не играла с ним, что вся его хитроумная конструкция оказалась напрасной, глупой и смешной. Она приняла все его слова за чистую монету, она даже не поняла, что нравится ему. Или, что еще хуже, испугалась, что он собирается с ней знакомиться и потом будет приставать, поэтому легко и вежливо отделалась от него. Глупышка! Такая в постель не потащит в первый же вечер, такая будет терпеливо ждать, пока он сам соберется с духом, и чем дольше он не будет ее трогать, тем лучше она будет к нему относиться. Надо же, а он думал, что таких девушек уже не осталось...

Вадим посмотрел на часы. Пора было ехать к дому разработчика. Он нехотя поднялся со скамейки и направился к станции метро, где оставил машину.

2

Выйдя из Института, он сел в машину и поехал в Кунцево, где работала жена. Они вместе объехали несколько больших магазинов, зашли на рынок, купили овощей и парного мяса, потом направились домой.

Дома жена кинулась переодеваться и упаковывать в большой пакет нарядное платье, в котором завтра будет принимать на даче гостей.

— Какую рубашку взять для тебя? — крикнула она из спальни. — Ты в чем будешь завтра? В костюме?

— Еще чего, — буркнул он себе под нос.

— Не слышу! В костюме или в джемпере?

— В джемпере! — раздраженно откликнулся он.

— Тогда я возьму для тебя бледно-серую сорочку, хорошо?

— Да бери ты что хочешь, только отстань, — пробормотал он еле слышно и, повысив голос, вполне миролюбиво ответил: — Хорошо, пусть будет бледно-серая.

Нервы были напряжены до такой степени, что он впервые в жизни почувствовал себя на грани срыва. Когда он убивал Галактионова, он был намного спокойнее. Может быть, оттого, что убивал он тогда в первый раз и не знал еще, как это страшно. А теперь он знает, и мысль о том, что придется сегодня пройти через это еще раз, приводила его в ужас. В момент, когда он отломил кончик ампулы и высыпал в чашку с кофе несколько кристалликов, он знал, что пока еще стоит по ЭТУ сторону черты. И пока Галактионов не спеша размешивал ложечкой сахар в кофе, он еще был по ЭТУ сторону. И даже когда Александр отложил ложечку и стал подносить чашку к губам, он все еще был по ЭТУ сторону, потому что мог еще все остановить, выбить чашку у него из рук, изобразив досадную неловкость. И только когда Галактионов сделал глоток, черта, которая вот только что была перед ним, вдруг оказалась за его спиной. Он превратился в убийцу. Несколько секунд показались ему тогда часами мучительных изощренных пыток, и сегодня ему предстояло пройти через это еще раз.

Он вышел из кабинета и снял с крючка в прихожей поводок и ошейник.

— Алмаз, гулять! — позвал он.

Радостно повизгивая, черный длинношерстный сеттер уселся перед хозяином, с готовностью подставляя шею и поочередно приподнимая передние лапы, чтобы удобнее было застегивать ошейник и шлейки.

— Мы подождем тебя внизу, — сказал он жене и спустился на улицу.

Жена не заставила себя долго ждать и вышла из дома буквально через несколько минут. Умение быстро собираться и ничего при этом не забывать было одним из качеств, которые он в ней ценил.

Усадив жену и собаку в машину, он повез их на дачу.

Убедившись, что хозяева отбыли за город, прихватив с собой Алмаза, Бойцов выждал, как положено, двадцать минут и поднялся на этаж, где располагалась квартира разработчика. Замок открылся с первой же попытки, видно, Литвинова, снимая слепки, сделала все на совесть, тщательно и аккуратно.

Вадим вошел в квартиру и осторожно прикрыл за собой дверь, стараясь, чтобы замок не щелкнул, и это ему удалось. Только очутившись в запертой квартире, он наконец перевел дыхание. То, что он только что сделал, он делал не в первый раз, но всегда ужасно волновался.

На улице было мокро и грязно, и проходить в комнаты в ботинках было нельзя — останутся заметные следы. Снимать ботинки тоже нельзя — мало ли что случится, босиком далеко не убежишь, а надевать обувь — терять драгоценные секунды, которые могут стоить жизни. Бойцов достал из кармана специальные пакеты, похожие на пластиковые бахилы, которые надеваются на ноги и завязываются под коленями, сунул в них ноги в мокрых ботинках и медленно начал обход квартиры. Впрочем, только со стороны могло показаться, что он работает медленно. На самом деле каждое его движение было тщательно выверено, а вся система осмотра чрезвычайно экономична: ни одного лишнего шага, ни одной впустую потраченной секунды. Сейчас перед ним две задачи. Первая: понять характер этого человека, хозяина квартиры, главного разработчика прибора, и исходя из его характера прикинуть, могут ли в квартире быть улики, доказательства его преступления. Вторая: прикинуть, что это за улики, и определить, где они могут находиться.

В квартире три комнаты — гостиная, спальня, кабинет. Разумеется, начинать нужно со спальни. Спальня расскажет о супружеской жизни все.

Широкая кровать, по обеим сторонам прикроватные тумбочки. На каждой тумбочке по будильнику. На одном стрелка звонка установлена на семь часов, на другом — на четверть восьмого. Нерационально как-то, подумал Бойцов. Если одному из супругов нужно вставать в семь, а другой может поваляться в постели еще пятнадцать минут, то зачем нужен второй будильник? Тот, кто встал раньше, может разбудить другого через четверть часа. Наверное, ровно в семь встает хозяин и выходит гулять с собакой, поэтому в семь пятнадцать его просто нет дома. Почему бы супругам не просыпаться вместе? Он идет гулять с собакой, она готовит завтрак...

Вадим открыл большой платяной шкаф. Вся одежда развешана на плечиках и разложена на полках не просто аккуратно. В этом шкафу держали свою одежду не любящие и прожившие вместе двадцать лет супруги, а случайные соседи по гостиничному номеру. Ни на одной полке не лежало вместе мужское и женское белье. Ни на одной вешалке-плечиках не висели одновременно женская блузка и мужская сорочка, женская юбка и мужской пиджак. Все было отдельно, обособленно. Отчужденно. Коробки с женской обувью — справа, с мужской — слева.

Содержимое прикроватных тумбочек удивило Бойцова еще больше. В обеих лежали лекарства, в большинстве своем одни и те же. Выходило, что когда кто-то из супругов болел, то пил таблетки «из своей тумбочки», а не из общей семейной аптечки. Расклад очевиден: муж и жена сосуществуют в одной квартире, каждый живет сам по себе, со своими проблемами и секретами. Друг к другу не лезут, тайны свои тщательно оберегают, дружбы и настоящей близости между ними нет. Теперь самое время взглянуть на кабинет. Если в квартире есть то, что ему нужно, оно должно быть в кабинете.

Через несколько минут Вадим обнаружил встроенный сейф, а еще через минуту, покрывшись холодным потом, сообразил, что чуть было не провалил всю затею.

Открыть сейф не составляло для Бойцова ни малейшего труда, он собаку съел на самых хитроумных замках. Но уже в то мгновение, когда он собрался было потянуть тяжелую дверцу на себя, он заметил на передней панели едва заметную выпуклость. В сейф было вмонтировано устройство, которое мгновенно воспламеняло все содержимое, если замок открывался не надлежащим образом. А в данный момент он был открыт именно не надлежащим образом.

Вадим несколько секунд постоял в задумчивости перед сейфом, потом решительно нажал на выпуклое место на передней панели и открыл дверцу. Беглый осмотр содержимого показал, что усилия были не напрасны. Вот оно, уголовное дело об убийстве Евгении Войтович и самоубийстве ее мужа Григория Войтовича. И вот предсмертное письмо Войтовича, в котором все рассказано про проклятый прибор. Только понять эти слова может не каждый. Кто понимает, о чем идет речь, для того каждое слово этого письма наполнено глубоким смыслом. А тем, кто не понимает, письмо кажется бессвязным бредом свихнувшегося самоубийцы.

Он снял с плеча спортивную сумку, достал оттуда фотоаппарат со вспышкой и сделал несколько снимков. Комната, письменный стол и рядом — открытый сейф. План покрупнее — стол и сейф. Отдельно — сейф с лежащим внутри уголовным делом. Для того, чтобы была хорошо видна надпись на папке с делом, ему пришлось пристраивать на полке зажженный электрический фонарик. Конечно, для следствия и суда эти фотографии — пустое место, доказательственной силы не имеют, так как сделаны не официальным лицом и не в присутствии понятых. Но для того, чтобы в случае необходимости оказать на разработчика психологическое давление, годились вполне.

Он отщелкал еще полтора десятка кадров, пересънимая отдельные документы из уголовного дела, в том числе и письмо Войтовича. Вмонтированное в сейф устройство красноречиво говорило о том, что, если прижать хозяина квартиры к стенке и потребовать открыть сейф, уголовное дело будет немедленно уничтожено. И тогда уже никто не сможет доказать, что именно дело об убийстве жены Войтовича лежало в этом несгораемом шкафчике. Что-то лежало, да, а вот что? Да порнографические журналы, от жены прятал. Любовная переписка. Дневники. Все, что угодно, иди потом доказывай, что именно. И если папка с делом будет уничтожена, никто уже не прочтет предсмертное письмо Григория Войтовича.

Выходя из квартиры, Вадим Бойцов взглянул на часы и с удовлетворением отметил, что уложился в семнадцать с половиной минут. Это был хороший результат.

4

Спровоцировать ссору оказалось, как всегда, легко, несмотря на то что его жена была на удивление покладистым и бесконфликтным человеком. Но ему и не нужно было, чтобы она на него сердилась, в данном случае было вполне достаточно, что сердился он сам.

Склоку он затеял уже в дороге, подъезжая к дачному поселку. Предметом обсуждения уже в который раз стали родители зятя, люди, на его взгляд, претенциозные и недалекие. К тому моменту, когда они поставили машину в гараж и стали выгружать на кухне купленные для праздничного обеда продукты, его негодование достигло апогея.

— Почему я даже в выходной день не могу побыть в тишине и покое! — кричал он. — Раз уж завтра ты вынуждаешь меня целый день общаться с этими ублюдками, то я немедленно уезжаю на озеро. Мне нужен покой и одиночество, иначе я не могу работать, я двадцать лет твержу тебе это, а ты постоянно подсовываешь мне всяких дегенератов, с которыми я должен разговаривать. Оставь меня в покое хотя бы сегодня! Алмаз, поехали на озеро!

Он выскочил из дома, хлопнув дверью, вывел машину из гаража и с ревом умчался. Ведя автомобиль по Минскому шоссе, он еще раз перебирал в памяти всю последовательность предстоящих сегодня действий. На заднем сиденье лежал его «дипломат» с дискетой и маленькая коробочка с завернутой в вату ампулой. Кажется, он все предусмотрел, больше ему ничего не понадобится. Да, чуть не забыл. Ключи. Ключи от квартиры Шитовой. Они будут нужны ему на тот случай, если ее не окажется дома. Он все продумал, все варианты просчитал. Если она дома — один сценарий, если ее нет — другой, но результат будет один и тот же: Надежда Шитова умрет от цианида, так и не успев понять, что ошиблась при опознании. И в смерти ее обвинят Гену Лысакова, улики будут — ого-го! От таких не отопрешься. Хорошо, что он, убив Галактионова, прихватил с собой его комплект ключей, среди которых были и ключи от квартиры Шитовой. Он тут же отнес их в «Металлоремонт» и сделал дубликаты, буквально за сорок минут ему их изготовили. В тот же день вечером он тихонько открыл дверь той квартиры и положил ключи Галактионова на место — на столик в прихожей, где он их и взял несколько часов назад. Ключи непременно надо было вернуть на тот случай, если бы ему неслыханно повезло и смерть Александра приняли бы за самоубийство. В этом случае отсутствие ключей могло бы помешать удачному развитию событий. Он и ампулу с неиспользованным цианидом не стал уносить с собой, оставил рядом с покойником, предварительно протерев и прижав несколько раз к еще теплым пальцам мертвеца. Отыщется свидетель, который скажет, что Галактионов просил его достать синильную кислоту. Сам просил, сам и отравился. Вот он, яд, на столике, никуда не делся. И вот они, ключи. Картинка могла бы получиться — загляденье. Что-то, видно, не связалось, хотя задумано было хорошо. Интересно, что же он проглядел, забыл, не предусмотрел, почему менты догадались, что Галактионова убили?

Въехав в город, он кратчайшей дорогой направился к улице, на которой жил Геннадий Лысаков. Остановив машину недалеко от подъезда, он несколько минут посидел в машине, собираясь с мыслями, еще и еще раз мысленно проигрывая всю задуманную комбинацию, вспоминая нужные слова и действия. Наконец решительно вышел из машины. Алмаз, которому было обещано «на озеро», почувствовал, что его обманули, привезли не на озеро, а обратно в город. Здесь пахло совсем по-другому, и звуки были совсем другие, не такие, как у лесного озера. Всю дорогу он лежал на заднем сиденье, ему даже не нужно было поднимать голову и смотреть в окно, чтобы понять, что хозяин его обманул. Пес обиженно сопел, уткнувшись мордой в лапы, и даже не сделал попытки выйти из машины вслед за горячо любимым хозяином.

Поднявшись к квартире Лысакова, он решительно надавил кнопку звонка. Дверь открылась почти сразу.

— Здравствуйте, — растерянно произнес Геннадий Иванович.

Вид у него был не самый лучший. Несмотря на чисто выбритые щеки, выглаженные брюки и свежую рубашку (видно, ждал, что в любую минуту его могут вызвать к следователю или прокурору), он выглядел осунувшимся, измученным, раздавленным. Он выглядел в точности так, как должен выглядеть человек, который не понимает, что происходит и в чем его обвиняют, но который уже успел понять, что доказывать свою невиновность бесполезно и остается надеяться только на чудо.

— Здравствуйте, Геннадий Иванович, — он постарался вложить в свои слова как можно больше приветливости и радушия. — Я позвонил на Петровку, мне сказали, что я могу вас навестить, это не запрещено.

— Проходите, пожалуйста, — пробормотал Лысаков. — Мне очень приятно, что вы... Что вы...

Голос его дрогнул, и он запнулся.

— Геннадий Иванович, я уверен, что произошло какое-то чудовищное недоразумение, но я надеюсь, что в самое ближайшее время все встанет на свои места и милиционеры будут перед вами извиняться. А пока давайте вообще не будем касаться этой неприятной темы. Я пришел к вам по делам службы, ну вот как будто вы на больничном или в отпуске, а институтские дела требуют неотложного решения. Договорились?

— Конечно, конечно, — закивал Лысаков с видимым облегчением.

Он провел гостя в большую светлую комнату, обставленную удобной мягкой мебелью. В углу у окна стоял письменный стол с компьютером и принтером.

— Чем вас угостить? — спросил Лысаков. — Чай, кофе? Может быть, хотите что-нибудь выпить?

— Вот выпил я бы с удовольствием, — кивнул он. — Но только если вы составите мне компанию.

— Я не могу. Это одно из условий, при которых меня оставили дома, а не заперли в кутузку.

— Понимаю, — очень серьезно ответил он. — Тогда кофе. Вы поставьте чайник, пока он греется, мы с вами решим кое-какие производственные вопросы.

Лысаков вышел на кухню, а гость тем временем достал из «дипломата» тонкую пластиковую папочку с бумагами и дискету. Папочку он положил перед собой на стол, а дискету сунул в карман.

— Геннадий Иванович, вы член комиссии по уничтожению секретных документов, — начал он, когда Лысаков вернулся в комнату. — Мы вчера как раз провели очередное списание, кинулись акт подписывать — а вас уже и нет. Вот, я привез акт, все члены комиссии уже расписались, остались только вы.

Лысаков молча поставил свою подпись, даже не читая акт.

— Дальше. Мы в этом году припозднились с приказом о премиях всем нашим женщинам к 8 марта.

Только сегодня утром стали делать приказ, а на нем нужны визы всех профгрупоргов. Без вашей визы финансисты приказ не берут, вас же никто еще не переизбирал. Ну, впрочем, я надеюсь, что и необходимости такой не будет, — добавил он. — Вот, завизируйте, пожалуйста.

Лысаков и этот документ подписал, не читая. По его лицу было видно, что он плохо понимает слова гостя да и вникать не хочет, не до того ему.

— Спасибо. Теперь, Геннадий Иванович, давайте займемся рецензиями. У вас на рецензировании находятся две работы, верно?

— Да. Я написал рецензии, они лежат у меня на столе в кабинете, только на машинку отдать не успел. Вчера собирался, да вот...

— Не волнуйтесь, Геннадий Иванович, мы рецензии нашли, и ваша лаборантка Леночка их уже напечатала, я даже собирался прихватить их с собой, чтобы вы их подписали. Собственно, одну-то я вам привез на подпись, а вот со второй вышла заминка. Представьте себе, в последний момент звонит автор. Леночка, добрая душа, читает ему рецензию по телефону, и он начинает ее умолять, чтобы она в одном месте фразу чуть-чуть поправила. Ему показалось, видите ли, что ваше замечание сформулировано в очень резкой форме. Леночка, конечно, на себя ответственность не взяла, сказала, что вы болеете и что она спросит вашего разрешения изменить редакцию. Вот, Геннадий Иванович, ваш черновик, а вот здесь, видите, Леночка карандашом написала так, как ее просил автор. Если вы даете свое разрешение, она после праздника сразу же перепечатает отзыв.

Лысаков мельком взглянул на свой черновик и равнодушно пожал плечами.

— Пусть перепечатывает, какая мне разница, — тихо сказал он. — Мне с этим автором детей не крестить.

— Хорошо, спасибо, — с облегчением вздохнул гость. — Тогда послезавтра мы кого-нибудь подошлем к вам домой, чтобы вы подписали отпечатанную рецензию. Вы будете дома? Хотя чего ж я спрашиваю, — спохватился он. — В такой ситуации вы не можете точно знать, где вы будете. Может быть, вас в милицию вызовут или в прокуратуру, да мало ли... Черт, нехорошо получается, а мы автору твердо пообещали, что в четверг к трем часам он может приехать лично за отзывом. И связаться с ним уже никак нельзя, он же из другого города поедет, а сейчас в учреждениях уже нет никого, все по домам разошлись, а завтра вообще праздничный день. Как же быть? Знаете что, Геннадий Иванович, а давайте мы вот как сделаем: вы поставьте свою подпись на чистом листе, а Леночка постарается расположить текст так, чтобы подпись оказалась там, где нужно.

— Можно, — все так же равнодушно пожал плечами Лысаков. Казалось, разговор с каждой минутой тяготит его все больше и больше.

— У вас есть чистая бумага? — спросил гость.

Геннадий Иванович молча открыл ящик письменного стола и достал несколько листов белой бумаги.

— В той рецензии, насколько я помню, четыре полные страницы и еще примерно треть листочка. Значит, ваша подпись должна находиться примерно вот здесь, — он легко прикоснулся к чистому белому листу острием карандаша.

Лысаков подвинул лист к себе и уверенно расписался.

— Давайте на всякий случай сделаем еще один лист с подписью, — предложил гость. — Вдруг текст не поместится или Леночка что-нибудь напутает.

Геннадий Иванович взял еще один лист и снова поставил свою подпись чуть ниже верхней трети страницы.

— Ну, будем надеяться, что теперь все будет в порядке, — бодро сказал гость. — А мы с вами про чайник-то не забыли?

— Ох, конечно, я забыл! — спохватился Лысаков. — Вам кофе растворимый или вы любите в зернах?

— Если можно, в зернах, — отозвался гость. — Кстати, Геннадий Иванович, можно я воспользуюсь вашим принтером? Мой что-то забарахлил, а мне в четверг прямо с утра нужно ехать в министерство с уже готовым документом. Мне нужно распечатать буквально пару страниц.

— Разумеется, печатайте, — послышался из кухни голос хозяина.

Он удовлетворенно улыбнулся, достал из кармана дискету, натянул на руки тонкие лайковые перчатки, включил компьютер. Быстро вставил в принтер только что подписанные Лысаковым чистые листы бумаги и начал распечатку. Он воспользовался быстрой черновой печатью, и уже через несколько секунд у него в руках были два подписанных Геннадием Лысаковым письма. На обоих — отпечатки пальцев только самого Лысакова и его собственноручная подпись. Пусть проводят экспертизы хоть до второго пришествия, это его настоящие подписи. Глянув на распечатку, он отметил, что ему опять повезло. У этого принтера оказался весьма характерный дефект печати: все строчные буквы «у» он печатал заглавными. Насколько он знал, ни один принтер, стоящий в Институте, такого дефекта не имел. Очень хорошо!

Он сунул листы обратно в пластиковую папку, выключил компьютер, стянул с рук тонкие перчатки, убрал папку и дискету в «дипломат». Теперь можно быстренько выпить кофе, чтобы не вызывать подозрений у хозяина, и ехать к Шитовой. Хоть бы она оказалась дома...

Глава 16

1

Поднимаясь на лифте в квартиру Шитовой, он снова проговорил про себя оба варианта: если она дома и если ее нет. Первый вариант был намного более предпочтительным. Он приходит, отдает ей деньги, которые якобы был должен Галактионову, намекает на кофе... Дальше все понятно. Через несколько минут Шитова умирает, он оставляет сложенное вчетверо письмо, подписанное Лысаковым, и уходит. Если ее нет, он открывает дверь, подсыпает цианид в чайную заварку или в банку с растворимым кофе. Может быть, у нее в холодильнике стоит кастрюля с супом. Короче, найдет он, куда подсыпать яд. Главное, не в сахар, глюкоза нейтрализует цианиды. Оставляет письмо и уходит.

И в том, и в другом случае он возвращается к Лысакову. Рабочий день закончен, завтра праздник, милиция к нему домой точно не нагрянет, они тоже живые люди, им тоже отдыхать хочется. Отравить Лысакова и уйти, оставив на видном месте второе письмо, — дело нескольких минут. На это нужно ровно столько времени, сколько нужно Лысакову, чтобы вскипятить чайник и подать чай.

Милиция найдет отравленную Шитову и написанное Лысаковым (вне всяких сомнений, Лысаковым: бумага, отпечатки пальцев, принтер, подпись — все принадлежит ему) письмо, в котором он предупреждает ее о визите. А потом найдут мертвого Лысакова, не выдержавшего груза совершенных злодеяний и ушедшего из жизни. Ну и, естественно, письмо, в котором он признается в убийстве Галактионова и Шитовой. Отпечатки пальцев, бумага, принтер, подпись — он обо всем подумал.

Главное, чтобы покончивший с собой Лысаков не был обнаружен раньше, чем умрет Шитова. Такое, конечно, может случиться, если сейчас он не застанет ее дома, вернется к Гене, убьет его, а труп найдут до того, как Шитова появится дома и выпьет отравленного чайку. С точки зрения теории вероятности такое может случиться, но по жизни — вряд ли. Завтра праздник, милиция работать не будет, Лысаковым могут начать интересоваться не раньше утра четверга. Ни в чем серьезном его, конечно, не подозревают, это совершенно очевидно. Если бы его подозревали в убийстве Галактионова с вескими уликами, то никак не оставили бы дома, несмотря на то что камеры сейчас переполнены и людей держать негде. Говорят, адвокат Лысакова где-то раздобыл и внес за него колоссальный залог. Такой залог, что Геннадий и дернуться не смеет, ведь, если он сбежит, сумма будет обращена в доход государства, соответственно, те, кто дал деньги для внесения залога, беглеца из-под земли достанут. Надо же, умный человек залог придумал. Охранять не надо, казенными харчами обеспечивать не надо, а если сбежит — и искать не надо, кто деньги дал на залог, тот и найдет, не сомневайтесь.

Итак, милиция спит спокойно и Лысаковым не интересуется аж до самого четверга. За это время Шитова должна умереть. Должна. Должна.

Он позвонил в квартиру и с облегчением услышал по ту сторону двери торопливые шаги.

— Кто там? — спросила Шитова.

— Моя фамилия Лысаков, — очень громко, даже громче, чем нужно, сказал он в надежде, что услышит кто-нибудь из соседей. — Геннадий Иванович Лысаков. Я был у вас дома вместе с Александром Владимировичем как раз тогда, когда вас увезли в больницу. Вы меня помните?

— А что вы хотите? — спросила Шитова, не открывая дверь.

— Видите ли, я брал у Александра Владимировича деньги в долг на три месяца. И теперь не знаю, кому их возвращать. Его супруга меня, мягко говоря, не жалует, вот я и подумал, что, может быть, лучше я отдам их вам. Вы были очень близки...

Дверь распахнулась, но вместо эффектной брюнетки Шитовой на пороге возникла худенькая невзрачная блондиночка, которую он уже неоднократно видел и в Институте, и на Петровке.

Проходите, Павел Николаевич, — гостеприимно улыбнулась она. — Мы вас ждём.

Он рванулся назад, на лестницу, но его тут же схватили крепкие руки невесть откуда взявшихся мужчин.

2

Было уже почти семь вечера, когда Вадим Бойцов вдруг понял, что он — дурак. Вот так просто, неожиданно, буквально в одно мгновение он это понял. Он так и не повзрослел с тех самых пор, когда впервые подумал, что девчонки сами придумывают правила и сами же их нарушают, поэтому с ними невозможно иметь дело. Главной его ошибкой, которая тянулась за ним с тех юношеских пор, была попытка обобщить всех представительниц женского пола, найти некую единую характеристику, которая давала бы ключ к каждой из них, позволяла бы их понимать и с ними взаимодействовать. Если бы ему на пути вовремя попался мудрый человек, то объяснил бы Вадиму, что девочки и впрямь почти все одинаковые (но только почти), потому что все примерно одинаково (но только примерно) проходят процесс взросления и социализации. Дети и подростки во многом (но не во всём) походят друг на друга, но взрослые люди — абсолютно разные. Их нельзя обобщать, стараясь найти единую характеристику и вывести единую закономерность. К каждому взрослому человеку нужно искать свой ключ. Индивидуальный.

Ошибка Вадима Бойцова состояла в том, что он пытался понять женщин вообще и, не преуспев на этом поприще, начал их бояться, ибо решил, что ему природой не дано их понять. Столкнувшись с Анастасией Каменской, он неожиданно понял, что женщины так же не похожи друг на друга, как и мужчины. А сегодня он познакомился с чудесной девушкой и начал как дурак примерять её к тем играм, в которые с ним играли зрелые опытные кокетки. Вот именно, как дурак. Даже имя ее не спросил.

Перед его глазами вновь встала удаляющаяся стройная фигурка в длинном бирюзовом пальто, он припомнил ее чуть вздернутый носик с парой золотистых веснушек, короткие блестящие волосы, яркие губы, не тронутые помадой, густые ресницы, ее звенящий от слез голос, когда она рассказывала о том, как избивали ее шестилетнего братишку, ее прелестную улыбку, когда она отказывалась от его услуг, потому что он устал и ему надо отдохнуть. Такая юная, такая искренняя, такая... Настоящая. Он наконец подобрал определение, которое полностью передавало его впечатление от той девушки.

Да, он дурак. Но он должен ее найти.

Он рывком тронул машину и помчался в Восточный округ. В школе, конечно, уже никого не было, кроме уборщицы и бабки-вахтерши. Вадим промучился почти час, пока не убедил уборщицу дать ему телефон директора. Директор, напротив, оказалась дамой вполне сговорчивой и легко поверила в сочиненную им байку о том, как он сидел на скамеечке возле школы и познакомился с девушкой, и потом девушка ушла, не заметив, как из книги выпали какие-то бумаги, судя по всему, личного характера. Он хотел бы их вернуть, но не знает ее имени, знает только, что ее брата зовут Павликом, он учится в первом классе и недавно его дважды избивали ребята из соседнего ПТУ.

— Да, я знаю, о ком вы говорите, — сказала директор, — но я не уверена, что могу дать вам их адрес. Откуда я знаю, кто вы такой.

— А почему надо из адреса делать секрет? — Вадим сделал вид, что очень удивлен. — Представьте себе, что я злоумышленник, увидел на улице девушку и выследил ее до самого дома. И адрес мне никто не давал, а я все равно дурное замыслил и сделал.

— В общем-то, вы правы, — засмеялась в трубку

директор. — В логике вам не откажешь. Дайте трубочку тете Зое.

Вахтерша тетя Зоя внимательно выслушала указания директора.

— Пошли, — скомандовала она, повесив трубку.

Вместе с Бойцовым она поднялась на второй этаж и открыла учительскую. Достав с полки классный журнал первого класса «Б», она открыла последнюю страницу, где были выписаны адреса и номера телефонов всех учеников класса.

— Вот, Веденеев Павел, адрес записывай. А сестру его Любой звать, она тоже в нашей школе училась, я ее хорошо помню.

Вадим быстро записал улицу, номер дома и квартиры.

— Телефон будешь записывать? — спросила тетя Зоя.

— Обязательно. Нехорошо являться в дом, не позвонив предварительно и не спросив разрешения. Тетя Зоя, а можно я прямо сейчас и позвоню?

— Звони, чего ж, — согласилась вахтерша. Судя по тому, что директорша не ругалась, она, тетя Зоя, все сделала правильно, а раз так, чего ж кобениться. Пусть парень позвонит, ведь и вправду в незнакомый дом с улицы просто так не придешь.

— Добрый вечер, — вежливо поздоровался он, когда у Веденеевых сняли трубку. — Я могу попросить Любу к телефону?

— Я вас слушаю.

— Меня зовут Вадим, мы с вами сегодня вместе на скамеечке Павлика ждали.

— Я вас узнала. А как вы меня нашли?

Он был уверен, что Люба улыбается.

— Расскажу. Люба, мы могли бы с вами встретиться?

— Могли бы, — легко согласилась она.

— Когда?

— А хоть сейчас. Хотите — сейчас?

— Хочу, — ответил он, чувствуя, как у него начинает колотиться сердце.

— Вы где? Далеко?

— Нет, я в школе, где учится Павлик. Куда мне идти?

— Идите мимо ПТУ, в ту сторону, куда я уходила, помните?

— Помню.

— После здания ПТУ будет сквер, потом аптека, ремонт обуви, ремонт телевизоров, перекресток, потом высокий двенадцатиэтажный дом, а потом автобусная остановка. Вот на этой остановке мы с вами и встретимся. Через десять минут. Годится?

— Я уже бегу! — крикнул он, бросая трубку на рычаг.

Через четыре минуты он стоял на автобусной остановке. Еще через три минуты из подъезда напротив выскочила фигурка в длинном бирюзовом пальто и бегом устремилась через дорогу прямо к нему.

— Я рада, что вы меня нашли, — заявила она без предисловий и поглядела на Вадима сияющими глазами.

— Правда, рады? — Он не мог поверить своему счастью.

— Честное слово. Мне было ужасно жалко, когда вы не пошли нас провожать.

— А мне было ужасно жалко, что вы отказались от моих услуг, — признался он. — Слушай, — он внезапно перешел на «ты», — а можно, я тебя поцелую?

Они стояли на автобусной остановке и целовались. Пришел автобус, сошедшие с него пассажиры аккуратно обошли их и разошлись по домам. Потом пришел еще один автобус. И еще один...

— Пойдем, — он потянул Любу в сторону, подальше от остановки.

— Куда?

— Никуда. Просто погуляем. А хочешь, поедем

куда-нибудь? У меня машина тут неподалеку стоит, возле твоей школы.

— А можно, мы с тобой дойдем до метро, и ты купишь мне цветы? Много-много цветов. Можно?

— Конечно.

Они шли обнявшись, периодически останавливаясь и начиная целоваться. Вадим подумал, что такое с ним случается впервые. Он никогда не целовался вечером на улице. Это всегда были квартиры или гостиничные номера, и все было заранее просчитано и предусмотрено.

— Эй! — послышался откуда-то сбоку пьяный окрик. — Любаха! Ты куда это намылилась?

— Идем быстрее, — шепнула Люба, ускоряя шаг.

— А в чем дело?

— Это мой сосед по дому. Мы с ним когда-то в одном классе учились.

— И что? — не понял Вадим.

— Ну, когда-то мы с ним дружили, еще в девятом классе. Сто лет назад. Но он почему-то считает, что у него есть на меня какие-то права. Подумаешь, целовались мы с ним, так это когда было. А теперь он совсем свихнулся, пьет по-черному, постоянно в драки влезает.

— Любаня! — не отставал пьяный злой голос. — Ты чего, нового фраера завела? Да погоди, куда бежишь-то, познакомила бы, мы бы с ним выпили по стакану, обменялись бы впечатлениями, где у тебя самые сладкие места, а где — самые мягкие...

Вадим резко остановился.

— Ну, иди, иди, меняльщик, ближе подходи, сейчас впечатлениями обменяемся, — спокойно сказал он, поворачиваясь лицом в ту сторону, откуда доносился голос.

Из темноты возник здоровенный громила с тупым испитым лицом. Вадим понял, что драться с ним не придется. Он был высоким и мощным, но не тренированным, а от постоянного питья реакция и скорость давно сошли на нет.

— Вадим, не надо, — услышал он из-за спины дрожащий голосок Любы. — Не связывайся ты с ним. Ты же видишь, он пьяный, ничего не соображает.

— Кто не соображает? Кто пьяный? — взревел громила. В ту же секунду он замахнулся, держа в руке неизвестно откуда взявшийся булыжник, а в следующее мгновение рухнул на колени и взвизгнул от боли.

— Пошли, — скомандовал Вадим, снова обнимая Любу за плечи. — Как же тебя угораздило с таким идиотом связаться?

— Да кто же знал, что он таким станет, — вздохнула Люба. — В школе хорошим парнем был, отличником, между прочим, чемпионом района по конькам. Потом, конечно, дурь из него полезла, ну как из всех лет в семнадцать-восемнадцать лезет. Потом вроде стало проходить, попивал, правда, но не больше других. А в последние полгода как с цепи сорвался, прямо не узнать человека, как будто его подменили. Чуть выпьет — и пошел искать, кому бы морду начистить. Ко мне постоянно цепляется, мы же в одном доме живем, я тебе говорила, после восьми вечера без родителей стараюсь на улицу не выходить.

— Так это из-за него?

— Не только, но и из-за него в том числе. Вон посмотри, что делается.

Люба показала куда-то в сторону. Вадим присмотрелся и увидел сквозь ветви густого кустарника мелькающие тени. Через мгновение он понял, что трое или четверо молодых мужчин с остервенением пинают ногами еще одного, лежащего на земле.

— У нас такое можно каждый вечер увидеть. То на одной улице, то на другой.

Вадиму казалось, что у агрессии есть запах, терпкий, острый, пронзающий все тело запах, исходящий от людей, несущих в себе разрушение и смерть. Он чувствовал этот запах, и к горлу подкатывала мерзкая тошнота. Сейчас все здесь было не так, как утром. Совсем не так. Перед глазами вставали те фотографии, которые ему показывала Каменская. Один из растерзанных трупов был обнаружен, кажется, как раз в этом самом сквере. Господи, как же люди живут здесь? Что за дети у них растут? Ведь у детей психика неустойчивая, они-то в первую очередь испытывают на себе влияние установки, которую смонтировали на крыше Института, скрыв от всех ее страшный эффект. Скрыв для того, чтобы иметь возможность сделать прибор для повышения боеспособности войск. И заплатив за это ТАКУЮ цену...

— Где здесь поблизости автомат? — спросил он. — Мне нужно позвонить.

3

Они допрашивали Бороздина уже почти два часа. При нем было слишком много улик, чтобы имело смысл кроить какую-нибудь сложную ложь. Поэтому он просто молчал, лишь изредка бросая ничего не значащие реплики.

Настя устала. Она чувствовала, что начинает медленнее соображать. Начиная с вечера пятницы, когда она поняла, что ее три раза почти убили, и до нынешнего момента, до вечера вторника, прошло примерно девяносто часов. Девяносто часов невероятного напряжения, страха, бессонницы. Организм отказывался существовать и нормально функционировать в таком режиме, он требовал чувства безопасности, еды и сна.

— Я повторяю свой вопрос, — монотонно говорила она. — Для чего вы пришли к Надежде Андреевне Шитовой?

Молчание.

— Следующий вопрос: почему вы сказали ей, что ваше имя — Геннадий Иванович Лысаков?

Молчание.

— Как вы объясните тот факт, что в вашем портфеле были найдены письма, подписанные Лысаковым?

— Откуда у вас ампула с цианидом калия?

— Какой документ для министерства вы распечатывали на принтере Лысакова?

Молчание. Молчание. Молчание.

Она понимала, что завтра все будет по-другому. Завтра перед ней будет не замкнувшийся в гордом молчании доктор наук, а человек, проведший ночь в переполненной камере, где сорок человек дышат, испражняются, разговаривают, ругаются, дерутся, вступают в сексуальные контакты, издеваются над слабыми и немощными. Завтра он забудет свою гордость и надменность. Но если позволить ему молчать до завтра, если отпустить его в камеру, не вытянув из него самого главного, то она, Настя, сойдет с ума. Она должна узнать, кто и почему пытался ее убить, она не выдержит еще одну ночь без сна, проведенную в страхе и напряжении. Поэтому она упорно долбила одно и то же, задавая ему вопросы. Тактика ее была простой: задавать одни и те же вопросы, касающиеся только сегодняшнего дня, задавать их монотонно, однообразно. А когда Бороздин совершенно отупеет, выучит все ее вопросы наизусть и расслабится, поняв, что ничего другого она уже не спросит, огорошить его чем-нибудь неожиданным. Надо только придумать чем.

Они сидели в кабинете Гордеева. Сам Колобок восседал за своим столом, внимательно наблюдая за тем, как Анастасия мерно долбит одно и то же. Периодически ее сменял Юра Коротков, и тогда Настя уходила к себе, чтобы быстро выпить чашку кофе, выкурить сигарету и посидеть несколько минут с закрытыми глазами. Гордеев же рта не открывал и не проронил ни звука.

— Откуда вам известен адрес Шитовой? — в очередной раз вступил в разговор Коротков, и Настя, облегченно вздохнув, вышла из кабинета начальника.

Еще только подходя к своей двери, она услышала

телефонный звонок. «Не буду снимать трубку», — подумала она. Сама мысль о том, что нужно с кем-то разговаривать, казалась ей непереносимой. Да и кто может ей позвонить в десять вечера 7 марта на работу? Никто, от кого можно ожидать чего-нибудь хорошего.

Телефон умолк и через минуту зазвонил снова. Она насчитала пятнадцать гудков, прежде чем надоедливый абонент отсоединился. Это не мог быть Леша, потому что Леша сейчас сидел у нее дома и готовил завтрашний праздничный обед. Приехав с задержания, она сразу же предупредила Чистякова, что будет занята еще долго, а когда освободится — позвонит сама.

Опять начались звонки. Она терпеливо выждала, когда они прекратятся, и быстро набрала свой домашний номер.

— Лешик, меня никто не искал?

— Тебе только что звонил Бойцов. Сказал, что не может найти тебя на работе, а у него какое-то срочное сообщение. Между прочим, ты на работе или нет?

— Да, я сейчас у себя. Лешик, если Бойцов еще раз позвонит, дай ему номер Гордеева.

Она старалась говорить спокойно, но ей хотелось кричать дурным голосом, рвать на голове волосы, бить посуду. «Дура! Идиотка! Почему я не сняла трубку?! Ну почему я такая кретинка?! А вдруг он больше не позвонит?»

4

— Ну что? — сочувственно спросила Люба. — Не можешь дозвониться?

— Никто не подходит.

— Может, попозже еще раз попробуешь? Это что, так срочно?

— Это очень срочно, Любаша. И очень важно. Я когда-нибудь тебе все расскажу, а сейчас не будем о делах, ладно? Мы же шли покупать тебе цветы, вот и пойдем туда, где их продают.

Они снова принялись целоваться прямо в телефонной будке. Через некоторое время девушка перевела дыхание и сказала:

— Ну, давай еще одну попытку. Сейчас должно повезти.

Вадим покорно опустил в прорезь жетон и набрал номер служебного телефона Каменской. Она сняла трубку сразу, еще первый звонок не успел доверещать до конца.

— Вадим?

— Да, я. Минутку.

Он прикрыл микрофон рукой и обратился к Любе:

— Выйди, пожалуйста. Мне сейчас придется нецензурно выражаться, и я бы не хотел, чтобы ты это слушала.

Люба ласково улыбнулась ему и послушно вышла из будки на улицу.

— Я хотел вам сказать две вещи, — торопливо заговорил он вполголоса. — Бороздин разрабатывал прибор для повышения агрессивности в войсках. Прибор собирался купить Мерханов. Узнав, что работы над прибором приостановлены из-за вашего вмешательства, Мерханов дал команду вас убить. Первая партия наемников уже выбыла из строя, но не исключено, что он наймет еще кого-нибудь. Второе. Дома у Бороздина есть встроенный сейф, в котором лежит уголовное дело Войтовича. Я видел его собственными глазами несколько часов назад и сфотографировал. В сейф вмонтировано устройство, которое автоматически уничтожит все содержимое, если не нажать специальную кнопку. Имейте это в виду, когда будете делать обыск. Не давайте Бороздину самому открывать сейф, лучше пригласите специалиста.

— Спасибо. Если вы мне это сказали, значит, у вас тяжелая ситуация. Что я могу сделать для вас?

— Вы можете помочь мне скрыться?

— Могу. Вадим, я сделаю для вас все, хотя бы потому, что вы трижды спасли меня от смерти. Каковы ваши условия? Я готова принять любые.

— У меня нет условий. Просто спасите меня. Мои начальники не простят мне того, что я вам рассказал.

— А если я смогу спасти вас таким образом, что вам не нужно будет скрываться?

— Мне все равно. Анастасия, мы с вами совсем мало знакомы, но я все-таки скажу... Я встретил девушку и начал по-настоящему бояться смерти. Я, наверное, говорю невнятно, но я вам все объясню при встрече. Вы должны знать, как много вы для меня сделали. Как много вы для меня теперь значите. Вы мне поможете?

— Конечно. Я сделаю все, что нужно. Даже не сомневайтесь. Где вы сейчас? Дома?

— Нет, на улице.

— Вы можете приехать ко мне на Петровку?

— Когда?

— Немедленно.

— Я постараюсь. Через сорок пять минут, — коротко ответил он и повесил трубку.

5

Настя вошла в кабинет Гордеева, стараясь следить за лицом и ничем не выдать своего волнения. Юра Коротков по-прежнему терпеливо задавал вопросы, а Павел Николаевич Бороздин по-прежнему хранил высокомерное молчание.

— Виктор Алексеевич, — обратилась Настя к Колобку, не повышая голоса, но и не понижая его. — Мне надоело, я устала и хочу спать. Где у нас дежурный следователь?

— Как где? В комнате дежурной группы.

— Пусть возьмет эксперта и понятых и поедет домой к Павлу Николаевичу, проведет там обыск.

— Я настаиваю, чтобы обыск в моей квартире проходил в моем присутствии, — неожиданно подал голос Бороздин.

— Зачем? — удивленно спросила Настя. — Вы нам там совершенно не нужны. Еще не дай бог кнопочку нажать забудете, дело Войтовича прямо в сейфе и сгорит. Мне будет обидно. А вам?

Бороздин сидел к ней спиной, и Насте приходилось вглядываться в лица Короткова и Гордеева, чтобы понять, попал ли в цель нанесенный ею удар. По тому, как на висках и лысине Колобка выступила испарина, она поняла, что Бороздин «поплыл». Теперь можно уходить. Не нужно, чтобы доктор наук, профессор «ломался» в присутствии женщины, для дальнейших взаимоотношений с подследственным это не очень полезно. Нельзя лишать человека чувства собственного достоинства, в противном случае с ним никогда не найдешь общего языка, от него можно будет добиться только рабского послушания битой собаки.

Она вернулась к себе и посмотрела на часы. Почти половина одиннадцатого. До появления Вадима Бойцова оставалось еще тридцать пять минут.

6

Вадим вышел из телефонной будки и огляделся. Люба стояла метрах в двадцати от него и с любопытством изучала театральную афишу.

— Любишь театр? — спросил он, подходя и снова обнимая ее.

— Люблю, — кивнула она. — Особенно пьесы про любовь. Ну чего ты смеешься? Понимаешь, Вадим, театр — жанр очень специфический для показа любовных историй. В кино можно показать крутую эротику и даже порнуху, потому что актер настолько отдален от зрителя, что у него чувство стыдливости даже и не включается. Про литературу я вообще не говорю, там герои бумажные. А в театре-то вот он, голубчик, из первого ряда до него дотянуться можно, его дыхание на своем лице почувствовать. Тут с эротикой не больно разбежишься. Согласен? Поэтому театру при-

346

ходится говорить о любви совсем по-особенному. И мне всегда ужасно интересно: а как на этот раз сделают? А что нового в этой пьесе придумают?

— Любаша, милая, мне нужно ехать. Давай-ка я провожу тебя домой и поеду по своим делам. А завтра позвоню тебе прямо с утра. Или ты мне позвони, мне будет приятно. Запиши мой телефон.

Она не стала капризничать, сочтя, видимо, совершенно нормальным, что в первый день знакомства они просто погуляли и пообнимались пару часиков.

Они свернули за угол и снова оказались перед тем самым сквером. Вадим не успел опомниться, как перед ними выросла внушительная группа молодых парней, настроенных весьма и весьма решительно.

— Отойди, — только и успел он сказать Любе, сунув руку за пазуху, где в наплечной кобуре висел пистолет. Но достать оружие он не смог: подскочившие сзади два амбала крепко держали его за руки.

— С нашими девочками, значит, гуляешь, — угрожающе протянул уже знакомый ему громила — бывший одноклассник Любы.

— Жора, перестань! — крикнула Люба. — Как тебе не стыдно. Прекрати!

— Цыц, прошмондовка, тебе слова не давали. Вот сейчас хахалю твоему яйца поотрываю, как лепестки у ромашки, а потом и тебе разрешу рот открыть, — он гадко заржал. Вслед за ним над грязной шуткой начали хихикать и его соплеменники.

Вадима швырнули на землю и резко ударили ногой в живот. Он сумел увернуться, чтобы смягчить силу удара, и быстро вскочил на ноги. Но драка с десятком пьяных разъяренных мужиков совсем не походила на классический тренировочный бой в спортзале. В темноте и на небольшом пятачке, окруженном деревьями и кустами, у Вадима не было возможности для маневра. Совершая очередной прыжок вправо, он больно ударился плечом о дерево и застонал. Кто-то из нападавших не удержал равновесия и свалился прямо Вадиму под ноги, увлекая его за собой на землю. После этого падения он уже не поднялся. Ему только удалось из последних сил сгруппироваться, чтобы защитить от жестоких ударов жизненно важные органы. Последнего удара, нанесенного массивным камнем по незащищенному затылку, он даже не почувствовал. Просто только что он был жив и слышал, как отчаянно и жутко кричит Люба, и ему было очень больно. А в следующую секунду он уже ничего не слышал и боли не чувствовал. Он умер.

7

Наступила полночь. Вадим должен был приехать час назад. Почему он до сих пор не приехал? Передумал? Или с ним что-то случилось?

Как же она устала! Ей казалось, что тело намертво прилипло к стулу, и нет такой силы, которая сможет поднять ее и заставить куда-то идти. Она так устала, что у нее даже не было сил спать. Неужели она стареет? Тоже мне, героиня-любовница, замуж собралась на старости лет.

То ли дело Миша Доценко — столько сил потратил на то, чтобы расшевелить память Шитовой, с таким трудом добился от нее уверенного указания на одного из пяти подозреваемых, который «точно не он». Потом, после мнимого ареста Лысакова, сидел тихонечко, как мышка, у него дома, оберегал, охранял. Когда распределялись, кому где сидеть в засаде, кому идти к Лысакову, кому — к Шитовой, ни словом не обмолвился, ни единым жестом, ни взглядом не дал понять, что предпочел бы охранять Надежду, а не Геннадия Ивановича. И не потому вовсе, что влюбился по уши и минуты прожить не может без своей ненаглядной Надюши, а потому, что в таких ситуациях всегда надеешься больше всего на себя, а не на других. Когда человек тебе небезразличен, начинает казаться, что никто, кроме тебя самого, не сможет его защитить и уберечь от беды. А если получается так, что охранять его доверяют все-таки не тебе, и ты, зная, что дорогому твоему человеку грозит опасность, вынужден находиться на расстоянии от него, вот тут-то и начинается та самая адова мука, которую не у всякого достанет сил вынести. Каждую минуту, каждую секунду воображение рисует тебе картины одну страшнее другой, и ты с ума сходишь от неизвестности, от невозможности вот прямо сейчас, немедленно узнать, все ли в порядке, не нужна ли помощь. Но Миша выдержал, у него достало сил просидеть сутки в квартире Лысакова и ни разу не позвонить Шитовой, потому что таково было указание Гордеева. Кто знает, сколько седых волос появилось за эти сутки в его черной густой шевелюре? Однако сразу же после задержания Бороздина он поблагодарил Лысакова за помощь и гостеприимство и помчался к Надежде. И откуда только силы берутся? Что ж, двадцать семь лет, молодость...

Ее размышления прервал звонок внутреннего телефона.

— Товарищ майор, вы просили позвонить, когда подъедет Бойцов Вадим Сергеевич.

— Да-да, — обрадовалась Настя. Наконец-то! — Он приехал?

— Нет. Но в дежурную часть только что поступило сообщение об обнаружении трупа мужчины около тридцати лет. При нем документы на имя Бойцова Вадима Сергеевича. Группа сейчас выезжает. Поедете с ними?

— Да. Сейчас спущусь.

Она плохо помнила, как спустилась вниз и села в машину, как ехала из центра Москвы на окраину, в Восточный округ. Очнулась она только тогда, когда увидела залитый светом переносных прожекторов сквер, и в этом мертвенном искусственном свете — Вадима с проломленным черепом. Судебно-медицинский эксперт Айрумян, с трудом вытащив из машины свое грузное тело, кряхтя, склонился над трупом. Где-то вдалеке. Насте казалось, за много-много километров отсюда, билась в истерике совсем молоденькая девушка в длинном бирюзовом пальто, около нее суетились две женщины постарше. Рядом с собой она с удивлением увидела участкового, того самого, с которым совсем недавно разговаривала о криминальной ситуации в Восточном округе. Он тоже ее узнал и приветливо кивнул.

— Вот видите? — сказал он, делая выразительный жест рукой. — Вот об этом я вам и говорил. Чего они не поделили? Чего привязались к этому парню? Чем он им помешал? Хоть бы деньги у него забрали, часы там, сумку, что ли. Тогда бы хоть понятно было — убийство из корыстных побуждений. Мерзость, но понятная мерзость. А тут? Свидетельница, Люба Веденеева, сказала, что зачинщиком был парень, с которым она когда-то в одном классе училась. Имя его назвала. Мы их за полчаса всех выловили, сейчас в камере отсыпаются. Вы думаете, они смогут членораздельно объяснить, за что они этого Бойцова убили? Нет. Так и пойдут в зону, ничего не поняв и не объяснив. И что с людьми происходит? Откуда в них столько злобы?

Настя развернулась и медленно, едва передвигая ноги, поплелась обратно в микроавтобус. Забравшись на заднее сиденье, она согнулась пополам, словно ее скрутила внезапная боль в животе, и уткнулась лицом в ладони. Ее трясло. От усталости. От нервного напряжения. От ненависти к Бороздину и Томилину. От горя. И от сумасшедшей, разрывающей душу жалости к людям, живущим в этом аду и не знающим, что происходит с их детьми, с их близкими и с ними самими.

Она не станет ждать четверга. Она возьмет с собой Лешу, который хорошо разбирается в физике, и завтра, нет, уже сегодня прямо с утра поедет к этому жирному ублюдку Томилину. Поедет к нему домой, если он не захочет разговаривать с ней в официальном месте. Она вцепится в него мертвой хваткой и не отстанет, пока он не вызовет директора Института и они не снимут эту проклятую антенну. Наплевать, что это нерабочий день. Наплевать, что это Международный женский день. Она заставит их сделать это.

А с Мерхановым пусть разбираются контрразведчики. Это не ее дело. Ее дело — раскрыть убийство Галактионова и кражу уголовных дел у следователя Бакланова. Эти преступления она раскрыла. И еще ее дело — уничтожить антенну на крыше Института. Защитить несчастных, ни в чем не виноватых людей, которым не повезло жить в Восточном округе. Разделаться с Томилиным, невежественным и наглым карьеристом. Вычислить всех, кто, кроме Бороздина и покойного Войтовича, работал над прибором. Кого-то из них наверняка знал Бойцов, но теперь он уже ничего не скажет. Что ж, она и сама справится. Миша Доценко и Юра Коротков помогут. Вот только чуть-чуть отдохнуть, хотя бы капельку сил набраться. Только бы исчез ком, стоящий в горле, мешающий дышать и глотать, только бы прошел озноб, и еще поспать бы несколько часов.

В четверг она начнет работать в группе по раскрытию убийства тележурналиста. У нее есть только завтрашний день, а потом придется переложить всю работу на Короткова и Доценко. Настя с трудом выпрямилась, осторожно набрала в легкие побольше воздуха, задержала дыхание, потом медленно выдохнула. Закипавшие в уголках глаз слезы отступили. Она сделает все, что нужно. Она успеет. Она сделает, чего бы ей это ни стоило.

Литературно-художественное издание
А. МАРИНИНА. МЕНЬШЕ, ЧЕМ СПЕЦЦЕНА

Маринина Александра
СМЕРТЬ РАДИ СМЕРТИ

Ответственный редактор *О. Дышева*
Художественный редактор *К. Гусарев*
Технический редактор *Н. Носова*
Компьютерная верстка *В. Фирстов*
Корректор *Н. Кирилина*

ООО «Издательство «Эксмо»
123308, Москва, ул. Зорге, д. 1. Тел.: 8 (495) 411-68-86.
Home page: www.eksmo.ru E-mail: info@eksmo.ru
Өндіруші: «ЭКСМО» АҚБ Баспасы, 123308, Мәскеу, Ресей, Зорге көшесі, 1 үй.
Тел.: 8 (495) 411-68-86.
Home page: www.eksmo.ru E-mail: info@eksmo.ru.
Тауар белгісі: «Эксмо»
Интернет-магазин : www.book24.ru
Интернет-магазин : www.book24.kz
Интернет-дүкен : www.book24.kz
Импортёр в Республику Казахстан ТОО «РДЦ-Алматы».
Қазақстан Республикасындағы импорттаушы «РДЦ-Алматы» ЖШС.
Дистрибьютор и представитель по приему претензий на продукцию,
в Республике Казахстан: ТОО «РДЦ-Алматы»
Қазақстан Республикасында дистрибьютор және өнім бойынша арыз-талаптарды
қабылдаушының өкілі «РДЦ-Алматы» ЖШС,
Алматы к., Домбровский көш., 3-а», литер Б, офис 1.
Тел.: 8 (727) 251-59-90/91/92; E-mail: RDC-Almaty@eksmo.kz
Өнімнің жарамдылық мерзімі шектелмеген.
Сертификация туралы ақпарат сайтта: www.eksmo.ru/certification
Сведения о подтверждении соответствия издания согласно законодательству РФ
о техническом регулировании можно получить на сайте Издательства «Эксмо»
www.eksmo.ru/certification
Өндірген мемлекет: Ресей. Сертификация қарастырылмаған

Подписано в печать 19.08.2020. Формат 70x90^1/₃₂.
Гарнитура «Таймс». Печать офсетная. Усл. печ. л. 12,83.
Доп. тираж 3000 экз. Заказ №6953.

Отпечатано с готовых файлов заказчика в АО «Первая Образцовая типография»,
филиал «УЛЬЯНОВСКИЙ ДОМ ПЕЧАТИ». 432980, Россия, г. Ульяновск, ул. Гончарова, 14

16+

ПРИСОЕДИНЯЙТЕСЬ К НАМ!

МЫ В СОЦСЕТЯХ:

В электронном виде книги издательства вы можете
купить на www.litres.ru

ЛитРес:
один клик до книг

 eksmolive
 eksmo
 eksmolive
eksmo.ru  eksmo.ru
eksmo_live
eksmo_live

ISBN 978-5-699-80703-1

9 785699 807031